Morden wie Gott in Frankreich

H0203892

Gisela Eichhorn (Hg.)

Morden wie Gott in Frankreich

Die besten Kriminalgeschichten aus Frankreich

Brigitte Aubert · Corinne Bouchard
Maurice Leblanc · Pierre Magnan
Léo Malet · Georges Simenon u. a.

Scherz

Besuchen Sie uns im Internet:
www.scherzverlag.de

Sonderausgabe 2001
Copyright © 2001 an dieser Auswahl
beim Scherz Verlag, Bern, München, Wien.
Alle Rechte der Verbreitung, auch durch Funk, Fernsehen,
fotomechanische Wiedergabe, Tonträger jeder Art
und auszugsweisen Nachdruck, sind vorbehalten.
ISBN 3-502-51813-0
Umschlaggestaltung: Atelier Seidel, Altötting (MEV)
Gesamtherstellung: Ebner Ulm

Inhalt

Maigret und Inspektor Griesgram

Georges Simenon

1

Von einem Herrn, dem sein Leben ebenso wenig lieb ist wie die Polizei

Der junge Mann schob den Kopfhörer ein wenig von den Ohren zurück.

»Wo war ich stehen geblieben, Onkel? ... Ach ja! ... Als die Kleine aus der Schule nach Hause kam und meine Frau sah, dass ihre Haut voller roter Flecken war, dachte ich zuerst, es sei Scharlach, und ...«

Es war nicht möglich, einen etwas längeren Satz zu Ende zu bringen; immer wieder leuchtete eines der Lämpchen auf dem Stadtplan von Paris auf, der eine ganze Wand einnahm. Diesmal war es im 13. Arrondissement, und Daniel, Maigrets Neffe, schob den Stecker in eines der Löcher im Fernsprechschrank und murmelte:

»Was ist los?«

Er hörte teilnahmslos zu und wiederholte für den Kommissar, der auf einer Tischecke saß:

»Eine Schlägerei zwischen zwei Arabern in einem Bistro an der Place d'Italie ...«

Er wollte gerade mit dem Bericht über seine Tochter fortfahren, als auch schon ein anderes weißes Lämpchen auf dem Wandplan aufleuchtete.

»Hallo! ... Wie bitte? ... Ein Verkehrsunfall auf dem Boulevard de la Chapelle? ...«

Vor den großen, vorhanglosen Fenstern sah man es in Strömen regnen, ein Sommerregen, der in langen, fließenden Streifen die Nacht hell durchsetzte. In dem großen Raum der Polizeizentrale, in dem Maigret Zuflucht gesucht hatte, war es warm, fast ein wenig schwül.

Kurz zuvor war er noch in seinem Büro am Quai des Orfèvres gewesen. Er musste wegen eines internationalen Betrügers, den seine Beamten in einem Luxushotel auf den Champs-Élysées aufgespürt hatten, auf einen Anruf aus London warten. Dieser Anruf konnte ebenso gut um Mitternacht wie um ein Uhr morgens kommen, und Maigret hatte bis dahin nichts zu tun. Er hatte allein in seinem Büro gesessen und sich gelangweilt.

Deshalb hatte er die Vermittlungsstelle angewiesen, sämtliche Anrufe für ihn an die Polizeizentrale auf der anderen Straßenseite weiterzuleiten, und er war gekommen, um mit seinem Neffen zu plaudern, der gerade Nachtdienst hatte.

Maigret hatte sich immer gern in diesem großen, ruhigen und sauberen Raum aufgehalten, der an ein Labor erinnerte und von dem die meisten Pariser nichts wussten, obwohl er gleichsam das Herz der Stadt war.

An jeder Kreuzung in Paris gibt es rot lackierte Apparate, an denen man nur eine Glasscheibe einschlagen muss, um automatisch sowohl mit dem Polizeiposten des Viertels als auch mit der Zentrale telefonisch verbunden zu sein.

Sobald irgendein Notruf ankommt, leuchtet eines der Lämpchen auf dem gewaltigen Stadtplan auf, und der wachhabende Polizeibeamte hört den Hilferuf im selben Augenblick wie der Wachtmeister im nächstgelegenen Polizeirevier.

Unten, im dunklen und stillen Hof der Präfektur, stehen zwei voll besetzte Mannschaftswagen für den Einsatz in schweren Fällen bereit. In sechzig Polizeirevieren warten weitere Wagen sowie Polizisten mit Fahrrädern.

Wieder leuchtete ein Lämpchen auf.

»Selbstmordversuch mit Veronal in einer Pension in der Rue Blanche«, wiederholte Daniel.

So zeichnen die kleinen Lichter an der Wand Tag und Nacht die dramatischen Ereignisse auf, die sich in der Stadt zutragen; kein Wagen und keine Streife verlässt eines der Polizeireviere, ohne dass der Grund für den Einsatz an die Zentrale gemeldet wird.

Maigret hatte sich schon immer dafür ausgesprochen, die jungen Inspektoren für ein mindestens einjähriges Praktikum in diesen Raum zu schicken, damit sie hier die Geographie des Verbrechens der Hauptstadt kennen lernten, und auch er selbst kam gern für ein oder zwei Stunden hierher, wenn er einmal nichts zu tun hatte.

Einer der wachhabenden Polizeibeamten aß gerade Brot und Wurst. Daniel fuhr fort:

»Sie hat sofort Dr. Lambert angerufen, und als der dann eine halbe Stunde später ankam, waren die roten Flecken verschwunden. Es war nur eine Art Nesselausschlag gewesen ... Hallo! ...«

Im 18. Arrondissement war ein Lämpchen aufgeleuchtet. Ein Direktruf. Genau in dem Augenblick hatte jemand die Scheibe des Notrufapparats an der Ecke Rue Caulaincourt/ Rue Lamarck eingeschlagen ...

Für einen Neuling ist das alles recht eindrucksvoll ... Man stellt sich die in der Nacht verlassen daliegende Kreuzung vor, den strömenden Regen, das nasse Pflaster, Pfützen, in denen sich das Licht der Straßenlampe spiegelt, weiter weg ein paar hell erleuchtete Cafés und einen Mann oder eine Frau, jemanden, der sich hastig ein Tuch um die Hand wickelt, um die Scheibe einzuschlagen, der vielleicht taumelt, der verfolgt wird, der Angst hat oder Hilfe braucht...

Maigret, der unwillkürlich seinen Neffen anschaute, sah, wie dieser die Augenbrauen zusammenzog. Sein Gesicht zeigte Bestürzung, dann Entsetzen.

»Mein Gott, Onkel...«, stammelte er.

Er hörte noch einen Augenblick lang hin, dann steckte er die Verbindung um.

»Hallo!... Ist dort das Revier in der Rue Damrémont?... Sind Sie es, Dambois?... Haben Sie den Anruf gehört?... Das war doch ein Schuss, oder nicht?... Ja, ich meine auch... Was sagen Sie?... Ihr Wagen ist schon unterwegs?...«

Mit anderen Worten: In weniger als drei Minuten würden die Beamten zur Stelle sein, denn die Rue Damrémont liegt nicht weit von der Rue Caulaincourt.

»Verzeihung, Onkel... Aber das kam so überraschend!... Zuerst hab ich eine Stimme gehört, die in den Apparat rief: ›Ich sch... auf die Polizei!‹

Und dann, gleich darauf, den Knall eines Schusses.«

»Würdest du dem Wachtmeister in der Rue Damrémont sagen, dass ich sofort komme und dass man bis dahin nichts anfassen soll?«

Und schon eilte Maigret durch die leeren Flure in den Hof hinunter und sprang in einen der kleinen schnellen Wagen, die für die Polizeioffiziere bereitstanden.

Es war erst Viertel nach zehn.

»Rue Caulaincourt... schnell!«

Eigentlich hatte er mit dieser Sache nichts zu tun. Die Polizei des Viertels war an Ort und Stelle, und erst wenn sie ihren Bericht abgeliefert hatte, würde entschieden werden, ob sich die Kriminalpolizei mit dem Fall befassen musste. Maigret folgte seiner Neugier. Außerdem hatte er sich an etwas erinnert, als Daniel noch sprach.

Zu Beginn des letzten Winters – es war Oktober, und auch in jener Nacht regnete es – war er einmal gegen elf Uhr abends in seinem Büro, als er einen Telefonanruf erhielt.

»Kommissar Maigret?«

»Ja, bitte.«

»Ist wirklich Kommissar Maigret persönlich am Apparat?«

»Aber ja ...«

»Nun denn, ich sch ... auf Sie.«

»Wie bitte?«

»Ich sagte, ich sch ... auf Sie! Ich habe gerade hier vom Fenster aus die beiden Polizisten vor dem Haus umgelegt, die Sie als Wachtposten aufgestellt haben ... Sie brauchen gar keine anderen zu schicken ... *Sie* werden mich nicht erwischen ...«

Ein Schuss ...

Der polnische Akzent hatte dem Kommissar schon genug gesagt. Das Ganze musste sich in einem kleinen Hotel an der Ecke Rue Birague/Faubourg Saint-Antoine zugetragen haben. Dorthin hatte sich nämlich ein gefährlicher polnischer Verbrecher geflüchtet, der zuvor mehrere Bauernhöfe im Norden überfallen hatte.

Das Hotel wurde tatsächlich von zwei Polizisten überwacht, denn Maigret hatte beschlossen, im Morgengrauen die Verhaftung persönlich vorzunehmen.

Einer der beiden Inspektoren war sofort tot gewesen; der andere konnte nach fünf Wochen aus dem Krankenhaus entlassen werden. Der Pole selbst hatte sich am Ende des Gesprächs mit dem Kommissar kurzerhand in den Kopf geschossen.

Ebendiese Übereinstimmung hatte Maigret im großen Saal der Polizeizentrale stutzig gemacht. In zwanzig und mehr Jahren seiner Berufstätigkeit war nur ein solcher Fall vorgekommen: ein von Beschimpfungen begleiteter Selbstmord am Telefon.

War es nicht ganz außerordentlich, dass sich der gleiche oder jedenfalls ein ganz ähnlicher Vorfall innerhalb von sechs Monaten wiederholte?

Das kleine Auto fuhr durch Paris und erreichte den Boulevard Rochechouart mit seinen hell erleuchteten Kinos und Tanzlokalen. Von da an, wo die ziemlich steil abfallende Rue Caulaincourt abzweigte, war es still, fast wie ausgestorben; da und dort sah man einen Omnibus, der die Straße hinabfuhr, ein paar vereinzelte Passanten eilten die regennassen Gehsteige entlang.

An der Ecke zur Rue Lamarck war eine kleine Gruppe dunkler Gestalten zu erkennen. Das Polizeiauto stand ein paar Meter weiter die Straße hinab. An den Fenstern sah man Menschen, Concierges standen auf den Türschwellen, doch der strömende Regen hielt die meisten Schaulustigen fern.

»Guten Abend, Dambois.«

»Guten Abend, Herr Kommissar.«

Und Dambois deutete auf eine Gestalt, die weniger als einen Meter von der Notrufsäule entfernt auf dem Gehsteig lag. Neben der Leiche kniete ein Mann, ein Arzt aus der Nachbarschaft, den man inzwischen hatte rufen können, Und doch waren seit dem Schuss erst zwölf Minuten vergangen.

Der Arzt richtete sich auf und erkannte die vertraute Gestalt Maigrets:

»Der Tod ist sofort eingetreten«, sagte er und wischte seine durchnässten Hosenbeine und seine mit Regentropfen bedeckte Brille ab. »Der Schuss wurde aus nächster Nähe ins rechte Ohr abgegeben.«

Maigret vollführte unwillkürlich die Geste, mit der man sich ins Ohr schießt.

»Selbstmord?«

»Es sieht so aus . . .«

Und Wachtmeister Dambois zeigte Maigret eine Pistole, die bis jetzt noch niemand berührt hatte und die etwa fünfzig Zentimeter von der Hand des Toten entfernt lag.

»Kennen Sie ihn, Dambois?«

»Nein, Herr Kommissar . . . aber irgendwie, ich weiß auch nicht weshalb, habe ich den Eindruck, es sei jemand aus diesem Viertel.«

»Würden Sie vorsichtig nachsehen, ob er eine Brieftasche bei sich hat?«

Von Maigrets Hut lief bereits das Regenwasser herunter. Der Wachtmeister übergab ihm eine schon ziemlich abgenutzte Brieftasche, die er aus dem Jackett des Toten herausgeholt hatte. Ein Fach enthielt sechs Hundertfrancscheine und die Fotografie einer Frau. In einem anderen lag ein Personalausweis auf den Namen Michel Goldfinger, achtunddreißig Jahre, Diamantenhändler, Rue Lamarck 66b.

Das Bild des Personalausweises zeigte tatsächlich den Mann, der immer noch mit seltsam verdrehten Beinen auf dem Gehsteig lag.

Im letzten Fach der Brieftasche, das mit einer Lasche verschlossen war, fand Maigret ein Stück klein zusammengefaltetes Seidenpapier.

»Würden Sie mir mit Ihrer Taschenlampe leuchten, Dambois?«

Vorsichtig wickelte er das Paket auf, und etwa zehn kleine, glitzernde Steine, ungefasste Diamanten, glänzten im Licht.

»Man wird nicht sagen können, dass Raub das Tatmotiv gewesen sei«, brummte der Wachtmeister, »oder dass er in einer materiellen Notlage Selbstmord verübt habe . . . Was halten Sie davon, Chef?«

»Haben Sie die Anwohner befragen lassen?«

»Inspektor Lognon kümmert sich gerade darum.«

Alle drei Minuten fuhr ein Omnibus die abschüssige Straße hinunter. Alle drei Minuten fuhr einer in entgegengesetzter Richtung die Straße hinauf und schaltete dabei einen Gang herunter. Zwei-, dreimal hob Maigret den Kopf, weil er eine Fehlzündung hörte.

»Eigenartig«, murmelte er vor sich hin.

»Was ist eigenartig?«

»Dass uns in jeder anderen Straße jemand etwas über den Schuss würde sagen können ... Sie werden sehen, dass Lognon die Anwohner ergebnislos befragen wird, weil in dieser abschüssigen Straße hier viele Fehlzündungen entstehen.«

Er täuschte sich nicht. Lognon, den seine Kollegen wegen seiner ständig miserablen Laune Inspektor Griesgram nannten, kam auf den Wachtmeister zu.

»Ich habe etwa zwanzig Personen befragt. Entweder haben sie nichts gehört – die meisten hören um diese Zeit Radio, vor allem heute Abend, weil der Pariser Sender eine Galavorstellung übermittelt –, oder aber sie antworten mir, man höre den ganzen Tag solche Geräusche. Sie sind daran gewöhnt ... Nur eine alte Frau – sie wohnt im sechsten Stock des zweiten Hauses rechts – behauptet, sie habe zwei Schüsse gehört. Allerdings musste ich meine Frage mehrmals wiederholen, weil sie stocktaub ist ... Ihre Concierge hat es mir bestätigt.«

Maigret ließ die Brieftasche in seine Tasche gleiten.

»Lassen Sie die Leiche fotografieren«, sagte er zu Dambois. »Wenn die Fotografen fertig sind, soll sie ins Gerichtsmedizinische Institut überführt werden; und bitten Sie Dr. Paul, die Autopsie vorzunehmen. Sobald die Fingerabdrücke auf der Pistole registriert sind, schicken Sie diese an den Sachverständigen Gastinne-Renette.«

Inspektor Lognon, der vielleicht gemeint hatte, sich in diesem Fall hervortun zu können, sah wütend zu Boden, die Hände in den Manteltaschen vergraben, mit regennassem und verdrossenem Gesicht.

»Kommen Sie mit mir, Lognon? Nachdem sich die Sache in Ihrem Revier ereignet hat . . .«

Die beiden entfernten sich zusammen. Sie gingen den Gehsteig auf der rechten Seite der Rue Lamarck entlang. Er war wie ausgestorben, auf der ganzen Straßenlänge sah man nur die Lichter von zwei kleinen Cafés.

»Verzeihen Sie mir, Lognon, dass ich mich um eine Sache kümmere, die mich nichts angeht, aber da ist etwas, was mich nicht ruhen lässt . . . Ich weiß noch nicht genau, was eigentlich . . . Irgendetwas ist da nicht in Ordnung, verstehen Sie? . . . Selbstverständlich führen offiziell Sie die Untersuchung.«

Doch Lognon verdiente den Spitznamen Inspektor Griesgram zu sehr, als dass er auf das Entgegenkommen des Kommissars eingegangen wäre.

»Ich weiß nicht, ob Sie mich verstehen . . . Dass ein Typ wie Stan der Totschläger, der wusste, dass die Nacht nicht zu Ende gehen würde, ohne dass er verhaftet werden würde, und der außerdem wusste, dass ich ihm schon länger als einen Monat auf den Fersen war . . .«

Es passte genau zu Stans Art, sich bis zum Schluss zu verteidigen wie ein wildes Tier und sich lieber eine Kugel in den Kopf zu jagen als auf der Guillotine zu enden. Er hatte nicht allein abtreten wollen und hatte deshalb in einer letzten trotzigen Auflehnung, in einem letzten Aufflammen des Hasses gegen die Gesellschaft die beiden Polizisten abgeknallt, die ihn beschatteten.

All das lag auf der gleichen Linie. Sogar der Anruf bei Maigret, der zu seinem Intimfeind geworden war, diese äußerste Beleidigung, diese letzte Provokation . . .

Nur war in den Zeitungen nie von diesem Telefonanruf die Rede gewesen. Außer ein paar Kollegen Maigrets hatte niemand davon erfahren.

Und die Worte, die an diesem Abend in den Notrufapparat gerufen worden waren, passten nicht zu dem wenigen, das man bis jetzt über den Diamantenhändler wusste. Soweit man das jetzt schon beurteilen konnte, handelte es sich um einen unbedeutenden Mann, um einen Kleinverdiener, ja sogar, der Kommissar hätte es beschwören können, um einen Unglücksraben, einen Pechvogel. Denn auch im Diamantenhandel gibt es, wie in allen anderen Gewerben, reiche Herren und arme Schlucker.

Maigret kannte den Ort, an dem diese Geschäfte gewöhnlich getätigt wurden, ein großes Café in der Rue La Fayette, wo die Herren Diamantengroßhändler die kleinen Wiederverkäufer zu sich an den Tisch kommen ließen und ihnen ein paar Steine anvertrauten.

»Hier ist es«, sagte Lognon und hielt vor einem Haus, das aussah wie alle Häuser in dieser Straße, ein schon altes Mietshaus mit sechs Stockwerken; in einigen Fenstern sah man Licht.

Sie läuteten. Die Tür ging auf und sie sahen, dass in der Loge der Concierge noch Licht brannte. Radiomusik drang aus dem Raum mit der Glastür, in dem man ein Bett erkennen konnte; eine Frau mittleren Alters war mit einem Strickzeug beschäftigt, ein Mann las seine Zeitung, in Filzpantoffeln, ohne Kragen, das Hemd über der behaarten Brust geöffnet.

»Entschuldigen Sie, Madame ... Ist Monsieur Goldfinger zu Hause?«

»Hast du ihn nicht zurückkommen sehen, Désiré? ... Nein ... Er ist übrigens vor kaum einer halben Stunde weggegangen.«

»Allein?«

»Ja, ich dachte, er wolle hier im Viertel noch etwas besorgen, vielleicht Zigaretten holen.«

»Geht er öfter abends weg?«

»Fast nie ... Es sei denn, er geht mit seiner Frau und seiner Schwägerin ins Kino.«

»Sind sie oben?«

»Ja, sie sind heute Abend nicht weggegangen ... Wollen Sie zu ihnen? ... Im dritten Stock rechts ...«

Das Haus hatte keinen Fahrstuhl. Ein dunkler Läufer lag auf den Stufen, auf jedem Treppenabsatz hing eine Glühbirne, rechts und links davon war jeweils eine braune Tür. Das Haus war sauber und wohnlich, aber ohne jeden Luxus. Die Wände, Marmorimitation, hätten eines neuen Anstrichs bedurft, denn sie wurden langsam gelblich, an manchen Stellen sogar braun.

Wieder Radiomusik ... Die gleiche Musik, die man an dem Abend überall hören konnte, die große Galasendung des Pariser Rundfunks.

Auf dem Treppenabsatz im dritten Stock hörten sie sie wieder ...

»Soll ich läuten?«, fragte Lognon.

Hinter der Tür hörten sie eine Klingel läuten, das Geräusch eines Stuhls, den jemand beim Aufstehen zurückschob, und eine jugendliche Stimme, die rief:

»Ich komme schon ...«

Ein schneller, leichter Schritt. Der Türknauf drehte sich, die Tür ging auf, und die Stimme sagte:

»Du bist nicht ...«

Man merkte, dass der Satz hätte heißen sollen:

»Du bist nicht lange weggeblieben.«

Doch die Frau, die die Tür geöffnet hatte, blieb abrupt vor den beiden unbekannten Männern stehen und stammelte:

»Verzeihen Sie ... Ich dachte, es sei ...«

Sie war jung, hübsch, schwarz gekleidet, als ob sie Trauer tragen würde, sie hatte helle Augen und blondes Haar.

»Madame Goldfinger?«

»Nein, Monsieur ... Monsieur Goldfinger ist mein Schwager ...«

Sie war immer noch ein wenig verwirrt und kam nicht auf den Gedanken, die Besucher hereinzubitten. Ihr Blick war unruhig.

»Sie gestatten?«, fragte Maigret und ging hinein.

Aus der Wohnung hörte man eine andere, ältere, ein wenig müde Stimme:

»Was ist, Eva?«

»Ich weiß nicht ...«

Die beiden Männer waren in einen winzigen Vorraum hineingegangen. Links, hinter einer Glastür, konnte man im Halbdunkel ein kleines Wohnzimmer erkennen, das, nach der perfekten Ordnung zu urteilen, die darin herrschte, und nach dem Klavier, auf dem Fotografien und Nippes standen, wohl nur selten betreten wurde.

Im zweiten Raum brannte Licht, das Radio spielte leise.

Noch bevor der Kommissar und der Inspektor hätten hineingehen können, kam ihnen das junge Mädchen zuvor und sagte:

»Gestatten Sie, dass ich die Schlafzimmertür schließe? ... Meiner Schwester ging es heute Abend nicht gut, sie hat sich schon hingelegt ...«

Die Tür zwischen dem Schlafzimmer und dem Esszimmer, das als Wohnzimmer diente, stand sicher ganz offen. Sie hörten jemanden flüstern. Madame Goldfinger fragte wahrscheinlich:

»Wer ist da?«

Und Eva antwortete leise:

»Ich weiß nicht ... Sie haben nichts gesagt ...«

»Lass die Tür angelehnt, damit ich euch hören kann.«

Wie in den meisten Wohnungen in diesem Viertel, wie hinter all den erleuchteten Fenstern, die die beiden Männer gesehen hatten, herrschte auch hier völlige Stille, ein bedrückendes, zähflüssiges Schweigen, die Ruhe der Wohnungen, in denen nichts geschieht und in denen man sich nicht vorstellen kann, dass eines Tages etwas geschehen könnte.

»Verzeihen Sie ... Wenn Sie bitte hereinkommen wollen ...«

Im Esszimmer standen rustikale Möbel, wie sie zu Tausenden von den großen Möbelgeschäften verkauft werden, mit immer dem gleichen kupfernen Blumenständer auf der Anrichte, mit den gleichen verzierten Tellern auf dem mit rot kariertem Baumwollstoff ausgeschlagenen Bord im Geschirrschrank.

»Nehmen Sie Platz ... Einen Augenblick ...«

Auf drei Stühlen lagen Stoffstücke, Schnittmusterteile aus braunem Packpapier, auf dem Tisch eine Schere, ein Modeheft und noch ein Stück Stoff, das offenbar gerade zugeschnitten wurde, als die Klingel läutete.

Das junge Mädchen schaltete das Radio aus, und plötzlich wurde es vollkommen still.

Lognon, noch missmutiger als sonst, betrachtete die Spitzen seiner nassen Schuhe. Maigret spielte mir seiner Pfeife, die er hatte ausgehen lassen.

»Ist Ihr Schwager schon lange fort?«

An der Wand stand eine Westminster-Standuhr; das junge Mädchen warf unwillkürlich einen Blick auf das Zifferblatt.

»Er ist kurz vor zehn gegangen ... Vielleicht zehn vor zehn? ... Er war um zehn Uhr hier im Viertel mit jemand verabredet.«

»Sie wissen nicht, wo?«

Im Dunkel des Nebenzimmers, dessen Tür angelehnt war, hörte man, wie sich jemand bewegte.

»Wahrscheinlich in einem Café, aber ich weiß nicht, in welchem ... Sicher ganz in der Nähe, denn er sagte, er komme vor elf Uhr zurück.«

»Eine geschäftliche Verabredung?«

»Ich nehme es an ... Warum sollte er sich sonst mit jemand treffen?«

Maigret hatte den Eindruck, dass eine leichte Röte die Wangen der jungen Frau überzog. Seit einigen Minuten, je länger sie die beiden Männer betrachtete, schien sie sich zudem immer unwohler zu fühlen. Ihr Blick war eine stumme Frage. Zugleich schien sie sich jedoch vor der Antwort zu fürchten.

»Sie kennen meinen Schwager?«

»Das heißt ... Ein wenig ... War er öfter abends verabredet?«

»Nein ... Selten ... Eigentlich nie.«

»Er wurde wohl vorher angerufen?«

Maigret hatte gerade auf einem Tischchen ein Telefon entdeckt.

»Nein ... Bei Tisch, beim Abendessen hat er gesagt, er habe um zehn Uhr noch etwas zu erledigen.«

Ihre Stimme wurde ängstlich. Ein leises Geräusch im Nebenzimmer zeigte an, dass Madame Goldfinger aufgestanden war, dass sie wahrscheinlich barfuß hinter der Tür stand, um besser hören zu können.

»Ging es Ihrem Schwager gesundheitlich gut?«

»Ja, das heißt, er war nie der Gesündeste ... Er machte sich Sorgen ... Er hatte ein Magengeschwür, und der Arzt war sicher, es heilen zu können; aber mein Schwager war davon überzeugt, es sei Krebs.«

Ein Geräusch. Eigentlich eher ein Rascheln. Maigret hob den Kopf. Er war sicher, dass Madame Goldfinger erscheinen würde. Er sah sie im Türrahmen stehen, in einem Morgenrock aus blauem Flanell, mit einem harten und starren Blick:

»Was ist meinem Mann passiert?«, fragte sie. »Wer sind Sie?«

Die beiden Männer erhoben sich gleichzeitig von ihren Stühlen.

»Verzeihen Sie, Madame, dass wir so in Ihr Privatleben eindringen. Ihre Schwester hat mir gesagt, Sie fühlten sich heute Abend nicht gut . . .«

»Das macht nichts.«

»Leider muss ich Ihnen eine schlechte Nachricht überbringen . . .«

»Mein Mann?«, fragte sie widerstrebend.

Maigret sah jedoch das junge Mädchen an. Es öffnete die Lippen wie zu einem stummen Schrei. Es blieb stehen, verstört, mit weit aufgerissenen Augen.

»Ja, Ihr Mann . . . Er hat einen Unfall gehabt.«

»Einen Unfall?«, fragte die Ehefrau hart und misstrauisch.

»Madame Goldfinger, es tut mir Leid, Ihnen mitteilen zu müssen, dass Monsieur Goldfinger tot ist . . .«

Sie rührte sich nicht. Sie blieb stehen und sah sie aus ihren dunklen Augen an. Denn während ihre Schwester blond war und blaue Augen hatte, war Madame Goldfinger eine ziemlich rundliche Brünette mit fast schwarzen Augen und scharf gezeichneten Brauen.

»Wie ist es passiert?«

Das junge Mädchen, das sich, den Kopf in den Armen vergraben, gegen die Wand geworfen hatte, schluchzte leise.

»Bevor ich Ihnen antworte, ist es meine Pflicht, Ihnen eine Frage zu stellen. Hatte Ihr Mann nach Ihrem Wissen einen Grund, sich das Leben zu nehmen? Sein Geschäft zum Beispiel, ging es . . .«

Madame Goldfinger wischte sich mit einem Taschentuch über die feuchten Lippen, dann strich sie sich mit den

Händen über die Schläfen und ordnete sich dabei unwillkürlich die Haare:

»Ich weiß nicht ... Ich verstehe nicht ... Was Sie mir da sagen, ist so ...«

Da drehte sich das junge Mädchen brüsk und völlig unerwartet um; mit gerötetem und tränenüberströmtem Gesicht und mit ärgerlichen, fast wütenden Augen rief es überraschend heftig:

»Michel hätte sich nie umgebracht, wenn Sie das sagen wollen!«

»Beruhige dich, Eva ... Sie gestatten, meine Herren?«

Madame Goldfinger setzte sich und stützte sich mit einem Arm auf den Tisch.

»Ihr Mann ist genau um Viertel nach zehn vor der Notrufsäule an der Ecke zur Rue Caulaincourt durch einen Kopfschuss gestorben.«

Ein heiseres, schmerzliches Schluchzen. Das war Eva. Madame Goldfinger selbst war blass, ihre Gesichtszüge waren erstarrt, und sie schaute den Kommissar weiterhin an, als ob sie durch ihn hindurchsehen würde:

»Wo ist er jetzt?«

»Sein Leichnam ist ins Gerichtsmedizinische Institut gebracht worden, dort können Sie ihn morgen früh sehen.«

»Hörst du das, Mathilde?«, schrie die junge Frau.

Offenbar riefen Maigrets Worte bestimmte Vorstellungen in ihr wach. Hatte sie begriffen, dass man eine Autopsie vornehmen und dass der Leichnam dann in eines der zahlreichen Schubfächer des riesigen Kühlhauses kommen würde, das das Gerichtsmedizinische Institut nun einmal war?

»Und du sagst nichts? Du wehrst dich nicht?«

Die Witwe zuckte fast unmerklich mit den Schultern und sagte dann noch einmal mit müder Stimme:

»Ich verstehe nicht ...«

»Madame, ich sage nicht, dass Ihr Mann Selbstmord begangen hat ...«

Diesmal richtete Lognon sich überrascht auf und sah Maigret verständnislos an. Madame Goldfinger runzelte die Stirn und murmelte:

»Ich verstehe nicht ... Eben sagten Sie doch ...«

»Dass es so aussehe, als handle es sich um Selbstmord. Es gibt jedoch auch Verbrechen, die aussehen wie Selbstmord ... Hatte Ihr Mann Feinde?«

»Nein!«

Ein energisches Nein. Warum sahen sich die Frauen danach kurz an?

»Gab es Gründe für einen Selbstmord?«

»Ich weiß nicht ... Ich weiß nicht mehr ... Entschuldigen Sie, meine Herren ... Es geht mir heute selbst nicht sehr gut ... Meine Schwester hat Ihnen schon gesagt, dass mein Mann krank war. Er hielt sich für schwerer krank, als er in Wirklichkeit war. Er litt sehr. Die strenge Diät, die er einhalten musste, hat ihn geschwächt. In letzter Zeit hatte er zudem noch andere Sorgen ...«

»Beruflicher Art?«

»Sie wissen sicher, dass der Diamantenhandel seit fast zwei Jahren in einer Krise steckt. Die Großen können sich halten. Aber wer kein Kapital hat und sozusagen von der Hand in den Mund lebt ...«

»Hatte Ihr Mann heute Abend Steine bei sich?«

»Wahrscheinlich ... Er hatte immer welche bei sich.«

»In seiner Brieftasche?«

»Da hatte er sie gewöhnlich. Sie brauchen ja nicht viel Platz.«

»Gehörten die Diamanten ihm?«

»Wohl kaum ... Er hat selten einmal auf eigene Rechnung gekauft, vor allem in letzter Zeit. Man gab sie ihm in Kommission ...«

Das erschien glaubhaft. Maigret kannte sich gut genug in der kleinen Welt rund um die Rue La Fayette aus, die ebenso wie die Unterwelt ihre eigenen Gesetze hatte. An den Tischen des Cafés konnte man Steine von Hand zu Hand gehen sehen, die ein Vermögen darstellten, und niemand dachte daran, eine Quittung auszustellen. Dort kennt einer den anderen. Jeder weiß, dass keiner in diesem Kreis es wagen würde sein Wort zu brechen.

»Sind ihm die Diamanten gestohlen worden?«

»Nein, Madame ... Hier sind sie ... Hier ist seine Brieftasche ... Ich möchte Ihnen noch eine Frage stellen. Hat Ihr Mann Sie in alle seine Geschäfte eingeweiht?«

»In alle.«

Eva zuckte zusammen. Bedeutete das, dass ihre Schwester nicht die Wahrheit sagte?

»Hatte Ihr Mann Ihres Wissens größere Zahlungsverpflichtungen für die nächsten Tage?«

»Morgen sollte ein Wechsel über dreißigtausend Francs eingelöst werden.«

»Hatte er das Geld dazu?«

»Ich weiß nicht ... Deshalb ist er ja heute Abend weggegangen. Er wollte sich mit einem Kunden treffen, von dem er hoffte, diese Summe zu erhalten ...«

»Und wenn er sie nicht bekommen hätte?«

»Dann wäre der Wechsel sicher geplatzt.«

»Ist das schon vorgekommen?«

»Nein ... Er hat immer im letzten Augenblick das Geld zusammengebracht.«

Lognon seufzte bekümmert wie jemand, der fürchtet, seine Zeit zu vertun.

»Wenn der Kunde, den Ihr Mann heute Abend treffen wollte, ihm die Summe also nicht gegeben hätte, dann wäre der Wechsel morgen geplatzt? ... Das hätte bedeutet, dass er automatisch aus dem Kreis der Diamantenhändler ausgeschlossen worden wäre, nicht wahr? ... Wenn ich mich nicht irre, gelten in diesen Kreisen doch recht strenge Regeln?«

»Mein Gott, was soll ich Ihnen denn sagen?«

Maigret sah sie an, zumindest schien es so, in Wirklichkeit jedoch beobachtete er seit einigen Minuten heimlich die kleine Schwägerin in Trauer.

Sie hatte aufgehört zu weinen und ihre Fassung wiedergewonnen. Der Kommissar war erstaunt, wie klar ihr Blick jetzt war und wie ruhig und energisch sie aussah. Das war nicht mehr ein weinendes junges Mädchen, sondern trotz ihrer Jugend eine Frau, die aufmerksam zuhörte, beobachtete und ihre Überlegungen anstellte.

Denn es gab keinen Zweifel darüber, dass irgendeine Einzelheit in der Unterhaltung sie stutzig gemacht hatte, und sie hörte genau zu und ließ sich nichts von dem entgehen, was um sie herum gesprochen wurde.

»Sie sind in Trauer?«, fragte er.

Er hatte sich an Eva gewandt, aber Mathilde antwortete ihm:

»Wir sind beide in Trauer wegen meiner Mutter, die vor einem halben Jahr gestorben ist. Seitdem lebt meine Schwester bei uns.«

»Sind Sie berufstätig?«, fragte Maigret, immer noch zu Eva gewandt.

Und wieder antwortete ihre Schwester.

»Sie ist Stenotypistin bei einem Versicherungsunternehmen am Boulevard Haussmann.«

»Eine letzte Frage ... Es tut mir wirklich Leid ... Besaß Ihr Mann eine Pistole?«

»Ja, er hatte eine ... Aber er hatte sie so gut wie nie bei sich. Sie muss noch in seiner Nachttischschublade liegen.«

»Wären Sie so freundlich und würden nachsehen, ob sie noch da ist?«

Sie stand auf, ging in das andere Zimmer und drehte das Licht an. Man hörte, wie sie eine Schublade öffnete und darin kramte. Als sie zurückkam, hatte sich ihr Blick verdüstert.

»Sie ist nicht da«, sagte sie, ohne sich wieder hinzusetzen.

»Ist es lange her, seit Sie sie zum letzten Mal gesehen haben?«

»Höchstens ein paar Tage ... Ich weiß nicht mehr genau, wann ... Vielleicht vorgestern, beim Großputz ...«

Eva öffnete den Mund, sagte aber nichts, obwohl Maigret sie aufmunternd ansah.

»Ja, es muss wohl vorgestern gewesen sein.«

»Waren Sie heute Abend im Bett, als Ihr Mann zum Essen kam?«

»Ich habe mich heute Nachmittag um zwei Uhr hingelegt, weil ich müde war ...«

»Hätten Sie es bemerkt, wenn er die Schublade geöffnet und die Pistole herausgenommen hätte?«

»Ich glaube schon ...«

»Ist in dieser Schublade etwas, was er vielleicht gebraucht hat?«

»Nein ... Ein Medikament, das er nur nachts nahm, wenn seine Schmerzen zu stark wurden, alte Tablettenröhrchen und eine Brille mit einem zerbrochenen Glas ...«

»Waren Sie heute Morgen im Zimmer, als er sich anzog?«

»Ja. Ich habe die Betten gemacht.«

»Ihr Mann hätte also die Pistole gestern oder vorgestern Abend herausnehmen müssen?«

Wieder machte Eva eine Bewegung, als wolle sie eingreifen. Sie öffnete den Mund. Nein. Sie sagte nichts.

»Mir bleibt nur noch, mich zu bedanken, Madame ... Da fällt mir noch ein, kennen Sie die Marke der Pistole?«

»Es ist eine Browning, 6.38 Millimeter. Die Nummer muss in der Brieftasche meines Mannes sein, er hatte einen Waffenschein.«

Das stimmte tatsächlich.

»Wenn es Ihnen recht ist, wird Sie Inspektor Lognon, der die Ermittlungen leitet, morgen früh, wann Sie wollen, abholen, damit Sie den Leichnam identifizieren . . .«

»Wann immer es Ihnen passt . . . Von acht Uhr an . . .«

»In Ordnung, Lognon?«

Sie verließen das Haus, über den schlecht beleuchteten Treppenabsatz, den dunklen Läufer auf den Stufen, vorbei an den braun gewordenen Wänden. Die Tür war wieder geschlossen worden. Kein Laut drang aus der Wohnung. Die beiden Frauen schwiegen. Kein Wort fiel.

Auf der Straße angelangt sah Maigret noch einmal zu dem erleuchteten Fenster hinauf und murmelte:

»Jetzt, wo wir nichts mehr hören können, ist da oben bestimmt einiges los.«

Ein Schatten zeichnete sich auf dem Vorhang ab. Obwohl er nur sehr unscharf war, konnte man die Umrisse des jungen Mädchens erkennen, das eilig durch das Esszimmer ging. Gleich darauf ging in einem anderen Fenster das Licht an, und Maigret hätte wetten können, dass sich Eva in ihrem Zimmer eingeschlossen hatte und dass ihre Schwester vergeblich versuchte, zu ihr hineinzugelangen.

2

Pech und Empfindlichkeit des Inspektors Lognon

Das Leben war schon recht seltsam. Maigret sah griesgrämig aus, aber in Wirklichkeit hätte er seinen Platz in einem solchen Augenblick nicht gegen den besten Platz in der Oper eingetauscht. Konnte man sich in den weitläufigen Gebäuden der Kriminalpolizei irgendwann mehr zu Hause fühlen als mitten in der Nacht? Maigret fühlte sich so sehr zu Hause, dass er seine Jacke ausgezogen, seine Krawatte abgebunden und seinen Kragen geöffnet hatte. Nach einigem Zögern hatte er sogar seine Schuhe aufgeschnürt, weil sie ihn ein wenig drückten.

Während seiner Abwesenheit hatte Scotland Yard angerufen, und der Anruf war an seinen Neffen Daniel weitergeleitet worden, der ihm gerade davon berichtet hatte.

Der Betrüger, mit dessen Fall er sich befasste, sei in London schon mehr als zwei Jahre lang nicht mehr aufgefallen, nach den letzten Meldungen solle er jedoch in Holland aufgetaucht sein.

Maigret hatte deshalb Amsterdam verständigt. Er wartete jetzt auf die Auskunft der niederländischen Kriminalpolizei. Von Zeit zu Zeit telefonierte er mit seinen Inspektoren, die vor der Tür des Appartements im Claridge und in der Hotelhalle standen, um den Mann zu bewachen . . .

Dann öffnete er, die Pfeife zwischen den Zähnen und mit wirren Haaren, die Tür seines Büros und sah den langen Flur hinunter, in dem nur zwei Nachtlampen brannten; dabei sah er aus wie ein braver Vorstädter, der sich sonntags morgens an den Türrahmen lehnt, um sein Gärtchen zu betrachten.

Ganz am Ende des Flurs saß der alte Bürodiener vom Nachtdienst, Jérôme, der schon seit mehr als dreißig Jahren hier arbeitete und dessen Haar weiß wie Schnee war. An seinem kleinen Tischchen, über dem eine Lampe mit einem grünen Schirm hing, las er, eine Nickelbrille auf der Nase, unablässig in immer demselben Wälzer, einem medizinischen Lehrbuch. Er las wie ein Kind, indem er die Lippen bewegte und Silbe für Silbe entzifferte.

Maigret ging, die Hände in den Hosentaschen, ein paar Schritte weiter in das Büro der Inspektoren, in dem die beiden wachhabenden Beamten, ebenfalls in Hemdsärmeln, Karten spielten und rauchten.

Er lief ziellos hin und her. Hinter seinem Büro stand in einem kleinen Abstellraum ein Feldbett, auf dem er sich zwei- oder dreimal ausstreckte, ohne einschlafen zu können. Trotz des Regens, der pausenlos herunterprasselte, war es warm, weil die Sonne den ganzen Tag über auf die Fenster des Büros gebrannt hatte.

Schließlich ging Maigret ein erstes Mal zum Telefon, aber als er den Hörer abnehmen wollte, ließ er die Hand sinken. Er lief wieder auf und ab, ging nochmals zu den beiden Inspektoren und sah ihnen eine Weile beim Kartenspiel zu, dann trat er ein zweites Mal ans Telefon.

Er war wie ein Kind, das es nicht über sich bringen kann, auf einen Wunsch zu verzichten. Wenn wenigstens Lognon nicht so sehr vom Pech verfolgt gewesen wäre! Doch Lognon hin oder her, Maigret hatte natürlich das Recht, den Fall aus der Rue Lamarck in die Hand zu nehmen, und er brannte darauf, es zu tun.

Nicht, dass er den Fall für besonders Aufsehen erregend gehalten hätte. Die Festnahme des Betrügers zum Beispiel, die ihn einfach weniger interessierte, würde seinem Ansehen sicher mehr nützen. Doch er konnte nicht umhin, immer wieder die Notrufsäule im Regen, den kleinen mageren und kränklichen Diamantenhändler und schließlich die beiden Schwestern in ihrer Wohnung vor sich zu sehen.

Wie könnte man das beschreiben? Es war ein Fall, dessen Geruch ihm gefiel; er hätte ihn am liebsten so lange in sich aufgesogen, bis sich ihm die Wahrheit von selbst aufgedrängt hätte.

Und ausgerechnet jetzt traf er auf den armen Lognon, der im Grunde der beste Mensch war, der gewissenhafteste Inspektor, so gewissenhaft, dass er ungenießbar war, auf Lognon, der so ausdauernd vom Pech verfolgt wurde, dass er am Ende so streitsüchtig war wie ein räudiger Hund.

Immer wenn Lognon einen Fall übernommen hatte, war etwas schief gegangen. Entweder erfuhr er kurz vor einer Festnahme, dass der Verdächtige gute Beziehungen hatte und dass man ihn deshalb besser in Ruhe ließ, oder der Inspektor wurde krank und musste seine Akte einem Kollegen übergeben, oder aber ein karrierebewusster Untersuchungsrichter heimste den Ruhm des Erfolgs für sich ein.

Würde Maigret ihm ein weiteres Mal den Bissen vor dem Mund wegschnappen? Zu allem Überfluss wohnte Lognon auch noch im Viertel, an der Place Constantin-Pecqueur, hundertfünfzig Meter von der Notrufsäule entfernt, vor der Goldfinger gestorben war, dreihundert Meter vor der Wohnung des Diamantenhändlers.

»Hallo, Amsterdam? . . .«

Maigret notierte sich die Auskünfte, die er erhielt. Da der Betrüger in Den Haag ein Flugzeug nach Basel genommen hatte, verständigte er anschließend noch die Schweizer Polizei. Dabei dachte Maigret jedoch immer an den kleinen Händler, dessen Frau und dessen Schwägerin. Und jedes Mal, wenn er sich auf sein Feldbett legte und einzuschlafen versuchte, sah er sie deutlicher vor sich.

Später trank er in seinem Büro einen Schluck Bier; denn als er angekommen war, hatte er sich aus der Brasserie Dauphine drei Flaschen Bier und ein paar belegte Brote kommen lassen. Sieh da! Bei einer Tür schien unten Licht durch: Es war die Tür des Kommissars der Finanzabteilung. Niemand würde ihn stören. Er war steif wie ein Regenschirm, immer wie aus dem Ei gepellt, und er begnügte sich damit, seine Kollegen förmlich zu grüßen. Wenn er die Nacht im Gebäude der Kriminalpolizei verbrachte, dann war am anderen Tag an der Börse was los.

Am Abend war übrigens im Théâtre de la Madeleine eine Galavorstellung mit einem daran anschließenden Festessen zur Feier einer hundertsten Aufführung gegeben worden. Dr. Paul, ein Pariser Arzt, wie er typischer nicht sein konnte, der Freund aller großen Schauspieler, war sicher hingegangen: Er konnte also nicht vor zwei Uhr zu Hause gewesen sein. Wenn man die Zeit zum Umziehen dazurechnete – obwohl er auch schon im Frack in die Anatomie gegangen war, dann musste er vor einer knappen Viertelstunde im Gerichtsmedizinischen Institut angekommen sein.

Maigret konnte nicht mehr an sich halten, er nahm den Hörer ab.

»Verbinden Sie mich bitte mit dem Gerichtsmedizinischen Institut ... Hallo! Hier spricht Maigret. Würden Sie Dr. Paul bitten, einen Augenblick an den Apparat zu kommen? ... Wie meinen Sie? ... Er darf nicht gestört werden? ... Er hat schon mit der Autopsie begonnen? ... Mit wem spreche ich? ... Mit dem Assistenten? ... Guten Abend, Jean ... Würden Sie dem Doktor von mir ausrichten, er möge den Mageninhalt des Toten analysieren ... Ja ... So genau wie möglich ... Ich möchte vor allem wissen, ob er nach seinem Abendessen gegen halb acht noch etwas gegessen oder getrunken hat ... Ich danke Ihnen ... Ja, er soll mich hier anrufen ... Ich bin die ganze Nacht hier ...«

Er hängte ein und verlangte dann die Abhörstelle bei der Telefonzentrale.

»Hallo! ... Hier Kommissar Maigret ... Ich möchte, dass Sie alle Anrufe in der Wohnung eines gewissen Goldfinger, Rue Lamarck 66b, aufzeichnen ... Ja, ab sofort ...«

Und wenn nun Lognon auch daran gedacht hatte? Er rief in seiner Wohnung an der Place Constantin-Pecqueur an. Der

Hörer wurde sofort abgenommen, der Inspektor war also noch auf gewesen . . .

»Sind Sie es, Lognon?. . . Hier spricht Maigret. Verzeihen Sie, dass ich Sie störe . . .«

Unverkennbar Inspektor Lognon! Anstatt zu schlafen, war er schon dabei gewesen, seinen Bericht aufzusetzen. Seine Stimme klang besorgt und ungehalten:

»Ich vermute, Herr Kommissar, Sie wollen mir den Fall abnehmen?«

»Aber nein, mein Lieber! Sie haben ihn übernommen, und Sie werden ihn auch zu Ende führen. Ich möchte Sie nur aus rein persönlichem Interesse darum bitten, mich auf dem Laufenden zu halten.«

»Soll ich Ihnen einen Durchschlag der Berichte schicken?«

Typisch Lognon!

»Das ist nicht nötig.«

»Ich wollte ihn eigentlich an meinen direkten Vorgesetzten, den Kommissar des Arrondissements, schicken . . .«

»Aber ja, tun Sie das . . . Mir sind übrigens noch zwei oder drei Kleinigkeiten eingefallen . . . Sie haben sicher auch schon daran gedacht . . . Meinen Sie nicht auch, dass es sinnvoll wäre, das Haus von zwei Beamten überwachen zu lassen? Wenn eine der Frauen weggeht oder beide getrennt das Haus verlassen, dann könnten sie ihnen folgen . . .«

»Ich hab bereits einen Beamten als Wachtposten aufgestellt. Einen zweiten werde ich hinterherschicken . . . Wenn man mir vorwirft, dass ich zu viel Personal einsetze, dann . . .«

»Niemand wird Ihnen einen Vorwurf machen . . . Haben Sie, was die Fingerabdrücke auf der Pistole angeht, schon Nachricht vom Erkennungsdienst?«

Die Räume und Labors des Erkennungsdienstes lagen genau über Maigrets Kopf im Dachgeschoss des Justizpalastes, aber Maigret nahm äußerste Rücksicht auf die Empfindlichkeit des Inspektors.

»Sie haben gerade bei mir angerufen. Es sind viele Abdrücke darauf, aber sie sind alle zu unscharf, um uns weiterhelfen zu können. Es sieht so aus, als sei die Waffe abgewischt worden, aber man kann es wegen des Regens nicht mit Sicherheit feststellen ...«

»Haben Sie die Pistole zu Gastinne-Renette bringen lassen?«

»Ja, er hat mir versprochen, dass er von acht Uhr an in seinem Labor sein und dann die Waffe sofort untersuchen wird.«

Maigret hätte ihm gern noch andere Ratschläge gegeben. Er brannte darauf, sich kopfüber in diesen Fall zu stürzen. Er saß wie auf Kohlen. Aber er brauchte nur am anderen Ende der Leitung die klägliche Stimme von Inspektor Griesgram zu hören, um Mitleid zu bekommen.

»Gut. Dann lasse ich Sie weiterarbeiten ...«

»Wollen Sie den Fall wirklich nicht in die Hand nehmen?«

»Nein, nein, lieber Lognon. Machen Sie nur weiter! ... Und viel Glück!«

»Ich danke Ihnen ...«

So zog sich die Nacht in der warmen Gemütlichkeit dieser Räume hin, die in der Dunkelheit kleiner zu werden schienen und in denen sie nur zu fünft arbeiteten oder hin und her gingen. Gelegentlich ein Telefonanruf. Basel rief zurück. Dann das Claridge.

»Hört zu, Kinder ... wenn er schläft, dann lasst ihn schlafen. Erst wenn er sein Frühstück bestellt, geht ihr in sein Zimmer und bittet ihn ganz freundlich, mit euch einen kleinen Spaziergang zum Quai des Orfèvres zu machen ... Vor allem kein Aufsehen erregen. Der Direktor des Claridge hat das nicht gern ...«

Um acht Uhr ging er nach Hause, und während des ganzen Heimwegs dachte er daran, dass in ebendiesem Augenblick der verflixte Lognon Mathilde und Eva in ein Taxi verfrachtete, um mit ihnen von der Rue Lamarck ins Gerichtsmedizinische Institut zu fahren.

Am Boulevard Richard-Lenoir war die Hausarbeit schon getan. Madame Maigret war bereits hellwach, und auf dem Tisch wartete das Frühstück.

»Dr. Paul hat eben angerufen.«

»Das hat ja ganz schön lange gedauert.«

Der Magen des unglückseligen Goldfinger enthielt nur halb verdaute Speisereste, Gemüsesuppe, Pastete und gekochten Schinken. Von acht Uhr abends an hatte der Diamantenhändler nichts mehr zu sich genommen.

»Nicht einmal ein Glas Mineralwasser?«, fragte Maigret noch einmal nach.

»Jedenfalls nicht während der letzten halben Stunde vor seinem Tod ...«

»Ist Ihnen ein Magengeschwür aufgefallen?«

»Ja, Kommissar, genauer gesagt, ein Zwölffingerdarmgeschwür ...«

»Kein Krebs?«

»Auf keinen Fall.«

»Er hätte also noch lange leben können?«

»Sehr lange ... Und er hätte sogar geheilt werden können.«

»Danke, Doktor ... Wären Sie so freundlich und würden Ihren Bericht an Inspektor Lognon schicken ... Wie bitte? ... Ja, Inspektor Griesgram ... Einen schönen Tag wünsche ich Ihnen noch!«

Als Madame Maigret sah, dass ihr Mann zum Badezimmer ging, griff sie sofort ein:

»Ich hoffe, du gehst jetzt schlafen?«

»Ich weiß noch nicht ... Ich habe schon heute Nacht ein wenig geschlafen ...«

Er nahm ein Bad und anschließend eine eiskalte Dusche, dann aß er mit gutem Appetit und sah hinaus in den Regen, der so unablässig fiel, als ob es der Morgen von Allerheiligen gewesen wäre. Um neun Uhr hatte er den angesehenen Waffenexperten an der Leitung.

»Hallo! ... Sagen Sie, Maigret, bei dieser ganzen Geschichte gibt es etwas, was mich nicht ruhen lässt ... Es handelt sich doch um Profis, nicht wahr?«

»Warum fragen Sie das?«

»Nun, man hat mir doch auch ganz bestimmt die Pistole zu untersuchen gegeben, aus der die Kugel stammt, die im Schädel des Toten gefunden wurde ...«

Maigret nannte die Nummer der Waffe, die Nummer, die Goldfingers Browning hatte. Der Experte kannte ja die Tatumstände nicht. Er bildete sich sein Urteil nur aufgrund der ihm vorgelegten Gegenstände.

»Was lässt Sie denn nicht ruhen?«

»Als ich den Lauf der Pistole untersuchte, fand ich außen an der Mündung kleine, glänzende Streifen. Ich habe bei anderen Pistolen des gleichen Kalibers versucht festzustellen, woher sie kommen könnten ... Und ich habe genau die gleiche Wirkung erzielt, indem ich einen amerikanischen Schalldämpfer auf den Lauf setzte.«

»Sind Sie sicher?«

»Ich kann Ihnen versichern, dass vor nicht allzu langer Zeit, höchstens vor zwei Tagen, wahrscheinlich jedoch später, denn die Streifen wären sonst nachgedunkelt, ein Schalldämpfer auf die Pistole aufgesetzt wurde, die mir vorgelegt worden ist.«

»Wären Sie so freundlich und würden den schriftlichen Bericht an Inspektor Lognon schicken; er leitet die Ermittlungen.«

Und wie es auch schon Dr. Paul getan hatte, rief Gastinne-Renette erstaunt aus:

»An Inspektor Griesgram?«

Madame Maigret seufzte:

»Gehst du schon wieder? . . . Nimm wenigstens deinen Schirm mit . . .«

Ja, er ging wieder, aber nicht dahin, wohin er hätte gehen wollen, und alles nur wegen diesem ewig vom Pech verfolgten Inspektor. Wenn er seiner inneren Stimme gefolgt wäre, dann hätte er ein Taxi zur Ecke Rue Caulaincourt/Rue Lamarck genommen. Was hätte er dort getan? Nichts Bestimmtes. Er hätte die Atmosphäre der Straße in sich aufgenommen, in allen Ecken herumgestöbert, sich in die Bistros des Viertels gesetzt und ein wenig den Leuten zugehört, die seit dem Erscheinen der Morgenzeitungen von dem Fall wussten.

Beim Verlassen seiner Wohnung hatte Goldfinger gesagt, er habe eine Verabredung in der Nähe. Wenn er Selbstmord begangen hatte, dann war das vielleicht nur ein Vorwand gewesen. Aber was hatte dann der Schalldämpfer zu bedeuten? Wie passte dieses Gerät, das zudem nur recht selten benutzt wurde und schwer aufzutreiben war, zu dem Schuss, der die Notrufsäule erschüttert hatte?

Wenn der Händler wirklich eine Verabredung gehabt hatte . . . Normalerweise verabredet man sich ja nicht auf der Straße, besonders nicht um zehn Uhr abends und im strömenden Regen. Eher vielleicht in einem Café oder in einer Bar . . . Doch der Diamantenhändler hatte nichts getrunken, nicht einmal ein Glas Wasser, nachdem er von seiner Wohnung weggegangen war.

Maigret hätte am liebsten den Weg abgeschritten, den Goldfinger gegangen war, bevor er an der Notrufsäule angehalten hatte.

Nein! Irgendetwas passte hier nicht zusammen, dieses Gefühl hatte er von Anfang an gehabt. Ein Mann wie Stan der Totschläger konnte vielleicht auf die Idee kommen, die Polizei zu beschimpfen, sich noch ein letztes Mal Genugtuung zu verschaffen, bevor er sich dann eine Kugel in den Kopf jagte, aber doch nicht ein armes Würstchen wie Goldfinger!

Maigret hatte den Bus genommen; er stand auf der Plattform und betrachtete wie abwesend das morgendliche Paris, die Mülltonnen im Regen, die vielen Menschen, die wie die Ameisen in Richtung der Büros und Geschäfte strömten.

In einem Abstand von sechs Monaten können einfach nicht zwei Männer die gleiche Idee haben ... Erst recht nicht eine so seltsame Eingebung, die Polizei zu alarmieren, damit diese sozusagen von weitem zum Zeugen des eigenen Selbstmords wird ...

Die Menschen *machen* nur *nach* ... Sie *erfinden* nicht *neu* ... Das gilt in einem solchen Maß, dass, wenn ein Mann sich vom dritten Stockwerk des Eiffelturms stürzt und wenn die Zeitungen unklugerweise darüber berichten, er eine ganze Heerschar von Nachahmern findet; fünfzehn, zwanzig Personen werden sich in den nachfolgenden Monaten vom Turm hinabstürzen ...

Doch über die letzten Augenblicke Stans war nie gesprochen worden ... Außer bei der Kriminalpolizei. Das war es, was Maigret von Anfang an, seit er von Daniel weggegangen war, um in die Rue Caulaincourt zu fahren, nicht hatte ruhen lassen.

»Man hat Sie vom Claridge verlangt, Herr Kommissar.«

Seine beiden Inspektoren ... Der Betrüger, man nannte ihn den Kommodore, hatte soeben geklingelt, um sein Frühstück zu bestellen.

»Sollen wir hinaufgehen, Chef?«

»Ja, los, Kinder.«

Er wünschte seinen internationalen Betrüger zum Teufel, und in seinen Gedanken Lognon dazu.

»Hallo! . . . Sind Sie es, Herr Kommissar? . . . Hier spricht Lognon . . .«

Weiß Gott! Als ob er die triste Stimme von Inspektor Griesgram nicht selbst erkannt hätte!

»Ich komme eben aus dem Gerichtsmedizinischen Institut . . . Madame Goldfinger hat nicht mit uns kommen können . . .«

»Was?«

»Sie war heute Morgen so sehr mit den Nerven am Ende, dass sie mich darum gebeten hat, im Bett bleiben zu können. Ihr Arzt war bei ihr, als ich ankam . . . Ein Arzt aus dem Viertel, Dr. Langevin. Er hat mir bestätigt, dass seine Patientin eine sehr schlechte Nacht verbracht hat, obwohl sie anscheinend ein bisschen zu viele Schlaftabletten genommen hat . . .«

»Hat Sie die jüngere Schwester begleitet?«

»Ja. Sie hat den Leichnam identifiziert. Auf dem ganzen Weg hat sie kein Wort gesagt. Sie war nicht mehr ganz dieselbe wie vorgestern . . . Sie wirkte so bestimmt und entschlossen auf mich . . .«

»Hat sie geweint?«

»Nein. Sie stand ganz steif vor dem Leichnam . . .«

»Wo ist sie jetzt?«

»Ich hab sie wieder nach Hause gebracht. Sie hat mit ihrer Schwester gesprochen und ist dann wieder fortgegangen, zu Borniol, um sich um die Bestattung zu kümmern.«

»Haben Sie ihr einen Beamten hinterhergeschickt?«

»Ja, der zweite ist vor dem Haus geblieben . . . Heute Nacht hat niemand das Haus verlassen. Es hat auch niemand telefoniert.«

»Sie hatten die Abhörstelle informiert?«

»Ja ...«

Lognon zögerte ein wenig und sagte dann, wie jemand, der erst einmal schlucken muss, bevor er etwas Unangenehmes sagen kann:

»Ein Stenograf notiert gerade meinen mündlichen Bericht. Ich werde Ihnen einen Durchschlag davon noch vor Mittag durch einen Boten schicken lassen. Mein Vorgesetzter wird ebenfalls einen Durchschlag erhalten, so dass alles seine Ordnung hat ...«

Maigret brummte vor sich hin:

»Zum Teufel mit dir!«

Dieser bürokratische Formalismus war typisch für Lognon, der so sehr daran gewöhnt war, dass sich seine besten Absichten gegen ihn kehrten, dass er sich schließlich mit seinen lächerlichen Vorsichtsmaßnahmen unmöglich machte.

»Wo sind Sie jetzt?«

»Im Manière ...«

Ein Lokal in der Rue Caulaincourt, nicht weit von der Stelle entfernt, an der Goldfinger gestorben war.

»Ich war jetzt in allen Bistros des Viertels. Ich hab das Bild des Händlers herumgezeigt, das aus seinem Personalausweis. Es ist noch nicht sehr alt, denn der Ausweis ist erst vor weniger als einem Jahr erneuert worden ... Niemand hat Goldfinger gestern Abend gegen zehn Uhr gesehen. Hier kennt ihn übrigens keiner, außer einem Mann aus der Auvergne, der hier eine kleine Bar besitzt, fünfzig Meter von Goldfingers Wohnung entfernt. Dahin ging er früher öfter zum Telefonieren, bevor er sich selbst vor zwei Jahren ein Telefon hat einrichten lassen ...«

»Wie lange war er verheiratet?«

»Seit acht Jahren ... Ich geh jetzt in die Rue La Fayette. Wenn er wirklich mit jemand verabredet war, dann war es sicher dort. Da sich die Diamantenhändler untereinander alle kennen ...«

Maigret war stinkwütend, dass er das nicht alles selbst machen konnte, dass er sich nicht unter Goldfingers Bekannte mischen und nach und nach, Strich für Strich das Bild vervollständigen konnte, das er sich von ihm machte.

»Tun Sie das, Lognon. Halten Sie mich auf dem Laufenden.«

»Sie erhalten dann den Bericht ...«

Der Regen, der jetzt ganz fein nieselte und der so aussah, als wolle er nie mehr aufhören, machte ihm Lust, nach draußen zu gehen. Doch er musste sich um einen so uninteressanten Menschen wie einen internationalen Betrüger kümmern, der darauf spezialisiert war, Schecks und Inhaberpapiere zu fälschen, und der ihn wohl ein wenig kürzer oder länger von oben herab behandeln, am Ende aber doch klein beigeben würde.

Er wurde gerade hereingeführt: ein gut aussehender, etwa fünfzigjähriger Mann, so distinguiert wie ein englisches Clubmitglied und scheinbar äußerst überrascht.

»Packen Sie gleich aus?«

»Wie bitte?«, fragte er und spielte mit seinem Monokel. »Ich verstehe Sie nicht. Man muss mich mit jemand verwechselt haben ...«

»Nun sing schon.«

»Wie meinen Sie?«

»Ich sagte: Nun sing schon! ... Hören Sie, ich hab heute nicht die Geduld, Ihnen alles aus der Nase zu ziehen. Sie sehen ja das Büro. Machen Sie sich klar, dass Sie hier nicht herauskommen werden, bevor Sie ausgepackt haben ... Janvier! ... Lucas! ... Nehmt ihm seine Krawatte und seine Schnürsenkel ab und legt ihm Handschellen an. Überwacht ihn und passt auf, dass er sich keinen Schritt entfernt ... Bis gleich, Kinder ...«

Lognon hin oder her – der hatte ja das Glück, in der Rue La Fayette seine Erkundungen einziehen zu können! Maigret sprang in ein Taxi.

»Rue Caulaincourt. Ich sage Ihnen dann, wo Sie halten sollen.«

Und schon war er wieder zufriedener, hier, in der Straße, in der Goldfinger getötet worden war, wo er jedenfalls gestorben war, vor der rot lackierten Notrufsäule.

Mit hochgeschlagenem Kragen ging er die Rue Lamarck hinunter, denn trotz Madame Maigrets mütterlichen Ermahnungen hatte er seinen Schirm in seinem Büro am Quai des Orfèvres gelassen.

Ein paar Schritte vom Haus Nummer 66b entfernt erkannte er einen Inspektor, den er irgendwo schon einmal getroffen hatte und der den berühmten Kommissar kannte, der jedoch, um nicht aufzufallen, so tat, als sehe er ihn nicht.

»Komm hierher ... Ist niemand herausgekommen? ... Ist niemand in die dritte Etage hinaufgegangen?«

»Niemand, Monsieur Maigret. Ich bin allen, die hineingingen, ins Treppenhaus nachgegangen. Es war kaum jemand da. Nur ein paar Lieferanten.«

»Ist Madame Goldfinger immer noch im Bett?«

»Wahrscheinlich ... Die kleine Schwester ist weggegangen, mein Kollege Marsac bleibt ihr auf den Fersen.«

»Hat sie ein Taxi genommen?«

»Sie hat an der Straßenecke auf den Bus gewartet.«

Maigret ging in das Haus hinein und, ohne anzuhalten, an der Portiersloge vorbei, er stieg in die dritte Etage hinauf und klingelte an der Tür auf der rechten Seite. Man hörte es läuten. Er lauschte und legte das Ohr an die Tür, doch er konnte nichts hören. Er klingelte ein zweites Mal, dann ein drittes Mal. Schließlich rief er leise:

»Polizei!«

Er wusste zwar, dass Madame Goldfinger im Bett lag, doch so krank war sie nicht, dass sie nicht hätte aufstehen und antworten können, und sei es nur durch die Tür.

Maigret ging eilig in die Portiersloge hinunter.

»Madame Goldfinger ist nicht weggegangen, nicht wahr?«

»Nein, Monsieur. Sie ist krank. Heute Morgen war der Arzt da... aber ihre Schwester ist weggegangen.«

»Haben Sie Telefon?«

»Nein, aber bei dem Wirt aus der Auvergne, nur ein paar Schritte von hier, finden Sie eins.«

Er ging eilig dorthin und fragte nach der Nummer der Wohnung; das Telefon läutete lange, ohne dass jemand abnahm.

Maigrets Gesicht zeigte in diesem Augenblick höchstes Erstaunen. Er rief die Abhörstelle an. »Sie haben keinen Anruf in der Wohnung von Goldfinger registriert?«

»Nein. Keinen einzigen, seit Sie uns heute Nacht verständigt haben. Übrigens hat uns Inspektor Lognon auch...«

»Ich weiß.«

Er war wütend. Dieses Schweigen passte so gar nicht zu der Vorstellung, die er sich gemacht hatte. Er ging zurück zu Nummer 66b.

»Bist du sicher«, fragte er den Wachtposten, »dass niemand in die dritte Etage hinaufgegangen ist?«

»Ich schwör es Ihnen. Ich bin allen nachgegangen, die das Haus betreten haben. Ich hab mir sogar eine Liste gemacht, wie mir Inspektor Lognon geraten hat...«

Lognon war und blieb ein Kleinkrämer!

»Komm mit... Wenn nötig, gehst du einen Schlosser holen. Hier im Viertel muss es ja einen geben.«

Sie stiegen die drei Stockwerke hinauf. Maigret klingelte von neuem. Zunächst rührte sich nichts. Dann glaubte er zu hören, dass sich im Innern der Wohnung etwas bewegte. Er rief noch einmal: »Polizei!«

Sie hörten von weitem eine Stimme:

»Einen Augenblick . . .«

Der Augenblick dauerte mehr als drei Minuten. Brauchte man drei Minuten, um sich einen Morgenmantel und Hausschuhe überzuziehen oder um sich vielleicht noch das Gesicht frisch zu machen?

»Sind Sie es, Herr Kommissar?«

»Ich bin es . . . Maigret.«

Das Knacken eines Riegels, der zurückgeschoben, eines Schlüssels, der im Schloss gedreht wurde.

»Entschuldigen Sie . . . Ich hab Sie wohl lange warten lassen?«

Und Maigret, misstrauisch und aggressiv:

»Was wollen Sie damit sagen?«

Bemerkte sie, dass sie einen Fehler gemacht hatte? Sie stammelte mit verschlafener Stimme, mit zu verschlafener Stimme, wie Maigret fand:

»Ich weiß nicht . . . Ich hab geschlafen . . . Ich hatte ein Schlafmittel genommen . . . Ich glaube, ich hab im Schlaf die Klingel läuten hören.«

»Welche Klingel?«

»Ich kann es Ihnen nicht sagen . . . Ich hab sie wie im Traum gehört . . . Bitte, kommen Sie doch herein . . . Ich war heute Morgen nicht in der Lage, Ihren Inspektor zu begleiten . . . Mein Arzt war hier . . .«

»Ich weiß.«

Maigret, der den jungen Beamten auf dem Treppenabsatz gelassen und die Tür hinter sich geschlossen hatte, sah missmutig um sich.

Mathilde trug denselben Morgenmantel wie am Abend zuvor. Sie bat ihn:

»Sie gestatten, dass ich mich wieder hinlege?«

»Selbstverständlich.«

Auf dem Esszimmertisch stand noch eine Tasse mit einem Rest Milchkaffee, Brot und Butter, offensichtlich die Reste von Evas Frühstück. Madame Goldfinger legte sich in dem unaufgeräumten Zimmer wieder ins Bett und seufzte tief.

Irgendetwas stimmte hier nicht, aber was? Er bemerkte, dass sich die junge Frau in ihrem Morgenmantel hingelegt hatte. Natürlich konnte sie das aus Schamhaftigkeit getan haben.

»Standen Sie schon lange vor der Tür?«

»Nein.«

»Haben Sie nicht angerufen?«

»Nein.«

»Eigenartig ... In meinem Traum läutete das Telefon unablässig ...«

»Ja wirklich?«

Das war es. Er wusste jetzt, was ihn gestört hatte. Diese Frau, die er doch aus dem tiefsten, durch Schlafmittel noch verstärkten Schlaf gerissen hatte, die nach Aussage ihres Arztes noch vor drei Stunden an nervösen Depressionen gelitten hatte, diese selbe Frau war so ordentlich frisiert, als sei sie irgendwo zu Besuch.

Und da war noch etwas, ein Strumpf, ein Seidenstrumpf, der ein wenig unter dem Bett hervorsah. Ob er wohl schon seit dem vergangenen Abend dalag? Maigret ließ die Pfeife fallen und bückte sich, um sie wieder aufzuheben, so konnte er feststellen, dass *kein zweiter Strumpf unter dem Bett lag*.

»Haben Sie Neuigkeiten für mich?«

»Ich möchte Ihnen nur ein paar Fragen stellen ... Einen Augenblick. Wo ist Ihr Puder?«

»Was für ein Puder?«

»Ihr Gesichtspuder.«

Sie war nämlich frisch gepudert, und der Kommissar konnte keine Puderdose im Zimmer entdecken.

»Auf dem Tischchen im Bad ... Fragen Sie mich das, weil ich Sie habe warten lassen? Glauben Sie mir, es geschah ganz automatisch, dass ich mich ein wenig frisch gemacht habe, als ich die Klingel läuten hörte ...«

Maigret hätte am liebsten gesagt:

»Nein.«

Laut jedoch sagte er:

»Hatte Ihr Gatte eine Lebensversicherung?«

»Im Jahr unserer Heirat hat er eine Versicherung über dreihunderttausend Francs abgeschlossen. Und später hat er dann eine zweite unterzeichnet, um auf eine Million zu kommen.«

»Ist das schon lange her?«

»Hinter Ihnen im Schreibtisch liegen die Policen ... Öffnen Sie ihn ruhig. Er ist nicht abgeschlossen. Sie liegen in der linken Schublade.«

Zwei Policen von derselben Versicherung. Die erste stammte von vor acht Jahren. Maigret blätterte sofort auf die zweite weiter, er suchte nach einer Klausel, von der er ganz sicher war, dass er sie finden würde.

Im Falle von Selbstmord des Versicherungsnehmers ...

Es gibt nur wenige Versicherungsunternehmen, die auch das Selbstmordrisiko abdecken. Hier war es so, allerdings mit einer Einschränkung: Die Versicherungssumme sollte im Fall eines Selbstmords nur dann ausbezahlt werden, wenn sich der Selbstmord frühestens ein Jahr nach der Unterzeichnung des Vertrags ereignete.

Der zweite, über siebenhunderttausend Francs abgeschlossene Versicherungsvertrag enthielt die gleiche Klausel. Maigret blätterte gleich zur letzten Seite weiter, um das Datum des Vertragsabschlusses zu finden. Die Police war vor genau dreizehn Monaten unterzeichnet worden.

»Zu der Zeit gingen aber doch die Geschäfte Ihres Gatten nicht besonders gut ...«

»Ich weiß ... Ich war dagegen, dass er eine so hohe Versicherung abschloss, aber er war davon überzeugt, dass er ein schwer kranker Mann sei, und er bestand darauf, für mich vorzusorgen.«

»Ich sehe, dass er alle Beiträge bezahlt hat, obwohl das sicher nicht einfach war.«

Es läutete. Madame Goldfinger machte eine Bewegung, als wolle sie aufstehen, doch der Kommissar öffnete die Tür schon selbst und stand einem Lognon gegenüber, aus dessen Gesicht alles Blut zu weichen schien und der mit verzerrten Lippen, wie ein Kind, das gleich zu weinen anfängt, stammelte: »Es tut mir Leid.«

»Aber nicht doch ... *Ich* muss mich entschuldigen ... Kommen Sie herein, Lognon ...«

Maigret hatte die Policen noch in der Hand; der andere hatte sie schon gesehen und zeigte darauf.

»Das ist nicht mehr nötig. Genau deswegen bin ich gekommen.«

»Dann können wir ja zusammen gehen.«

»Da Sie nun schon einmal hier sind, bleibt mir wohl nichts mehr zu tun, dann kann ich sicher nach Hause gehen. Meiner Frau geht es nämlich nicht besonders gut ...«

Lognon hatte zu allem Unglück eine besonders sauertöpfische Frau, die auch noch die Hälfte der Zeit krank war, so dass der Inspektor die Hausarbeit erledigen musste, wenn er nach Hause kam.

»Gehen wir zusammen hinunter, Lognon. Ich muss nur noch meinen Hut holen.«

Maigret war peinlich berührt, fast hätte er sich ein ums andere Mal entschuldigt. Er machte sich Vorwürfe, dass er dem armen Kerl, der doch so voll guten Willens war, wehgetan hatte. Jemand kam die Treppe herauf. Es war Eva. Ihr Blick war kalt und fiel sofort auf die Versicherungspolicen. Mit einem knappen Gruß ging sie an ihnen vorbei.

»Kommen Sie, Lognon. Ich glaube nicht, dass wir hier im Augenblick noch etwas finden ... Können Sie mir sagen, Mademoiselle, wann die Beerdigung stattfindet?«

»Übermorgen ... Der Leichnam wird heute Nachmittag überführt.«

»Ich danke Ihnen.«

Eine seltsame junge Frau. Ihre Nerven, nicht die ihrer Schwester, waren so angespannt, dass man sie mit einer Dosis Schlaftabletten hätte zu Bett schicken sollen.

»Hören Sie, mein lieber Lognon ...«

Die beiden Männer gingen hintereinander die Treppe hinunter, und Lognon seufzte und schüttelte den Kopf:

»Ich habe schon verstanden ... Von der ersten Minute an ...«

»Was haben Sie verstanden?«

»Dass das kein Fall für mich ist ... Ich werde Ihnen meinen letzten Bericht schreiben ...«

»Aber nein, Lognon ...«

Sie gingen an der Loge der Concierge vorbei.

»Einen Augenblick ... Ich möchte der guten Frau eine Frage stellen ... Sagen Sie, Madame, geht Madame Goldfinger häufiger weg?«

»Morgens, um ihre Einkäufe auf dem Markt zu erledigen. Manchmal auch nachmittags, um in die großen Kaufhäuser zu gehen, aber nicht sehr oft.«

»Hat sie manchmal Besuch?«

»So gut wie nie. Es sind sehr ruhige Leute.«

»Wohnen sie schon lange hier im Haus?«

»Sechs Jahre. Wenn alle Mieter so wären wie sie . . .«

Lognon, missmutig und mit gesenktem Kopf, tat so, als interessierte er sich nicht für das Gespräch, das ihn nichts mehr anging jetzt, da ihm ein hohes Tier vom Quai des Orfèvres den Rang abgelaufen hatte.

»Ist sie nie häufiger weggegangen?«

»Doch, schon . . . Diesen Winter eine Zeit lang . . . Eine Weile war sie fast jeden Nachmittag unterwegs. Sie sagte mir, sie besuche eine Freundin, die ein Baby erwarte.«

»Haben Sie diese Freundin schon gesehen?«

»Nein. Wahrscheinlich haben sie sich später miteinander überworfen . . .«

»Ich danke Ihnen . . . Das war, bevor Mademoiselle Eva hier eingezogen ist, nicht wahr?«

»Ja, zu der Zeit etwa ist Madame Goldfinger dann nicht mehr weggegangen.«

»Und Ihnen ist nichts aufgefallen?«

Die Concierge dachte offensichtlich an etwas Bestimmtes. Einen Moment lang wurde ihr Blick ein wenig starrer, doch gleich darauf schüttelte sie den Kopf.

»Nein, nichts Besonderes.«

»Ich danke Ihnen.«

Die beiden Inspektoren auf der Straße taten so, als kennten sie einander nicht.

»Kommen Sie mit mir ins Manière, Inspektor . . . Ich muss noch kurz telefonieren, dann stehe ich zu Ihrer Verfügung.«

»Ja, selbstverständlich«, seufzte Lognon immer missgelaunter. In einer Ecke des Lokals tranken sie einen Aperitif. Der Kommissar ging zum Telefon.

»Hallo! Lucas? . . . Wie geht es unserem Kommodore?«

»Er schmort vor sich hin.«

»Trägt er den Kopf immer noch so hoch?«

»Langsam kriegt er Durst, und die Zunge hängt ihm heraus. Ich glaube, er würde einiges darum geben, wenn er jetzt ein Bier oder einen Cocktail hätte ...«

»Das soll er haben, wenn er ausgepackt hat ... Bis gleich ...«

Er ging zu Lognon zurück, der an dem Marmortisch des Cafés saß und auf einem Bogen mit dem Briefkopf des Hauses in der säuberlichen Schrift eines Schreibstubenoffiziers begann, sein Abschiedsgesuch aufzusetzen.

3

Eine allzu ruhige Mieterin und ein Herr, der nicht von gestern ist

Das Verhör des Kommodore dauerte achtzehn Stunden und wurde immer wieder unterbrochen von Anrufen bei Scotland Yard, in Amsterdam, in Basel und sogar in Wien. Zu guter Letzt sah Maigrets Büro aus wie ein Wachlokal, mit leeren Gläsern, Papptellern mit belegten Broten auf dem Tisch, Pfeifenasche auf dem Boden und herumliegenden Papieren. Und obwohl der Kommissar seine Jacke gleich zu Anfang ausgezogen hatte, breiteten sich unter den Achseln große halbkreisförmige Schweißflecken auf seinem Hemd aus.

Am Anfang hatte er seinen vornehmen Kunden wie einen Herrn behandelt. Am Ende duzte er ihn wie einen gewöhnlichen Taschendieb oder einen Straßenjungen.

»Hör zu, Alter ... Unter uns gesagt, du weißt genau, dass ...«

Er interessierte sich überhaupt nicht für das, was er hier tat. Doch letztlich gelang es ihm vielleicht gerade deshalb, mit einem der hartgesottensten Ganoven fertig zu werden.

Der andere verstand nichts mehr, er sah, wie der Kommissar immer wieder erregt telefonierte, und dabei schien es nicht immer um ihn zu gehen.

In dieser Zeit kümmerte sich Lognon um den Fall, der Maigret so sehr am Herzen lag.

»Verstehen Sie, Lognon«, hatte er im Manière zu ihm gesagt, »nur jemand aus dem Viertel, so jemand wie Sie, kann sich in dieser Geschichte zurechtfinden ... Sie kennen sich in dieser Gegend und bei diesen Leuten besser aus als irgendjemand sonst ... Wenn ich mir erlaubt habe ...«

Balsam. Jede Menge Balsam, um die Wunden des verletzten Ehrgefühls von Inspektor Griesgram zu heilen.

»Goldfinger ist ermordet worden, nicht wahr?«

»Wenn Sie es sagen ...«

»Sie meinen das doch auch ... Das hier ist eines der interessantesten Verbrechen, mit denen ich während meiner ganzen Laufbahn zu tun hatte. Mit der Polizei selbst als Zeuge eines Selbstmords. Das, lieber Lognon, ist wirklich ein starkes Stück, und ich habe wohl bemerkt, dass es Sie gleich zu Anfang stutzig gemacht hat. Die Polizeizentrale sozusagen beim Selbstmord mit dabei. Nur ist da die Spur des Schalldämpfers ... Als Gastinne-Renette Ihnen seinen Bericht geschickt hatte, haben Sie gleich daran gedacht. Aus Goldfingers Pistole ist ein einziger Schuss abgegeben worden, und zu dem Zeitpunkt war ein Schalldämpfer auf die Waffe aufgesetzt. Mit anderen Worten, was wir gehört haben, war ein anderer Schuss, ein *zweiter* Schuss aus einer *zweiten* Waffe ...«

»Sie wissen genauso gut Bescheid wie ich ...«

»Goldfinger war ein armer Teufel, der früher oder später Bankrott gemacht hätte ...«

Er war tatsächlich ein armer Teufel gewesen. Lognon hatte den Beweis dafür. In der Rue La Fayette hatte man zwar wohlwollend, aber doch ein wenig geringschätzig über ihn gesprochen.

Denn an einem solchen Ort hat man kein Mitleid mit Leuten, die sich übers Ohr hauen lassen. Und wie sich Goldfinger hatte übers Ohr hauen lassen! Er hatte, mit einer Zahlungsfrist von drei Monaten, Steine an einen Juwelier aus Bécon-les-Bruyères verkauft, der so ausgesehen hatte, als könne er kein Wässerchen trüben, ein älterer Herr und Familienvater, der sich auf seine alten Tage von einem nicht einmal besonders hübschen jungen Mädchen hatte einwickeln lassen, der schließlich die Steine versetzt und sich mit seiner Maitresse ins Ausland abgesetzt hatte.

Dadurch war in Goldfingers Kasse ein Loch von einhunderttausend Francs entstanden, und seit einem Jahr hatte er sich vergeblich bemüht, es zu stopfen.

»Ein armer Teufel, Sie werden sehen, Lognon ... Ein armer Teufel, der sich dennoch nicht umgebracht hat. Das beweist die Geschichte mit dem Schalldämpfer. Stattdessen ist er auf ganz widerliche Weise umgebracht, von einem Schurken abgeknallt worden ... So denken Sie es sich doch, oder nicht? ... Und seiner Frau wird jetzt eine Million ausgezahlt ...«

»Ich kann Ihnen nichts Neues sagen, Sie wissen genauso gut Bescheid wie ich.«

»Wenn wir davon ausgehen, um die Geschichte zu Ende zu bringen, dass Madame Goldfinger mit dem Mörder unter einer Decke steckt, denn irgendjemand muss ihm ja die Waffe aus der Schublade gegeben haben, dann hatten sie nach der Tat doch sicher das Bedürfnis, miteinander zu sprechen, und sei es nur, um sich gegenseitig zu beruhigen, oder meinen Sie nicht? ...«

»Nur hat sie weder das Haus verlassen noch einen Telefonanruf erhalten ...«

»Verstehen Sie, was ich meine? ... Natürlich verstehen Sie mich, Lognon ... Zwei Inspektoren vor dem Haus, das Telefon unter ständiger Überwachung durch die Abhörstelle ... Ich gratuliere Ihnen, dass Sie daran gedacht haben.«

»Und die Versicherungspolice? ... Die Tatsache, dass das Geld bei Selbstmord erst gerade seit einem Monat zahlbar ist?«

»Ich lasse Sie weitermachen, mein lieber Lognon. Ich muss mich jetzt um eine andere Geschichte kümmern, und keiner ist besser geeignet als Sie, diese hier zu einem guten Ende zu bringen ...«

So hatte er Lognon überreden können.

Lognon seufzte noch einmal:

»Ich werde Ihnen weiterhin die Berichte schicken, die auch an meine Vorgesetzten gehen ...«

Maigret war sozusagen in seinem eigenen Büro gefangen, ebenso, oder fast so, wie der Kommodore. Nur über das Telefon war er mit dem Fall aus der Rue Lamarck verbunden, der ihn einzig und allein interessierte. Hin und wieder rief Lognon im schönsten Amtsstil bei ihm an:

»Ich erlaube mir, Ihnen mitzuteilen, dass ...«

Zwischen den beiden Schwestern hatte es eine Szene gegeben, die man bis ins Treppenhaus gehört hatte. Am Abend hatte sich Eva dann entschlossen, im Hotel Alsina an der Ecke zur Place Constantin-Pecqueur zu übernachten.

»Man könnte fast sagen, sie hassten einander ...«

»Weiß Gott!«

Maigret ließ den verdutzten Kommodore nicht aus den Augen und fügte hinzu:

»Eine der beiden Schwestern war nämlich in Goldfinger verliebt, und zwar die jüngere. Sie können sicher sein, dass sie alles begriffen hat. Wir wissen nur noch nicht, wie der Mörder die Verbindung zu Madame Goldfinger aufrechterhalten hat ... Jedenfalls nicht per Telefon, das wissen wir ja von der Abhörstelle ganz sicher. Und außerhalb des Hauses hat sie ihn auch nicht getroffen ...«

Madame Maigret rief an:

»Wann kommst du nach Hause?... Du vergisst, dass du schon seit vierundzwanzig Stunden nicht mehr in einem Bett geschlafen hast ...«

»Gleich«, antwortete er.

Dann nahm er zum zwanzigsten oder dreißigsten Mal das Verhör mit dem Kommodore wieder auf, den die Müdigkeit schließlich zum Aufgeben zwang.

»Führt ihn ab, Kinder«, sagte er zu Lucas und Janvier. »Einen Augenblick noch! Kommt zuerst rasch ins Inspektorenbüro.«

Zu siebt oder acht standen sie vor Maigret, der vor Müdigkeit kaum mehr sehen konnte.

»Hört zu, Kinder ... Ihr erinnert euch doch an den Tod von Stan im Faubourg Saint-Antoine ... Gut! Da gibt es etwas, was mir nicht mehr einfällt ... Ein Name, der mir auf der Zunge liegt ... Eine Erinnerung, die ganz leicht wiederkehren müsste ...«

Sie suchten alle, sehr beeindruckt, denn in solchen Augenblicken, nach Stunden nervöser Anspannung, wirkte Maigret immer ein bisschen einschüchternd. Nur Janvier hob wie ein Schüler die Hand: »Da war Mariani«, sagte er.

»War er bei uns, als wir den Fall von Stan dem Totschläger bearbeitet haben?«

»Es war der letzte Fall, bei dem er dabei war ...«

Maigret schlug die Tür hinter sich zu. Das war es also. Vor zehn Monaten hatte man ihm einen Inspektorenanwärter vorgesetzt, der von irgendeinem Minister protegiert worden war. Ein Schönling – ein Zuhälter, hätte der Kommissar gesagt –, den er ein paar Wochen lang im Dienst ertragen hatte und den er dann hatte hinauswerfen müssen.

Der Rest war Lognons Aufgabe. Und Lognon tat seine Pflicht, geduldig, einfallslos, aber mit der ihm eigenen Sorgfalt.

Zehn, zwölf Tage lang wurde das Haus der Goldfingers strengstens überwacht. In dieser Zeit wurde nichts entdeckt, außer, dass auch Eva ihre Schwester beobachtete.

Am dreizehnten Tag klopfte man an die Tür der Wohnung, in der die Witwe des Diamantenhändlers sich hätte aufhalten müssen, und man stellte fest, dass sie leer war.

Madame Goldfinger war nicht weggegangen, und man fand sie in der Wohnung, die genau über der ihren lag und die von einem gewissen Monsieur Mariani gemietet war.

Ein Herr, der, seitdem er bei der Kriminalpolizei hinausgeworfen worden war, vor allem von Gelegenheitsarbeiten lebte.

Ein lebenshungriger Mann, der auf eine bestimmte Art verführerisch wirkte, zumindest in den Augen von Madame Goldfinger, deren Mann krank war.

Sie brauchten weder miteinander zu telefonieren noch sich außerhalb zu treffen.

Darüber hinaus stand eine schöne Zugabe von einer Million in Aussicht, wenn der arme Kerl von einem Händler später als ein Jahr nach der Unterzeichnung seiner Versicherungspolice Selbstmord beging.

Ein Schuss aus dem Revolver des Toten – er war mit einem Schalldämpfer versehen und von der Ehefrau selbst beschafft worden.

Dann, vor der Notrufsäule, ein zweiter Schuss mit einer anderen Waffe, der eindeutig auf einen Selbstmord hinweisen und verhindern sollte, dass die Polizei nach einem Mörder suchen würde.

»Sie sind ein Ass, Lognon.«

»Herr Kommissar . . .«

»Waren Sie es oder ich, der die beiden in der Junggesellenwohnung im vierten Stock überrascht hat? Haben nicht Sie die Zeichen gehört, die sie sich durch die Decke gaben?«

»In meinem Bericht wird . . .«

»Ach, lassen Sie doch Ihren Bericht, Lognon. Sie haben die Partie gewonnen. Und zwar gegen verdammt ernst zu nehmende Gegner . . . Wenn Sie mir erlauben würden, Sie heute Abend ins Manière zum Essen einzuladen . . .«

»Ja, nur . . .«

»Nur was?«

»Meiner Frau geht es wieder nicht besonders gut.«

Was soll man mit Leuten anfangen, die einen nicht begleiten können, weil sie zu Hause Geschirr spülen und das Parkett bohnern müssen?

Dabei hatte sich Maigret seinetwegen, wegen der Empfindlichkeit von Inspektor Griesgram, das Vergnügen an einer Ermittlung entgehen lassen, die ihm so sehr am Herzen gelegen hatte.

Das Geständnis

Pierre Boileau/Thomas Narcejac

MONACO

Halb neun Uhr morgens.

In dem elegant eingerichteten Arbeitszimmer rasiert sich ein Mann. Er lässt sich Zeit. Es ist Jacques Brévannes, der Romanschriftsteller. Überall an den Wänden hängen Bilder von ihm: Jacques Brévannes beim Tennisspielen, Jacques Brévannes am Steuer seines Cabriolets, Jacques Brévannes bei einer Pressekonferenz . . .

Am anderen Ende des Zimmers trommelt Patrick Ménier ungeduldig gegen die Scheibe des großen Fensters, von dem man die mit Olivenbäumen bepflanzten Abhänge überblickt. Jetzt sieht er zum zehnten Mal auf die Uhr.

»Eil dich doch ein bisschen!«, drängt er. »Wir kommen noch zu spät.«

»Musst du einen auch so früh aus dem Bett trommeln?«, entgegnet Jacques ungehalten. Er schaltet seinen Rasierapparat aus und legt ihn in den Kasten zurück. »Es ist doch jedes Jahr die gleiche Komödie«, fährt er fort. »Meine Schwiegermutter soll sich mal was anderes einfallen lassen, um Nicole nach Paris zurückzuholen.«

»Vielleicht war sie ja wirklich krank«, meint Patrick.

Jacques ist schlechter Laune. »Na klar. Du musst ja immer gegen mich Partei nehmen . . . Also schön, gehen wir.«

Die beiden Männer verlassen die Wohnung. Die alte Marie, seit Jahren Haushälterin bei den Brévannes, macht hinter ihnen die Tür zu.

Sie steigen die schmalen Gässchen von Peille hinunter und gelangen schließlich auf den mit Arkaden umsäumten kleinen Platz, wo Jacques sein Cabriolet abgestellt hat. Ehe er einsteigt, zündet er sich noch umständlich eine Zigarette an.

Kurz hinter La Turbie steht ein italienischer Wagen, der offensichtlich eine Panne hat. Jacques hält an. Der Wagenheber des Mannes ist verbogen; er kann das Rad nicht wechseln.

»Aber wir haben doch keine Zeit!«, jammert Patrick.

»Ach was; der Zug hat immer Verspätung«, erwidert Jacques übellaunig.

Patrick sieht nervös zu, wie Jacques und der Italiener das Rad wechseln. In der Ferne kann er die Küste sehen. Da ist der Felsen von Monaco, dort hinten erkennt man den Tunnel, aus dem in wenigen Minuten der Zug kommen wird. Der Zug mit Nicole.

Endlich steigt Jacques wieder ein. »Ich konnte den Mann doch nicht einfach sitzen lassen, nicht wahr?«

»Wir verpassen den Zug.«

»Na und? Dann wartet sie eben ein bisschen. Oder sie nimmt sich am Bahnhof ein Taxi.« Aber er fährt jetzt doch schneller. Mit quietschenden Reifen geht er in die Kurven.

Patrick wird es ungemütlich. »Wir werden uns noch den Hals brechen«, wendet er schüchtern ein.

»Auch kein großer Verlust«, meint Jacques gleichmütig. »Was mich angeht, würden das einige Leute sogar begrüßen.«

Und dann geschieht das Unvermeidliche.

Jacques geht zu scharf in eine Kurve . . . Der Wagen bricht hinten aus; Jacques versucht es mit Gegensteuern, aber er kann ihn nicht mehr abfangen. Das Auto prallt gegen die

Steinmauer, wird auf die Gegenseite geschleudert, überschlägt sich, wobei Patrick herausgerissen wird, und rast über die Böschung ... Sekunden vergehen, ehe tief unten der Aufprall gedämpft zu hören ist.

Der Untersuchungsrichter nimmt den unglücklichen Patrick in die Zange.

»Das ist aber alles sehr wenig überzeugend, was Sie da sagen ... Halten wir uns an die Tatsachen: Um zwanzig vor neun sind Sie in Peille abgefahren; um halb zehn kommt der *Train Bleu* in Monaco an – Sie hatten also ausreichend Zeit. Warum sollte Monsieur Brévannes auf dieser gefährlichen Strecke so schnell gefahren sein?«

»Das hab ich Ihnen doch schon erklärt«, entgegnet Patrick müde. »Ein italienischer Wagen hatte einen Platten, und wir haben ihm beim Radwechsel geholfen. Dadurch haben wir uns verspätet.«

»Ja, das haben Sie gesagt. Aber zu Ihrem Pech haben wir diesen geheimnisvollen Italiener nicht auftreiben können ... Wir haben ihn durch Radio aufgefordert, sich zu melden; die italienische Presse hat über den ... eh, Unfall ausführlich berichtet – der Mann ist wie vom Erdboden verschwunden. Komisch, nicht?«

»Und trotzdem ist es so gewesen, wie ich gesagt habe.«

»Na schön – lassen wir das. Unterhalten wir uns jetzt einmal über den Unfall. Normalerweise hätte der Wagen Sie mit in die Tiefe reißen müssen. Sie sind aber herausgeschleudert worden; Passanten haben Sie halb ohnmächtig – ja, das gebe ich zu, ohnmächtig –, aber immerhin im Großen und Ganzen unverletzt, aufgefunden ... Viel anders wäre die Sache auch nicht verlaufen, wenn Sie Ihren Freund unter einem Vorwand zum Halten gebracht, ihm eins über den Kopf gegeben und dann den Wagen mit dem bewusstlosen

Fahrer den Abhang hinuntergestoßen hätten! – Ich weiß, es gibt die seltsamsten Unfälle; aber bei dieser Geschichte kommt mir ein bisschen viel unwahrscheinlich vor.«

Patrick schweigt.

»Und da ist noch etwas«, fährt der Richter fort. »Denken wir doch nur an Ihren Besuch bei Brévannes. Monsieur Brévannes war bekannt für seine Unliebenswürdigkeit; Sie haben selber zugegeben, dass er Sie häufig angeschnauzt hat. Und trotzdem sind Sie geblieben. Sie behaupten, die Launen Ihres Freundes gekannt und gar nicht mehr beachtet zu haben. Vielleicht ...« Der Richter macht eine kleine Pause und fügt dann hinzu:

»Vielleicht spielten Ihre Gefühle für Madame Brévannes eine gewisse Rolle dabei?«

»Ich muss doch sehr bitten!«

»Hier habe ich es schwarz auf weiß.« Der Richter schlägt mit der Hand auf ein Aktenbündel. »Soll ich vorlesen? *Frage: Wie stehen Sie zu Madame Brévannes? – Antwort: Ich habe sie sehr gern. – Frage: Können Sie das nicht etwas genauer ausdrücken? – Antwort: Ich liebe sie* ... Stimmt das, ja oder nein?«

»Es stimmt und es stimmt auch wieder nicht.« Patrick zuckt müde die Achseln. »Es gibt verschiedene Arten von Liebe. Erstens habe ich ihr nie etwas davon gesagt, und zweitens habe ich nach Möglichkeit überhaupt vermieden, mit ihr zusammenzutreffen. Ich bin gelegentlich ein, zwei Tage bei den Brévannes' zu Besuch gewesen; das war alles. Erst nachdem mich Jacques gebeten hat, von seinem letzten Buch eine Luxusausgabe herauszubringen, habe ich ihn etwas häufiger gesehen. Aber von einer engen Freundschaft kann keine Rede sein.«

»Wie Sie wollen. Dann wäre da noch die Frage des Geldes: Sie haben Schulden bei ihm. Wir haben Ihre Quittungen bei seinen Unterlagen gefunden.«

»Das streite ich ja gar nicht ab! Ja, ich habe gewisse geschäftliche Schwierigkeiten – ist das eine Schande? Um sein Buch auf den Markt zu bringen, hat er mir finanziell ausgeholfen ... Das ist schließlich kein Grund, ihn dafür umzubringen!«

»Die Umstände sprechen aber stark gegen Sie.«

»Mag sein. Ja, vermutlich ... Und jetzt halten Sie mich für dämlich genug, ein Verbrechen zu begehen, bei dem alles gegen mich spricht?«

»Dämlich? Aber ganz im Gegenteil. Ich halte Sie sogar für sehr gerissen.«

Lokaltermin. Es überläuft Patrick kalt, als er wieder an der Unfallstelle steht ... am ›Tatort‹.

Man hat für die Rekonstruktion ein Cabriolet besorgt, das etwa Brévannes' Wagen entspricht. Patrick sitzt rechts neben dem Polizeibeamten, der die Rolle des Toten spielt und nach Patricks Anweisungen das Geschehen in Zeitlupe wiederholt. Das Auto rollt gegen die Mauer, schwenkt auf die andere Straßenseite herüber, und Patrick lässt sich herausfallen.

Dann fahren alle nach Monaco zurück. Das Experiment hat niemanden überzeugt.

Es kommt nicht zur Gerichtsverhandlung; das Beweismaterial reicht nicht aus zur Anklageerhebung. Widerstrebend ordnet der Untersuchungsrichter Patricks Haftentlassung an; er ist immer noch überzeugt, dass dieser Ménier seinen Freund Jacques Brévannes umgebracht hat.

Patrick ist völlig fassungslos; er weiß nicht, was er tun soll. Soll er das Buch seines Freundes nun herausbringen? Er hat es ihm zugesagt, und Brévannes hat sich viel von dieser Luxusausgabe versprochen. Aber wie würde die Öffentlichkeit reagieren? Musste es nicht als Gipfel des Zynismus erscheinen?

Und Nicole? Was denkt sie überhaupt? Hält sie ihn auch für schuldig? Wenn das so wäre ... Patrick hat das Gefühl, als legte sich eine eiskalte Hand um sein Herz. Wenn sie ihn auch dieser Tat für fähig halten sollte, bleibt ihm nichts anderes übrig als ... Aber er ist dem Tod gerade um Haaresbreite entgangen und hat trotz aller Depressionen nicht die Absicht, sein Leben fortzuwerfen. Das Beste wäre, Nicole einmal aufzusuchen: Entweder lässt sie ihn gar nicht erst vor oder er hat endlich die Gelegenheit, ihr das alles zu sagen, was er so lange für sich behalten musste – denn jetzt ist Jacques tot.

Aber wenn er ihr nun seine Liebe gesteht – hat sie damit nicht die Bestätigung ihres Argwohns? Was er auch sagt – er sitzt in der Zwickmühle. In Gedanken überlegt sich Patrick, welche Worte, welche Argumente, welche Entschuldigungen er vorbringen kann; aber er weiß, dass es nichts helfen wird. Wenn Nicole ihren Mann geliebt hat ...

Aber hat sie ihn geliebt?

Patrick versucht, sich an gewisse Szenen zu erinnern. Ihre letzte gemeinsame Mahlzeit zum Beispiel ... Eigentlich seltsam; die Brévannes wirkten immer eher wie gute Freunde als wie ein Ehepaar. Klar und deutlich hat Patrick plötzlich Jacques' Bild vor Augen, wie er seiner Frau zulächelt – ohne Wärme, ohne Zärtlichkeit –, fast, als ob er eine einstudierte Rolle spielte.

Eigentlich haben sie beide immer wie die Schauspieler gewirkt ...

Zögernd tastet sich Patrick durch seine Erinnerungen. Flüchtige Bilder – hier ein Wort, da eine Geste – formen sich schließlich zu der hartnäckigen Überzeugung, dass die beiden etwas vor ihm verborgen, dass sie sich in seiner Gegenwart immer zusammengenommen haben ... Ja, sie haben sich immer *Mühe* gegeben, liebenswürdig zu erscheinen. Warum? Um Differenzen zu verbergen?

Ein Zeitungsartikel hatte Patrick früher schon mal zu denken gegeben. Dass Jacques mit sich und der Welt unzufrieden war, war ihm nichts Neues. Aber die Zeitungen hatten irgendwelche seltsamen Aussprüche von ihm gebracht, beißende Bemerkungen eines Schriftstellers über die Frauen, die Freundschaft, das Glück ... Patrick hatte damals kaum glauben können, dass diese Worte von seinem Freund, vor allem, dass sie von Nicoles Ehemann stammen sollten. Ist Nicole schon immer unglücklich gewesen? Ist es Stolz, dass niemand, und vor allem Patrick nicht, die Wahrheit ahnen soll?

Er wird anrufen und fragen, ob sie ihn empfängt.

Was Patrick als Erstes auffällt, als er das Atelier betritt, ist die Tatsache, dass alle Bilder von Jacques verschwunden sind.

Nicole empfängt ihn freundlich. Merkwürdig, sie wirkt gar nicht wie eine gramgebeugte Witwe! Patrick hat sich alle möglichen Trostworte zurechtgelegt; jetzt wagt er nicht, sie auszusprechen. Er ist völlig verwirrt. Nicole bietet ihm den Sessel an, den Jacques früher immer bevorzugt hat.

»Ach, Patrick!«, seufzt sie. »Ich habe so viel an Sie gedacht! Wie soll ich das jemals wieder gutmachen, einen solchen Beweis ...«

»Aber ... Ich verstehe nicht ...«, stammelt Patrick.

»Oh, streiten Sie es nicht ab! Ich weiß alles. Für mich hätten Sie sich verurteilen lassen ... Oh, Patrick, ich danke Ihnen!«

»Hören Sie – ich ...«

»Kein Wort haben Sie gesagt, um mich zu schonen ... Aber jetzt dürfen Sie endlich sprechen. Wir sind allein ... Es war alles nur meinetwegen, nicht wahr? Sie wollten mich schützen ... Vielleicht hätte man mich ja verhaftet, wenn Sie die Wahrheit gesagt hätten.«

»Verhaftet?«

»Ja doch – als Mittäterin. Wenn Sie zugegeben hätten . . .«

»Was denn zugegeben, um Gottes willen?«

Nicole lächelt traurig. »Schweigen wir davon; es ist noch zu früh. Sie trinken doch eine Tasse Tee mit mir, ja?«

»Aber ich habe ihn nicht getötet! Sie können doch nicht annehmen, dass ich . . .«

Sie lächelt etwas vieldeutig. »Ich weiß, es war ein Unfall.«

»Aber selbstverständlich! Der Wagen ist ins Schleudern geraten!«

Nicole bietet ihm eine Zigarette an und hält ihm das Feuerzeug hin.

»Ich habe Sie unterschätzt, Patrick. Ich habe Sie immer für ein wenig ängstlich gehalten; Sie können sich wirklich gut verstellen. Aber seit den . . . den letzten Ereignissen habe ich Sie etwas besser kennen gelernt. Im Grunde Ihrer Seele sind Sie ähnlich wie ich – verschwiegen und leidenschaftlich . . . Ich achte Ihr Schweigen, Patrick.«

Ihre Unterhaltung wird neutraler und dadurch allmählich auch ungezwungener; es ist fast, als bilde sich zwischen ihnen eine gewisse Intimität. Aber immer wieder kommt Nicole auf den Unfall zurück und auf die Frage, die sie nicht zu stellen wagt. Immer wieder flicht sie eine Andeutung ein. Zum Beispiel, als sie ihn nach seinen Erlebnissen im Gefängnis ausfragt . . »Ja, es war ein ziemlicher Schock«, gibt er zu. Während der ersten Tage hat er sehr gelitten.

»Unter Selbstvorwürfen?«

»Selbstvorwürfen? Nein – wieso? Unter dem Verdacht natürlich. Es ist schrecklich, wenn man sein ganzes Leben vor irgendwelchen Leuten ausbreiten muss, kein Geheimnis mehr für sich behalten darf . . .«

»Dann haben Sie also doch immerhin Geheimnisse?«

»Aber nein! Es ist nur . . . Es ist, als ob man Bilanz zieht, ja? Ich habe mein eintöniges und im Grunde nutzloses Leben mit dem von Jacques verglichen. Sein Leben war so reich, so schillernd . . .«

»Aber Patrick – waren Sie denn eifersüchtig auf ihn? Das war nicht nötig. Ich habe ihn nie geliebt . . . Wollten Sie das von mir hören?«

Sie ist ihm so nahe, dass er sich nur vorzubeugen bräuchte, um sie zu küssen – aber schon zieht sie sich wieder zurück. Sie beginnt zu sprechen. Jacques war ein schrecklicher, grausamer Mann, der sich seiner Umwelt nur zu Experimentierzwecken bedient hat . . .

»Ich habe ihm oft genug den Tod gewünscht«, flüstert sie schließlich.

Patrick weiß genau, dass sie ihm in die Arme sinken würde, wenn er sich des Mordes an Jacques bezichtigte. Aber er bringt es nicht fertig.

»Dann brauche ich wenigstens diesen Unfall nicht zu sehr zu bedauern«, sagt er hölzern.

Er hat sie enttäuscht. Sie ist auf einmal wieder sehr fern.

Am nächsten Tag fährt Patrick wieder nach Peille. Aber Nicole ist nicht da. Marie, die alte Haushälterin, macht ihm auf. Zuerst ist sie ziemlich zurückhaltend, aber Patrick stellt seine Fragen so geschickt, dass sie auftaut. Sie erzählt ihm schreckliche Geschichten, die sie selber miterlebt hat.

»Die arme Madame! Ich hab mich oft gefragt, woher sie die Kraft nimmt, das auszuhalten. Manchmal hab ich direkt Angst vor Monsieur gehabt . . .«

Nicoles Ankunft unterbricht Maries Geständnisse.

Mit einem Blick auf Patrick errät die junge Frau, dass Marie aus der Schule geplaudert hat. »Sie hat Ihnen alles erzählt? Streiten Sie es nicht ab. Es ist mir sogar lieber, dass Sie endlich die Wahrheit kennen . . .«

Und dann erzählt sie. Sie berichtet schonungslos und detailliert; es ist wie ein Dammbruch, sie kann nicht mehr aufhören, nachdem sie einmal angefangen hat. Und bald muss Patrick erkennen, dass Marie nicht übertrieben hat. Jacques Brévannes muss ein Unmensch gewesen sein.

»Gut, dass es nun vorbei ist damit«, sagt er bewegt, nachdem sie schließlich endet. »Jetzt tut es mir beinahe Leid, dass ich ihn nicht getötet habe.«

In diesem Moment öffnet Nicole eine Schublade und holt einen Revolver hervor. Sie hält ihn Patrick hin.

»Ich hatte meinen Entschluß gefasst«, flüstert sie. »Wenn Sie mir nicht zuvorgekommen wären . . .«

Protestierend hebt Patrick die Hand.

»Ich weiß, ich weiß«, sagt sie schnell, noch ehe er etwas erwidern kann. »Sie haben es nicht getan . . . Aber ich – ich war dazu bereit. Es war unerträglich geworden.«

»Sie hätten wirklich geschossen?«

»Ja. Ohne zu zögern. Ich hielt es einfach nicht mehr aus . . . Es machte ihm ein sadistisches Vergnügen, mich zu quälen und zu reizen – nur um meine Antworten zu hören und sie dann irgendwelchen Charakteren in seinen Büchern in den Mund zu legen . . . Das hat er nicht nur mit mir so gemacht – o nein. Mit seiner gesamten Umgebung!«

»Aber mit mir nicht.«

»Mit Ihnen?« Nicoles Lachen ist beinahe kränkend. »Mit Ihnen hat er's noch viel schlimmer getrieben! Sie hätten ihn nur mal hören sollen, wie er . . . Ach was. Lassen wir's. Es würde Ihnen nur wehtun.«

Aber Patrick will es nun hören. Er besteht darauf. Und Nicole erzählt ihm, wie Jacques von ihm gesprochen hat, kaum dass er den Raum verlassen hatte. Einen armseligen Kerl hat er ihn oft genannt, dem man einen Tritt in den Hintern versetzen sollte . . .

»Mein Gott! Er hätte es verdient gehabt, wenn ich ihn umgebracht hätte«, murmelt Patrick erschüttert.

»Sehen Sie?«, Sie wartet.

Am liebsten würde er sagen, dass er die Tat begangen hätte, ihr zuliebe. Er möchte sie in die Arme schließen; sie würde ihm nicht wehren ... Aber nein, Patrick bringt es nicht fertig, sich mit einer Tat zu brüsten, die er nicht begangen hat. Er schweigt.

Bei einem melancholischen Spaziergang durch Monaco begegnet Patrick einer jungen Journalistin, die er flüchtig kennt. Myriam ist eine Schulfreundin von Nicole, und selbstverständlich kommt das Gespräch sofort auf die Brévannes. Myriam, die keine Ahnung von Patricks Gefühlen hat, lässt sich lang und breit über Nicole aus: Sie sei romantisch, idealistisch – eine Frau, die nicht in die moderne Zeit passt. Lachend erinnert sie sich an irgendwelche exaltierten Ideen von Nicole.

»Und dann hat sie Brévannes geheiratet ... Sie muss sich ziemlich verändert haben.«

Patrick antwortet nicht. Er weiß, dass sich Nicole nicht verändert hat.

Patrick fährt wieder nach Peille. Aber die Atmosphäre hat sich verändert; Nicole ist kühl und entfernt. Die Bilder von Jacques hängen wieder an den Wänden und Nicole erklärt, dass sie nach Paris zurückkehren wird. Es trifft ihn wie ein Schlag.

»Ich lasse Ihnen die Schlüssel hier«, sagt sie. »Sie können heraufkommen, wenn Sie Lust haben. Sie können auch ganz herziehen.«

»Nicole ...«

Er hat sie enttäuscht durch sein ewiges Ausweichen. Sie glaubte, dass er aus Liebe zu ihr einen Mord begangen hat und nun nicht fähig ist, seine große Leidenschaft zu leben. Er hat alles verdorben.

»Sie brauchen mich ja nicht«, fährt sie fort. »Ich bin hier überflüssig. Ich überlasse Sie also Ihren ... na, freundschaftlichen Erinnerungen.«

»Freundschaftliche Erinnerungen!«, wiederholt Patrick bitter. »Ja, das stimmt, er war mein Freund. Aber ...« Er hält kurz inne; dann platzt er heraus: »Aber ich habe ihn umgebracht!«

»Na endlich!« Nicole sieht ihn lange an. »Sie haben sich ganz schön Zeit gelassen.« Mit einer schnellen Bewegung öffnet sie die Schublade, greift nach dem Revolver und richtet ihn auf Patrick. »Keinen Schritt! Ich wusste doch, dass Sie irgendwann die Wahrheit sagen würden ...«

Sie wählt eine Telefonnummer.

»Hallo ... Ich möchte den Commissaire sprechen ... Hallo? Hier ist Madame Brévannes. Kommen Sie schnell. Patrick Ménier ist bei mir und hat eben gestanden, dass er meinen Mann getötet hat ... Wie bitte? Abstreiten? Oh, das sollte ihm schwer fallen ...« Und mit einer leichten Kopfbewegung zur Tür: »Ja, ich habe einen Zeugen ... Ja. Mein altes Dienstmädchen. Ja, ich hatte sie eingeweiht. Sie hat alles mit angehört.«

Nicole legt langsam auf und hebt den Blick zu Jacques' Bild. Sie hat Tränen in den Augen.

Die Flinte im Korn

Jean-Bernard Pouy

Sie lag in dem Holzbett, das sie von ihrer Mutter und ihrer Großmutter geerbt hatte. Das Bett war in der Familie ein weibliches Möbel. Die Männer schliefen hier nur als unförmige Massen, schnarchten wie Dampflokomotiven, zeugten einigermaßen ungeschickt die Kinder und starben selten hier, weil ihnen die Arbeit oft das Leichentuch ausbreitete. Die Frauen jedoch polierten das Holz, stickten die Laken und füllten die Federbetten nach. Von Generation zu Generation träumten sie in diesem Bett, entschieden über den Haushalt, brachten die Kinder zur Welt und starben selbstverständlich darin.

Und einer dieser Tage war gekommen. Ein verfluchter Tag, ein böser Tag. Die Mutter, die Mama, hatte die Flinte ins Korn geworfen. Bis zu ihrem letzten Atemzug würde es nicht mehr lange dauern, und alle wussten es. Alle begriffen es, obwohl sie einen langen Atem besaß, den sie ihr ganzes Leben lang darauf verwendet hatte, der Familie das Leben schwer zu machen.

Und da standen sie nun, aufrecht am Fuß des Bettes, die Söhne Armand, Bernard und Charles. A, B, C – eine Familientradition. Nur hatte die Mutter nicht die Möglichkeit gehabt, sich 26 Kinder zuzulegen, um das Alphabet zu vollenden. Der Vater war schon nach dem dritten verschwunden. Als die Söhne alt genug und in der Lage waren, Kinder zu zeugen, hatte die Mutter ihnen aus Rache befohlen, diese absurde alphabetische Reihe fortzusetzen. Sie reichte inzwischen bis zu Jacques. Danielle, die Erstgeborene von Bernard, die nach Ansicht ihrer Großmutter eine Nutte war, hatte das Alter erreicht, in dem sie die Ordnung weiterführen konnte. Sobald sie ein Kind bekäme, was nicht mehr lange dauern würde, würde es Karl oder Karina heißen.

Aber die Enkel waren nicht da. Sie hatten nicht das Recht, dem letzten Seufzer beizuwohnen. Das war kein Schauspiel für sie. Man würde es ihnen hinterher sagen, man würde ihnen sagen: Oma ist tot, sie hat nicht gelitten, sie ist sehr würdevoll gestorben, so als wäre sie im Schlaf von uns gegangen. Sicher, zwei oder drei Enkel würden weinen und leiden, schließlich gibt es genug Bücher aus der Psychosoziologie, die von der außerordentlichen Bedeutung der Großeltern für das affektive Gleichgewicht der Enkelkinder handeln. Zwangsläufig würden sie also einen ersten unerwarteten Einbruch der Verzweiflung erleben.

Dabei hatte die Oma selber nur eine vage Vorstellung davon, was es hieß, Großmutter zu sein. Zunächst einmal war sie kein Ausbund an Zärtlichkeit, und dann hatten die drei Söhne es auch nicht für angebracht gehalten, aus ihrer Mutter die Oma mit dem Kuchen und den Süßigkeiten zu machen, die den jungen Seelen so wohl tut.

Die drei Söhne, die aufrecht wie Zinnsoldaten am Fuß des großen Bettes standen, hatten übrigens keine Tränen in den Augen. Sie betrachteten diesen alten Körper, der unter einer bis zum Kinn hochgezogenen Bettdecke verborgen lag, und konnten sich den Bauch, aus dem sie gekommen waren, nicht mehr vorstellen. Sie sahen nur das strenge hagere Gesicht, die halb geschlossenen Lider, die vom Alter gebleichten, fast weißen Haare, die Falten rund um die Nase und die Bettdecke, die sich kaum noch hob, dieses Leinentuch, das für sie schon die Rolle des Leichentuchs übernommen hatte. In ihren sehr unterschiedlichen Köpfen drehten sich die Gedanken um eine gemeinsame Vorstellung, die etwas mit Erleichterung und Befreiung zu tun hatte. Die Mutter lag im Sterben, und die Freiheit breitete ihre Flügel aus. Sie empfanden eine gewisse Befriedigung, sich nicht um eine alte, hilfsbedürftige Frau kümmern zu müssen. Die Mutter war bis zuletzt rührig und selbstständig gewesen. Kaum zwei Tage zuvor hatte sie sich hingelegt und aller Welt verkündet, sie habe die Flinte ins Korn geworfen, das sei das Ende, sie gehe, und es sei besser so. Und die Söhne, die sich rasch, aber ohne große Eile einfanden, waren davon überzeugt, dass es wirklich besser sei, wenn die Alte so ginge, denn sie wussten, sie hätten sie nicht Jahr für Jahr gewindelt, gewaschen und gefüttert. Sie hätten es nicht getan, um sie nicht ansehen zu müssen. Das schwelende Feuer in den eisigen Augen der Mutter hätten sie nicht ertragen. Sie hätten sie zweifellos in ein Altersheim gegeben und ihr gesagt, du wirst schon sehen, das ist besser für dich, du wirst gut versorgt, und außerdem findest du Freundinnen in deinem Alter, du wirst beschäftigt und so etwas. Dabei hätten sie das Gegenteil gedacht und genau gewusst, dass ein Sterbezimmer an einem weiß gekachelten Flur grausamer ist als eine unbequeme Hütte.

Da standen sie nun, erwarteten den berühmten letzten Augenblick und hofften, die letzte Sekunde wäre nicht jene, die sie gerade zählten. Eine Sekunde vor dem Tod ist man noch am Leben, heißt das Sprichwort. Und die Wahrheit dieser volkstümlichen Sentenz mussten sie gerade jetzt erleben. Sie wussten, der Tod würde bald kommen, und hofften zugleich ängstlich, er käme nicht so schnell. Schwer zu ertragen war nur dieser Moment des Übergangs, dieser unendlich kurze Augenblick, in dem die Sense auf immer das Leben vom Tod trennt.

Diese Sekunde war die geringste Berechnung, die sie anstellen konnten. Noch waren sie nicht beim Rechnen, und das Rechnen würde weiß Gott schwierig werden. Natürlich besaßen sie das Testament, das die Mutter bei dem Notar in der kleinen Stadt hinterlassen hatte, aber ein Testament ist noch nicht der Ernst, eher eine Laune, ein letzter Wille eben. Der Pflichtteil und das Gesetz garantierten ihnen eine relativ gleichmäßige Aufteilung des Erbes, doch würde die Aufschlüsselung nach der Größe der Anteile und den Rechten der Nachfolge nur langwierig und mühsam zu regeln sein. Aber noch waren sie nicht an diesem Punkt, wenn sie auch zuweilen daran dachten.

Nein, noch waren sie damit beschäftigt, nach Worten zu suchen, die sie sich sagen konnten und die nicht lächerlich waren. Wenn sie – selten genug, wie man betonen muss – zusammenkamen, lagen sie sich in den Haaren. Diesmal jedoch, angesichts der besonderen Situation, bemühten sie sich, die Form zu wahren, bevor sie aufeinander losgingen ... Und sie suchten nach Worten, die sie ihrer Mutter sagen konnten, denn sie wussten wohl, bis sie entschlief, würde sie wie immer alles hören, taub war sie nie gewesen, o nein, und antworten konnte sie auch. Und weil sie antworten würde, war es umso schwieriger, ihr etwas zu sagen. Die Söhne waren sehr früh aus dem Haus gegangen, weil sie die obligatorischen Vorwürfe der Mutter nicht mehr ertragen hatten, die ihre Zeit damit verbrachte, ihnen immer wieder zu sagen, was für Versager, Nichtsnutze und Schwächlinge sie waren.

Jetzt schwankten sie hin und her, ohne sich vom Fleck zu rühren, traten von einem Fuß auf den anderen, zappelten wie Hampelmänner und starrten gebannt auf das fast vergilbte Gesicht ihrer Erzeugerin. Und woran dachten sie, während sie beschämt schwiegen? Vielleicht an all die wertlosen Geschenke, die sie ihr mit Halsketten aus Nudeln und den Aschenbechern aus salzigem Teig in den ersten Klassen der Vorschule gemacht hatten, oder sie versuchten, sich an die Prügel zu erinnern, an die sichere Tracht Prügel, die sie jedes Mal bekommen hatten, wenn sie sich oder ihre Brüder in Gefahr gebracht hatten. Die Mutter besaß sogar einen Stock, eine weiße Holzlatte mit zwei sehr glatten Seiten, auf denen sie die Vergehen geschrieben hatte, die mit diesem Instrument geahndet wurden: »Schimpfwörter/Ungehorsam«. Dieses gewöhnliche Stück Holz, den Terror ihrer Kindheit, hatten sie so gehasst, dass sie es eines Tages – ultimativer Frevel und bodenlose Provokation – ins Feuer warfen. Die Mutter hatte aber nichts dazu gesagt, und sie hatten begriffen, dass sie in das Erwachsenenalter gekommen waren und die Strafen und Vorhaltungen nunmehr von anderem Kaliber sein würden. Tatsächlich erhob die Mutter von diesem Tage an nie wieder die Hand gegen ihre Nachkommen und fragte jedes Mal, bevor sie sie anschnauzte, ob sie nun erwachsen und Männer wären oder was für eine Scheiße. Sie warf ihnen dauernd vor, sie verhielten sich wie Kinder, wie verantwortungslose Säuglinge. Als sie einmal mehreren Hühnern die Schwanzfedern mit Kerosin in Brand gesteckt hatten, schimpfte die Mutter sie Nazis. Sie vergaßen es nicht. Jedes Mal, wenn sie das schändliche Wort Nazi hörten, dachten sie einzig an Hühner.

Jetzt aber, da sie am Fuß des Bettes, zu Füßen der Sterbenden standen, versuchten sie, sich an ihre guten Worte zu erinnern, an starke Momente, wie die Filmkritiker es nennen. Doch ihre Erinnerungen gaben nicht viel her. Sie brachten nur einen großen, gestaltlosen sentimentalen Klumpen hervor, die strenge Mutter, die gerechte Mutter, die nützliche und ernährende Mutter, die manchmal, aber selten, zärtliche Mutter, das waren starke Momente, die wenigen Momente der Zärtlichkeit, in denen sie sich zu einem Kuss, einer Umarmung oder einer Liebkosung hinreißen ließ. Nein, ihre Erinnerungen brachten nur gewöhnliche Dinge hervor, sie hatten es bei der Mutter immer ordentlich und sauber gehabt, sie konnten ganz normal in die Schule gehen, sie wurden immer gut ernährt, sogar als die Grundnahrungsmittel fehlten und das Geld ausging. Sich darüber hinaus jedoch ihrer guten Worte zu entsinnen, wie man etwa seine eigenen Kinderworte noch weiß, war nicht möglich, da war nichts als eine riesige farblose Decke aus durcheinander geratenen Vorwürfen, belanglosen Worten, Schreiereien, Predigten und Selbstgesprächen.

»Erinnert ihr euch an den Tag, an dem sie die Küche bestreikte?«, fragte Armand mit leiser und brüchiger Stimme. »Bis Mitternacht hat das gedauert. Erst dann hat sie den Streik gebrochen und uns kalte Kartoffeln gegeben . . .«

»Es gab Heringe«, korrigierte Bernard.

»Nein, es gab keine Heringe, Heringe gab es ein andermal . . .«

»Richtig, Heringe gab es, als ich eine Büchse Sardinen aufmachen wollte«, unterbrach Charles.

»Du hättest dir beinahe die Hand aufgeschnitten! Sie hatte Recht, dich davon abzubringen.«

»Womit hatte sie Recht?«

»Sie hatte Recht, dir den Dosenöffner aus der Hand zu nehmen. Das müsste man auch heute noch tun. Wenn du einen Hammer schwingst, sollte man einen großen Bogen um dich machen. Mit Werkzeugen hattest du schon immer Probleme.«

»Ich scheiß drauf. Muss ja nicht jeder Kopf die Form eines Sechzehnerschlüssels haben wie deiner.«

»Aufhören«, knurrte Bernard. »Ihr werdet nicht wieder damit anfangen.«

»Womit?«

»Hört auf, euch zu streiten. Das geht nun schon zwanzig Jahre so, und es ist jetzt nicht der richtige Augenblick. Heute werdet ihr euch nicht anschreien!«

»Doch, es ist genau der richtige Augenblick«, murmelte Charles. »Es ist ein Augenblick wie jeder andere auch.«

»Wie kannst du so gemein sein?«

»Ich will nur sagen, dass nichts ungewöhnlich ist. Es ist ganz normal. Das musste doch eines Tages passieren. Das ist ein Augenblick, den wir seit langem fürchten, und nun ist er da, und es gibt keinen Grund, die sizilianische Familie zu spielen mit dem verstoßenen Sohn Giorgio, der vor seiner Mamma auf die Knie fällt und flennt. Es ist ein Augenblick wie jeder andere auch. Es ist ein schwerer, ein starker Moment, aber wir müssen nicht das höchste der Gefühle daraus machen. Wir müssen ihn leben wie jeden anderen wichtigen Moment.«

»Du mit deinen Wörtern, wir müssen ihn leben«, gab Armand zurück. »Du hattest schon immer den Hang zur Predigt, aber so was ... Ich hab noch nie so viel Blödsinn in so kurzer Zeit gehört. Seit du fließend sprechen kannst, reißt du deine große Klappe auf. Du redest wie eine Enzyklopädie.«

»Du kotzt mich an.«

»Nicht so sehr wie du mich.«

»Das reicht«, schrie Bernard, »das reicht!«

»Du befiehlst mal wieder, weil du immer befohlen hast. Mit welchem Recht? Siehst du nicht, was du bist, was aus dir geworden ist? Du befiehlst, weil das alles ist, was dir geblieben ist. Du befiehlst die Dinge, die du nie imstande warst, selbst zu tun.«

Die Mutter hustete, nein, nicht besonders laut, aber sie hörten es. Als letzter Atemzug konnte es nicht gelten, es war nur ein Signal, eines der letzten Lebenszeichen, das die müden, verbrauchten, löcherigen Lungen von sich gaben.

»Seht ihr, wohin das geführt hat?«

»Was?«

»Euretwegen musste sie husten.«

»Sie muss husten, weil wir reden?«

An diesem Punkt schwiegen sie, denn sie spürten, dass es zu hart wurde, dass es zu weit führte.

Während sie starr auf den Beinahe-Leichnam ihrer Mutter blickten, betrachteten sie auch sich selbst. Und was sahen sie? Keine Versager, nein, normale, ganz normale Nullen. Keine Männer, nein, Hasenfüße, Lemminge, die ihr Leben nicht nutzten, die es Tag für Tag nach einem absurden Leitfaden und unsinnigen Vorschriften lebten, und mehr nicht. Niemand wollte den Bauernhof weiterführen, einer nach dem anderen hatte der Mutter erklärt, es sei indiskutabel, in diesem Loch hängen zu bleiben, man wolle in die Stadt, man wolle Bars und Kaufhäuser, man brauche ein neues Auto, man brauche einen Arbeitgeber und ein Gehalt, man wolle versichert sein, man wolle wählen und glauben, dass es etwas nützt, man müsse an die Gasleitung, an das Stromnetz, an das Kabelfernsehen, an ein Einkaufszentrum angeschlossen sein, man müsse eine intelligente Tageszeitung mit Fotos abonnieren. Nur Bernard kehrte zurück, nein, nicht freiwillig, sondern weil er aus der Fabrik, die Plastikteile herstellte, entlassen wurde, und richtete sich auf dem Hof ein. Er hätte vieles im Leben geopfert, sagte er immer, um sich bis zuletzt um die Mutter zu kümmern. Um an ihrer Seite zu bleiben und bis zuletzt den Willen der Mutter zu ertragen, ohne die Macht mit ihr zu teilen. Seine Brüder machten sich über dieses Gerede entweder lustig oder gerieten in dumpfe Wut. Auch die Tatsache, dass Bernards Frau die einzige war, die es akzeptiert hatte, im Haus der Familie zu wohnen, führte zu zahlreichen, außerordentlich heftigen Debatten. Für Gisette, Bernards Frau, so hieß es, musste die Ankunft auf dem Hof angesichts der Kloake, aus der Bernard sie gefischt hatte, die Ankunft im Paradies gewesen sein.

»Nur eines ist sicher. Wir sind da, und Mama ist auch da.«

»Hast du das auch schon gemerkt?«

»Und wir hätten vielleicht öfter da sein müssen.«

»Männer bleiben nie in dieser Hütte. *Einer* war schon zu viel.«

»Nein, es gab *schon* einen.«

»Ach, meinst du, wir hätten hier bleiben sollen? Oder aus Feigheit zurückkommen wie du? Und verzichten zu werden, was wir geworden sind? Sieh dich doch an, siehst du nicht, was aus dir geworden ist?«

»Ich bin geworden, was ihr hättet bleiben müssen.«

Armand und Charles sahen ihren Bruder an und suchten nach der Antwort, die ihn verstummen ließ. Deshalb konnten sie die Augen ihrer alten Mutter nicht sehen, die sich ein wenig öffneten und im Halbdunkel leuchteten.

»*Dein* Problem, wenn du immer geglaubt hast, den Vater ersetzen zu können«, sagte Armand ruhig. »Diesen Vater, von dem uns die Mutter immer die Ohren voll gequatscht hat, was er doch für ein großartiger Mann war. Ich habe immer geglaubt, dass er ein großartiger Mann war. Als ich älter wurde, habe ich gedacht, er sei ein Dreckskerl, sich so aus dem Staub zu machen, aber heute weiß ich, dass er ein großartiger Mann war, denn man braucht nicht einmal ein besonders großartiger Mann zu sein, um zu begreifen, dass hier das Ende ist, der Tod vor der Zeit und nichts als Langeweile und Langeweile!«

»Du bist vielleicht der Erste, der weggegangen ist, aber hast du mal gesehen, wo du angekommen bist? Du sitzt das ganze Jahr mit dem Arsch in deiner Klapperkiste und versuchst, Medikamente an die Dummen zu verkaufen. Und das nennst du Leben.«

»Mich kommandiert niemand. Ich bin kein Sklave.«

»Du bist schlimmer als ein Sklave. Du bist ein ontologisches Nichts auf zwei Beinen und zwei Füßen, und mit den Füßen denkst du auch. Dein Denken beschränkt sich auf eine einzige Frage: Trittst du nun das Gaspedal oder die Bremse?«

»Und du stehst mit den Füßen immer nur in der Scheiße. Du bist wie ein Hahn, du krähst völlig umsonst. Du weckst niemanden mehr auf damit.«

»Haltet doch die Klappe«, brummte Charles. »Es ist nicht der richtige Augenblick dafür.«

»Ich dachte, es ist ein Augenblick wie jeder andere auch.«

»Wir reden später darüber.«

»Später! Wann? Nachdem wir ihre Augen zugedrückt haben? Wenn wir unten am Tisch sitzen, an *meinem* Tisch, den *ich* gebaut habe, wenn wir einen Schluck Calva trinken, den Calva, den *ich* gemacht habe, während wir *meine* Kartoffeln, *meine* Bohnen und *mein* Fleisch essen?«

»Das wird alles sehr bald nicht mehr deines sein, ich sag es dir jetzt schon, es wird durch drei geteilt werden, jeder bekommt ein Stück Fleisch. Das Schwein hat schließlich Gras von den Feldern *unserer* Mutter gefressen.«

»Schweine fressen kein Gras, du Idiot.«

Und plötzlich hielten sie inne, weil sie merkten, dass die Mutter sie mit weit aufgerissenen Augen ansah. Ohne Bosheit, ohne Arglist. Wie nur eine Mutter ihre Kinder ansehen kann, die stolz darauf ist, sie so weit gebracht zu haben. Sie lächelten mit nicht einmal übertriebener Zuneigung, sie zeigten ihre einfache Zuneigung, denn sie wussten, es war zweifellos das letzte Lächeln, das sie ihrer Mutter, ihrer einen, ihrer einzigen Mutter schenkten.

»Sagt etwas . . .«, flüsterte sie mit sehr leiser Stimme. »Jeder. Einer nach dem anderen. Sagt mir etwas, das ich mit mir nehmen kann.«

Die Söhne schauten einander an. Nur Armand besaß das Bücherwissen, um entfernt an die Sphinx zu denken und an eine List, die vage mit Ödipus zu tun hatte . . .

»Ich bitte euch . . . beeilt euch . . . Armand, fang an.«

Armand räusperte sich, zitterte ein wenig, machte es kurz. »Mama, ich . . . liebe dich, ich habe dich immer geliebt, auch wenn ich weit weg war. Auch wenn wir nicht einer Meinung waren. Und ich versichere dir, dass meine Frau und meine Kinder dich auch lieben . . .« Er zwang sich zu lächeln. »Übrigens werden wir dich noch lange lieben, weil, weil das alles, das alles nichts ist, du hast nur eine vorübergehende Schwäche, morgen wirst du schon sehen, morgen wirst du schon sehen, wie sehr wir dich lieben . . .«

»Gib mir einen Kuss, mein Sohn.«

Unter den finsteren Blicken seiner Brüder fügte sich Armand. Als er sich erhob, nachdem er die blutleeren Wangen seiner Mutter geküsst hatte, weinte er nicht. Auch wenn er ein Gesicht zog, als würden dicke Tränen über seine Wangen rinnen, die er wütend mit einer ungeschickten Armbewegung abwischen müsste.

»Bernard?«, sagte die Mutter schwach.

Weiß wie ein Laken blinzelte Bernard seinen Brüdern zu, als würde er von einer unwiderstehlichen Kraft angezogen.

»Mama, äh . . . wir haben eine Gemüsesuppe gekocht . . . Du wirst schon sehen, das wird dir gut tun. Genau dieselbe Suppe, die du uns gekocht hast, als wir klein waren, erinnerst du dich? Die beste Suppe der Welt. Du hast immer gesagt, diese Suppe gibt es nicht mal im Carlton, also esst sie, erinnerst du dich?«

»Gib mir einen Kuss, mein Sohn.«

Und Bernard beugte sich über seine Mutter, achtete sorgsam darauf, ihren Oberkörper nicht zu berühren, und huschte mit den Lippen über die fast kalte Stirn. Dann kam er an das Fußende des Bettes zurück und stieß Charles mit dem Ellbogen an, um ihn darauf hinzuweisen, dass er jetzt auf die Bühne müsse, um seine Rede in der großen Szene für zwei Personen herunterzubeten.

»Mama, du warst die beste Mutter der Welt«, brachte Charles einigermaßen bewegt hervor. Seine Brüder glaubten für einen Moment, er würde als Erster von ihnen heulen.

»Hör auf zu jammern und gib mir einen Kuss, mein Sohn. Und ich sage dir, dass ich nicht deine Mutter war, sondern immer noch *bin*.«

Und Charles warf sich fast auf seine Mutter, erhob sich dann mit gesenktem Kopf und stellte sich wieder in die Reihe der Brüder, die aus diesem Körper gekommen waren, der bald erkalten würde.

Die Mutter schaute sie lange an. Die Söhne fanden beinahe, ihr Gesicht sei friedlich, wie das einer Schlafenden.

»Ich werde gehen«, sagte die Mutter schwach.

»Aber nein, Mama«, sagten sie im Chor.

»Doch, doch. Und wenn ich jetzt gehe . . . ist es nicht so, dass dann ein Teil von euch mit mir geht?«

»Aber ja, ganz sicher, liebste Mama«, säuselten sie immer noch im Chor.

Die Mutter blickte sie entschlossen an. Zum ersten Mal zierte ein kleines Lächeln, wie ein Messerschnitt, ihr Gesicht.

»Ihr seid ein paar schöne Hosenscheißer«, sagte die Mutter plötzlich mit ihrer gewohnten Stimme.

Die Söhne sahen einander an. Das war es, noch hatte sie die Flinte nicht ins Korn geworfen.

»Mir ist warm, ich schwitze ... bitte ... nehmt die Bettdecke weg ...«

»Sofort, liebste Mama«, sagten sie und zogen jeder an einem Zipfel der Decke.

Jetzt sahen sie den sterbenden Körper der Mutter, die Füße so krumm wie die eines Bussards. Und jetzt sahen die Söhne an der linken Seite ihres grauen Nachthemdes das doppelläufige Jagdgewehr. Und sie rührten sich keinen Millimeter vom Fleck, als die Waffe sich langsam aufrichtete und sie geradewegs in die beiden dicht beieinander liegenden schwarzen Augen der Flinte blicken konnten.

Sie hatten noch Zeit zu denken, dies sei das wahre Antlitz ihrer Mutter.

Sie schoss die Patronenkammern leer und schleuderte damit ihre Söhne blutend und zerfetzt an die hintere Wand des Zimmers. Und dann starb sie mit einem Schrei, und ihr letzter Atem mischte sich sacht mit dem Pulverdampf, der dem Gewehr entstieg.

Schwarze Nächte

Brigitte Aubert

Es ist Nacht. Es ist immer Nacht. Ich spüre die Wärme im Tunnel der Metro. Ich gehe. Ich bin allein. Ich höre meine Schritte widerhallen. Ich umklammere die Spraydose mit Tränengas in meiner Tasche. Biege nach rechts ab. Da ist jemand. Ich spüre es. Ich rieche seinen Schweiß. Bleibe stehen.

»Hätten Sie vielleicht eine Zigarette?«

Die Stimme ist schrill, unangenehm. Ich hole mein Etui mit dem Bild vom Phantom der Oper heraus, öffne es und halte ihm eine Zigarette hin.

»Danke, *Salut*.«

Er entfernt sich schlurfend. Mein Herz schlägt heftig. Ich stecke das Etui in meine linke Tasche. Gehe weiter. Gehe die Treppe hinunter. Ich erreiche den Bahnsteig. Ich setze mich. Rechts von mir zwei Mädchen, die sich unterhalten. Sie lachen laut, sie schreien, ich bin mir sicher, dass sie von mir sprechen. Ich wende ihnen meinen Kopf zu. Sie schweigen. Mit der Fingerspitze folge ich der Narbe von meiner Stirn zum Kinn. Als ob Zorros Peitsche mich direkt ins Gesicht getroffen hätte ... Was habe ich getan, dass ich das verdiene?

Die Bahn kommt. Ich stehe auf. Sie stehen auf. Ich nähere mich ihnen. Sie sprechen von ihren jeweiligen Verlobten. Ich lächle. Sie denken sicher, dass ich sie ansprechen werde.

Aber ich habe ihnen nichts zu sagen. Ich stehe ganz dicht bei ihnen. Die Bahn dröhnt im Tunnel. Sie wird plötzlich vor uns auftauchen. Hinter mir ein Schritt, ein schwerer Schritt, bestimmt Stiefel. Ich bleibe stehen. Der Neuankömmling pfeift vor sich hin. Die Bahn bremst vor uns. Die Türen öffnen sich. Ich steige ein. Ich bin wütend. Schrecklich wütend. Der Typ mit den Stiefeln steigt in denselben Wagen wie ich. Er hustet. Ich höre die beiden Mädchen nicht. Meine Narbe zieht, wie immer, wenn ich mich aufrege.

Draußen regnet es offensichtlich. Hitchcock sagt, dass es in den schlechten französischen Filmen immer Nacht ist und immer regnet. Und dazu das Licht der Straßenlaternen. Und das Auto, das über nassen Asphalt gleitet. Also es regnet. Und ich spiele eine schlechte Rolle in einem schlechten Film. Offenbar verbirgt die schwarze Brille meine Augen vollkommen. Umso besser. Dann sieht man nicht, wo ich hingucke. Nein, das ist ein dummer Ausdruck. Ich gucke niemals irgendwohin. Das, worauf ich meine Aufmerksamkeit richte. Ein Wagen fährt dicht an mir vorbei und lässt mir einen Schwall kaltes Wasser gegen die Beine schwappen. Ich würde gern in eine Bar gehen und etwas Heißes trinken, aber wenn ich eine Bar betrete, verstummen alle. Ich mag diese Stille um mich herum nicht. Ich mag den Lärm. Ich muss Geräusche hören. Ich gehe an einer Nutte vorbei, die mir vorschlägt, mit ihr nach oben zu gehen. Ich sage nein danke und frage, wo die nächste Metro-Station ist. Sie erklärt es mir. Ich danke ihr. Gehe weiter.

Um diese Zeit ist bestimmt nicht viel los. Ein paar Jugendliche kommen hinter mir die Treppe runter, sie drängeln, sie laufen dicht an mir vorbei, und einer von ihnen stößt mich gegen die Wand. Ich taumle, falle. Ich stehe wieder auf. Die Narbe brennt entsetzlich. Ich möchte sie mit den

Fingernägeln ausreißen können. Dazu bin ich noch auf die Rolltreppe gefallen und habe mich am Knie verletzt. Ich erreiche den Bahnsteig. Die Jugendlichen stehen dicht am Rand. Ich gehe auf sie zu.

»Läuft hier, auf diesem Bahnsteig, eine Videokamera?«, frage ich laut.

»Quatsch, hier kommt noch nicht einmal ein Bulle vorbei . . .«, antwortet mir eine ernste, jugendliche Stimme.

Ich gehe auf den Jungen zu. Wir hören, wie die Bahn vibrierend näher kommt. Eine ganze Gruppe von Leuten nähert sich, bestimmt kommen sie aus dem Kino. Ich bin umgeben von Lärm und dem Geruch regennasser Mäntel. Der Junge steht vor mir, direkt an der Kante. Die Bahn brummt. Die Leute unterhalten sich über einen Film, sie lachen.

»Könnten Sie mir helfen?«, frage ich den Jungen, während ich mich ruckartig auf ihn zubewege.

Ich versetze ihm einen kräftigen Stoß, und er fällt auf das Gleis. Jemand schreit. Vielleicht er. Dann ein anderer. Die Bahn macht eine Vollbremsung, der Lärm überdeckt die Schreie.

Jemand schüttelt mich wütend. Ich mache ein erstauntes Gesicht. Stimmen sagen: »Das ist entsetzlich, das ist entsetzlich.« Es klingt angeekelt und traurig.

»Das ist ein Verrückter!«, schreit einer.

»Entschuldigen Sie, könnten Sie mir sagen, was passiert ist?«, frage ich mit sanfter Stimme und nehme meine Brille ab.

Eine Frau macht »Ah!«.

»Er ist blind . . .«, sagt eine Männerstimme zu den Polizisten, die angelaufen kommen.

Der Inspecteur, der mich befragt, heißt André Zappo. Ich stelle mir einen dieser schnurrbärtigen Italiener vor. Die anderen nennen ihn Dédé. Er fragt nach meinem Namen und so weiter. Er fragt mich nicht, ob ich einen Kaffee möchte. Er spricht ohne Mitleid mit mir. Seine Stimme ist kalt. Ruhig. Wir sind in seinem Büro, glaube ich. Sie haben mir einen unbequemen Stuhl angeboten.

»Sie brauchen mir die Lampe nicht mitten ins Gesicht zu knallen«, sage ich, um einen Scherz zu machen.

Vielleicht hat er gelächelt, ich weiß es nicht.

»Wissen Sie eigentlich, was Sie getan haben?«

»Ich hörte die Bahn kommen, und ich wollte den Jungen bitten, mir zu helfen. Ich fühlte mich nicht sehr gut; ich hatte Angst, bewusstlos zu werden. Seit meinem Unfall werde ich oft ohnmächtig.«

»Unterschreiben Sie hier.«

Ich lege meine Hand auf das Blatt, stecke mir einen Stift zwischen die Finger. Ich unterschreibe sorgfältig.

»Sie können wieder nach Hause gehen. Aber verlassen Sie nicht die Stadt. Ich könnte Sie brauchen.«

»Wie Sie wissen, fällt mir das Reisen schwer, Monsieur l'Inspecteur.«

»Na, dann ist ja alles in Ordnung.«

»Die Familie des Jungen ist da, Dédé«, sagt eine dröhnende Stimme hinter meinem Rücken.

»Ich nehme sie gleich. Lass Monsieur hier hinausgehen. Ich nehme an, Sie bestehen nicht darauf, sie zu sehen?«

»Sie zu ›sehen‹?«

»Sie haben mich ganz recht verstanden. Gehen Sie, auf Wiedersehen. Und passen Sie auf, wo Sie Ihre Füße hinsetzen ...«

Seine schleppende Stimme klingt spöttisch. Bösartig spöttisch. Ich kann diesen Inspecteur nicht leiden. Ich mag seine Stimme nicht. Sie erinnert mich an etwas Unangenehmes. An den Geruch von Desinfektionsmittel. Gut, ich werde später darüber nachdenken.

Ich fahre mit dem Taxi nach Hause. Der Fahrer öffnet mir die Tür und fasst mich am Arm, um mich aussteigen zu lassen. Ich mache mich frei. Ich mag es nicht, wenn man mich anfasst. Ich zahle mit einem Hundertfrancschein. Ich stecke meine Scheine in verschiedene Taschen, um mich nicht zu vertun. Aber auf jeden Fall erkenne ich sie an der Oberflächenstruktur. Er versucht mich um mein Geld zu betrügen. Statt einem Schein zu fünfzig Francs einen zu zwanzig. Ich bleibe vor ihm mit ausgestreckter Hand stehen. Endlich gibt er mir den Rest. Ich packe ihn an der Gurgel und werfe ihn mit aller Kraft gegen den Wagen. Sein Kopf schlägt auf den Boden. Ich gehe in meine Wohnung. Ich höre ihn an die Tür des Gebäudes schlagen. Ich lächle im Dunkeln.

Irgendetwas stimmt nicht. Ich weiß nicht, was. Dieser Inspecteur vielleicht ... Es ist Morgen. Ich rieche den Geruch des Regens nicht, ich höre ihn nicht. Es muss schönes Wetter sein. Ich öffne das Fenster. Ich berühre meine Pflanzen mit den Fingerspitzen. Ich liebe meine Pflanzen. Ich bin in guter Verfassung. Aber unruhig. Obwohl es nicht das erste Mal ist ... Die Leute können sich nicht vorstellen, wie ich reise. Durch das ganze Land. Ich drehe mich um zu meinem japanischen Garten. Ich nehme ein kleines Holzkreuz aus der Plastikschachtel und ich errichte es neben dem Miniatur-Kirschbaum. Ich würde meinen kleinen blühenden Friedhof gern sehen können. Fünf Kreuze ... Bald wird es ein richtiges kleines Dorf sein. Gut, ich muss los. Ich werde meinen Mantel holen. Er riecht angenehm nach Leder. Ich liebe den Geruch des Leders. Meine letzte Erinnerung vor dem Unfall ist dieser Geruch von neuem Leder im Wagen und meine Finger, die das Steuer liebkosen.

Im Keller ist es kühl. Die anderen sind da. Wir begrüßen uns. Ich nehme meinen Platz ein. Wir beginnen zu spielen.

Wir spielen den ganzen Nachmittag. Das Konzert findet Sonntagabend statt, und es sitzt noch nicht richtig. Ich fühle mich gut. Spiele gut. Ich bin ein guter Schlagzeuger. Sie sagen, dass ich sensationell bin. Ich glaube, dass ich ein gutes Rhythmusgefühl habe. Bin schweißgebadet. Wir trinken Bier. Ich würde gern in Ruhe hier bleiben. Aber ich kann nicht.

Seit drei Wochen keine Nachricht vom Inspecteur. Er hat die Sache wohl fallen gelassen. Wie auch immer, gegen einen armen Blinden wie mich können sie nichts ausrichten. Ich bin zweiundzwanzig Jahre alt, ich tue ganz Frankreich Leid.

Wenn ich reise, fahre ich immer bis zur Endstation, um den Halt nicht zu verpassen. Endstation!, ruft der Fahrer. Ich steige aus. Langsam. Man darf nicht sehen, dass ich nicht sehe. Unbemerkt bleiben ... obwohl das mit meiner Visage schwierig ist.

Ich gehe durch Straßen mit vielen Leuten. Es regnet. Mir ist nicht kalt. Mir ist auch nicht warm. Mein Gesicht brennt. Machen sich die Leute über mich lustig? Sind sie glücklich? Ich fühle, dass meine Kiefermuskeln verkrampft sind. In der Nacht knirsche ich stundenlang mit den Zähnen. Ich bewege mich vorsichtig. Ich kenne diese Stadt nicht. Ich kenne sie nicht bei Nacht. Ich kenne sie aus der Erinnerung. Es ist meine Stadt. Meine Stadt, in der ich heute ein Fremder bin. Verloren. Verletzlich. Ich rieche das Meer. Der Mistral nimmt mir den Atem. Es regnet nicht mehr. Ich bin verloren. Ich bin voller Hass.

Auf dem Bahnhof sind viele Leute, wie immer. Rufe und Stimmen in Sprachen, die ich nicht kenne. Der Zug nach Toulon fährt gleich ab. Hunderte von Leuten drängen sich auf dem Bahnsteig, ich lasse mich von der Masse tragen, ich lächle ins Leere. Der Zug aus Avignon fährt ein. Ich greife nach dem Arm einer Dame. Ich fühle den Pelz unter meinen Fingern und rieche ihr zu starkes Parfüm.

»Madame, der Zug aus Avignon, bin ich hier richtig?«

Ich habe eine heisere, tiefe Stimme, die Leute beugen sich immer vor, um mich zu verstehen.

»Ja, kommen Sie mit, hier, er kommt, beugen Sie sich nicht nach vorn!«

»Danke, Madame«, sage ich lächelnd und stolpere unglücklich, und sie fällt hintenüber, während sich die Menge schreiend und stoßend auf den Zug stürzt. Ein Koffer stößt gegen meinen Kopf, ich lasse mich fallen, ich stoße an Beine, Arme, das ist das typische Feriengedrängle, Leute fangen an zu schreien, ich richte mich wieder auf, ich entferne mich, ohne mich zu beeilen. Ich begegne Leuten, die sagen, dass ein fürchterlicher Unfall passiert ist. Fürchterliche Unfälle passieren jeden Tag. Und nicht nur den anderen.

Manchmal habe ich den Eindruck, dass ich beobachtet werde. Zu Hause, auf dem Anrufbeantworter, eine Nachricht von Inspecteur Zappo: Der Fall ist zu den Akten gelegt worden, es war ein Unfall. Ich kann tun, was ich will. Er fügt hinzu: »Amüsieren Sie sich gut.« Das gefällt mir nicht. Aber heute Abend kümmert mich das einen Dreck. Ich habe Lust, mich zu amüsieren. Ich packe meinen Koffer aus und dusche. Der Fernseher (ein intelligentes Geschenk meiner Mutter) teilt mir mit, dass sich im Bahnhof von Marseille heute Morgen ein fürchterlicher Unfall ereignet hat. Eine Mutter von drei Kindern hat – so scheint es – das Gleichgewicht verloren, als der Zug, der aus Avignon kam, in den Bahnhof einfuhr, und ist von der Lokomotive zerquetscht worden. Gesucht wird ein junger bärtiger Mann mit einem marineblauen Regenmantel. Leise vor mich hin pfeifend rasiere ich mir den Bart. Ich wusste nicht, dass der Regenmantel dunkelblau war, ich hatte die Verkäuferin nach einem beigen Regenmantel gefragt.

Das sind alles Schweine.

Heute Abend ist wahnsinnig viel los. Fred, der Türsteher, lässt mich hinein. Er klopft mir freundschaftlich auf die Schulter. Ich lächle ihn an, aber ich habe Lust, ihm den Arm zu brechen. Ich gehe an der Wand entlang bis zur Bar.

»Ah, du bist's. Was treibst du denn jetzt so?«

»Nichts. Gib mir einen Cognac, bitte. Sag, ist da jemand hinter mir hereingekommen?«, frage ich etwas leiser.

Das Mädchen spricht mir in die Ohrmuschel.

»Wenn du hier mit Stoff handeln willst, gefällt mir das gar nicht. Ja, da ist jemand. Ein großer Typ mit braunen Haaren und Schnurrbart. Er steht rechts von dir.«

»Ich muss wissen, wer es ist. Kannst du das hinkriegen?«

»Hast du gehört, was ich zu dir gesagt habe?«

»Lass mich mit deinem Quatsch in Frieden. Das ist eine persönliche Angelegenheit. Der Kerl verfolgt mich.«

»Gut, einverstanden . . .«

Sie geht weg. Die Musik ist ohrenbetäubend. Ich höre einen Moment zu. Ich schlage mit meiner rechten Hand den Takt. Ich habe Lust zu tanzen. Eine Hand legt sich auf meine Hand. Ich erstarre.

»Ich bin's, hör zu, ich weiß nicht, aber der Kerl gefällt mir nicht. Ich habe versucht, mit ihm ins Gespräch zu kommen. Er hat gesagt, ich solle verschwinden. Er sieht betrunken aus.«

Betrunken. Polizisten sind nicht betrunken. Oder sie sind nicht im Dienst. Aber warum sollte mir Inspecteur Zappo folgen, wenn er nicht im Dienst ist? Ich spinne, das ist alles.

Wie kann ich erfahren, ob er einen Schnurrbart trägt? Ich frage nach dem Telefon. Ich wähle die Nummer, die er mir gegeben hat. Eine Stimme antwortet.

»Guten Tag. Ich möchte bitte l'Inspecteur Beppo sprechen.«

»Es gibt keinen Inspecteur Beppo.«

»Doch, einer mit Schnurrbart, wissen Sie, der sich um die Geschichte mit dem Blinden gekümmert hat . . .«

»Ach so, Zappo, er ist nicht da, aber er hat keinen Schnurrbart. Sind Sie sich sicher, dass er es ist?«

»Ja. Macht nichts, danke.«

Ich lege auf, während er weiterschwatzt. Als ich das Telefon Hélène zurückgebe, kippe ich mein Glas um.

»Ist nicht so schlimm, macht nichts«, sagt sie mütterlich.

Die Narbe zieht gewaltig. Ich habe nie Hélènes Gesicht gesehen. Sie ist bestimmt hässlich. Unabsichtlich verbrenne ich mit meiner Zigarette ihren Arm. Wie ungeschickt von mir.

Ich bewege mich auf der Tanzfläche zusammen mit den anderen. Meine Lederhose klebt mir auf der Haut, ich triefe unter dem Hemd. Meine Haare sind ganz kurz geschnitten. Meine Mutter sagt, dass ich aussehe wie ein Nazi. Das ist in, antworte ich ihr. Ich tanze und denke nur noch an die Bewegung. Da ist vielleicht ein Mädchen, das vor mir tanzt und mich anlächelt. Ich weiß es nicht. Es ist mir egal.

Als ich gehe, frage ich Hélène, ob der Typ noch da ist. Sie sagt mir, dass er gegangen sei. Ich gehe hinaus. Der Regen ist eisig kalt. Ich schlage den Kragen hoch. Ich weiß, dass ich nach links gehen muss. Es ist nicht weit bis zu mir. In meiner Situation gewöhnt man sich sehr schnell an einen eingeschränkten Aktionsradius. Zumindest was das Alltägliche anbelangt. Da ist jemand, der ein Stück hinter mir hergeht. Und der seine

Schritte nach meinen richtet. Ich halte das Spray fest in der Hand. Bei all den Bekloppten, die durch die Stadt streichen, kann man ja nie wissen. Die Schritte kommen näher. Ganz nah. Dann werden sie langsamer. Mein Herz schlägt zu schnell. Kommen noch näher. Berühren mich fast. Ich bin drauf und dran, mich umzudrehen und ihm eine Gaswolke ins Gesicht zu sprühen. Nicht schneller werden. Ruhig bleiben. »Warum legst du dir keinen Hund zu?«, sagt meine Mutter immer. Einen ziemlich wilden Hund. Mit scharfen Fangzähnen. Der nur auf meine Stimme hört. Die Schritte werden langsamer.

Jemand folgt und spielt mit mir. Jemand spielt mit meinen Nerven. Oder bilde ich es mir nur ein? Der Arzt sagte, dass ich Paranoiker bin. Immer diese großen Worte. Ich bin vorsichtig, das ist alles. Ich habe mich entschieden. Ich drehe mich um.

Mit dem Spray in der Hand drehe ich mich um. Auch als ich mich zu ihm umdrehe, weiß ich nicht, wo er ist. Er rührt sich nicht. Er atmet nicht. Rechts? Links? Ich hätte es gehört, wenn er mich überholt hätte. Aber vielleicht bewegt er sich ganz leise um mich herum? Bei diesem Regen kann ich nicht gut hören. Wenn er nicht weiß, dass ich nichts sehen kann, steht er vielleicht wie versteinert dort, vor mir, und wartet, dass ich etwas sage ...

Er beginnt zu pfeifen. Ich kenne diese Melodie. Ich kann sie nicht hören. Es ist die Melodie, die im Radio gespielt wurde, als ... als ... Ich erinnere mich, dass ich mitgesungen habe. Ich habe meine Mutter gebeten, die Platte wegzuwerfen. Ich will diese Melodie nie wieder hören. Mein Gesicht brennt. Dieser Idiot pfeift weiter. Er bewegt sich um mich herum.

Warum pfeift er gerade diese Melodie? Ich jage einen Strahl aus dem Spray. Ich höre ihn glucksend lachen. Ist er ein Verrückter, der damit spielt, mich zu terrorisieren? Ich will mich umdrehen und stolpere über sein ausgestrecktes Bein, ich falle mit dem Gesicht in den Rinnstein.

»Lassen Sie mich, lassen Sie mich in Ruhe, Sie sind wohl krank. Sehen Sie nicht, dass ich blind bin!«

Ich bekomme einen Fußtritt in den Bauch, dann einen anderen ins Gesicht. Er packt mich. Sein Atem riecht nach Wein. Er durchsucht mich. Meine Brieftasche ... Noch einen Schlag ins Gesicht. Mein Kopf stößt gegen den Bürgersteig. Seine Schritte entfernen sich. O Gott, ihn sehen, ihn sehen, und wenn es nur eine Sekunde wäre! Ich möchte mir die Augen ausreißen, diese unnützen Kugeln rauskratzen! Meine Hände scharren über das feuchte Pflaster, ich kann nicht einmal weinen, ich habe keine Tränendrüsen mehr.

»Ich bin angegriffen worden, ich möchte Anzeige erstatten.«

»Was hat man Ihnen gestohlen?«

»Meine Brieftasche mit meinen Papieren und Geld. Ich bin ins Gesicht und in den Bauch getreren worden.«

Stille. Bestimmt sieht er in mein Gesicht und sagt sich, dass man auf jeden Fall ... Eine Tür geht auf. Die Stimme erwischt mich von hinten:

»Ah, ich habe mir schon gedacht, dass Sie es sind! Sie sehen, das Rad dreht sich, jeder kommt mal dran ...«

»Ich habe niemand angegriffen. Ich bitte Sie, das nicht zu vergessen, Inspecteur. Ich habe dieselben Rechte wie alle anderen, unter anderem das, von einem Polizisten nicht willkürlich beleidigt zu werden.«

»Gleich kommen mir die Tränen ... sagen Sie, Sie haben doch nie einen Bart getragen, oder?«

Mein Herz macht einen Satz, ich drehe mich langsam um. »Nein, warum? Ist das jetzt ein Verbrechen?«

»Ach nichts, war nur ein Scherz ... Ich hoffe, Sie werden Ihre Papiere wieder finden. Jeder könnte sich für Sie ausgeben, mit Brille und einem Ledermantel, und sie für seine üblen Absichten benützen. Das wäre dumm ... *Salut*.«

Die Tür schließt sich wieder. Ich bin wütend. Ich hasse diesen Mann. Sein Benehmen. Seine Stimme. Eine Stimme, die nichts verzeiht. Die nichts entschuldigt. Aber ich habe nichts Böses getan. Ich habe niemals etwas Böses getan. Jeder trinkt etwas am Samstagabend. Jeder fährt, wenn er sich ein Glas hinter die Binde gegossen hat. Sie ist plötzlich auf der rechten Seite aufgetaucht mit diesem lächerlichen kleinen Wagen, Scheiße, Scheiße und Scheiße, ich will nicht daran denken! Ich stehe auf, danke dem Polizisten und gehe.

Ich will an nichts denken. Gehen. Irgendwohin gehen. Mich von der Stadt tragen lassen wie Abfall, der in der Kanalisation davongetragen wird. Wie der menschliche Abfall, der ich bin.

Eine Mädchenstimme ruft:

»Schau, was der für eine Fresse hat! He, Jackie, hast du den Typ gesehen, der hat vielleicht eine Birne.«

Ich mache eine drohende Bewegung in ihre Richtung, sie flieht lachend. Ich werde sie töten. Sie und die anderen. Er glaubt, dass ich schwach bin. Aber ich will töten. Wann ich will. Wie ich will. Und es macht mir Spaß zu töten.

Ich lege mir meine Hand auf die Wange, es brennt. Verdammt noch mal, bin ich dumm. Deshalb hat er mich gefragt, ob ich einen Bart tragen würde. Wegen der Schnitte, die ich mir zugefügt habe, als ich mich neulich rasierte. Ich war in Eile und nervös. Meine Hand zitterte. Auch heute Abend zittert sie.

Ich gehe am Ufer entlang. Hier sind oft Kinder. An Sonntagen, die so schön sind wie der heutige, kommen sie zum Angeln her. Der Bus hat mich in der Nähe abgesetzt. Ich kenne die Gegend gut. Ich bin mit meinem Vater oft hierher gekommen. Irgendwo vor mir höre ich ein Kind lachen. Lächelnd gehe ich weiter. Ich berühre das hohe Gras, das das Ufer den Blicken entzieht, mit der Hand. Hinter mir, dort oben, verläuft die Straße.

»Guten Tag.«

»Guten Tag, Monsieur«, antwortet das Kind.

Ich bücke mich, ich halte die Hand hin, es greift danach, es weicht nicht zurück.

»Sie können nicht sehen?«

»Nein, ich bin blind. Bist du blond oder dunkelhaarig?«

»Meine Haare sind braun. Ich heiße Bruno. Und Sie?«

»Ich heiße Dingo«, sage ich lächelnd. »Du willst nicht schwimmen?«

»Nein, ich weiß nicht. Das Wasser ist hier zu tief, und es ist jetzt zu kalt.«

Ich stütze mich auf seine Schultern. Er riecht gut. Ich hole Schwung.

»Mit besten Grüßen von Dingo«, sage ich und werfe ihn in das zu kalte Wasser.

Er fällt. Oben macht ein Auto eine Vollbremsung, ich höre ein Hupen, Schreie, eine Stimme, eine fürchterliche Stimme, die schreit: »Halte durch, ich komme.« Ich beginne zu laufen. Ein fürchterliches Geräusch neben mir. Er schießt auf mich. Ich höre etwas ins Wasser fallen. Der Junge, er will den Jungen retten. Ich laufe, ich rutsche, der Boden ist schlammig, und ich laufe in der Nacht, mir ist heiß, ich schwitze, irgendetwas schlägt mir ins Gesicht, ich falle. Es ist kalt, das ist kaltes Wasser, ich werde ertrinken. Ich schlage mit den Armen, den Beinen, an irgendetwas halte ich mich fest. Ein Arm? Ein morscher, schwimmender Ast. Ruhig werden. Sich nicht bewegen. Mein schwerer Mantel zieht mich nach unten. Es wird Nacht werden. Sie werden mich nicht finden. Sich nicht bewegen. Aber wo bin ich? Mein Arm tut mir weh. Ich glaube, ich blute. Werden sie sehen, dass das Wasser rot ist?

Zeit vergeht. Ich klappere mit den Zähnen. Jetzt höre ich sie nicht mehr. Ich ziehe mich langsam die Böschung hoch. Ich berühre etwas, es ist ein Fuß, jetzt ist es vorbei, sie haben mich . . .

»Geht es, mein Junge? Sind Sie ins Wasser gefallen?«

»Ja, ich bin gefallen . . . Sind die Polizisten noch da?«

»Nein, mach dir keine Sorgen, sie sind weggefahren. Du hattest Glück, weißt du, denn gleich dort, ein Stück weiter unten, ist die Schleuse. Sie haben gedacht, dass du hineingeraten wärst, sie suchen da unten. Hau ab, beeil dich!«

»Danke . . .«

»Bedanke dich nicht, ich hätte es sogar für einen Hund getan. Wer bin ich, dass ich richten könnte? Geh, hau ab, los!«

Die alte Stimme zittert. Eine alte Frau. Bestimmt eine Pennerin. Ich schleiche an der Böschung entlang. Zwischen dem Fluss und der Straße. Unter den Bäumen. Lange. Mir ist eisig kalt, und gleichzeitig schwitze ich. Mein verletzter Arm ist ganz steif. Ich habe Angst, dass sie Hunde auf mich hetzen. Ich habe Angst vor Hunden.

Der Lärm. Das ist der Rangierbahnhof. Der Lärm der metallenen Fußgängerbrücken. Der Lärm der Züge. Die Schreie, das Rufen. Ich richte mich auf. Unbemerkt weiterkommen. Bis zur Metro gehen. Ich habe keine Ahnung, wie ich aussehe. Es geht ein fürchterlicher Wind, der Staub aufwirbelt und mir in Augen, Nase und Mund kratzt. Ich greife nach dem Eisengeländer und steige Treppe für Treppe nach oben. Dann werde ich hinübergehen müssen. Und dann der Zug. Ich werde zu meiner Mutter fahren. Nein, da werden sie schon sein. Ich gehe, wohin, weiß ich nicht. Doch, ich weiß. Ich gehe ins Krankenhaus. Der Doktor wird mich schützen. Eine Treppe nach der anderen. Trotz des Schmerzes. Und dieser Wind, der mir die Hände abfrieren lässt. Ich taste mit dem Fuß. Nichts mehr. Ich bin oben, auf dem eigentlichen Übergang. Ich strecke meinen Arm nach vorn.

Ich berühre das Hemd, die Jacke. Ich ziehe meine Hand zurück. Ich bewege mich nicht. Was könnte das noch bringen?

»Sie standen die ganze Zeit da, Sie haben mich, wie einen Hund, heraufkommen sehen und sich dabei amüsiert?«

»Ja«, sagt Inspecteur Zappo, »ich sah dich heraufkommen.«

»Woher wussten Sie es, warum haben Sie an mich gedacht, Sie konnten doch keine Verbindung zwischen den Morden herstellen!«

»Armer Irrer, ich habe mich nicht wegen der Morde für dich interessiert ... Das habe ich zufällig entdeckt, als ich dir gefolgt bin, dich beobachtete.«

»Warum dann? Antworten Sie mir!«

»Schade, dass du nichts mehr siehst, weil du deine Antwort hättest, wenn du mich sehen würdest.«

»Wer sind Sie? Ich kenne Sie nicht!«

»Erinnert dich meine Stimme nicht an etwas? Ich hatte Angst, als wir uns gegenübersaßen und ich mir geschworen habe, dich zu schnappen, Angst, dass du mich erkennen würdest ...«

Ich höre ihm zu, schwanke im eisigen Wind, und etwas fügt sich in meinem Kopf zusammen. Das Bild des Krankenhauses. Ich liege in meinem Bett. Jemand, der über mich spricht ...

»Sie waren im Krankenhaus?«

»Ich war im Krankenhaus, und ich war auch am Unfallort. Ich kann keinem empfehlen, verstehst du, an einen Unfallort gerufen zu werden und dort die Leiche der eigenen Frau zu finden, die ein völlig betrunkener Idiot, der das Stoppschild nicht beachtet hat, gerade zu Brei gefahren hat ... Du hast mich nie gesehen. Aber ich habe dich gesehen, als du in deinem Krankenhausbett lagst und geflennt hast ... Du kleiner Scheißkerl, ich müsste dich umbringen ...«

Er packt mich an der Gurgel und drückt mich langsam über das Geländer. Ich hole die Spraydose raus und sprühe das Gas in Richtung seines Atems. Er schreit. Lässt mich los. Ich richte mich auf. Ich packe ihn unter den Achseln, werfe ihn gegen das Geländer. Er stöhnt, ich hebe ihn mit aller Kraft hoch. Er will mich an den kurz geschnittenen Haaren packen, ich stoße, er fällt, ich klammere mich an einen Eisenholm, seine Fingernägel krallen sich in meine Kopfhaut, ich schreie, er schreit. Ich höre, wie sein Körper auf die Gleise prallt.

Ich bin frei. Ich bin ein freier Mann. Niemand kann sich mir in den Weg stellen. Dass ich nicht sehen kann, heißt noch lange nicht, dass ich mich nicht verteidigen könnte. Versucht nur, mir nahe zu kommen. Versucht mir zu sagen, dass ich nicht hätte trinken und das Stoppzeichen überfahren dürfen, versucht mir Schuldgefühle zu machen, und ihr werdet sehen, dass ich mich verteidigen kann!!!

Durch das Pfeifen des Windes höre ich das Jammern der näher kommenden Sirenen. Ich sehe das Blaulicht nicht. Und nicht die auf mich gerichteten Gewehre. Ich reiße meine Brille herunter und zerbreche sie in der Hand. Ich weiß, dass ihr vor meinen toten Augen Angst habt. Ich weiß, dass ihr vor mir Angst habt.

Keine Smaragde für Frösche

Corinne Bouchard

»Monsieur«, verkündete sie mir, »ich weiß nicht, ob Lobélia es Ihnen gesagt hat, aber bei den Boyard-Miton ist der Muttertag heilig.«

Ich nickte tief ernst. Wir befanden uns in ihrem Büro, einem schönen, ganz in Täfelung, Vergoldung und edlem Sammet gehaltenen Raum, und ich saß recht artig mit treuherzigem Blick, die Hände auf meinem Schoß, die Krawatte tadelsfrei, in meinem Sessel und trug nach besten Kräften den Respekt zur Schau, den mir die Traditionen der Boyard-Miton einflößten. Sie für ihren Teil redete von oben herab, mit spitzem, verkniffenem Mund zu mir, als ob die schlichte Tatsache, dass sie das Wort an mich richtete, bereits eine Anstrengung darstellte. Wenn ich es prägnant mit einem Euphemismus ausdrücken wollte, könnte ich sagen, dass meine Schwiegermutter mich nicht in ihrem Herzen trägt. Sie will mir nicht verzeihen, ihrer Tochter zunächst aus Leichtfertigkeit ein Kind gemacht und sie dann in aller Heimlichkeit geheiratet zu haben, indem ich die Verschickung der Bekanntmachungen auf den Tag nach der Zeremonie verschoben hatte, um die Familie einem Fait accompli gegenüberzustellen.

»Dieses Jahr«, fügte sie an, »ist die Sache umso bedeutsamer, als es das erste Muttertagsfest für Lobélia sein wird. Dürfte ich Sie fragen, Monsieur, was Sie ihr zu schenken beabsichtigen?«

»Ach, Madame!«, erwiderte ich bewegten Gemüts, »ich habe ihr bereits das Kostbarste geschenkt, das ich besitze, meine Hand, mein Herz und meine Zukunft . . .«

»Drei Dinge gleichen Wertes«, erwiderte sie trocken. »Ich frage Sie allen Ernstes, Monsieur. Welches Geschenk gedenken Sie ihr zu machen? Ich bitte Sie um eine Antwort.«

»Schwiegermama, Sie halten mich für ein völlig gefühlloses Monstrum, und Sie tun unrecht daran. Ich habe stets besondere Achtung für den Muttertag gehegt. Als ich klein war, habe ich mein Geschenk einen Monat im Voraus vorbereitet. Oh, wie habe ich mich darauf gefreut, meiner Mutter ein Geschenk zu überreichen, in das ich mein ganzes Herz gelegt hatte! Auch ich, Madame, habe meine Traditionen. Lobélia wird so verwöhnt werden wie einst meine Mama. Sehen Sie selbst.«

Aus meiner Tasche zog ich zwei Gegenstände hervor, die ich auf ihren Schreibtisch legte.

»Was soll denn das sein?«, sagte sie, die Nase rümpfend.

»Eine Nudelkette und ein Schmuckkästchen. Ich habe die Nudeln eine nach der anderen mit Nagellack bemalt. Was diesen hübschen Glanzeffekt bewirkt. Beachten Sie bitte die Arbeit bei dem Schmuckkästchen: Ich weiß nicht, ob Sie eine Vorstellung davon haben, wie viel Zeit es erfordert, eine Camembertschachtel vollständig mit Reiskörnern zu bekleben. Das Motiv in Rosettenform wurde mit langkörnigem Basmati gefertigt.«

Die Entrüstung schnürte ihr derart die Kehle zu, dass es sie stumm machte, was schon ein Erfolg war. Ich fuhr fort: »Ich dachte zunächst daran, ihr eine Rose aus Papiertaschentüchern zu basteln. Doch die, die ich bei uns zu Hause gefunden habe, sind alle mit Menthol parfümiert, und ich habe mir gesagt, dass das bei einer Rose ziemlich merkwürdig wirken würde . . .«

»Halten Sie mich etwa zum Narren?«

»Gott behüte, Madame. Aber ich werde Ihnen nichts Neues offenbaren, wenn ich Sie daran erinnere, dass ich nicht einen Sou besitze. Lobélia hat mir gesagt, die Tradition bei Ihnen erfordere es, dass der Gemahl der Gemahlin zum Muttertag ein wertvolles Schmuckstück schenkt. Ich wünsche mir nichts mehr, als Ihrer Tochter irgendetwas Prunkvolles zu schenken. Nur müsste ich auch die Mittel dazu haben. Sofern Sie nichts aus Ihrer Tasche beisteuern . . .«

Endlich schnitten wir den Kern des Problems an. Ich warf mich mit breitem Lächeln in meinen Sessel zurück. Ich hatte das Gefühl, geschickt zu Werke gegangen zu sein. Sie sah mich mit einer Mischung aus Zorn und Verachtung an, die mir als gutes Omen erschien. Gemeinhin machen die Leute dieses Gesicht, wenn sie verloren haben.

Sie schwieg lange, bis sie endlich kapitulierte.

»Ich vermute, Monsieur, dass Lobélia Ihnen vom Smaragd des Empereur erzählt hat?«

Die Boyard-Miton sind eine ehrenwerte Dynastie von Dieben, die sich in Jahrhunderten durch allerlei Räubereien bereichert hat. Sie haben der Welt Magistratsbeamte, Notare, Staatsanwälte, zwei Bischöfe und einen General beschert. Die Familie hält sich insbesondere jenen Militär zur Ehre, der unter Napoleon in der Verpflegung Karriere gemacht hatte und dessen hauptsächlicher Ruhmestitel es gewesen war, vom Empereur höchstselbst gehörnt worden zu sein. So lautete jedenfalls das Gerücht, das im Jahre 1810 umging, als die Generalin ein Mädchen zur Welt brachte, das ganz ungemein einer kleinen korsischen Dörrpflaume glich, und der Kaiser, um das Ereignis zu begehen, es für gut hielt, jener einen herrlichen Smaragd zu schenken.

Der Smaragd zierte einen bewundernswert ziselierten Ring, ein Meisterwerk florentinischer Goldschmiedekunst; er stammte zweifelsohne aus den während des Italienfeldzugs unternommenen Plünderungen. Die Generalin nahm ihn ohne Scham an und trennte sich erst von ihm, als die inzwischen groß gewordene kleine Dörrpflaume ihrerseits ihr erstes Kind gebar. Auf diese Weise ward eine Tradition begründet: Der Smaragd des Empereur wurde fortan von den Frauen weitergereicht, nämlich von der Mutter auf die Tochter bei der Geburt einer neuen Generation. Über fünfundzwanzig Jahre erfreute meine Schwiegermutter sich, wenn man so sagen darf, eines Schmuckstücks, das vor den Blicken aller geschützt in einem Tresor aufbewahrt wurde. Die Tradition nötigte sie nun, es anlässlich des Muttertags feierlich an Lobélia zu übergeben, und ich vermute, dass dies einer der Gründe ist, weshalb ihr Zorn nicht mehr verrauchen will, seitdem ich sie zur Großmutter gemacht habe.

Sie drehte mir den Rücken zu, ging zu ihrem Safe, bewegte die Kombinationsrädchen und kehrte an ihren Schreibtisch zurück, um dort eine kleine Schatulle abzustellen. Auf einem Bett aus weißem Satin strahlte der Smaragd des Empereur in seiner ganzen Herrlichkeit. Ich nahm ihn behutsam zwischen Daumen und Zeigefinger.

»Donnerkeil!«, pfiff ich. »Hübscher Kiesel!«

Ich wollte ihn über meinen kleinen Finger streifen, doch sie hinderte mich daran.

»Sie würden ihn nicht mehr abnehmen können«, meinte sie mit giftigem Lächeln. »Sehen Sie denn nicht, dass man Ihnen den Finger abschneiden müsste!«

»Schwiegermama«, entgegnete ich, »ich bin tief gerührt über Ihr Vertrauen. Seien Sie versichert, dass ich diesen Ring hüten werde wie meinen Augapf . . .«

»Na, na, na«, unterbrach sie mich. »Sie glauben doch wohl nicht, dass ich Ihnen den Stein jetzt schon gebe? Ich werde ihn Ihnen am Muttertag ... im letzten Moment aushändigen ... und Sie werden die Güte haben, mir eine Empfangsbestätigung zu unterschreiben.«

Im Nu fand sich der Ring wieder in seiner Schatulle und die Schatulle wieder im Safe. Alte Zicke! Ich versuchte dennoch, ihr die Stirn zu bieten.

»Und wieso das?«

»Weil es, mein Herr Schwiegersohn, unvorsichtig wäre, Ihnen dieses Schmuckstück vor der Zeit anzuvertrauen. Sie könnten es ... sagen wir, verlieren.«

Sie erhob sich, um mir zu bedeuten, dass die Unterhaltung lange genug gedauert hätte. Ich stand ebenfalls auf, entbot ihr einen grazilen Bückling und kehrte in mein Heim zurück.

Als ich Lobélia vor nunmehr bald zwei Jahren kennen gelernt habe, war sie eine kleine, niedlich rundliche Brünette von der Sorte anhängliche Schnepfe. Wir waren in einem Casino, in dem ich mein letztes Hemd verloren hatte. Sie hingegen, die mit jener Nonchalance spielte, die allein die wirklich reichen Töchter besitzen, hatte ein erkleckliches Sümmchen gewonnen, was ihr allem Anschein nach völlig gleichgültig war. Über ihrer reizend schwellenden Brust trug sie einen Schal, der den Preis zweier Pelze gekostet haben dürfte. Ich wollte mir dieses Stück Stoff von ihr borgen, und sie fragte mich, weshalb. »Um mich aufzuhängen«, antwortete ich düster. »Adieu, grausame Welt! Sie werden ihn danach wieder an sich nehmen können, das wird Ihnen Glück bringen. Wenngleich Sie nicht danach aussehen, als bräuchten Sie es ...« Da hörte ich zum ersten Mal ihr verwirrendes Lachen, das so sehr dem lieblichen Kollern der Puten ähnelt. Ich benötigte sechs Monate, um sie zu erobern, sie zu schwängern und heimlich zu heiraten. Damals glaubte ich, ein Geschäft zu machen. Schließlich kriegt man nicht alle Tage eine Erbin mit solcher Leichtigkeit in die Hände. Heute weiß ich, dass alles zwei Seiten hat.

Während ihrer Schwangerschaft hat Lobélia sechzehn Kilo zugenommen. Nach der Geburt hat sie sechs davon wieder verloren. Der Saldo hat sich mehr oder minder harmonisch über ihren Körper verteilt, so dass sie nunmehr auf frappierende Weise einem Frosch gleicht: dicke runde Schenkel, ein Hängebauch, fleischige Ärmchen, ohne von den Backen reden zu wollen, die jenen gleichen, die Trompeter sich nach vierzigjähriger Musikerkarriere zuziehen. Als erschwerender Umstand kommt noch hinzu, dass ihr IQ eine gegenteilige Metamorphose erlitten hat. Ohne Zweifel hat er nie in großen Höhen geschwebt, und sicherlich hätte ausgerechnet mein geliebter Liebling Einstein niemals in den Schatten gestellt, aber, Herrgott, als ich sie kennen lernte, war sie normal. Seitdem sie Mutter ist, habe ich häufig den Eindruck, ihre Intelligenz hätte sich auf die Stufe der Lurche zurückentwickelt.

Was nun die Kaulquappe anbelangt ... Auch wenn ich für ein Monstrum gelten müsste, ich würde dennoch ohne Umschweife gestehen, dass sie in mir nicht die geringste väterliche Saite zum Schwingen bringt. Zum einen gleicht sie ganz ungemein Napoleon, und selbst die glühendsten und blindesten Bewunderer des Empereur haben nie behauptet, er wäre ein schönes Baby gewesen. Zum anderen ist der Wicht von einer widerwärtigen Freßgier; alles, was er sieht, will er, und alles, was er anfasst, führt er zum Mund, und sofern niemand eingreift, schluckt er es in den meisten Fällen auch hinunter. So hat er irgendwann beinahe eine Spinne verschlungen. Das arme Tier konnte mit knapper Not und auf fünf Beinen entwischen.

Als ich in die Küche trat, fütterte Lobélia gerade die Kaulquappe. Ich kann zu jedem beliebigen Zeitpunkt des Tages ankommen, ich bin sicher, Lobélia dabei anzutreffen, wie sie die Kaulquappe füttert. Beide waren gleichermaßen mit Brei beschmiert. Wenn mein geliebter Liebling sich langsam, aber sicher auf die vollkommene Form der Kugel zubewegt, obwohl sie behauptet, eine Diät zu machen, so rührt das daher, dass sie systematisch das Essen ihres Kindes mit ihm teilt. Ich selbst habe gesehen, wie sie Joghurtbecher auskratzte, in die die Quappe reichlich gesabbert hatte. Und dieser heruntergekommenen Kreatur sollte ich ein Geschenk machen, um ihre Mutterschaft zu ehren? Jene, die diesen Brauch einst begründet haben, waren von der zu Beschenkenden sicherlich nicht angewidert!

»Aidadudata«, sang sie leise vor sich hin, während sie ihm einen Löffel in den Schnabel schob. »Iss, mein Baby, iss. Mach schön happihappi. Oh, das liebe Baby macht schön brav happihappi . . .«

»Salut, mein Täubchen«, meinte ich freundlich. »Gibt man seinem kleinen Ehemann keinen Kuss?«

»Gudigudi«, fuhr sie fort. »Ach, du bist es! Lenk ihn bitte nicht ab, ich will, dass er fertig isst.«

Die Kaulquappe starrte mich mit offenem Mund und vollkommen stumpfsinnigem Gesicht an. Sie vergaß darüber zu schlucken, der Brei quoll ihr aus dem Mund. Mit flinkem Löffel fing Lobélia den Ausfluss auf und, pfui Teufel, aß ihn dann selbst.

»Oh, das gute Breichen!«, begeisterte sie sich. »Wer isst jetzt sein gutes Breichen? Ein Löffelchen für Papa! Was gibt es Neues, mein Liebling?«

»Man wird die Monarchie wieder errichten«, antwortete ich. »Mir wurde angetragen, König zu werden, aber ich zögere noch. Ich fürchte, ich könnte von der Krone einen steifen Hals bekommen. Was meinst du?«

»Mach, wie du denkst, mein Liebling«, entgegnete sie frohgemut. »Weißt du schon, was das Baby heute gemacht hat?«

»Lobélia, kommt es eigentlich vor, dass du mir zuhörst, wenn ich etwas sage?«

»Es hat ein riesiges Aa gemacht! Und du wirst nicht erraten, was ich darin gefunden habe.«

»Lobélia, ich bitte dich . . .«

»Deinen Manschettenknopf! Den, den du überall gesucht hast! Es hat ihn verschluckt, stell dir das mal vor! Ich habe ihn wieder in deine Schublade gelegt. Hubert! Wo gehst du hin?«

Ich war bereits draußen. Ich musste Luft schnappen.

Nichts fördert das Nachdenken mehr als Spazierengehen. Ich war mit der mehr oder weniger klaren Absicht hinausgegangen, nie wieder zurückzukommen, und merkte erst, als ich ein Café betrat, dass ich nicht einen Sou in der Tasche hatte. Eine der Enttäuschungen meiner Ehe: Als ich eine Erbin heiratete, baute ich fest darauf, das große Leben führen zu können, dem mein aristokratisches Wesen zustrebte. Dabei habe ich die gleichwohl entscheidende Tatsache außer Acht gelassen, dass die Erbin noch nicht geerbt hatte und dass es Schwiegermama war, die die Kasse mit eiserner Hand führte. Zwar werde ich beherbergt – in einem Wohnhaus, das ihr gehört; genährt – und sogar reichlich, da Lobélia sich die Hölle als einen leeren Kühlschrank vorstellt; doch gekleidet bin ich nur, weil mein Schneider mir Kredit einräumt, und was das Taschengeld angeht, bin ich darauf beschränkt, das Wechselgeld der Besorgungen zu unterschlagen. Dieser traurige Zustand meiner Finanzen schloss aus, dass ich im Augenblick die Koffer packte.

Verstimmt fasste ich die nahe Zukunft ins Auge. Den Muttertag bei den Boyard-Miton in zwei Tagen. Großes Tralala-Mahl. Lobélia leckte sich schon im Voraus den Mund. Ich würde meine schöne Jugend doch nicht damit verbringen, ihr beim Dickwerden zuzusehen! Hätte ich nur ein paar Sous gehabt, dann hätte ich sie bei irgendeinem Spiel gesetzt, und Fortuna, die die Kühnen liebt, hätte mir gelächelt, dessen bin ich sicher. Etliche Vermögen haben nicht anders begonnen. Doch ich hatte keine paar Sous. Also, was tun?

Die Zeit verging, wie gewöhnlich. So kam der große Tag der Mütter. Wie die Tradition es verlangt, hatte Schwiegermama die gesamte Crème der Boyard-Miton eingeladen. Da war ihre Patin, eine reichlich verkalkte Alte; ihr Notar, ein kleiner, affiger Mann, bei dem ich mich lange fragte, ob er einen Lid-Tic hatte oder mit mir liebäugelte; ein Oberst so dumm wie Bohnenstroh, der mich während des gesamten Essens mit der Biberrattenjagd unterhielt; ein ganzer Haufen Leute, die ich nicht kannte. Lobélia hatte darauf gedrängt, dass ich meine eigene Mama einlüde, der sie nie begegnet war, die sie jedoch sehnlichst kennen zu lernen wünschte. Ich hatte ihr in aller Güte erklärt, meine teure Comtesse von Mutter würde mir zwar allmählich meine Mesalliance vergeben, weswegen sie aber noch keinesfalls gedenke, mit Leuten niederer Abkunft wie den Boyard-Miton zu verkehren. In Wahrheit war meine Mama Kopfwäscherin, Kartenlegerin, Platzanweiserin, Garderobiere, Krankenpflegerin, Concierge, Gesellschaftsdame gewesen, und derzeit ist sie außerordentlich hellseherische Wahrsagerin. In unserer Familie haben wir uns stets mit dem Teufel einlassen müssen, um uns durchzuschlagen.

Als man den Kaffee auftrug, gab Schwiegermama mir diskret ein Zeichen, ihr in den Salon zu folgen. Der kleine Notar heftete sich uns an die Fersen und wohnte, heftiger blinzelnd als eine Eule, der feierlichen Aushändigung des Smaragds des Empereur bei. Ich unterzeichnete die Empfangsbestätigung, die er mir reichte, wobei ich es jedoch nicht versäumte, die Schatulle zu öffnen und nachzuprüfen, ob der Ring sich auch tatsächlich darin befand.

Schwiegermama begrüßte diesen Vertrauensbeweis ihr gegenüber mit einer Grimasse und erklärte dann: »Wir werden jetzt wieder an den Tisch zurückkehren, und ich baue darauf, dass Sie einige Worte sagen werden, wenn Sie Lobélia dieses Schmuckstück schenken. Sie sind ein großer Schwadroneur, es dürfte Ihnen also keine Schwierigkeiten bereiten. Danach werden wir das Ereignis mit Champagner begießen. Kommen Sie, Monsieur, unsere Gäste warten.«

Ich folgte ihr fügsam. Als wir den Raum betraten, entstand feierliche Stille. Schwiegermama ging an ihren Platz zurück, der kleine Notar ebenfalls, und ich, stolzer Prinzgemahl, ich wandte mich zu Lobélia, die auf dem Ehrenplatz, ganz am Ende der Tafel, thronte. Sie hatte für vier gegessen, entsprechend getrunken und wiegte dösig den Kopf. Soll mich der Teufel holen, wenn ich dieser voll gefressenen dumpfen Kröte öffentlich Liebeserklärungen machen würde! An ihrer Seite saß die Kaulquappe in einem hohen Kinderstuhl und wackelte gleichermaßen mit dem Kopf, mit ihren Fettwülsten ganz und gar einem kleinen Buddha ähnlich. Ich schnappte mir den Wicht im Vorbeigehen, setzte ihn auf meinen Arm und zeigte ihm die geöffnete Schatulle.

»Sieh mal, kleiner Mann, guck ihn dir an! Siehst du den schönen grünen Stein? Du wirst ihn jetzt deiner Mama geben, einverstanden? Und danach wirst du uns eine Rede halten!«

»Gaa«, antwortete die Kaulquappe, und unter den Anwesenden ertönten ein paar schmeichelhafte Lacher. »Er ist zu süß!«, meinten die empfindsamsten jener Damen. Ich weiß nicht, ob sie von der Quappe oder von mir sprachen.

In diesem Augenblick traten zwei Ober ein, um die Torte hereinzutragen. Alle begannen zu klatschen, und als ich meine Aufmerksamkeit wieder der Kaulquappe zuwandte ...

»Spuck das sofort wieder aus! Willst du das wohl wieder ausspucken!«

Zu spät. Mit diesem sicheren Instinkt, der es ihrer Spezies ermöglicht, Mücken im Flug zu fangen, hatte die Kaulquappe den Smaragd des Empereur verputzt.

Ich zauderte nicht einen Augenblick, ich packte sie an den Fersen und begann sie wie einen Pflaumenbaum zu schütteln. Sie fing sofort aus voller Kehle zu schreien an. Man weiß, dass der *Herr*, in seiner Weisheit, den Allerkleinsten in Not eine Stimmgewalt gewährt hat, die in keinerlei Verhältnis zu ihrem bescheidenen Körpervolumen steht, auf dass ihre Eltern sie nicht überhören mögen, und *Er* hat ihr Gekreisch unerträglich gemacht, auf dass die Eltern sich sputen mögen einzugreifen. Das Brüllen ihres Kindes riss Lobélia aus ihrer Tumbheit. Mit einem Sprung war sie bei mir, entriss mir die Kaulquappe und begann sie, gegen ihre üppigen Brüste gedrückt, zu wiegen. Bei dieser Gelegenheit sah ich, dass der mütterliche Instinkt selbst den sanftmütigsten Frosch zum grimmigen Tier machen kann. Ich schwöre, sie hat mir die Zähne gezeigt!

Die Tafelrunde war jäh zum reinsten Pandämonium geworden. »Was geht da vor? Was ist geschehen?« – »Der Bengel hat den Smaragd aufgefressen!« – »Was hat er nur, dass er so brüllt? Ist er etwa Epileptiker oder was?« Und über all dem Lobélias besänftigendes Gelalle: »Gagagaga, mein Baby ... Nicht weinen, das liebe Baby, hattu keinen bösenbösen Papa mehr, lach doch mal mitter Mama, lach doch mal ...«

Allmählich ließ das Gezeter der Quappe nach und verwandelte sich in Schluckauf. Ein Glas in der Hand, näherte ich mich dem Wicht. Er begann wieder zu kreischen, ohne rechte Überzeugung.

»Was willst du ihm noch antun?«, zischte Lobélia.

»Gib ihm das da. Es ist Salzwasser. Damit er sich übergibt.«

Teufel! Der Frosch hätte mir beinahe die Augen ausgerissen. »Ich verbiete es dir! Ich verbiete dir, mein Baby zum Brechen zu bringen!«

»Aber, Lobélia ... Wir müssen doch den Ring wiederbekommen ...«

Sie zeigte nur ein erhabenes Schulterzucken. Das muss ich ihr zugestehen: Lobélia ist absolut nicht aufs Geld erpicht. Solange ihre Verdauung nicht darunter leidet, könnte die Kaulquappe Gold essen und Silber trinken, ohne dass sie darin etwas Nachteiliges sähe. Dennoch sorgte sie sich: »Glaubst du, er könnte davon krank werden?«

»Bringen wir ihn ins Krankenhaus«, griff Schwiegermama ein. »Der Arzt wird uns sagen, was zu tun ist.«

»Glaubst du, dass es schlimm ist?«, fragte sie ängstlich. »Glaubst du, er wird sterben?«

»Aber nein«, erwiderte ihre Mutter. »Nur wird man mit einer Röntgenuntersuchung den Smaragd lokalisieren ... Dann wird man sehen, ob er gefährlich sein kann oder nicht.«

Sie ließ mich nicht aus den Augen. Es hing irgendwie Argwohn in der Luft.

Ich verneigte mich galant: »Schwiegermama«, sagte ich, »ich habe stets Ihren gesunden Menschenverstand bewundert. Entschuldigen Sie uns doch bitte bei Ihren Gästen ... Ich bringe den Kleinen ins Krankenhaus.«

»Ich begleite euch«, antwortete sie.

Im Krankenhaus, in der pädiatrischen Abteilung, wurden wir von einem Assistenzarzt empfangen, der sich unsere Geschichte anhörte, ohne besondere Überraschung zu bekunden. »Babys fressen alles«, versetzte er als einzigen

Kommentar. »Einmal hatte ich hier eins, das den Verschluss einer Coca-Cola-Flasche geschluckt hatte. Komm mal her, mein dickes Väterchen, lass sehen ...«

Er brachte die Kaulquappe ins Röntgenzimmer und kam etwas später mit einer Aufnahme zurück, die er an eine beleuchtete Glasscheibe hängte. Beim Anblick des Inneren ihres Sohnes war Lobélia sehr bewegt. »Oh! Man sieht seine kleinen Rippen! Und seine kleinen Wirbel!« Wir anderen jedoch, wir hatten nur Augen für den Magen und dessen kostbaren Inhalt, der sich deutlich von dem wolkigen Hintergrund der Organe abhob: Kein Zweifel, der Smaragd des Empereur war da.

»Nun denn«, meinte der Arzt jovial, »von Komplikationen abgesehen, brauchen wir nur zu warten, dass er auf dem natürlichen Wege wieder herauskommt.«

»Wie lange wird das dauern?«, fragte Schwiegermama.

Der Arzt blies die Backen zum Zeichen der Ungewissheit auf. »Gott ... Das hängt von allen möglichen Faktoren ab. Bei Babys ist das sehr variabel. Zwischen zwei Stunden und zwei Tagen. Falls Sie einen Garten haben, sollten Sie ihn draußen nicht nackt herumlaufen lassen, und überwachen Sie den Topf, das ist alles, was ich sagen kann!«

»Was treibt diese Krankenschwester nur?«

Der Arzt hatte die Kaulquappe im Verbandsraum in den Händen einer Krankenschwester gelassen, die sie wieder anziehen sollte. Eifersüchtig auf diese geldgierige Söldnerin, die ihren Sohn an ihrer Stelle befingerte, ging Lobélia ihn holen.

Der furchtbare Schrei, den sie ausstieß, ließ uns herbeilaufen. Der Verbandsraum war leer. Man suchte im Flur. Man suchte im Röntgenzimmer. Man suchte im ganzen Krankenhaus, und letzten Endes mussten wir uns ins Offenkundige fügen: Die Krankenschwester, die Kaulquappe und der Smaragd hatten sich verflüchtigt.

Die Stunden der Angst, die dann folgten, will ich rasch übergehen. Mein armer, völlig verzweifelter Frosch schluchzte ohne Unterlass. Ich glaubte fast, sie würde davon abnehmen. Ihre Mutter, verkniffener denn je, rang nervös die Hände. Ich, dem die Würde des Mannes solcherlei Hemmungslosigkeiten verbot, ich tat mein Bestes, um nicht den Kopf zu verlieren – ein Missgeschick, das mir im Übrigen selten widerfährt. Doch die Umstände waren niederschmetternd. Sich ein Kind kidnappen zu lassen ging noch an; da war immer noch die Möglichkeit, ein anderes zu machen; sich jedoch ein Kind kidnappen zu lassen, dessen Bauch einen Schatz enthält, da bestand wirklich Grund genug, aus der Fassung zu geraten.

Das Kidnapping stand außer Zweifel. Natürlich hatten wir die Polizei auf der Stelle benachrichtigt; die Ermittlungen hatten ergeben, dass die Entführerin nicht zum regulären Personal des Krankenhauses gehörte. Mehrere Personen gaben an, sie hätten eine unbekannte Krankenschwester gesehen, die sich in der Pädiatrie und in den Gängen der Entbindungsstation herumgetrieben hatte. Man war insbesondere auf sie aufmerksam geworden, als sie sich die Neugeborenen in ihrem Einweckglas ansah – ich spreche von dieser Art Aquarium, in die man sie legt, damit die jungen Väter, von einem breiten, albernen Lächeln geziert, ihnen durch die Scheibe Kuckuck machen können. Offensichtlich hatte jedoch niemand zu erfahren gesucht, was sie da machte. In solchen Klinikfabriken kümmert sich jeder nur um seine Angelegenheiten. Man hatte gedacht, es handele sich um einen Neuzugang, man hatte gedacht, sie käme aus einer anderen Abteilung, man hatte gedacht – in Wahrheit hatte man überhaupt nichts gedacht, da die Leute im Allgemeinen nicht denken.

Und da sie auch nicht mehr beobachten, glänzten die Beschreibungen der Verdächtigen durch ihren ungewissen Charakter. Sie war groß – nein, von mittlerer Größe, ja sogar eher klein; rothaarig – nein, brünett, im Grunde genommen war es schwer zu sagen, da die Haube ihr Haar verbarg. Die Zeugenaussagen stimmten nur in zwei Punkten miteinander überein: Die Dame trug eine Krankenschwesterntracht, und sie war nicht mehr ganz jung.

Dieses Detail erlaubte dem mit der Untersuchung betrauten Inspektor, eine Theorie aufzustellen: »Meiner Meinung nach«, sagte er uns, »ist sie ein spätes Mädchen, dem der Muttertag einen Sprung in der Schüssel verpasst hat. Einen ganzen Monat lang geht man uns nun schon damit im Fernsehen und überall auf den Geist. Sogar meine Frau hat zu mir gesagt: ›Ich warne dich, ich will ein Geschenk, oder ich lass mich scheiden! Und komm mir ja nicht mit einer dieser Salatschleudern Alles-zusammen-für-zwanzig-Francs, he! Ich will was Schönes!‹ Kurzum. Ich will damit nur sagen, dass der Muttertag unser spätes Mädchen verbittert, es quält. Niemand wird ihm irgendeinen Haarausrupfer schenken, auch kein Waffeleisen, und nicht einmal eine Vase aus Plastik Alles-zusammen-für-zwanzig-Francs. Die Frau sagt sich: ›Weshalb soll ich eigentlich nicht auch ein Kind bekommen wie die andern?‹ Wahrscheinlich hat sie mal in einer Klinik gearbeitet. Sie weiß, wie das in diesen großen Saftläden so vor sich geht. Niemand wundert sich über irgendwas. Wenn Sie als Chirurg ausstaffiert ankommen, können Sie den Kranken den lieben langen Tag Beine abschneiden, man wird Ihnen sogar die Säge reichen. Also verkleidet sie sich als Krankenschwester, mit der kleinen Feldhaube und einem ordentlich sauberen Kittel, und wartet nur auf die günstige Gelegenheit. Und die Gelegenheit sind Sie. Weinen Sie doch nicht so, gute Frau, würd mich wundern, wenn sie Ihrem Baby was antut. Wenn sie es fürs Blutwurstfest entführt hätte, wär ich mir nicht so sicher. Aber eine Muttertagskidnapperin, da konnt uns nichts Besseres passieren. Ihr wird die Lust schnell vergehen, mit dem Püppchen zu spielen, wenn sie dann feststellt, dass so ein Baby schreit, pisst und sch …, wird sie es zurückgeben. In spätestens vierundzwanzig Stunden wird man es unversehrt irgendwo auffinden. Sie werden sehen, ob ich nicht Recht habe!«

Diese Worte, die vom Stempel des gesunden Menschenverstands geprägt zu sein schienen, erlaubten, auf einen glücklichen Ausgang zu hoffen, jedenfalls was die Kaulquappe betraf. Die Frage des Smaragds ließen sie jedoch in der Schwebe. Der Arzt hatte die falsche Krankenschwester nur angewiesen, das Baby wieder anzuziehen, ohne ihr den Fall zu erläutern. Sie hatte keinerlei Möglichkeit gehabt zu erfahren, dass das Kind wertvoller war, als es den Anschein hatte. Sollte man nun eine Mitteilung veröffentlichen, um sie davon zu unterrichten, auf dass der Smaragd des Empereur nicht zusammen mit einer verdreckten Windel im Müll landete? Vielleicht könnte Lobélia in Tränen im Fernsehen erscheinen, um mit zitternder Stimme zu flehen: »Geben Sie das Kind und seine Aas zurück!« Was würde die Entführerin in diesem Fall tun? Der Inspektor gestand, dass er im Unklaren sei über das voraussichtliche Verhalten eines behämmerten späten Mädchens, dem man verrät, dass es per Zufall Hand auf das Huhn mit den goldenen Eiern gelegt hat. Nach kurzem Nachdenken fügte er hinzu: »Wenn die Leute einen vollen Geldbeutel am Boden finden, behalten sie ihn oder geben ihn zurück. Es sind nicht viele, die ihn zurückgeben.« Schlussendlich entschieden wir, die Sache mit dem Smaragd geheimzuhalten. Die Hoffnung, auf eine ehrliche Diebin zu stoßen, war zu gering. Es war ratsamer zu beten, dass die Kaulquappe gefunden werden würde, bevor sie den Ring ausgeschieden hätte.

Hierauf begann endloses Warten. Jede Stunde, die verstrich, verringerte die Chancen, das Schmuckstück wiederzuerlangen. Als die Nacht hereinbrach, wurde die Anspannung unerträglich, und es kam zu einem heftigen Krach zwischen mir und Schwiegermama. Bisher war sie es gewesen, die das Vermögen verwaltete, das Lobélia von ihrem Vater erben sollte. Ich hatte bereits geltend gemacht, dass ein Ehemann hierfür weit besser befähigt wäre als eine Mutter, doch das Testament des Verblichenen sah vor, dass die Witwe bis zu Lobélias fünfundzwanzigstem Lebensjahr Treuhänderin des Nachlasses bliebe. Worauf die Alte nun plötzlich erklärte, der Smaragd stelle bereits einen vorgezogenen Anteil am Erbe ihrer Tochter dar, und sein Wert würde von deren Gesamterbschaft abgezogen werden, ob man das Schmuckstück nun wiederfände oder nicht. Ich hielt dagegen, dass es absolut unmoralisch sei, ein Schmuckstück in Abzug zu bringen, das man noch nicht einmal von fern gesehen hatte. Schwiegermama erinnerte mich daran, dass ich eine Empfangsbestätigung unterzeichnet habe, die sie diesbezüglich jeder Verantwortung entlaste. Mit Verve schalt ich sie alte dies und alte das, Lobélia mischte sich, in Tränen aufgelöst, ein, um zu schwören, sie wolle diesen verfluchten Smaragd mit eigenen Händen ins Meer werfen, sollte die Kaulquappe lebend wieder auftauchen, und dann klingelte das Telefon.

Es war der mit unserem Fall betraute Inspektor. Er sagte, man habe gerade im Zoo, vor dem Affenkäfig, ein Kind gefunden, das aller Wahrscheinlichkeit nach das unsere sei. Ob wir so liebenswürdig sein und vorbeikommen wollten, um es zu identifizieren?

Wir eilten zu ihm. Es war tatsächlich die Kaulquappe. Sie schien in einwandfreiem Zustand. Ich werde nicht erst versuchen, Lobélias Gemütswallungen zu beschreiben, als sie das Fleisch ihres Fleisches wieder in die Arme schloss. Nur so viel sei gesagt: Ich hätte nicht geglaubt, dass eine Frau einen solchen Grad an Vertrottelung erreichen könnte.

Sie hatte der artikulierten Sprache abgeschworen, sie drückte sich nur noch durch Onomatopöien aus.

Es gelang uns trotz allem, ihr die Kaulquappe für die wenigen Sekunden zu entreißen, die es bedarf, um eine weitere Röntgenaufnahme machen zu können. Und wir mussten uns in die traurige Tatsache fügen: Nichts im Magen, nichts im Darm, der Smaragd des Empereur war nicht mehr da.

Selbstredend ließ Lobélia die Nachricht kalt wie Marmor. Um den Nagel wirklich auf den Kopf zu treffen, erklärte Schwiegermama ihr, dass der Großteil ihrer Erbschaft wahrscheinlich auf dem Abort hinuntergespült worden sei, was sie auch nicht mehr bewegte. Sie hatte sogar die Dreistigkeit zu sagen: »Was soll's! Dann wird Hubert eben arbeiten müssen!« Mit den Nerven am Ende, überließ ich Lobélia ihrer Glückseligkeit und verkündete, es sei schließlich Muttertag für alle, weshalb ich jetzt meine Mama besuchen ginge.

Meine teure Mama, die einzige Frau auf der Welt, die ich liebe. Meine gerissene Mama, die mir geholfen hatte, sämtliche Details unseres Plans auszuarbeiten. Meine geschickte Mama, die die Rolle der falschen Krankenschwester so gut gespielt hatte. Und die war heikel! Der kleinste falsche Schritt hätte alles zum Scheitern bringen können! Meine eigene Rolle dabei war sehr einfach gewesen: Ich brauchte lediglich den günstigen Moment abzuwarten, um die Kaulquappe den Stein schlucken zu lassen, und sie dann in die Klinik bringen, damit ein Arzt die Gegenwart des Schmucks in ihrem Magen offiziell bestätigte. Falls der Smaragd erst später verschwunden wäre, hätte Schwiegermama es nicht versäumt, mich zu beschuldigen. Durch das vermeintliche Kidnapping war ich von jedem Verdacht reingewaschen und frei, den Smaragd unter den besten Bedingungen zu Geld zu machen . . .

Völlig ausgelassen kaufte ich Champagner und einen riesigen Strauß Blumen. Bisher hatte meine Geldnot mich daran gehindert, meine liebe Mama so zu verwöhnen, wie ich es gerne getan hätte. Jetzt oder nie war die Gelegenheit, Muttertag würdig zu begehen!

Bei ihr angekommen, klingelte ich lange an ihrer Tür. Niemand öffnete. Besorgt zog ich meinen Schlüssel heraus und betrat die Wohnung. Die Läden waren verschlossen, alles wirkte wie ausgestorben. Sollte meine liebe Mama letzten Endes in Schwierigkeiten geraten sein? Konnte es sein, dass sie verhaftet worden war, nachdem sie die Kaulquappe vor dem Affenkäfig im Zoo abgelegt hatte?

Dann sah ich den Brief, der, an eine Vase gelehnt, auf dem Tisch thronte. Ich öffnete ihn mit zitternder Hand. Ich hatte bereits verstanden und las ohne Erstaunen:

Mein liebes Kind,
ich will dich zunächst beruhigen, indem ich dir mitteile, dass alles wie vorgesehen gelaufen ist. Ich hoffe, du hast deinerseits keine Probleme mit der Polizei oder deiner Schwiegermutter gehabt.

Seit deinem siebten Lebensjahr hast du mir viele Nudelketten, Ringe aus Eisendraht und angemalte Camembertschachteln geschenkt, aber niemals richtigen Schmuck. Daher habe ich nach reiflicher Überlegung beschlossen, den Smaragd zu behalten. Ich weiß, wem ich ihn verkaufen kann, und ich werde so gut wie du das Geld ausgeben, das er mir einbringen wird. Sorge dich nicht, wenn du einige Zeit ohne Nachricht von mir bleibst, ich werde zurückkommen, wenn ich alles auf den Kopf gehauen habe.

Bis bald, mein Kleiner, ich umarme und küsse dich,
deine Mama, die dich liebt.

Arsène Lupin

Maurice Leblanc

An einem Winterabend erzählte Arsène Lupin die Geschichte seiner Verhaftung. Der Zufall von Zwischenfällen, über die ich später berichten werde, hatte zwischen uns Bande – soll ich sagen: der Freundschaft? – geknüpft. Ja, ich wage zu glauben, dass Arsène Lupin mich mit ein wenig Freundschaft auszeichnete, und aus Freundschaft kommt er manchmal unvermutet zu mir und bringt in die Stille meines Arbeitszimmers seine jugendliche Ausgelassenheit, die Ausstrahlung seines abenteuerlichen Lebens, die heitere Laune eines Menschen, für den das Schicksal nur Gunstbezeigungen und Lächeln hat.

Sein Porträt? Wie könnte ich es wiedergeben? Zwanzigmal habe ich Arsène Lupin gesehen, und zwanzigmal ist mir ein anderes Wesen erschienen . . . oder eher dasselbe Wesen, von dem zwanzig Spiegel mir ebenso viele verschiedene Bilder wiedergaben, jedes hatte seine besonderen Augen, seine spezielle Gesichtsform, seine eigenen Gesten, seine Gestalt und seinen Charakter.

»Ich selbst«, sagte er zu mir, »weiß nicht mehr genau, wer ich bin. In einem Spiegel erkenne ich mich nicht mehr.« Sicher war dies ein paradoxes Bonmot, das aber Wirklichkeit gewann für die, die ihm begegnet sind und seine unerschöpflichen Hilfsmittel nicht kannten, seine Ausdauer, seine Kunst des Schminkens, seine wunderbare Fähigkeit, sogar die

Proportionen seines Gesichts zu verändern und selbst dessen Züge zu verstellen.

»Warum«, fügte er hinzu, »soll ich eine bestimmte Erscheinung haben? Warum soll ich nicht diese Gefahr einer immer identischen Persönlichkeit vermeiden? Meine Taten zeichnen mich ausreichend.«

Und mit einem Anflug von Stolz sagte er: »Umso besser, wenn man niemals mit völliger Sicherheit sagen kann: Dies ist Arsène Lupin! Die Hauptsache ist, dass man ohne Furcht vor einem Irrtum sagt: Arsène Lupin hat das getan.«

Nach seinen vertraulichen Mitteilungen will ich versuchen, einige seiner Taten und Abenteuer wiederzugeben, so, wie er sie mir an langen Winterabenden in der Stille meines Arbeitszimmers freundschaftlich erzählte.

1

Jeder echte Pariser Wanderer kennt die Ufer der Seine, und sicher ist jedem auf dem Weg von den Ruinen von Jumièges zu den Ruinen von Saint-Wandrille das seltsame kleine Feudalschloss des Malaquis aufgefallen, das so stolz auf seinem Felsen inmitten des Flusses steht. Eine Bogenbrücke verbindet es mit der Straße. Das Fundament seiner düsteren Türme verschwimmt mit dem Granit der Insel, einem gewaltigen Felsbrocken, von dem man nicht weiß, von welchem Gebirge er sich gelöst hat, und der durch irgendeinen fürchterlichen Erdrutsch dorthin geworfen worden sein muss. Rundherum plätschert das ruhige Wasser des großen Flusses im Schilf, und Bachstelzen stolzieren auf den feuchten Kieselsteinen.

Die Geschichte des Malaquis ist ebenso düster wie sein Name, ebenso unfreundlich wie seine Silhouette. Hier gab es stets nur Kämpfe, Belagerungen, Bestürmungen, Plünderungen und Gemetzel. In den Spinnstuben der Landschaft Caux erzählt man sich beim abendlichen Beisammensein mit prickelndem Grauen die Verbrechen, die hier begangen wurden. Da gibt es geheimnisvolle Legenden; man erinnert sich an den berühmten unterirdischen Gang, der einstmals zur Abtei von Jumièges und zur Burg der Agnès Sorel, der schönen Freundin Karls VII., führte.

In diesem alten Schlupfwinkel der Helden und Straßenräuber wohnt der Baron Nathan Cahorn, der Baron Satan, wie man ihn früher an der Börse nannte, an der er ein bisschen zu plötzlich reich geworden war. Die Herren von Malaquis, ruiniert wie sie waren, haben ihm für ein Stück Brot das Schloss ihrer Vorfahren verkaufen müssen. Dort hat er seine wunderbaren Sammlungen von alten Möbeln und Gemälden, Steingut und Schnitzereien untergebracht. Der Baron lebt allein in dem Schloss mit drei alten Dienstboten. Niemand hat es jemals betreten. Niemand hat jemals im Schmuck dieser antiken Säle die drei Rubens gesehen, die er besitzt, die beiden Watteaus, seinen Stuhl von Jean Goujon und alle die anderen Kostbarkeiten, die er den reichen Stammkunden auf den Versteigerungen durch Überbieten entrissen hat.

Baron Satan hat Angst. Er hat nicht nur um seiner selbst willen Angst, sondern auch wegen seiner Schätze, die er mit zäher Leidenschaft und dem Scharfsinn eines Liebhabers gesammelt hat, dass sich die geriebensten Händler nicht rühmen können, ihn betrogen zu haben. Er liebt seine Schätze. Er liebt sie so gierig wie ein Geizhals, so eifersüchtig wie ein Verliebter.

Jeden Tag bei Sonnenuntergang werden die vier eisengeschmiedeten Pforten, die sich am äußersten Ende der Brücke und am Eingang zum Schlosshof befinden, geschlossen und verriegelt. Bei der geringsten Berührung schrillt eine elektrische Alarmglocke durch die Stille. Von der Wasserseite der Seine her ist nichts zu befürchten, denn dort ragt der Felsen steil in die Luft.

An einem Freitag im September erschien der Briefträger wie gewöhnlich am anderen Ende der Brücke. Und wie jeden Tag öffnete der Baron den schweren Türflügel nur einen Spalt.

Er sah den Mann so genau und prüfend an, als kenne er dieses gute, heitere Gesicht mit seiner Bauernschläue in den Augen nicht schon seit Jahren.

Der Mann lachte:

»Ich bin es immer noch, Herr Baron. Ich bin kein anderer, der vielleicht meinen Kittel und meine Mütze angezogen hat.«

»Kann man es wissen?«, murmelte der Baron.

Der Briefträger gab ihm einen Stapel Zeitungen. Dann sagte er: »Und jetzt, Herr Baron, habe ich eine Neuigkeit für Sie.«

»Eine Neuigkeit?«

»Einen Brief ... und noch dazu einen eingeschriebenen.«

Einsam, ohne Freunde, ohne einen Menschen, der sich um ihn kümmerte, bekam der Baron niemals Briefe. Sofort erschien ihm dieser als das schlechte Vorzeichen irgendeines kommenden Ereignisses, über das sich zu beunruhigen er allen Grund hatte. Wer war dieser geheimnisvolle Schreiber, der ihn in seiner Ruhe störte?

»Sie müssen unterschreiben, Herr Baron.«

Schimpfend unterschrieb er. Dann nahm er den Brief, wartete, bis der Briefträger hinter der Wegbiegung verschwunden war, und nachdem er einige Male auf und ab gegangen war, lehnte er sich an das Geländer hinter der Brücke und riss den Umschlag auf. Er enthielt ein quadriertes Blatt Papier mit dem handgeschriebenen Briefkopf: Gefängnis de la Santé, Paris. Er sah auf die Unterschrift: Arsène Lupin. Verblüfft las er:

Sehr geehrter Baron Cahorn!
In dem Korridor, der Ihre beiden Säle miteinander verbindet, hängt ein Bildnis Philippes de Champaigne von ausgezeichneter Qualität, das mir außerordentlich gefällt. Ihre Rubens sind auch nach meinem Geschmack, ebenso wie auch Ihr kleinerer Watteau. In dem rechten Saal vermerke ich den Kredenztisch Louis XIII.*, die Wandteppiche von Beauvais, das runde Empire-Tischchen, mit ›Jacob‹ signiert, und die Renaissance-Truhe; in dem Saal auf der linken Seite die Vitrine mit den Schmuckstücken und den Miniaturen.*

Dieses Mal werde ich mich mit diesen Gegenständen zufrieden geben, die, wie ich glaube, leicht zu verkaufen sind. Ich möchte Sie darum bitten, sie entsprechend zu verpacken und portofrei innerhalb von acht Tagen an meinen Namen, Bahnhof Batignolles, zu senden. Sollten Sie meiner Bitte nicht nachkommen, werde ich selbst in der Nacht vom Mittwoch, dem 27., zum Donnerstag, dem 28. September, ihren Abtransport vornehmen. Und dann werde ich mich nicht – Gerechtigkeit muss sein – nur mit den oben erwähnten Gegenständen zufrieden geben.

Bitte entschuldigen Sie die kleine Störung.

Mit vorzüglicher Hochachtung
Arsène Lupin

PS. – Bitte schicken Sie auf keinen Fall den größeren der beiden Watteaus. Obgleich Sie für ihn bei der Versteigerung dreißigtausend Francs bezahlt haben, ist es nur eine Kopie, das Original wurde unter dem Direktorium von Barras an einem Orgienabend verbrannt. Prüfen Sie diese Angabe in den unveröffentlichten Memoiren von Garat nach. Ich lege auch keinen Wert auf die Gürtelkette im Stil Ludwigs XV.*, deren Echtheit mir fragwürdig erscheint.*

Dieser Brief erschütterte Baron Cahorn. Hätte ein anderer ihn unterschrieben, hätte er sich schon beträchtlich beunruhigt, aber Arsène Lupin!

Als eifriger Zeitungsleser und somit auf dem Laufenden über alles, was sich in der Welt an Diebstählen und Verbrechen zutrug, kannte er alle Bravourstücke des höllischen Einbrechers. Natürlich wusste er, dass Lupin in Amerika von seinem Feind Ganimard verhaftet und hinter Schloss und Riegel gesetzt worden war und dass man – mit welcher Mühe! – seinen Prozess vorbereitete. Aber er wusste auch, dass man bei ihm auf alles gefasst sein musste. Außerdem war diese genaue Kenntnis des Schlosses, der Platzierung der Gemälde und Möbel eine furchtbare Drohung. Wer hatte ihn über diese Dinge unterrichtet, die doch nie jemand gesehen hatte?

Der Baron hob den Blick und betrachtete die schroffe Silhouette des Malaquis, seinen abschüssigen Sockel, das tiefe Wasser, das ihn umgab, und zuckte mit den Schultern. Nein, es bestand ganz entschieden keine Gefahr. Kein Mensch auf der Welt konnte bis zum unantastbaren Heiligtum seiner Sammlungen vordringen.

Niemand, gut, aber Arsène Lupin? Gibt es für Arsène Lupin Türen, Zugbrücken, Mauern? Wozu dienen die so kunstvoll erdachten Hindernisse, die geschicktesten Vorsichtsmaßnahmen, wenn Arsène Lupin beschlossen hat, das Ziel zu erreichen?

Am gleichen Abend noch schrieb Baron Cahorn an den Staatsanwalt von Rouen. Er legte den Drohbrief bei und forderte Schutz und Hilfe.

Die Antwort ließ nicht auf sich warten: Da der besagte Arsène Lupin gegenwärtig in der Santé festgehalten und sorgfältig überwacht wurde und somit nicht in der Lage war, Briefe zu schreiben, konnte dieser Brief nur das Werk eines Spaßvogels sein. Alles bewies diese Annahme, die Logik, der gesunde Menschenverstand und auch die Tatsachen selbst. Vorsichtshalber hatte man jedoch einen

Sachverständigen beauftragt, die Handschrift zu begutachten: Dieser hatte erklärt, dass diese Schrift trotz gewisser Ähnlichkeiten nicht die des Häftlings wäre.

»Trotz gewisser Ähnlichkeiten«; der Baron behielt nur diese drei bestürzenden Worte, in denen er das Zugeständnis eines Zweifels sah, der allein hätte genügen müssen, damit das Gericht eingriff. Seine Befürchtungen nahmen zu. Immer wieder las er den Brief. »Ich werde selbst den Abtransport vornehmen.« Und dieses genaue Datum: »in der Nacht vom Mittwoch, dem 27., zum Donnerstag, dem 28. September . . .«

Argwöhnisch und schweigsam wie er war, wagte der Baron es nicht, sich seinen Dienstboten anzuvertrauen, deren Ergebenheit ihm nicht über jede Prüfung erhaben schien. Doch fühlte er zum ersten Mal seit Jahren das Bedürfnis, sich auszusprechen, sich einen Rat zu holen. Von dem Gericht seines Landes im Stich gelassen, glaubte er nicht mehr daran, sich mit seinen eigenen Mitteln verteidigen zu können; so stand er kurz vor dem Entschluss, nach Paris zu fahren und irgendeinen alten Kriminalbeamten um Hilfe zu bitten.

Zwei Tage vergingen. Als er am dritten Tag die Zeitungen las, zitterte er vor Freude. Die ›Réveil de Caudebec‹ veröffentlichte eine Kurznotiz:

Wir haben die Freude, seit fast drei Wochen den Chefinspektor Ganimard, einen der Veteranen des Sicherheitsdienstes, in unseren Mauern beherbergen zu dürfen. Herr Ganimard, dem die Verhaftung Arsène Lupins, sein letztes Kunststück, die Anerkennung ganz Europas eingetragen hat, erholt sich von seinen Strapazen beim Fischen.

Ganimard! Das war genau die richtige Hilfe, die Baron Cahorn suchte! Wer könnte Lupins Pläne besser vereiteln als der listige und beharrliche Ganimard? Der Baron zögerte keine Minute. Sechs Kilometer trennen das Schloss von der kleinen Stadt Caudebec. Er durchquerte sie leichten Schrittes, wie ein Mensch, den die Hoffnung auf Rettung beflügelt.

Nach mehreren vergeblichen Versuchen, die Adresse des Chefinspektors zu erfahren, wandte er sich an das Büro der ›Réveil‹, das sich an der Uferstraße der Seine befand. Dort fand er den Verfasser der Kurznotiz, der, während er zum Fenster ging, sagte: »Ganimard? Sie treffen ihn bestimmt auf der Uferstraße mit der Angel in der Hand. Dort haben wir uns kennen gelernt, und dort habe ich auch zufällig seinen in die Angelrute eingravierten Namen gelesen. Sehen Sie, es ist der kleine Alte, der dort unter den Bäumen auf der Promenade sitzt.«

»Der mit dem Gehrock und dem Strohhut!«

»Genau! Er ist ein komischer Alter, schweigsam, fast griesgrämig.«

Fünf Minuten später sprach der Baron den berühmten Ganimard an, stellte sich vor und versuchte eine Unterhaltung einzuleiten. Als ihm das nicht gelang, ging er geradewegs auf sein Thema zu und legte ihm seinen Fall dar.

Der andere hörte unbeweglich zu, ohne den Fisch, auf den er lauerte, aus den Augen zu lassen, dann wandte er ihm den Kopf zu, maß ihn voll tiefem Mitleid von oben bis unten und sagte:

»Mein Herr, es ist ungewöhnlich, die Leute, die man ausrauben will, zu benachrichtigen. Besonders Arsène Lupin begeht keine derartigen Aufschneidereien.«

»Trotzdem ...«

»Mein Herr, wenn ich den geringsten Zweifel hätte, können Sie mir glauben, dass das Vergnügen, diesen lieben Lupin noch einmal ins Kittchen zu bringen, jede weitere

Überlegung nichtig machen würde. Leider ist der junge Mann schon hinter Schloss und Riegel.«

»Wenn er flüchtet?«

»Man flüchtet nicht aus der Santé.«

»Aber er ...«

»Er so wenig wie ein anderer.«

»Trotzdem ...«

»Also gut, wenn er ausbricht, umso besser, ich erwische ihn wieder. Inzwischen schlafen Sie ganz ohne Sorge und verscheuchen Sie mir nicht diesen Barsch.«

Die Unterhaltung war beendet. Der Baron kehrte, durch die Sorglosigkeit Ganimards etwas beruhigt, nach Hause zurück. Er prüfte die Schlösser, belauerte die Dienstboten. So vergingen achtundvierzig Stunden, während deren er fast zu der Überzeugung gelangte, dass im Ganzen gesehen seine Befürchtungen Hirngespinste waren. Nein, Ganimard hatte Recht, man warnt bestimmt nicht die Leute, die man berauben will.

Der Zeitpunkt rückte näher. Am Dienstagmorgen, dem Vortag des 27., geschah nichts Besonderes. Aber um drei Uhr klingelte ein kleiner Junge. Er brachte ein Telegramm.

Kein Paket im Bahnhof von Batignolles. Bereiten Sie alles für morgen Abend vor.

Arsène

Von neuem wurde der Baron kopflos; er war jetzt so weit, dass er sich schon überlegte, ob er den Forderungen Arsène Lupins nicht doch nachkommen sollte.

Er lief nach Caudebec. Ganimard saß auf einem Klappstuhl an derselben Stelle und fischte. Wortlos reichte ihm der Baron das Telegramm.

»Ja und?«, fragte der Inspektor.

»Und? Aber morgen soll es passieren.«

»Was?«

»Der Einbruch! Die Plünderung meiner Sammlungen!«

Ganimard legte seine Angel zur Seite, drehte sich zu ihm um, verschränkte die Arme auf der Brust und rief ungeduldig:

»Das ist herrlich! Glauben Sie, dass ich mich um eine so hirnverbrannte Geschichte kümmern werde?«

»Was verlangen Sie, wenn Sie die Nacht vom 27. zum 28. September im Schloss verbringen?«

»Überhaupt nichts, lassen Sie mich in Ruhe!«

»Nennen Sie einen Preis, ich bin reich, ungeheuer reich.«

Das offene Angebot brachte Ganimard aus der Fassung, und er antwortete etwas ruhiger:

»Ich bin hier im Urlaub, und ich habe nicht das Recht, mich in Dinge einzumischen ...«

»Niemand wird es erfahren. Ich verpflichte mich, was auch geschieht, über alles zu schweigen.«

»Oh, es wird nichts geschehen.«

»Also gut, dreitausend Francs, ist das genug?«

Der Inspektor schnupfte eine Prise Tabak, überlegte und sagte schließlich: »Gut Nur muss ich Ihnen offen gestehen, dass das Geld zum Fenster hinausgeworfen ist.«

»Das ist mir gleichgültig.«

»In diesem Fall ... Und außerdem, nach allem, weiß man, woran man mit diesem Teufel Lupin ist? Er muss eine ganze Bande zur Verfügung haben. Können Sie Ihren Dienstboten trauen?«

»Mein Gott ...«

»Zählen wir also nicht auf sie. Ich werde zwei meiner jungen Freunde telegrafisch benachrichtigen, die uns mehr Sicherheit geben können. Und jetzt verschwinden Sie, damit man uns nicht zusammen sieht. Bis morgen, gegen neun Uhr.«

Am nächsten Tag, jenem, den Arsène Lupin bestimmt hatte, nahm Baron Cahorn seine Waffen von der Wand, putzte sie und machte einen Spaziergang in der Umgebung von Malaquis. Ihm fiel nichts Ungewöhnliches auf.

Um halb neun Uhr abends entließ er seine Dienstboten. Sie bewohnten einen Flügel, der auf die Straße ging, der aber etwas zurück und ganz am Ende des Schlosses lag. Als er allein war, öffnete er vorsichtig die vier Pforten. Kurz darauf hörte er näher kommende Schritte.

Ganimard stellte seine beiden Gehilfen vor, große, starke Burschen mit Stiernacken und kräftigen Händen; dann bat er um einige Erklärungen. Nachdem er sich über die Lage der Wohnung ein Bild gemacht hatte, verschloss und verrammelte er sorgfältig die Zugänge, durch die man in die bedrohten Säle gelangen konnte. Er untersuchte die Mauern, lüftete die Wandteppiche und stellte schließlich seine Gehilfen im Hauptkorridor auf.

»Keine Dummheiten, he? Wir sind nicht zum Schlafen hier. Bei den geringsten Alarmzeichen öffnet ihr die Fenster zum Hof und ruft mich. Achtet auch auf die Wasserseite. Teufel von seinem Kaliber schrecken nicht vor einem zehn Meter hohen Steilufer zurück.«

Er schloss sie ein, nahm die Schlüssel mit und sagte zum Baron: »Und jetzt gehen wir auf unsere Plätze.«

Er hatte für die Nacht einen kleinen Raum gewählt, der in die Ringmauern zwischen den beiden Hauptpforten eingebaut war und der früher dem Wächter als Unterkunft diente. Ein Guckloch gab den Blick zur Brücke, ein weiteres den zum Hof frei. In einem Winkel war die Öffnung eines Brunnens.

»Sie haben behauptet, Herr Baron, dass dieser Brunnen der einzige Zugang zu den Festungsgewölben war und dass er seit Menschengedenken zugemauert ist.«

»Ja.«

»Wenn kein anderer, uns allen unbekannter Eingang existiert, von dem nur Arsène Lupin weiß, was etwas zweifelhaft sein dürfte, können wir also beruhigt sein.«

Er stellte drei Stühle in eine Reihe, ließ sich bequem darauf nieder, zündete seine Pfeife an und seufzte:

»Wirklich, Herr Baron, ich muss schon große Lust haben, mein Häuschen, in dem ich meine Tage beenden will, um eine Etage aufzustocken, um einen so lächerlichen Auftrag anzunehmen. Wenn ich die Geschichte Freund Lupin erzähle, wird er sich die Seiten vor Lachen halten.«

Der Baron lachte nicht. Die Ohren gespitzt, horchte er mit wachsender Unruhe in die Stille. Von Zeit zu Zeit beugte er sich über den Brunnen und warf einen angstvollen Blick in das gähnende Loch.

Es schlug elf Uhr, Mitternacht, ein Uhr.

Plötzlich packte er Ganimard, der aus dem Schlaf hochfuhr, am Arm.

»Hören Sie?«

»Ja.«

»Was ist das?«

»Das bin ich, ich schnarche.«

»Aber nein, hören Sie doch ...«

»Ah, tatsächlich, es ist die Hupe eines Autos.«

»Und?«

»Und nichts! Es ist sehr unwahrscheinlich, dass Lupin ein Auto als Mauerbrecher benutzt, um Ihr Schloss zu zerstören. Darum, Herr Baron, würde ich an Ihrer Stelle schlafen, wie ich die Ehre habe, es wieder zu tun. Gute Nacht.«

Das blieb das einzige Geräusch. Ganimard nahm seinen unterbrochenen Schlaf wieder auf, und der Baron hörte nur noch sein tiefes, regelmäßiges Schnarchen.

Beim Morgengrauen verließen sie ihre Zelle. Ein großer, tiefer Friede, der Friede des Morgens am Ufer des frischen Wassers umgab das Schloss, Cahorn, strahlend vor Freude, und Ganimard, wie immer ruhig und bedächtig, stiegen die Treppen hinauf. Kein Geräusch. Nichts Verdächtiges.

»Was habe ich Ihnen gesagt, Herr Baron? Im Grunde hätte ich nicht annehmen sollen. Ich bin beschämt.«

Er zog die Schlüssel hervor und betrat den Korridor.

Zusammengekrümmt auf zwei Stühlen, mit hängenden Armen schliefen die beiden Gehilfen.

»Verdammt noch mal!«, brummte der Inspektor.

Im selben Augenblick stieß der Baron einen Schrei aus: »Die Gemälde! Der Kredenztisch!«

Er stotterte erstickt und wies mit der Hand auf die leeren Plätze, die nackten Wände, von denen die Nägel abstachen und die unmützen Aufhängestricke herabhingen. Der Watteau, verschwunden. Die Rubens, gestohlen! Die Wandteppiche, abgehakt! Die Vitrinen, ihrer Schmuckstücke beraubt!

»Und meine Louis-XVI.-Armleuchter! Und der Leuchter des Kaisers! Und meine Jungfrau aus dem zwölften Jahrhundert!« Er lief von einer Ecke in die andere, erschüttert und verzweifelt. Er rief sich die Kaufpreise in Erinnerung, rechnete die Verluste zusammen, häufte Zahlen an, bunt durcheinander in undeutlichen Worten und abgerissenen Sätzen. Er stampfte mit den Füßen auf den Boden, sein Gesicht verzerrte sich krampfhaft, außer sich vor Wut und Schmerz. Man hätte meinen können, er wäre ein ruinierter Mann, der sich nur noch eine Kugel in den Kopf zu jagen brauchte.

Wenn etwas ihn hätte trösten können, dann wäre es der Anblick des verblüfften Gesichts von Ganimard gewesen. Im Gegensatz zum Baron rührte sich der Inspektor nicht. Er schien versteinert, mit unbestimmtem Blick betrachtete er die Dinge. Die Fenster? Geschlossen. Die Türschlösser? In

Ordnung. Keine Spalte in der Decke. Kein Loch im Boden. Die Ordnung war tadellos. Alles musste methodisch nach einem unerbittlich logischen Plan ausgeführt worden sein.

»Arsène Lupin . . .«, murmelte er niedergeschmettert.

Plötzlich sprang er auf die beiden Gehilfen zu, als ob ihn der Zorn endlich doch gepackt hätte, er schüttelte sie wütend und beschimpfte sie. Sie wachten nicht auf! »Teufel«, sagte er, »sollte zufällig . . .«

Er beugte sich über sie und betrachtete sie nacheinander aufmerksam. Sie schliefen, aber keinen natürlichen Schlaf.

Er wandte sich zum Baron: »Man hat sie eingeschläfert.«

»Aber wer?«

»Na, er, zum Donnerwetter. Oder seine Bande, die aber von ihm geführt wurde. Das ist ein Coup nach seiner Art, der Stempel ist deutlich.«

»Dann bin ich ruiniert, nichts zu machen.«

»Nichts zu machen.«

»Aber das ist abscheulich, einfach ungeheuerlich.«

»Reichen Sie Klage ein.«

»Was nützt das?«

»Verdammt! Versuchen Sie es wenigstens, das Gericht hat Möglichkeiten . . .«

»Das Gericht? Aber Sie sehen ja selbst . . . In diesem Augenblick, da Sie nach einer Spur suchen und etwas entdecken könnten, rühren Sie sich ja nicht von der Stelle.«

»Bei Arsène Lupin etwas entdecken! Aber, mein lieber Herr, Arsène Lupin hinterlässt nie etwas. Bei Arsène Lupin gibt es keinen Zufall! Ich bin so weit, mich zu fragen, ob er sich in Amerika nicht freiwillig von mir hat verhaften lassen!«

»Also muss ich auf meine Gemälde verzichten, auf alles verzichten! Aber er hat die Perlen aus meiner Sammlung gestohlen. Ich würde ein Vermögen geben, um sie wieder zu finden. Wenn man schon nichts gegen ihn unternehmen kann, soll er wenigstens seinen Preis für die Rückgabe nennen!«

Ganimard sah ihn scharf an.

»Das ist ein vernünftiges Wort. Sie nehmen es nicht zurück?«

»Nein, nein, nein. Aber warum?«

»Ich habe eine Idee.«

»Was für eine Idee?«

»Wir werden darüber sprechen, wenn die Ermittlungen ergebnislos verlaufen. Nur, ich möchte mit keinem Wort erwähnt werden, wenn Sie Wert darauf legen, dass ich etwas erreiche.«

Und zwischen den Zähnen murmelte er noch:

»Außerdem habe ich wirklich keine rühmliche Figur abgegeben.«

Die beiden Gehilfen kamen nach und nach wieder zu Bewusstsein, ihre Gesichter waren so stumpfsinnig wie die von Menschen, die aus einem hypnotischen Schlaf erwachten. Sie machten erstaunte Augen, versuchten zu verstehen. Als Ganimard sie ausfragte, erinnerten sie sich an nichts.

»Ihr habt doch jemanden sehen müssen.«

»Nein.«

»Denkt mal nach.«

»Nein, nein.«

»Und ihr habt nichts getrunken?«

Sie überlegten, dann sagte der eine von ihnen:

»Doch, ich habe etwas Wasser getrunken.«

»Wasser aus dieser Karaffe?«

»Ja.«

»Ich auch«, erklärte der andere.

Ganimard roch an dem Wasser, probierte es. Es hatte keinen besonderen Geschmack, keinen Geruch.

»Los«, sagte er, »wir verlieren unsere Zeit. Man kann nicht in fünf Minuten die Probleme lösen, die Arsène Lupin stellt. Aber zum Donnerwetter, ich schwöre, dass ich ihn erwischen werde. Ich gewinne die zweite Runde. Der Sieg ist mein.«

Am gleichen Tag reichte Baron Cahorn gegen den in der Santé inhaftierten Arsène Lupin Klage wegen schweren Diebstahls ein.

Diese Klage bereute der Baron noch oft, als er den Malaquis den Polizisten, dem Staatsanwalt, dem Untersuchungsrichter, den Journalisten und allen Neugierigen, die sich überall dort einschleichen, wo sie nicht sein sollten, ausgeliefert sah.

Die Affäre erregte die Öffentlichkeit. Sie hatte sich unter so besonderen Umständen zugetragen, und der Name Arsène Lupin erhitzte die Phantasie so sehr, dass phantastische Geschichten die Spalten der Zeitungen füllten und bei den Lesern Glauben fanden.

Der erste Brief Arsène Lupins, den das ›Echo de France‹ veröffentlichte (niemand erfuhr jemals, wer der Zeitung den Text in die Hand gespielt hatte), jener Brief, in dem der Baron so unverschämt vor dem, was ihn bedrohte, gewarnt worden war, erregte ganz besonders die Gemüter. Sofort wurden phantastische Erklärungen vorgebracht. Man erinnerte an das Vorhandensein der berühmten Kellergewölbe. Und die beeinflusste Staatsanwaltschaft unternahm ihre Ermittlungen in dieser Richtung.

Das Schloss wurde von oben bis unten durchsucht, jeder Stein beklopft. Man prüfte die Täfelungen und die Kamine, die Spiegelrahmen und die Deckenbalken. Bei Fackelschein untersuchte man die gewaltigen Kellerräume, in denen die Herren von Malaquis früher ihre Munition und Vorräte aufhäuften. Selbst das Innere der Felsen wurde sondiert. Alles war vergeblich. Nicht die kleinste Spur eines unterirdischen Ganges wurde gefunden. Es gab keinen geheimen Weg.

Gut, erwiderte man von allen Seiten, aber die Möbel und Gemälde lösen sich nicht wie Gespenster in nichts auf. So etwas wird durch Türen oder Fenster fortgetragen, und die Leute, die das vornehmen, gehen ebenfalls durch Türen oder Fenster ein und aus. Wer sind diese Leute? Wie sind sie hereingekommen? Und wie sind sie wieder fortgegangen?

Die von ihrer Ohnmacht überzeugte Staatsanwaltschaft von Rouen bat um die Unterstützung von Pariser Kriminalbeamten. Herr Dudouis, der Chef des Sicherheitsdienstes, schickte seine besten Beamten von der ›eisernen Brigade‹. Er selbst hielt sich zwei Tage im Malaquis auf. Auch er erreichte nicht mehr.

Also bestellte er Inspektor Ganimard zu sich, dessen Dienste schätzen zu lernen er schon oft Gelegenheit hatte.

Ganimard hörte schweigend der Darstellung seines Vorgesetzten zu, schüttelte nur den Kopf und sagte:

»Ich glaube, dass man mit der Durchsuchung des Schlosses auf der falschen Spur ist. Die Lösung ist woanders.«

»Und wo?«

»Bei Arsène Lupin.«

»Bei Arsène Lupin! Wenn wir das annehmen, geben wir seine Beteiligung bei der Affäre zu.«

»Ich gebe sie zu. Mehr noch, ich halte sie für vollkommen sicher.«

»Aber, das ist doch absurd. Arsène Lupin sitzt im Gefängnis.«

»Arsène Lupin sitzt im Gefängnis, gut. Er wird bewacht, ich gebe es zu. Aber selbst wenn er Eisen an den Füßen, Ketten an den Handgelenken und einen Knebel im Mund hätte, würde ich meine Meinung nicht ändern.«

»Und woher haben Sie diese Überzeugung?«

»Weil nur Arsène Lupin der Mann ist, ein Ding von dieser Größe zu drehen, und zwar so zu drehen, dass es gelingen muss ... wie es gelungen ist.«

»Nichts als Worte, Ganimard.«

»Die wahr sind. Es ist zwecklos, nach unterirdischen Gängen, drehbaren Steinen und anderen Albernheiten dieser Art zu suchen. Der Kerl gebraucht keine so altmodischen Methoden. Er ist ein Mann von heute oder eher sogar von morgen.«

»Und was schließen Sie daraus?«

»Ich bitte Sie nur um die Erlaubnis, eine Stunde mit ihm zu verbringen.«

»In seiner Zelle?«

»Ja. Auf der Rückreise von Amerika haben wir uns auf der Überfahrt sehr gut verstanden, und ich glaube sagen zu können, dass er dem, der ihn hat verhaften können, einige Sympathie entgegenbringt. Wenn er mir, ohne sich bloßzustellen, Auskünfte geben kann, wird er nicht zögern, mir eine unnütze Reise zu ersparen.«

Es war kurz nach Mittag, als Ganimard in Arsène Lupins Zelle geführt wurde. Dieser lag auf seinem Bett, hob kurz den Kopf und stieß einen Freudenschrei aus.

»Also, das ist eine echte Überraschung. Der liebe Ganimard, hier!«

»Er persönlich.«

»Ich habe mir in meiner selbst gewählten Zurückgezogenheit viel gewünscht .. aber nichts so leidenschaftlich, wie dich zu sehen.«

»Zu liebenswürdig.«

»Aber nein, ich empfinde für dich die größte Hochachtung.«

»Ich bin stolz darauf.«

»Ich habe es immer gesagt: Ganimard ist unser bester Detektiv. Er taugt fast so viel – du siehst, ich bin ehrlich –, er taugt fast so viel wie Sherlock Holmes. Aber wirklich, ich bin untröstlich, dir nur diesen Schemel anbieten zu können. Und keine Erfrischung, kein Glas Bier! Entschuldige bitte, ich bin hier nur vorübergehend.«

Ganimard setzte sich lächelnd, und der Gefangene, glücklich, sprechen zu können, fuhr fort:

»Mein Gott, bin ich glücklich, meine Augen auf dem Gesicht eines ehrlichen Mannes ruhen lassen zu können. Ich habe genug von diesen Schnüffler- und Spitzelgesichtern, die zehnmal am Tage meine Taschen und meine bescheidene Zelle untersuchen, um sicherzugehen, dass ich keine Flucht vorbereite. Zum Teufel! Was die Regierung für Wert auf mich legt!«

»Sie hat allen Grund.«

»Aber nein! Ich wäre so glücklich, wenn man mich in meinem kleinen Winkel ruhig leben lassen würde.«

»Mit den Einkünften der anderen.«

»Nicht wahr? Das wäre so einfach. Aber ich schwätze, ich rede dummes Zeug, und du hast es vielleicht eilig. Also zum Thema, Ganimard! Was verschafft mir die Ehre des Besuches?«

»Die Affäre Cahorn«, erklärte Ganimard ohne Umschweife.

»Moment! Eine Sekunde ... Ich habe so viele Affären! Ich muss in meinem Gehirn erst die Akte der Affäre Cahorn finden. Ah, ja, ich habe es. Affäre Cahorn, Schloss des Malaquis, Seine-Inférieure. Zwei Rubens, ein Watteau und einige kleinere Gegenstände.«

»Kleinere!«

»Ach, mein Gott, das alles ist von zweitrangiger Bedeutung. Es gibt Besseres. Aber es genügt, dass die Sache dich interessiert ... Sprich doch, Ganimard.«

»Muss ich dir erklären, wie weit wir mit unserer Untersuchung sind?«

»Nicht nötig. Ich habe heute früh die Zeitungen gelesen. Ich erlaube mir sogar die Bemerkung, dass ihr nicht gerade schnell vorankommt.«

»Genau deswegen wende ich mich an dich.«

»Voll und ganz zu deinen Diensten.«

»Zunächst das: Die Affäre ist von dir eingefädelt worden.«

»Von A bis Z.«

»Der Brief mit der Ankündigung? Das Telegramm?«

»Sind von mir. Ich muss sogar irgendwo die Aufgabescheine haben.«

Arsène öffnete die Schublade eines kleinen Tisches aus weißem Holz, der mit dem Bett und dem Schemel die ganze Einrichtung bildete. Er entnahm ihr zwei Zettel und reichte sie Ganimard.

»Das ist doch die Höhe«, rief dieser aus, »ich glaubte dich ständig bewacht und für nichts und wieder nichts durchsucht. Und du liest die Zeitungen, du sammelst Postquittungen . . .«

»Pah! Diese Leute sind so dumm! Sie trennen das Futter von meiner Jacke auf, untersuchen die Sohlen meiner Schuhe, horchen die Wände dieses Raumes ab, aber keiner von ihnen kommt auf die Idee, dass Arsène Lupin so einfältig sein könnte, ein so leichtes Versteck zu wählen. Genau damit habe ich gerechnet.«

Ganimard rief amüsiert:

»Was für ein komischer Bursche! Du bringst mich aus der Fassung. Also los, erzähl mir das Abenteuer.«

»Oho, wie du rangehst! Dich in alle meine Geheimnisse einweihen . . . dir meine kleinen Tricks enthüllen . . . Das ist bedenklich!«

»Habe ich mich zu Unrecht auf deine Gefälligkeit verlassen?«

»Nein, Ganimard, und da du darauf bestehst . . .«

Arsène Lupin durchmaß mit großen Schritten zwei-, dreimal seine Zelle, dann blieb er stehen:

»Was hältst du von meinem Brief an den Baron?«

»Ich glaube, dass du dich amüsieren, uns ein wenig bluffen wolltest.«

»Aha, euch bluffen! Ich versichere dir, Ganimard, ich hielt dich für gescheiter. Vertue ich meine Zeit mit solchen Kindereien, ich, Arsène Lupin!? Hätte ich diesen Brief geschrieben, wenn ich die Möglichkeit gehabt hätte, den Baron ohne Brief auszuplündern? Aber versteht doch endlich, du und die anderen, dass dieser Brief der notwendige Ausgangspunkt ist, die Triebfeder, die alles ins Rollen gebracht hat. Lass uns der Reihe nach vorgehen und, wenn du willst, den Diebstahl des Malaquis zusammen vorbereiten.«

»Ich höre.«

»Also, nehmen wir ein verriegeltes Schloss, wie das des Barons Cahorn. Soll ich die Partie aufgeben und auf die Schätze, die ich haben will, unter dem Vorwand verzichten, dass das Schloss, in dem sie sich befinden, unzugänglich ist?«

»Natürlich nicht.«

»Soll ich den Ansturm wie früher, an der Spitze einer Truppe Abenteurer, versuchen?«

»Kindisch.«

»Soll ich mich heimlich einschleichen?«

»Unmöglich.«

»Dann bleibt nur noch eine Möglichkeit, die einzige nach meiner Meinung: mich vom Eigentümer des besagten Schlosses einladen zu lassen.«

»Die Möglichkeit ist originell.«

»Und so einfach! Nehmen wir an, dass der besagte Eigentümer eines Tages einen Brief bekommt, in dem er vor dem gewarnt wird, was ein Mann namens Arsène Lupin, ein bekannter Einbrecher, gegen ihn im Schilde führt. Was wird er tun?«

»Er schickt den Brief zum Staatsanwalt.«

»Der sich über ihn lustig macht, da eben derselbe Lupin gegenwärtig hinter Schloss und Riegel sitzt. Also, Verwirrung des guten Mannes, der bereit ist, den Erstbesten, der ihm in die Hände läuft, um Hilfe zu bitten, nicht wahr?«

»Daran besteht kein Zweifel.«

»Und wenn er zufällig in einem Käseblatt liest, dass ein berühmter Kriminalbeamter in der Sommerfrische im Nachbarort weilt . . .«

»Wendet er sich an diesen Kriminalbeamten.«

»Du sagst es. Aber nehmen wir andererseits an, dass Arsène Lupin unter Voraussicht dieses unvermeidlichen Schrittes einen seiner fähigsten Freunde gebeten hat, sich in Caudebec niederzulassen, Verbindung mit einem Redakteur der ›Réveil‹ aufzunehmen, jener Zeitung, die der Baron abonniert hat, und verlauten zu lassen, dass er der und der ist, nämlich ein berühmter Kriminalbeamter, was geschieht dann?«

»Dass der Redakteur in der ›Réveil‹ die Anwesenheit des besagten Kriminalbeamten in Caudebec verkündet.«

»Richtig, und da gibt es zwei Möglichkeiten: Entweder beißt der Fisch – ich meine Cahorn – nicht an, dann geschieht nichts. Oder, und das ist die wahrscheinlichere Hypothese, er eilt zitternd herbei. Und so fleht mein Cahorn einen meiner Freunde um Hilfe gegen mich an.«

»Es wird immer origineller.«

»Natürlich verweigert der Pseudo-Kriminalbeamte zunächst seine Hilfe. Darauf folgt das Telegramm von Arsène

Lupin. Entsetzen des Barons, der meinen Freund von neuem anfleht und ihm soundsoviel dafür bietet, wenn er ihn bewacht. Der Freund nimmt an, bringt zwei Burschen aus unserer Bande mit, die nachts, während Cahorn von seinem Beschützer bewacht wird, eine Reihe von Gegenständen durch das Fenster transportieren und sie mit Hilfe von Seilen in eine zu diesem Zweck gemietete Schaluppe gleiten lassen. Das ist so einfach wie Lupin.«

»Das ist herrlich«, rief Ganimard, »und ich kann die Kühnheit des Planes und die Scharfsinnigkeit der Einzelheiten nicht genug bewundern. Aber ich kann mir kaum einen so berühmten Kriminalbeamten vorstellen, dessen Name den Baron dermaßen hätte anziehen und beeinflussen können.«

»Es gibt einen, es gibt nur einen.«

»Welchen?«

»Den des berühmten, des persönlichen Feindes Arsène Lupins, des Inspektors Ganimard.«

»Ich!«

»Du selbst, Ganimard, deswegen wird es ja so delikat: Wenn du dorthin fährst und der Baron sich entschließt auszuplaudern, wirst du zu dem Schluss kommen, dass es deine Pflicht ist, dich selbst zu verhaften, wie du mich in Amerika verhaftet hast. He! Die Revanche ist köstlich: Ich lasse Ganimard durch Ganimard verhaften!«

Arsène Lupin lachte herzlich. Der ziemlich verärgerte Inspektor biss sich auf die Lippen. Ihm schien der Spaß keinen solchen Vergnügungsausbruch zu rechtfertigen.

Der Eintritt eines Wärters gab ihm Zeit, sich wieder zu fassen. Der Mann brachte die Mahlzeit, die sich Arsène Lupin durch Sondergenehmigung von einem benachbarten Restaurant bringen ließ. Nachdem er das Tablett auf den Tisch gestellt hatte, entfernte er sich. Arsène setzte sich zurecht, brach ein Brot, aß zwei, drei Bissen und fuhr fort:

»Aber sei ruhig, mein lieber Ganimard, du wirst nicht dorthin fahren. Ich will dir eine Sache anvertrauen, die dich in Erstaunen setzen wird: Die Affäre steht kurz davor, zu den Akten gelegt zu werden.«

»Was?«

»Kurz davor, zu den Akten gelegt zu werden, sagte ich.«

»Das ist nicht möglich, ich habe gerade den Chef des Sicherheitsdienstes verlassen.«

»Und? Weiß Herr Dudouis mehr über mich als ich? Du wirst erfahren, dass Ganimard – entschuldige –, dass der Pseudo-Ganimard sehr gute Beziehungen zu dem Baron aufrechterhalten hat. Dieser, und das ist der Hauptgrund, warum er nichts gestanden hat, hat ihn mit der sehr delikaten Aufgabe betraut, mit mir geschäftlich zu verhandeln, und zu dieser Stunde ist es mit Hilfe einer bestimmten Summe wahrscheinlich, dass der Baron wieder in den Besitz seiner lieben Kleinigkeiten gekommen ist. Als Gegenleistung wird er seine Klage zurückziehen. Also, kein Diebstahl mehr. Also muss die Staatsanwaltschaft wohl oder übel aufgeben ...«

Ganimard betrachtete den Häftling verblüfft.

»Und woher weißt du das alles?«

»Ich habe gerade das Telegramm erhalten, das ich erwartete.«

»Du hast eben ein Telegramm erhalten?«

»Im Augenblick, lieber Freund. Aus Höflichkeit wollte ich es nicht in deiner Gegenwart lesen. Aber wenn du erlaubst ...«

»Du machst dich über mich lustig, Lupin.«

»Sei so gut, mein Lieber, und schlag vorsichtig das obere Ende von diesem weichen Ei auf. Du wirst selbst feststellen, dass ich mich nicht über dich lustig mache.«

Mechanisch gehorchte Ganimard und schlug das Ei mit der Messerklinge auf. Ein Schrei der Überraschung entfuhr ihm. Die leere Schale enthielt ein blaues Blatt Papier. Auf

Arsènes Bitte faltete er es auseinander. Es war ein Telegramm, oder eher der Teil eines Telegrammes, von dem man die Stempel der Post abgerissen hatte. Er las:

»Vertrag abgeschlossen. Hunderttausend Kohlen ausbezahlt. Alles in Ordnung.«

»Hunderttausend Kohlen?«, fragte er.

»Ja, hunderttausend Francs. Das ist wenig, aber die Zeiten sind schlecht ... Und ich habe so viele Spesen. Wenn du mein Budget kennen würdest ... ein Großstadtbudget!«

Ganimard stand auf. Seine schlechte Laune war verflogen. Er überlegte einige Sekunden, durchging die ganze Affäre noch einmal in Gedanken, bemüht, einen schwachen Punkt zu finden. Dann sprach er in einem Ton, der offen die Bewunderung des Kenners durchblicken ließ:

»Gott sei Dank gibt es kein Dutzend von deiner Sorte, sonst könnten wir unseren Laden schließen.«

Arsène Lupin setzte eine bescheidene Miene auf:

»Pah, ich musste mich zerstreuen, meine freie Zeit ausfüllen ... umso mehr als die Sache nur gelingen konnte, während ich im Gefängnis saß.«

»Wie?«, rief Ganimard, »dein Prozess, deine Verteidigung, die Untersuchung, alles das genügt dir also nicht zur Zerstreuung?«

»Nein, denn ich habe beschlossen, meinem Prozess nicht beizuwohnen.«

»Oho!«

Arsène Lupin wiederholte bedächtig:

»Ich werde meinem Prozess nicht beiwohnen.«

»Wirklich?«

»O nein, mein Lieber! Glaubst du, dass ich auf dem feuchten Stroh verfaulen will? Du beleidigst mich. Arsène Lupin bleibt nur so lange im Gefängnis, wie es ihm gefällt, keine Minute länger.«

»Es wäre vielleicht klüger gewesen, gar nicht erst hineinzugehen«, wandte der Inspektor ironisch ein.

»Ah, der Herr verspottet mich? Der Herr erinnert sich daran, dass er die Ehre gehabt hat, meine Verhaftung zu bewirken? Du solltest wissen, mein ehrenwerter Freund, dass niemand, du nicht mehr als ein anderer, hätte Hand an mich legen können, wenn mich nicht eine weitaus interessantere Sache in diesem kritischen Augenblick beschäftigt hätte.«

»Du setzt mich in Erstaunen.«

»Eine Frau schaute mich an, Ganimard, und ich liebe sie. Verstehst du, was in dieser einfachen Tatsache liegt: von einer Frau angeschaut zu werden, die man liebt? Alles andere war mir unwichtig, das schwöre ich dir. Darum bin ich hier.«

»Schon ziemling lange; du erlaubst mir doch diese Feststellung?«

»Ich wollte zuerst vergessen. Lach nicht. Das Abenteuer war so entzückend gewesen, ich denke noch mit Rührung daran. Außerdem habe ich etwas schwache Nerven. Das Leben ist heutzutage so gehetzt. In gewissen Augenblicken muss man das, was man eine Kur der Zurückgezogenheit nennt, machen können. Dieser Ort ist der geeignetste, den es für eine derartige Lebensweise gibt. Man macht hier die Kur der ›Santé‹ in vollem Ausmaß.«

»Arsène Lupin«, warf Ganimard ein, »du hältst mich zum Narren.«

»Ganimard«, versicherte Lupin, »wir haben heute Freitag. Nächsten Mittwoch rauche ich bei dir in der Rue Pergolèse um vier Uhr nachmittags meine Zigarre.«

»Arsène Lupin, ich erwarte dich.«

Sie drückten einander die Hände wie zwei gute Freunde, die sich nach ihrem wahren Wert schätzen, und der alte Kriminalbeamte wandte sich zur Tür.

»Ganimard!«

Er wandte sich um.

»Was ist los?«

»Ganimard, du vergisst deine Uhr.«

»Meine Uhr?«

»Ja, sie hat sich in meine Tasche verirrt.«

Er gab sie ihm unter Entschuldigungen zurück.

»Verzeih ... eine schlechte Gewohnheit ... Weil sie mir meine weggenommen haben, habe ich noch lange keinen Grund, dich deiner zu berauben. Umso mehr als ich hier einen Chronometer habe, über den ich mich nicht beklagen kann und der meinen Bedürfnissen vollauf entspricht.«

Er zog aus der Schublade eine große goldene Uhr, kompakt und praktisch, die eine schwere Kette schmückte.

»Und die, aus welcher Tasche kommt die?«, fragte Ganimard. Arsène Lupin untersuchte lässig die Initialen.

»J. B. ... Wer, zum Teufel, kann das sein? Ah! Ja, ich erinnere mich. Jules Bouvier, mein Untersuchungsrichter, ein reizender Mensch.«

2

Als Arsène Lupin seine Mahlzeit beendet und aus seiner Tasche eine prächtige Zigarre mit goldener Bauchbinde gezogen hatte, die er vergnügt musterte, wurde die Tür der Zelle geöffnet. Er hatte gerade noch Zeit, die Zigarre in die Schublade zu werfen und sich vom Tisch zu entfernen. Der Wärter trat ein, es war Zeit zum üblichen Spaziergang.

»Ich habe dich erwartet, lieber Freund«, rief Lupin, wie immer gut gelaunt.

Sie verließen den Raum. Kaum waren sie hinter der nächsten Ecke des Korridors verschwunden, als zwei Männer in die Zelle drangen und sie sorgfältig durchsuchten. Der eine war Inspektor Dieuzy, der andere Inspektor Folenfant.

Man wollte endlich zu einem Schluss kommen. Es bestand kein Zweifel: Arsène Lupin stand mit der Außenwelt in Verbindung und korrespondierte mit den Mitgliedern seiner Bande. Noch am Vortag hatte ›Le Grand Journal‹ diese an ihren juristischen Mitarbeiter gerichteten Zeilen veröffentlicht:

Sehr geehrter Herr!
In diesen Tagen erschien ein Artikel, in dem Sie sich über mich in einer Weise geäußert haben, die durch nichts gerechtfertigt ist. Einige Tage vor Eröffnung meines Prozesses werde ich Sie aufsuchen, um Rechenschaft dafür zu verlangen.

Hochachtungsvoll Arsène Lupin

Es war Arsène Lupins Handschrift. Also verschickte er Briefe. Also erhielt er welche. Also war es sicher, dass er die von ihm so arrogant angekündigte Flucht vorbereitete.

Die Lage wurde untragbar. Im Einverständnis mit dem Untersuchungsrichter begab sich der Chef des Sicherheitsdienstes, Herr Dudouis, persönlich in die Santé, um mit dem Gefängnisdirektor die notwendigen Maßnahmen zu beraten. Gleich nach seiner Ankunft schickte er zwei Männer in die Zelle des Häftlings.

Sie hoben jede einzelne Fliese hoch, zerlegten das Bett, taten alles, was in solchen Fällen unternommen wird, und entdeckten schließlich nichts. Sie wollten ihre Suche gerade aufgeben, als der Wärter herbeieilte und sagte:

»Die Schublade ... sehen Sie in der Tischschublade nach. Als ich hereinkam, schien es mir, als stieße er sie zu.«

Sie sahen nach, und Dieuzy rief aus:

»Bei Gott, dieses Mal haben wir ihn, unseren Kunden!«

Folenfant hielt ihn zurück.

»Halt, mein Kleiner, der Chef wird die Bestandsaufnahme machen.«

»Aber die Luxuszigarre . . .«

»Lass die Havanna, wir wollen den Chef benachrichtigen.«

Zwei Minuten später durchwühlte Herr Dudouis die Lade. Er fand zunächst ein Bündel Zeitungsartikel, die vom ›Argus der Presse‹ ausgeschnitten worden waren und Arsène Lupin betrafen; weiter fand er einen Tabaksbeutel, eine Pfeife, so genanntes ›Zwiebelschalenpapier‹ und schließlich zwei Bücher.

Er las die Titel. Es waren Carlyles Abhandlung ›Über Helden‹, eine englische Ausgabe, und eine entzückende Elzevirausgabe des römischen Philosophen Epiktet mit zeitgemäßem Einband, eine deutsche Übersetzung, die im Jahre 1634 in Leiden erschienen war. Als er sie durchblätterte, stellte er fest, dass alle Seiten zerlesen, unterstrichen und mit Anmerkungen versehen waren. Handelte es sich um vereinbarte Zeichen, oder hatte er sie nur aus Begeisterung für das Buch hineingeschrieben?

»Wir werden uns das noch näher ansehen«, sagte Herr Dudouis. Er untersuchte den Tabaksbeutel und die Pfeife. Als er die prächtige Zigarre mit der goldenen Bauchbinde in die Hand nahm, rief er: »Donnerwetter, er lebt gut, unser Freund, eine Henry Clay!« Mit der mechanischen Bewegung des Rauchers hielt er sie an sein Ohr und ließ sie krachen. Im selben Augenblick entfuhr ihm ein unterdrückter Ausruf. Die Zigarre war unter dem Druck seiner Finger weich geworden. Er prüfte sie aufmerksam und erkannte sofort etwas Weißes zwischen den Tabakblättern. Mit einer Nadel zog er vorsichtig eine dünne Papierrolle heraus, die kaum die Größe eines Zahnstochers hatte. Es war ein Brief. Er rollte ihn auseinander und las diese mit der zierlichen Handschrift einer Frau geschriebenen Worte:

Die Minna hat den Platz der anderen eingenommen. Acht von zehn sind vorbereitet. Wenn man mit der Fußkante darauf stößt, hebt sich die Platte von oben nach unten. Von zwölf bis sechzehn jeden Tag. H-P wird warten. Aber wo? Sofortige Antwort. Seien Sie beruhigt, Ihre Freundin wacht über Sie.

Herr Dudouis überlegte einen Augenblick.

»Das ist klar genug ... die Minna ... die acht Abteilungen ... Von zwölf bis sechzehn, das heißt von mittags bis vier Uhr ...«

»Aber dieser H-P, der warten wird?«

»H-P muss hier die Bezeichnung für das Auto sein. H-P, ›*horse power*‹, bezeichnet man im Sportlerjargon nicht so die Kraft eines Motors? Ein Vierundzwanzig-H-P ist ein Auto mit vierundzwanzig Pferdestärken.«

Er erhob sich und fragte:

»Der Häftling war gerade mit dem Essen fertig?«

»Ja.«

»Und da er diese Nachricht noch nicht gelesen hat, wie der Zustand der Zigarre beweist, ist es wahrscheinlich, dass er sie eben erst erhalten hat.«

»Wie?«

»In seiner Nahrung, in einem Brot oder einer Kartoffel versteckt, was weiß ich!«

»Unmöglich, er hatte nur deswegen die Erlaubnis erhalten, sich sein Essen kommen zu lassen, weil wir ihm eine Falle stellen wollten, aber wir haben nichts gefunden.«

»Wir werden heute Abend Lupins Antwort suchen. Jetzt halten Sie ihn von seiner Zelle fern. Ich will dies dem

Untersuchungsrichter bringen. Wenn er meiner Ansicht ist, lassen wir den Brief sofort fotokopieren, und in einer Stunde können Sie außer diesen Gegenständen eine gleiche Zigarre mit der Originalnachricht in die Schublade zurücklegen. Der Häftling darf nichts ahnen.«

Ziemlich neugierig kehrte Herr Dudouis in Begleitung des Inspektors Dieuzy am Abend in die Kanzleistube der Santé zurück. Auf einem gekachelten Ofen in der Ecke standen drei Teller.

»Hat er gegessen?«

»Ja«, antwortete der Direktor.

»Dieuzy, schneiden Sie diese Makkaronireste in ganz kleine Stückchen und zerteilen Sie das Brotkügelchen ... Nichts?«

»Nein, Chef.«

Herr Dudouis untersuchte die Teller, die Gabel, den Löffel, schließlich das Messer, ein vorschriftsmäßiges Messer mit runder Klinge. Er drehte den Knauf nach links, dann nach rechts. Bei der rechten Drehung gab er nach und ließ sich losschrauben. Das Messer war hohl und diente einem Blatt Papier als Versteck. »Pah! Für einen Mann wie Arsène ist das nicht sehr schlau. Aber wir wollen keine Zeit verlieren. Sie, Dieuzy, werden jetzt in dem Restaurant Ermittlungen anstellen.« Dann las er:

Ich verlasse mich auf Sie, H-P wird von weitem folgen, jeden Tag. Ich werde vorausgehen. Bis bald, liebe und bewundernswerte Freundin.

»Endlich!«, rief Dudouis und rieb sich die Hände. »Ich glaube, die Sache ist gut im Zuge. Ein bisschen Nachhilfe von unserer Seite, und die Flucht gelingt ... jedenfalls so weit, dass wir die Komplizen schnappen können.«

»Und wenn Ihnen Arsène Lupin unter den Händen entwischt?«, warf der Direktor ein.

»Wir werden mit der nötigen Anzahl Männer ans Werk gehen. Wenn er jedoch zu geschickt ist ... tja, dann hat er Pech gehabt! Wenn sich der Chef zu sprechen weigert, werden sicher die anderen Mitglieder der Bande reden.«

Tatsächlich sprach Arsène Lupin nicht viel. Seit Monaten bemühte sich Herr Jules Bouvier, der Untersuchungsrichter, vergeblich, etwas aus ihm herauszubekommen. Die Verhöre beschränkten sich auf uninteressante Unterredungen zwischen dem Richter und dem Anwalt Danval, einem der Stars seines Berufes, der über den Angeklagten übrigens fast nicht mehr wusste als irgendein Unbeteiligter.

Von Zeit zu Zeit ließ sich Arsène Lupin höflich herab:

»Aber ja, Herr Untersuchungsrichter, wir sind uns einig: der Diebstahl im Crédit Lyonnais, der Diebstahl in der Rue de Babylone, die Ausgabe falscher Banknoten, die Affäre mit den Versicherungspolicen, der Einbruch in den Schlössern von Armesnil, Gouret, Imblevain, Groselliers, Malaquis, für das alles stehe ich zu Ihren Diensten.«

»Könnten Sie mir also erklären ...«

»Unnötig, ich gebe alles zu, alles, und sogar noch zehnmal mehr, als Sie ahnen.«

Des Kampfes müde, hatte der Richter diese langweiligen Verhöre aufgegeben. Als er von den beiden Briefen erfuhr, nahm er sie wieder auf. Und regelmäßig wurde Arsène Lupin mittags in einem Gefängniswagen mit noch anderen Häftlingen von der Santé ins Polizeigebäude überführt. Um drei oder vier Uhr wurden sie zurückgebracht.

Doch eines Nachmittags verlief diese Rückkehr anders als gewöhnlich. Da die anderen Häftlinge der Santé noch nicht verhört worden waren, beschloss man, zunächst Arsène Lupin zurückzubringen. Er stieg also allein in den Wagen.

Diese Gefängniswagen, die im gewöhnlichen Sprachgebrauch auch ›Grüne Minna‹ genannt werden, sind der Länge nach durch einen schmalen Gang in der Mitte geteilt, in den zehn Abteilungen münden: fünf auf der rechten und fünf auf der linken Seite. Jede dieser kleinen Zellen ist so angelegt, dass man in ihnen gerade sitzen kann und die fünf Gefangenen durch parallel laufende Scheidewände voneinander getrennt sind. Ein am äußersten Ende sitzender Wärter beobachtet den Gang.

Arsène wurde in die dritte Zelle auf der rechten Seite gebracht, und das schwere Auto fuhr los. Er stellte fest, dass sie den Quai de l'Horloge verließen und am Palais de Justice vorbeikamen.

Auf der Mitte der Saint-Michel-Brücke stieß er wie jeden Tag mit dem rechten Fuß an die Blechplatte, die seine Zelle verschloss. Sofort klinkte etwas auf, die Platte verschob sich unmerklich. Er konnte feststellen, dass er sich genau zwischen den Rädern befand.

Er lag auf der Lauer. Der Wagen fuhr im Schritttempo den Boulevard Saint-Michel hinauf. An der Kreuzung Saint-Germain hielt er an. Das Pferd eines Lastkarrens war auf dem Pflaster zusammengebrochen. Durch die Verkehrsstockung entstand in Sekundenschnelle ein Durcheinander von Droschken und Omnibussen.

Arsène Lupin streckte den Kopf heraus. Ein anderer Gefängniswagen stand neben seinem. Er richtete sich wieder auf, stieg mit dem Fuß auf eine Speiche des Rades und sprang zur Erde. Ein Kutscher sah ihn, lachte laut und wollte rufen. Aber seine Stimme ging in dem Lärm der wieder anfahrenden Wagen unter. Außerdem war Arsène Lupin schon weit.

Er war einige Schritte gelaufen; auf dem linken Bürgersteig drehte er sich um, blickte kurz um sich und schien

Witterung aufzunehmen wie jemand, der noch nicht genau weiß, in welche Richtung er sich wenden soll. Dann hatte er einen Entschluss gefasst, steckte die Hände in die Hosentaschen und ging mit der sorglosen Miene eines Müßiggängers den Boulevard hinauf.

Das Wetter war mild, ein schönes, warmes Herbstwetter. Die Cafés waren voll. Er setzte sich auf die Terrasse eines dieser Cafés und bestellte ein Bier und ein Päckchen Zigaretten. In kleinen Schlucken leerte er sein Glas, rauchte ruhig eine Zigarette, steckte eine zweite an. Schließlich stand er auf und bat den Kellner, den Inhaber zu holen.

Als dieser kam, sagte Arsène Lupin so laut, dass alle ihn hörten: »Es tut mir Leid, mein Herr, ich habe mein Portemonnaie vergessen. Vielleicht ist mein Name Ihnen so bekannt, dass Sie mir auf einige Tage Kredit geben: Mein Name ist Arsène Lupin.«

Der Inhaber sah ihn an und glaubte an einen Scherz. Aber Arsène wiederholte:

»Lupin, Häftling in der Santé, augenblicklich auf der Flucht. Ich wage zu hoffen, dass dieser Name Ihnen Vertrauen einflößt.«

Unter dem Gelächter der Zuhörer entfernte er sich, ohne dass der andere daran dachte, ihn zurückzuhalten.

Er überquerte die Rue Soufflot in schrägem Winkel und setzte seinen Weg in der Rue Saint-Jacques fort. Er ging gemächlich, blieb vor den Schaufenstern stehen und rauchte Zigaretten. Auf dem Boulevard Port-Royal überlegte er, bat einen Vorübergehenden um Auskunft und ging dann geradewegs auf die Rue de la Santé zu. Bald sah er die hohen grauen Mauern des Gefängnisses. Er ging an ihnen entlang, bis er zu dem Wachtposten kam, zog seinen Hut und fragte:

»Das ist doch das Gefängnis ›La Santé‹?«

»Ja.«

»Ich möchte wieder in meine Zelle. Der Gefängniswagen hat mich unterwegs abgesetzt, und ich möchte nicht ...«

Der Posten wurde ärgerlich.

»Los, verschwinden Sie, Mann, und zwar auf dem schnellsten Weg.«

»Entschuldigung! Aber mein Weg führt durch diese Pforte. Und wenn Sie Arsène Lupin daran hindern, hineinzugehen, kann Sie das teuer zu stehen kommen, mein Freund!«

»Arsène Lupin! Was phantasieren Sie da?«

»Ich bedaure, keine Visitenkarte bei mir zu haben«, sagte Arsène und tat so, als durchsuche er seine Taschen.

Der Wachtposten musterte ihn verblüfft von Kopf bis Fuß. Dann zog er wortlos, fast gegen seinen Willen, die Glocke. Das Eisentor öffnete sich.

Einige Minuten später erschien wild gestikulierend und zornrot, so schien es, der Direktor. Arsène lächelte:

»Sie wollten mich an der Nase herumführen, Herr Direktor. Nicht wahr? Vorsichtshalber bringt man mich allein in dem Wagen zurück, arrangiert eine kleine Verkehrsstockung und glaubt, ich würde die Beine unter die Arme nehmen, um zu meinen Freunden zu gelangen. Gut! Und die zwanzig Sicherheitsagenten, die uns zu Fuß, in Droschken und auf dem Fahrrad begleiteten? Nein, wie die mich zugerichtet hätten! Ich wäre nicht lebend davongekommen. Sagen Sie, Herr Direktor, hat man vielleicht darauf spekuliert?«

Er zuckte mit den Schultern und fügte hinzu:

»Ich möchte Sie bitten, Herr Direktor, dass man mich in Ruhe lässt. An dem Tag, an dem ich fliehen will, brauche ich niemanden.«

Am übernächsten Tag veröffentlichte das ›Echo de France‹, eine Zeitung, die offensichtlich das offizielle Mitteilungsblatt aller Bravourtaten Arsène Lupins wurde – es wurde behauptet, dass er einer der Hauptgesellschafter der Zeitung wäre –, einen Bericht mit den genauen Einzelheiten dieses Fluchtversuches. Sogar die Texte der zwischen dem Häftling und seiner geheimnisvollen Freundin ausgetauschten Briefe, die für diese Korrespondenz angewandten Mittel, die Mitschuld der Polizei, der Spaziergang auf dem Boulevard Saint-Michel, der Zwischenfall im Café Soufflot, alles wurde aufgedeckt. Man wusste, dass die Untersuchungen des Inspektors Dieuzy bei den Kellnern des Restaurants ergebnislos verlaufen waren. Und man erfuhr außerdem die verblüffende Einzelheit, die die unbegrenzten Möglichkeiten, über die dieser Mann verfügte, bewies: Der Gefängniswagen, in dem man ihn transportiert hatte, war ein vollkommen gefälschter Wagen gewesen, den seine Bande mit einem der sechs gewöhnlichen Wagen, die dem Gefängnis gehörten, ausgetauscht hatte.

Niemand bezweifelte die bevorstehende Flucht Arsène Lupins. Er selbst verkündete sie kategorisch, wie seine Antwort an Herrn Bouvier am Tag nach dem Zwischenfall zeigte. Als der Richter sich über das Misslingen des Fluchtversuches lustig machte, betrachtete ihn Arsène Lupin und sagte kalt:

»Hören Sie gut zu, mein Herr, Sie können mir aufs Wort glauben: Dieser Fluchtversuch gehörte zu meinem Fluchtplan.«

»Ich verstehe nicht ganz«, spöttelte der Richter.

»Sie brauchen auch nichts zu verstehen.«

Und als der Richter im Laufe dieses Verhörs, das ausführlich in den Spalten des ›Echo de France‹ erschien, auf die Voruntersuchung zurückkam, rief Lupin müde:

»Mein Gott! Mein Gott! Wozu das alles! Alle die Fragen sind vollständig unwichtig.«

»Wieso unwichtig?«

»Aber ja, da ich meinem Prozess nicht beiwohnen werde.«

»Sie werden nicht . . .?«

»Nein, das ist eine beschlossene Sache, meine unwiderrufliche Entscheidung. Nichts kann mich mehr davon abbringen.« Eine derartige Versicherung, die unerklärlichen Indiskretionen, die täglich offenbar wurden, ärgerten und verwirrten das Gericht. Es gab Geheimnisse, die nur Arsène Lupin kannte und deren Verbreitung folglich nur von ihm kommen konnte. Aber warum deckte er sie auf und wie?

Man wies Arsène Lupin eine andere Zelle zu. Eines Abends kam er eine Etage tiefer. Der Richter schloss seinerseits die Voruntersuchungen ab und schickte den Fall zur Anklagekammer.

Darauf wurde es ruhig. Diese Ruhe dauerte zwei Monate. Arsène verbrachte die Zeit auf seinem Bett, sein Gesicht hatte er fast immer zur Wand gedreht. Der Zellenwechsel schien die Ursache dieser Mutlosigkeit zu sein. Er weigerte sich, seinen Anwalt zu sehen. Er wechselte kaum einige Worte mit seinen Wärtern.

Vierzehn Tage vor seinem Prozess wurde er lebendiger. Er klagte über Luftmangel. Man ließ ihn sehr früh morgens unter Bewachung zweier Männer in den Hof.

Die Neugier der Öffentlichkeit war nicht geringer geworden. Jeden Tag hatte man die Nachricht seiner Flucht erwartet. Man erhoffte sie fast, so sehr gefiel der Menge der Mann mit seinem Schwung, seiner Fröhlichkeit, seiner Vielseitigkeit, seinem Einfallsreichtum und dem Geheimnis um sein Leben. Arsène Lupin musste fliehen. Das war unvermeidlich, unabänderlich. Man war sogar darüber erstaunt, dass die Flucht so lange auf sich warten ließ. Jeden Morgen fragte der Polizeipräfekt seinen Sekretär:

»Na! Ist er noch nicht verschwunden?«

»Nein.«

»Dann also morgen.«

Am Tag vor dem Prozess erschien ein Herr in den Büroräumen von ›Le Grand Journal‹, fragte nach dem juristischen Mitarbeiter, warf ihm seine Karte ins Gesicht und entfernte sich eilig. Auf der Karte stand: *Arsène Lupin hält immer sein Versprechen.*

Unter diesen Voraussetzungen wurde die Verhandlung eröffnet. Der Zustrom war gewaltig. Jeder wollte den berühmten Arsène Lupin sehen und genoss schon im Vorhinein die Art und Weise, in der er den Präsidenten an der Nase herumführen würde. Anwälte und Justizbeamte, Chronisten und Skandalreporter, Künstler und Damen von Welt, die oberen Zehntausend von Paris drängten sich auf den Bänken des Gerichtssaals.

Es regnete, draußen war ein düsterer Tag. Man sah Arsène Lupin nur undeutlich, als ihn die Wärter hereinführten. Seine Schwerfälligkeit, die Art, wie er sich auf seinen Platz fallen ließ, seine gleichgültige, passive Unbeweglichkeit nahm die Zuhörer nicht zu seinen Gunsten ein. Mehrmals richtete sein Anwalt – einer von Anwalt Danvals Sekretären, da Danval die Rolle, die ihm zugewiesen worden war, seiner für unwürdig hielt – das Wort an ihn. Er hob den Kopf und schwieg.

Der Schriftführer verlas die Anklageschrift, dann sprach der Präsident:

»Angeklagter, erheben Sie sich. Ihr Name, Vorname, Alter und Beruf?«

Als er keine Antwort erhielt, wiederholte er:

»Ihr Name? Ich frage nach Ihrem Namen.«

Eine schwerfällige, müde Stimme sagte: »Baudru, Désiré.«

Gemurmel wurde laut. Aber der Präsident fuhr fort:

»Baudru Désiré? Aha! Gut, ein neuer Name! Da es ungefähr der achte Name ist, den Sie für sich in Anspruch nehmen, und da er zweifellos ebenso erfunden ist wie die anderen, halten wir uns lieber, wenn Sie es gestatten, an den Namen Arsène Lupin, unter dem Sie besser bekannt sind.«

Der Präsident sah in seine Notizen und fuhr fort:

»Denn trotz aller Ermittlungen war es unmöglich, Ihre Identität urkundlich nachzuweisen. Sie verkörpern jenen ziemlich einmaligen Fall in unserer modernen Gesellschaft, keine Vergangenheit zu haben. Wir wissen nicht, wer Sie sind, woher Sie kommen, wo Sie Ihre Kindheit verbracht haben, kurz, nichts. Vor drei Jahren tauchten Sie plötzlich auf, man weiß nicht genau, aus welchem Milieu, um mit einem Schlag Arsène Lupin zu werden, das heißt eine eigenartige Mischung aus Intelligenz und Entartung, Unmoral und Großzügigkeit. Die Tatsachen, die wir von Ihnen vor dieser Zeit haben, stützen sich eher auf Vermutungen. Es ist wahrscheinlich, dass ein gewisser Rostat, der vor acht Jahren an der Seite des Taschenspielers Dickson arbeitete, kein anderer als Arsène Lupin war. Es ist wahrscheinlich, dass der russische Student, der vor sechs Jahren im Labor des Doktors Altier im Hospital Saint-Louis arbeitete und der den Meister oft durch die Scharfsinnigkeit seiner Hypothesen über die Bakteriologie und die Unerschrockenheit bei seinen Versuchen bezüglich der Hautkrankheiten in Erstaunen setzte, kein anderer war als Arsène Lupin. Arsène Lupin auch der Lehrer der japanischen Kunst der Selbstverteidigung, der sich in Paris niederließ, noch lange bevor man hier von Jiu-Jitsu sprach. Arsène Lupin, glauben wir auch, war der Radrennfahrer, der den Grand Prix der Weltausstellung gewann, seine 10 000 Francs kassierte und nie wieder auftauchte. Arsène Lupin war vielleicht auch der, der durch die Dachluke des Wohltätigkeitsbasars so viele Menschen rettete und sie dann ausraubte.«

Nach einer Pause schloss der Präsident:

»Offenbar war diese Zeit nur eine sorgfältige Vorbereitung für den Kampf, den Sie gegen die Gesellschaft führen wollten, eine methodische Lehre, bei der Sie Ihre Kraft, Ihre Energie und Ihre Geschicklichkeit ausgebildet haben. Erkennen Sie die Richtigkeit dieser Tatsachen an?«

Während dieser Rede war der Angeklagte fortwährend von einem Fuß auf den anderen getreten, sein Rücken war gebeugt, seine Arme hingen schlaff herab. In dem helleren Licht sah man seine ungewöhnliche Magerkeit, seine hohlen Wangen, seine seltsam vorspringenden Backenknochen, sein aschfahles Gesicht mit kleinen roten Fleckchen, das von einem ungleichmäßigen, dürftigen Bart eingerahmt war. Durch den Aufenthalt im Gefängnis war er sichtlich gealtert und krank geworden. Man erkannte die elegante Gestalt und das junge Gesicht nicht mehr, dessen sympathisches Bild die Zeitungen so oft veröffentlicht hatten.

Man hätte meinen können, dass er die ihm gestellte Frage nicht gehört hatte. Zweimal wurde sie ihm wiederholt. Da hob er den Blick, schien zu überlegen, gab sich einen gewaltigen Ruck und murmelte:

»Baudru, Désiré.«

Der Präsident begann zu lachen.

»Ich kann mir noch nicht genau das Verteidigungssystem vorstellen, das Sie verfolgen, Arsène Lupin. Wenn Sie den Dummkopf und Nichtverantwortlichen spielen wollen, steht es Ihnen frei. Was mich betrifft, gehe ich geradewegs auf mein Ziel zu und kümmere mich nicht um Ihre Phantastereien.«

Er ging näher auf die Diebstähle, Betrügereien und Fälschungen, die Lupin vorgeworfen wurden, ein. Manchmal befragte er den Angeklagten. Der brummte nur oder antwortete überhaupt nicht.

Das Aufgebot der Zeugen begann. Es gab mehrere unbedeutende Aussagen und andere wichtigere, die alle eines gemeinsam hatten: Sie widersprachen einander. Ein beunruhigendes Dunkel lag über der Verhandlung; als jedoch

Chefinspektor Ganimard hereingeführt wurde, erwachte das Interesse von neuem.

Doch gleich zu Beginn enttäuschte der alte Kriminalbeamte. Er sah nicht gerade eingeschüchtert aus – er hatte schließlich schon anderes erlebt –, aber unruhig, angegriffen. Sichtlich verlegen wandte er den Blick mehrmals zum Angeklagten. Mit beiden Händen auf die Gerichtsschranke gestützt, erzählte er die Ereignisse, die er miterlebt hatte, die Verfolgung durch ganz Europa, seine Ankunft in Amerika. Man lauschte ihm gierig, wie man der Erzählung des spannendsten Abenteuers lauschen würde. Gegen Ende seiner Aussage, als er noch die Unterhaltung mit Arsène Lupin erwähnt hatte, hielt er zweimal zerstreut, unentschlossen inne.

Es war deutlich spürbar, dass ihn ein anderer Gedanke beherrschte. Der Präsident fragte ihn:

»Wenn Sie leidend sind, wäre es vielleicht besser, Ihre Aussage zu unterbrechen.«

»Nein, nein, nur . . .«

Er schwieg, sah den Angeklagten lange und gründlich an, dann sagte er:

»Ich bitte um Entschuldigung, den Angeklagten näher ansehen zu dürfen, es handelt sich um etwas Geheimnisvolles, das ich enträtseln muss.«

Er trat näher, sah ihn noch länger an, voll gespannter Aufmerksamkeit, dann kehrte er zur Schranke zurück. Dort angekommen, sprach er beinahe feierlich die Worte:

»Herr Präsident, ich versichere, dass der Mann, der hier vor mir steht, nicht Arsène Lupin ist.«

Unheimliche Stille folgte diesen Worten. Der verwirrte Präsident rief entsetzt:

»Was sagen Sie da? Sie sind ja verrückt!«

Der Inspektor wiederholte gelassen:

»Auf den ersten Blick kann man sich durch eine Ähnlichkeit, die tatsächlich besteht, das muss ich zugeben, beeinflussen lassen, aber ein zweiter Blick genügt. Die Nase, der Mund, die Haare, die Hautfarbe ... kurz, alles: Das ist nicht Arsène Lupin. Und die Augen erst! Hat er jemals solche Augen eines Alkoholikers gehabt?«

»Langsam, langsam, erklären Sie das. Was behaupten Sie, Zeuge?«

»Was weiß ich! Er hat an seinen Platz einen armen Teufel gesetzt, den man verurteilen wollte. Falls es nicht sogar ein Komplize ist.«

Schreie, Gelächter, Rufe wurden von allen Seiten laut, dieses unerwartete Schauspiel erregte den Saal. Der Präsident schickte nach dem Untersuchungsrichter, dem Direktor der Santé, den Wärtern und unterbrach die Sitzung.

Bei der Wiederaufnahme erklärten Herr Bouvier und der Direktor, die dem Angeklagten gegenübergestellt wurden, dass es zwischen Arsène Lupin und diesem Mann nur eine sehr vage Ähnlichkeit gebe.

»Aber wer ist dann dieser Mann?«, rief der Präsident. »Woher kommt er? Wieso befindet er sich in den Händen der Justiz?« Man führte die beiden Wärter der Santé herein. Was für ein verblüffender Widerspruch: Sie erkannten den Häftling, den sie abwechselnd zu bewachen hatten!

Der Präsident seufzte gequält.

Einer der Wärter wiederholte:

»Ja, ja, ich glaube schon, dass er es ist.«

»Wieso glauben Sie es?«

»Verdammt, ich habe ihn kaum gesehen. Er wurde mir abends übergeben, und während der zwei Monate hatte er sein Gesicht immer zur Wand gedreht.«

»Aber vor diesen zwei Monaten?«

»Oh! Vorher war er nicht in der Zelle 24.«

Der Gefängnisdirektor erläuterte diesen Punkt:

»Wir haben den Häftling nach seinem Fluchtversuch in eine andere Zelle gebracht.«

»Aber Sie, Herr Direktor, Sie haben ihn während dieser zwei Monate doch gesehen?«

»Ich habe keinen Anlass dazu gehabt ... er verhielt sich ruhig.«

»Und dieser Mann da ist nicht der Häftling, der Ihnen übergeben wurde?«

»Nein.«

»Wer ist es also?«

»Ich weiß es nicht.«

»Es handelt sich also um eine Vertauschung, die vor zwei Monaten erfolgt sein muss. Wie erklären Sie sich das?«

»Das ist unmöglich.«

»Also?«

Voll Verzweiflung wandte sich der Präsident zum Angeklagten und fragte ihn freundlich:

»Angeklagter, können Sie mir vielleicht erklären, wieso und seit wann Sie in den Händen der Justiz sind?«

Man hätte meinen können, dass dieser wohlwollende Ton das Misstrauen des Mannes zerstreute oder auf sein Begriffsvermögen eine gute Wirkung ausübte. Er versuchte zu antworten. Schließlich gelang es ihm, auf die geschickt und sanft gestellten Fragen einige Sätze zusammenzubringen, aus denen Folgendes hervorging: Vor zwei Monaten war er auf die Polizeistation gebracht worden. Dort hatte er eine Nacht und den Morgen verbracht. Nachdem bei ihm nur fünfundsiebzig Centimes gefunden wurden, wurde er freigelassen. Doch als er den Hof überquerte, packten ihn zwei Wachen am Arm und führten ihn zum Gefängniswagen. Seitdem bewohnte er die Zelle 24, nicht gerade unglücklich darüber ... man isst dort gut ...

man schläft nicht schlecht ... Daher hatte er nicht protestiert.

Seine Erzählung schien glaubhaft zu sein. Inmitten des Gelächters und einer allgemeinen Erregung vertagte der Präsident die Sitzung, da neue Ermittlungen notwendig seien.

Die sofort angestellte Ermittlung ergab folgende Tatsachen aus dem Gefangenenregister: Vor acht Wochen hatte ein gewisser Désiré Baudru auf der Polizeistation übernachtet. Nachdem er am nächsten Tag freigelassen worden war, verließ er die Polizeistation um zwei Uhr nachmittags. Doch am selben Tag um zwei Uhr kam Arsène Lupin von seinem letzten Verhör und wurde im Gefängniswagen zurückgebracht.

Hatten die Wächter sich geirrt? Hatten sie selbst, durch die Ähnlichkeit getäuscht, in einer Minute der Unaufmerksamkeit diesen Mann mit ihrem Gefangenen vertauscht? Sie hätten dabei allerdings eine Gefälligkeit an den Tag legen müssen, die man in ihrem Dienstbereich nicht vermutet hätte.

War die Vertauschung im Voraus berechnet worden? Außer der Tatsache, dass die Lage des Ortes einen solchen Plan kaum als realisierbar erscheinen ließ, hätte Baudru in diesem Fall ein Komplize sein und einzig mit dem Zweck, Arsène Lupins Platz einzunehmen, verhaftet worden sein müssen. Durch welches Wunder hätte ein solcher Plan, der nur auf einer Reihe von unwahrscheinlichen Zufällen, glücklichen Umständen und phantastischen Irrtümern begründet war, gelingen können?

Man brachte Désiré Baudru zur Verbrecherkartei. Es gab keine Karte, die auf seine Beschreibung passte. Außerdem fand man ohne Schwierigkeiten seine Spuren. Er war in Courbevoie, Asnières und Levallois bekannt. Er lebte von

Almosen und übernachtete in einer der Lumpensammlerhütten, die in der Nähe der Zollschranken von Ternes stehen. Seit einem Jahr jedoch war er verschwunden.

Hatte Arsène Lupin ihn in seine Dienste genommen? Nichts gab zu dieser Vermutung Anlass. Und wenn es der Fall gewesen wäre, hätte man deswegen doch nicht mehr über die Flucht des Gefangenen gewusst. Es blieb immer noch ein Wunder. Von zwanzig Vermutungen, die es zu erklären suchten, war keine zufrieden stellend. Nur an der Flucht bestand kein Zweifel, eine unverständliche, eindrucksvolle Flucht, deren lange durchdachte Vorbereitung der Öffentlichkeit ebenso wie der Justiz klar war, eine Kette von Ereignissen, die folgerichtig aufeinander stimmten und deren Lösung die stolze Voraussage Arsène Lupins rechtfertigte: »Ich werde meinem Prozess nicht beiwohnen.«

Nach einem Monat sorgfältigen Suchens war das Rätsel noch genauso unlösbar. Man konnte jedoch diesen armen Teufel Baudru nicht auf unbestimmte Zeit in Haft behalten. Sein Prozess wäre lächerlich gewesen: Was für belastendes Material hatte man gegen ihn? Seine Entlassung wurde vom Untersuchungsrichter unterschrieben. Doch der Chef des Sicherheitsdienstes beschloss, ihn weiter überwachen zu lassen.

Ganimard hatte ihn auf diesen Gedanken gebracht. Seiner Meinung nach handelte es sich weder um eine Mitschuld noch um einen Zufall. Baudru war ein Instrument, das Arsène Lupin mit außergewöhnlicher Geschicklichkeit benutzt hatte. Wenn Baudru frei war, würde man durch ihn bis zu Arsène Lupin oder wenigstens bis zu einem seiner Bande gelangen.

Ganimard bekam die beiden Inspektoren Folenfant und Dieuzy zugeteilt, und an einem nebligen Januarmorgen öffneten sich die Gefängnistore vor Désiré Baudru.

Er schien zunächst verwirrt und ging wie ein Mann, der nicht genau weiß, was er mit seiner Zeit anfangen soll. Er ging die Rue de la Santé und die Rue Saint-Jacques entlang. Vor einem Trödlerladen zog er sein Jackett und seine Weste aus, verkaufte seine Weste für einige Sous, zog sein Jackett wieder an und ging weiter.

Er überquerte die Seine. Vor dem Châtelet überholte ihn ein Bus. Er wollte einsteigen. Der Bus war überfüllt. Der Schaffner riet ihm, eine Wartenummer zu lösen, und er betrat den Wartesaal.

In diesem Augenblick rief Ganimard seine beiden Männer zu sich und sagte eilig, ohne den Eingang aus den Augen zu lassen: »Haltet einen Wagen an . . . nein, zwei, das ist klüger. Ich nehme einen von euch mit, um ihm zu folgen.«

Die Männer gehorchten. Baudru jedoch tauchte nicht wieder auf. Ganimard öffnete die Tür, im Raum befand sich niemand.

»Ich Idiot«, murmelte er, »ich habe den zweiten Ausgang vergessen.«

Der Warteraum war tatsächlich mit dem der Haltestelle Rue Saint-Martin durch einen Flur verbunden. Ganimard stürzte voran. Er kam gerade rechtzeitig, um Baudru auf dem Verdeck des Busses in Richtung Batignolles–Jardin des Plantes zu entdecken, der um die Ecke der Rue de Rivoli bog. Er rannte los und holte den Bus ein. Aber er hatte seine beiden Inspektoren verloren. Er musste die Verfolgung allein fortsetzen.

In seiner Wut wollte er Baudru ohne weitere Formalitäten am Kragen packen. Hatte ihn dieser so genannte Dummkopf nicht mit Vorbedacht und voll einfallsreicher List von seinen Gehilfen getrennt?

Er sah ihn an. Er hielt auf der Bank ein Nickerchen, sein Kopf schwankte von einer Seite zur anderen. Sein Mund stand halb offen, wodurch sein Gesicht einen unglaublichen

Ausdruck von Dummheit bekam. Nein, das war kein Gegner, der fähig war, den alten Ganimard zu überlisten. Der Zufall war ihm zu Hilfe gekommen, das war alles.

An der Kreuzung der Galerie Lafayette sprang der Mann vom Omnibus in die Straßenbahn nach La Muette. Sie fuhren über den Boulevard Haussmann, die Avenue Victor Hugo. Baudru stieg erst vor der Station La Muette aus. Lässig betrat er den Bois de Boulogne.

Er durchkreuzte die Alleen, kehrte wieder um, entfernte sich.

Was suchte er? Hatte er ein Ziel?

Eine Stunde lang trieb er diesen Unfug, dann schien er vor Müdigkeit umzufallen. Als er eine Bank sah, ging er hin und setzte sich. Der nicht weit von Auteuil am Ufer eines kleinen, zwischen Bäumen versteckten Sees liegende Platz war völlig einsam. Eine halbe Stunde verging. Ungeduldig geworden, beschloss Ganimard, eine Unterhaltung anzufangen.

Er trat näher und nahm an der Seite von Baudru Platz. Er zündete sich eine Zigarette an, zeichnete mit seinem Spazierstock Kreise in den Sand und sagte schließlich:

»Es ist nicht warm heute.«

Stille. Und plötzlich durchbrach ein Lachen diese Stille, ein fröhliches, glückliches Lachen, das Lachen eines Kindes, das von einem Lachanfall befallen wird und nicht wieder aufhören kann. Deutlich und klar fühlte Ganimard, wie ihm die Haare zu Berge stiegen. Dieses Lachen, dieses höllische Lachen, das er so gut kannte!

Mit einer plötzlichen Bewegung packte er den Mann an den Rockaufschlägen, blickte ihn scharf, ungestüm an, genauer noch als er es beim Prozess getan hatte, und tatsächlich, es war nicht Baudru, den er erblickte. Es war der Mann, aber es war gleichzeitig der andere, der wahre.

Von seinem Willen beherrscht, kam wieder feuriges Leben in die Augen des anderen, die abgemagerte Maske lockerte sich, und man sah das wirkliche Fleisch unter der verlebten Haut, den wirklichen Mund hinter dem höhnischen Grinsen, das ihn entstellte. Es waren die Augen des anderen, der Mund des anderen, es war vor allem sein Gesichtsausdruck, der so lebhaft, ironisch, geistvoll und so klar, so jugendlich war.

»Arsène Lupin, Arsène Lupin«, stammelte Ganimard.

In einem plötzlichen Wutanfall drückte er ihm die Kehle zusammen und versuchte, ihn auf den Boden zu werfen. Trotz seiner fünfzig Jahre verfügte er über eine ungewöhnliche Kraft, während sein Gegner sich in einer ziemlich schlechten Verfassung zu befinden schien. Welch ein Meisterstück, wenn es ihm gelänge, ihn wieder zu verhaften!

Der Kampf war kurz. Arsène Lupin verteidigte sich kaum, und so plötzlich, wie er ihn angegriffen hatte, ließ Ganimard ihn los. Sein rechter Arm hing leblos, schlaff herab.

»Wenn man euch im Polizeidienst Jiu-Jitsu beibringen würde«, erklärte Lupin, »wüsstest du, dass dieser Schlag auf Japanisch udi-shi-ghi heißt.«

Und er fügte kalt hinzu:

»Eine Sekunde länger und ich hätte dir den Arm gebrochen, und du hättest nur das gehabt, was du verdienst. Warum missbrauchst du, ein alter Freund, den ich schätze, vor dem ich freiwillig mein Inkognito lüfte, warum missbrauchst du mein Vertrauen! Das ist schlecht. Nanu! Was hast du?«

Ganimard schwieg. Diese Flucht, für die er sich verantwortlich hielt – war nicht er es gewesen, der durch seine sensationelle Aussage das Gericht irregeführt hatte? –, diese Flucht erschien ihm als ein Schandfleck in seiner Karriere. Eine Träne rollte auf seinen grauen Schnurrbart.

»Mein Gott, Ganimard, lass dir keine grauen Haare wachsen! Wenn du nicht gesprochen hättest, hätte ich es so eingerichtet, dass ein anderer geredet hätte. Sieh mal, konnte ich zulassen, dass Désiré Baudru verurteilt wird?«

»Also«, murmelte Ganimard, »dann bist du dort gewesen, und du bist auch hier!«

»Ich, immer ich, nur ich.«

»Ist das möglich?«

»Oh, man braucht dazu kein Hexer zu sein. Es genügt, wenn man sich, wie es auch der gute Präsident sagte, zehn Jahre lang vorbereitet, für alle Eventualitäten gerüstet zu sein.«

»Aber dein Gesicht? Deine Augen?«

»Du kannst dir vorstellen, dass ich nicht aus reiner Liebe zur Kunst achtzehn Monate in Saint-Louis mit Doktor Altier gearbeitet habe. Ich habe mir gedacht, dass derjenige, der eines Tages die Ehre haben würde, sich Arsène Lupin zu nennen, den gewöhnlichen Gesetzen der Erscheinung und Identität nicht unterworfen sein dürfte. Die Erscheinung? Man ändert sie nach seiner Wahl. Durch eine Einspritzung Paraffin in die Haut wird diese genau an dem gewünschten Fleck aufgedunsen. Die Pyrogallussäure verwandelt dich in einen Mohikaner. Der Saft des Schöllkrautes bewirkt die schönsten Flechten und Geschwülste. Das eine chemische Mittel hat Einfluss auf den Wuchs des Bartes und der Haare, ein anderes auf den Ton der Stimme. Dann füge man zwei Monate Diät in der Zelle Nr. 24 hinzu und tausendmal wiederholte Übungen, um meinem Mund dieses höhnische Grinsen einzuprägen, um meinen Kopf so zu beugen und meinen Rücken so krumm zu halten. Schließlich fünf Tropfen Atropin in die Augen, um sie verstört und scheu zu machen, und das Spiel ist gewonnen.«

»Ich verstehe nicht, dass die Wärter . . .«

»Die Veränderung erfolgte Schritt um Schritt. Sie haben die tägliche Entwicklung nicht bemerken können.«

»Aber Désiré Baudru?«

»Baudru existiert. Er ist ein armer Unschuldiger, dem ich im letzten Jahr begegnet bin und der mit mir tatsächlich eine gewisse Ähnlichkeit in den Zügen hat. Im Hinblick auf eine immer mögliche Verhaftung habe ich ihn in Sicherheit gebracht und von Anfang an meine Zeit dazu verwendet, die Punkte, in denen wir uns unähnlich waren, zu erkennen, um sie bei mir, so gut es ging, abzuschwächen. Meine Freunde haben ihm jene Nacht bei der Polizei verschafft, so dass er die Wache etwa zur gleichen Stunde wie ich verließ und der Zusammenhang leicht feststellbar war. Denn, bedenke, es war unbedingt nötig, dass man die Spur seines Aufenthaltes fand, sonst hätte sich das Gericht gefragt, wer ich bin. Während es, wenn ich ihnen diesen ausgezeichneten Baudru bot, unvermeidlich, verstehst du, unvermeidlich war, dass man auf ihn hereinfiel und dass man trotz der unüberwindlichen Schwierigkeiten einer Vertauschung vorzog, eher an diese zu glauben, als eine Unwissenheit zuzugeben.«

»Ja, ja, tatsächlich«, brummte Ganimard.

»Und außerdem«, rief Arsène Lupin, »hatte ich einen unglaublichen Trumpf in Händen, eine von mir von Anfang an bearbeitete Karte Alle erwarteten meine Flucht. Und das ist der große Irrtum, auf den ihr hereingefallen seid, du und die anderen, in diesem spannenden Spiel, auf das sich das Gericht und ich eingelassen hatten und dessen Einsatz meine Freiheit war: Ihr habt angenommen, dass ich noch einmal durch Prahlerei handeln würde, dass ich durch meine Erfolge wie ein Grünschnabel berauscht wäre. Ich, Arsène Lupin, und eine solche Schwäche! Und ihr habt euch genauso wenig wie in der Affäre Cahorn gesagt: ›Wenn Arsène Lupin von den Dächern posaunt, dass er flüchten wird, so deswegen, weil er Gründe hat, die ihn dazu verpflichten, zu schreien.‹ Aber, zum Teufel, versteh doch endlich, dass es – um zu flüchten ... ohne dass ich flüchtete – notwendig war, dass man von vornherein an diese Flucht glaubte, dass es ein Glaubensartikel war, eine absolute Überzeugung, eine sonnenklare Tatsache. Das war meine Absicht. Arsène Lupin würde ausbrechen, Arsène Lupin würde seinem Prozess nicht beiwohnen. Und als du aufgestanden bist, um auszusagen: ›Dieser Mann ist nicht Arsène Lupin‹, wäre es übernatürlich gewesen, wenn nicht alle sofort davon überzeugt gewesen wären, dass ich nicht Arsène Lupin war. Hätte einer gezweifelt, hätte einer den einfachen Einwand geltend gemacht: ›Und wenn es doch Arsène Lupin wäre?‹, wäre ich in derselben Minute verloren gewesen. Es genügte, sich über mich zu beugen, aber nicht mit dem Gedanken, dass ich nicht Arsène Lupin war, wie du es getan hast, du und die anderen, sondern mit dem Gedanken, dass ich Arsène Lupin sein könnte, und man hätte mich trotz aller meiner Vorkehrungen erkannt. Aber ich war ruhig. Logisch, psychologisch konnte niemand auf diese einfache kleine Idee kommen.« Er ergriff plötzlich Ganimards Hand.

»Sieh mal, Ganimard, gib zu, dass du mich acht Tage nach unserer Unterhaltung in dem Santé-Gefängnis um vier Uhr bei dir erwartet hast, wie ich dich gebeten hatte.«

»Und der Gefängniswagen?«, fragte Ganimard und vermied es zu antworten.

»Bluff! Meine Freunde haben diesen alten, ausrangierten Wagen zusammengeflickt und vertauscht, sie wollten den Coup versuchen. Aber ich wusste, dass er undurchführbar war, wenn nicht außergewöhnliche Umstände hinzukamen. Nur habe ich es für nützlich gehalten, diesen Fluchtversuch zu vollenden und ihn in der Öffentlichkeit groß herauszustellen. Eine erste kühn erwogene Flucht gab der zweiten den Wert einer im Voraus verwirklichten Flucht.«

»So dass die Zigarre . . .«

»Wie auch das Messer von mir ausgehöhlt.«

»Und die Briefe?«

»Von mir geschrieben.«

»Und die geheimnisvolle Briefschreiberin?«

»Sie und ich sind dieselbe Person. Mir stehen alle Handschriften zur Verfügung.«

Ganimard überlegte einen Augenblick und bemerkte dann:

»Wie konnte es geschehen, dass in der Verbrecherkartei, als man die Karteikarte von Baudru angesehen hat, nicht festgestellt wurde, dass sie die gleiche war wie die Arsène Lupins?«

»Die Karteikarte von Arsène Lupin gibt es nicht.«

»Aber selbstverständlich.«

»Schön, aber sie ist falsch. Diese Frage habe ich oft erwogen. Das System Bertillon enthält zunächst den Sichtsteckbrief – und du siehst selbst, dass er nicht unfehlbar ist – und dann den Steckbrief nach Maßen. Maße des Kopfes, der Finger, der Ohren usw., dagegen ist nichts zu machen.«

»Also?«

»Also musste ich zahlen. Vor meiner Rückkehr aus Amerika bestach ich einen der Angestellten der Abteilung, so dass er bei meiner Vermessung falsche Maße eintrug. Das genügt, damit das ganze System nicht stimmt und dass eine Karteikarte in eine Kategorie gerät, die mit der überhaupt nichts zu tun hat, die auf den Delinquenten zutrifft. Die Karteikarte von Baudru konnte also nicht der Arsène Lupins entsprechen.«

Wieder folgte ein Schweigen, dann fragte Ganimard:

»Und was willst du nun tun?«

»Jetzt werde ich mich ausruhen, eine Mastkur machen und nach und nach wieder ich selbst werden. Es ist schön, Baudru oder ein anderer zu sein, die Persönlichkeit wie ein Hemd zu wechseln und seine Erscheinung, die Stimme, den Blick und die Schrift zu wählen. Aber es kann vorkommen, dass man sich selbst bei alledem nicht mehr erkennt, und das ist sehr traurig. Gegenwärtig ist mir so zumute wie einem Manne, der seinen Schatten verloren hat. Ich werde mich auf die Suche nach mir selbst begeben ... und mich wiederfinden.«

Er spazierte auf und ab. Die Dämmerung vertrieb langsam das Tageslicht. Er blieb vor Ganimard stehen.

»Wir haben uns nichts mehr zu sagen, glaube ich.«

»Doch«, erwiderte der Inspektor, »ich möchte gerne wissen, ob du die Wahrheit über deine Flucht aufdecken willst. Meinen Irrtum ...«

»Oh, kein Mensch wird erfahren, dass es Arsène Lupin gewesen ist, der in Freiheit gesetzt wurde. Ich bin zu sehr daran interessiert, um mich herum geheimnisvolles Dunkel zu lassen, um dieser Flucht ihren fast wunderbaren Charakter zu nehmen. Daher brauchst du nichts zu befürchten, mein guter Freund, adieu. Ich esse heute Abend in der Stadt, und mir bleibt kaum noch Zeit, mich umzuziehen.«

»Und ich hatte geglaubt, du wolltest Ruhe.«

»Tja, es gibt gesellschaftliche Verpflichtungen, denen man nicht ausweichen kann. Mit der Ruhe beginne ich morgen.«

»Wo speist du denn?«

»In der englischen Botschaft.«

Applaus für eine Leiche

Léo Malet

1

Aufblende

Die Garderobiere, eine verhutzelte alte Schachtel mit Affengesicht, roter Schnapsnase und ausgebleichtem Haar, ordnete die Kleidungsstücke, die neben mir auf dem Sofa ausgebreitet waren.

Julien Favereau, der Leinwandstar, saß vor seinem Toilettentischchen und schminkte sich ab.

Er war ein gut aussehender Mann, der seine vierzig Jahre allerdings nicht verhehlen konnte. Die samtenen, braunen Augen blitzten hin und wieder verschlagen und unsympathisch auf. Sein Gesicht war schön, das konnte man ihm nicht absprechen; eine übermäßige Intelligenz war darauf jedoch nicht zu entdecken. Auf seiner Stirn machte sich vornehm eine leichte Kahlköpfigkeit breit.

Er saß mit dem Rücken zu mir, und im Spiegel sah ich sein Gesicht. Wenn ich mich ein wenig streckte, tauchte auch mein eigenes Gesicht über den Schminkdöschen auf.

Ein seltsames Bild!

Ein ehemaliger Oberst der zaristischen Armee hatte mir dieses komische Gesicht verpasst. Wenn er nur ein halbwegs so guter Militärstratege wie Maskenbildner gewesen wäre, hätten Wrangel und seine Leute keine Prügel bezogen. Um in der Welt der Toupets und falschen Bärte zu bleiben: Davidovitch Trotzki hätte sich bei ihm bestimmt sein Bärtchen stutzen lassen.

Doch ich war nicht hier, um über Politik und Strategie zu debattieren oder über den Einfluss von Kleopatras Nase Vermutungen anzustellen. Ich hatte genug mit meiner eigenen Nase zu tun und mit dem, was sich um sie herum verändert hatte. Der Weißrusse hatte mich verdammt gut hergerichtet. Das musste ich wohl oder übel zum zehnten Mal feststellen. Doch so richtig konnte ich mich noch immer nicht mit meinem neuen Gesicht anfreunden. Und wenn ich daran dachte, dass dieses ganze Theater ebenso lächerlich wie unnütz war, überkam mich große Lust, meinem Herzen mit einer Schimpfkanonade Luft zu machen.

Von den Haarwurzeln bis zum Adamsapfel bedeckte eine aprikosenfarbene Schicht mein Gesicht. Doch das war noch das wenigste. Der Künstler des Make-ups hatte meine Augenlinien verlängert, und besonders viel Mühe hatte er sich mit dem rechten Auge gegeben. Es sah aus, als wäre es halb geschlossen. Der Grund dafür konnte ein erstklassiger Faustschlag gewesen sein ... oder der liederliche und wenig hygienische Lebenswandel meiner Vorfahren. Links und rechts von meiner Nase prangte ein roter Fleck, was meinen Gesichtserker wesentlich verschlankte und ihn im Scheinwerferlicht in einem wirklich komischen Licht erscheinen ließ. So im Stile von Zala, dem alten Helden aus der Stummfilmzeit. Die Haut um Wangen und Kinn spannte ein wenig unter dem Klebstoff, mit dessen Hilfe der Russe mir einen schönen Achttagebart verpasst hatte. Dabei hatte ich am Morgen Blut und Wasser geschwitzt, um glatt rasiert hier an diesem Ort zu erscheinen, an dem mir die Bekanntschaft mit einem ganzen Haufen von Nachtschönheiten winkte. Vorsichtshalber hatte ich mir auch die Zähne geputzt. Zweimal. Und jetzt waren sie gelb gepinselt! Außer zwei schwarz lackierten Schneidezähnen, die eine Lücke vortäuschen sollten ...

»Das ist nur Ihre Schuld«, knurrte ich. »Auf Ihre Anweisung hin hat sich Wladimir diese Scheußlichkeiten ausgedacht.«

»Ja und?«, erwiderte Favereau spitz. »Sie sind als Detektiv zwar wenig bekannt ... Ich würde sogar sagen, Sie sind völlig unbekannt ... Aber wenn ich an die Reklamezettel mit Ihrem Foto denke, die Sie verteilt haben ... Sehr unvorsichtig von Ihnen! Leute vom Film haben im Allgemeinen ein gutes Gedächtnis für Gesichter. Ich möchte nicht das Risiko eingehen, dass jemand Sie wieder erkennt. Es muss nicht unbedingt jeder wissen, dass ich die Dienste eines Privatdetektivs in Anspruch nehme ...«

Nach einer kurzen Pause fügte er hinzu:

»Vor allem nicht diese verdammten Journalisten! Schnüffeln überall herum ...«

Lachend stopfte ich mir eine Pfeife.

»Nestor Burma zu engagieren, war ein Glückstreffer«, sagte ich. »Ein anderer würde sich diesen Ton verbitten und hätte Sie schon längst zur Hölle geschickt. Sicher, Sie sind der große und berühmte Favereau, Liebling aller Damen. Der Herzensbrecher, von dem alles träumt, was Röcke trägt! Da lässt man Ihnen natürlich so einiges durchgehen. Trotzdem hätte ich gerne gewusst, was Sie von mir erwarten. So genau hab ich das nämlich noch nicht kapiert.«

Ein ocker verschmiertes Papiertuch in der Hand, drehte sich der Filmstar auf seinem knarrenden Stuhl zu mir um und sah mich an.

»Hab ich Ihnen das nicht erklärt?«, rief er unwillig. »Gestern in Ihrem Büro und gerade eben noch, vor den Dreharbeiten? Ich werde bedroht! Man will mir an den Kragen! Auf welche Weise? Ich weiß es nicht. Deswegen benötige ich einen Leibwächter, aber keinen gewöhnlichen! Der Leibwächter, den ich brauche, muss gleichzeitig ein fähiger Detektiv sein, der Indizien erkennen kann. Jemand, der die Gefahr wittert, in der ich schwebe und von der ich nicht weiß, in welcher Form sie auf mich lauert. Verstehen Sie jetzt?«

»Ich würde viel besser verstehen, wenn Sie nicht so geizig wären«, seufzte ich. »Mit Einzelheiten, meine ich. Sie reden von Drohungen, ohne konkret zu werden. An Ihrer Stelle würde ich lieber einen Fakir engagieren! Wie soll ich Sie wirksam schützen, wenn die Fakten so dürftig sind? Besser gesagt, es gibt überhaupt keine Fakten!«

»Sie sollen mir keinen Zentimeter von der Seite weichen und aufpassen, mehr nicht.«

»Mit anderen Worten, Sie bezahlen mich nicht fürs Nachdenken, stimmt's?«

»Natürlich nicht, verdammt noch mal! Ich ...«

»Jetzt hören Sie mir mal gut zu«, unterbrach ich ihn ruhig, aber bestimmt. »Ich würde gerne so einiges ein für allemal mit Ihnen klären. Schicken Sie die Mona Lisa zum Zigarettenholen ...« Ich wies mit meinem bärtigen Kinn auf die Garderobiere. »Ich weiß nicht, ob mich ihre Anwesenheit deshalb stört, weil sie mich an meine Großmutter oder an die Ruinen Pompejis erinnert oder weil sie einen Vorgeschmack darauf gibt, wie Mirna Loy in fünfzig Jahren hier rumlaufen wird, aber ich fühle mich irgendwie gehemmt.«

»Sie können vor Marie offen sprechen.«

»Ach, Marie heißt sie!«

Das hatte noch gefehlt. Die alte Marie warf mir einen gehässigen Blick zu. Der Vergleich mit Leonardos Meisterwerk hatte ihr wohl missfallen. Ich gab mich geschlagen.

»Mir soll's egal sein«, sagte ich resigniert.

Ich räkelte mich auf dem Sofa wie einer, dem 's wirklich egal ist. Dann fuhr ich fort:

»Mir scheint, ich bin ein eigenartiger Leibwächter. Mit beschränkter Haftung, sozusagen. Mein Schutz wird nur gelegentlich benötigt, wenn ich recht verstehe. Nur an einem bestimmten Ort. Und dieser Ort ist das Studio. Hier lauert also die schwebende Gefahr? Draußen fühlen Sie sich sicher, so idiotisch das klingen mag. Eine Gefahr, die zeitweise schläft, anstatt zu schweben und zu lauern! Tja, gefällt mir gar nicht, dieses Blindekuhspiel ... Sagen Sie mir doch klipp und klar, woher der tödliche Wind weht!«

Um meiner Bitte Nachdruck zu verleihen, stieß ich eine dicke Rauchwolke aus. Als sie sich verzogen hatte, startete ich einen Versuchsballon:

»Marchand?«

Favereau saß wieder mit dem Gesicht zum Spiegel. Jetzt wirbelte er herum, seine Augen blickten mich erstaunt an.

»Gehen Sie bitte hinaus, Marie!«, befahl er.

Das Hutzelweib gehorchte.

»Was wissen Sie von Marchand?«, fragte er, nachdem sich die Tür geschlossen hatte.

Ich schickte eine zweite Rauchwolke zu dem feuchten Fleck an der Decke. Die Garderoben des Studios mussten dringend neu gestrichen werden.

»Das, was alle wissen«, antwortete ich auf seine Frage. »Dass er eine Tochter hatte, die sich in Sie verguckt hat. Wie alle. Und dass Sie keine Skrupel hatten, das Blümchen am Wegesrande zu pflücken. Als Sie die Kleine dann wieder fallen ließen, war sie schwanger. Und als sie nicht mehr schwanger war, hatte der Staat keinen zusätzlichen Soldaten, sondern eine Bürgerin weniger. Ein gewisser Eingriff ... Abtreibung, falls Sie nicht wissen, was ich meine. Marchands Tochter hat es nicht überlebt. Natürlich sind Sie nicht ihr unmittelbarer Mörder, aber für Vater Marchand macht das keinen Unterschied. An Ihrer Stelle würde ich mich von der Beleuchterbrücke fern halten. Er als Beleuchter kann Ihnen von dort oben leicht einen Scheinwerfer auf den Kopf fallen lassen ... Und dann gibt es da noch den Maskenbildner, der eben bei den Studioaufnahmen dabei war. Ein Landsmann von Wladimir. Keine Ahnung, was Sie dem Mann getan haben. Aber wenn man hört, wie er Ihren Namen ausspricht, könnte man meinen, er hielte Sie für den Pförtner des Hauses Ipatiev, der Schlachthausfiliale, in der man seinen Zaren ermordet hat.«

Favereau lächelte sein unwiderstehliches Lächeln, das so viele unerfahrene junge Mädchen – aber nicht nur die! – bezauberte. Auf Nestor Burma übte es jedoch eine eher mäßige Wirkung aus.

»Raymonde hat sich töricht verhalten«, erklärte der Filmstar. »Wenn Sie auf mich gehört hätte, würde sie noch leben. Von dem Maskenbildner hab ich mir hin und wieder die Frau ... äh ... ausgeliehen. Tageweise.« Er lachte über seinen gelungenen Scherz. »Davon gibt es eine ganze Reihe, in jedem Studio ...«

Selbstgefällig grinste er sein Spiegelbild an. Die Erinnerung an seine Abenteuer erfreute ihn offensichtlich. Es gibt widerlichere Zeitgenossen. Ich hatte aber auch schon sympathischere kennen gelernt.

»Und noch ein Dritter hält Sie für einen Scheißkerl«, konnte ich mich nicht enthalten zu bemerken. »Ich muss feststellen, dass er über sehr gute Menschenkenntnisse verfügt.«

»Aber ja, aber ja«, stimmte er mir gönnerhaft zu. »Doch ich frage mich, ob es einem Privatdetektiv – den ich bezahle! – zusteht, mir eine Moralpredigt zu halten?«

»O nein!«, rief ich. »Von mir aus können wir das Thema gerne fallen lassen. Darüber könnte man sich noch monatelang den Mund fusslig reden. Nur . . . Auf wen soll ich denn nun aufpassen, auf den Beleuchter oder auf den Maskenbildner?«

»Auf keinen von beiden«, konterte er. »Von denen droht mir keine Gefahr. Die hätten's schon lange getan, wenn sie die Absicht hätten. Nein, ich hab Ihnen doch gesagt: Ich weiß nicht, wer mir an den Kragen will. Wenn ich's wüsste, hätte ich bereits die Polizei eingeschaltet . . . Doch genug davon! Ich bezahle Sie, damit Sie mich beschützen. Also beschützen Sie mich! Und wenn Sie etwas Verdächtiges . . .«

»Verdächtiges gibt es überall zu entdecken. Das ist es ja gerade! Was ich nicht verstehe, ist, dass Sie Ihr Schutzbedürfnis nur hier drinnen verspüren, nicht aber außerhalb des Studios. Wie gesagt, Blindekuhspielen gehört nicht in mein Fach. Ich kann meinen Beruf nur dann ausüben, wenn ein Minimum an gegenseitigem Vertrauen besteht.« Ich startete einen erneuten Überraschungsangriff: »Befürchten Sie vielleicht etwas von Janine Baga?«

»Mischen Sie sich da nicht ein!«

Er sprang wütend auf, sein Gesicht verzerrte sich, der Stuhl fiel auf den abgeschabten Teppich. Ich stand ebenfalls auf, für alle Fälle. Sollte er gemeingefährlich werden, dann wollte ich gewappnet sein. So langsam hatte ich die Schnauze voll von meinem sauberen Klienten.

»Mischen Sie sich da nicht ein!«, schnauzte er wieder.

Plötzlich schwankte er und fuhr sich mit der Hand über die Augen. Seine Stimme war nur noch ein heiseres, angsterfülltes Röcheln.

»Was ist los?«, flüsterte er. »Wird das Licht schwächer?«

Sein Gesicht wurde blass, jedenfalls an den Stellen, die bereits abgeschminkt waren. Seine Hände suchten nach einem Halt, fassten aber nur ins Leere. Bevor ich reagieren konnte, drehte er sich um seine eigene Achse, fiel nach vorne, mit dem Kopf in eine riesige Puderdose, zuckte zwei Sekunden lang und sank dann auf die Knie, umgeben von einer duftenden Puderwolke, wie bei einem drehbuchreifen Schlussgebet. Er kniete da, mit herabhängenden Armen, das Kinn auf dem Schminktisch aufgestützt, leicht hin und her schwankend.

Ich schob meine Hand unter sein aufgeknöpftes Hemd und tastete nach seinem Herzen. Die Herzen der jungen Mädchen, die ihr Idol auf einem Foto anhimmelten, schlugen bestimmt viel wilder als dieses hier. Um die Wahrheit zu sagen: Das Herz des Filmstars schlug überhaupt nicht mehr.

Der Wutausbruch alleine konnte das tragische Ende nicht hervorgerufen haben. Wahrscheinlicher war es, dass Favereau zu Recht um sein Leben gefürchtet hatte. Er selbst hatte soeben, vor meinen Augen, den Beweis dafür geliefert.

Einen Moment lang blieb ich unbeweglich stehen und lauschte. Trotz seines plötzlichen Wutanfalls hatte Favereau nicht sehr laut gesprochen. Seine letzten Worte waren nur noch ein Murmeln gewesen, und lautlos war er zusammengebrochen. Außerdem ist die Garderobe eines Stars nicht mit den Kaninchenställen der anderen Akteure zu vergleichen. Wandbehänge und eine Polstertür schlucken eine Menge Lärm. Und so war von dem brutalen Drama, das sich soeben hier abgespielt hatte, nichts nach außen gedrungen.

Um mich zu vergewissern, warf ich einen Blick auf den staubigen Korridor, an dessen Wänden verschiedene Anweisungen und Notizen hingen. Alles war ruhig, keine Menschenseele zu sehen. Die Garderobiere wartete nicht, wie ich befürchtet hatte, in Hörweite auf die Stimme ihres Herrn. Die Farbe ihrer Nase ließ darauf schließen, dass sie die freien Minuten zu einem Abstecher in die Kantine nutzte.

Ich schloss die Tür von innen ab und widmete mich der Leiche. Die Person des Toten wurde mir immer rätselhafter. Ich sagte mir, eine behutsame Durchsuchung könne mir vielleicht weiterhelfen. Viel hatte er mir über die lauernde Gefahr und über das, was er von mir erwartete, nicht verraten; doch seine Befürchtungen waren nicht grundlos gewesen. Der alles andere als lebende Beweis lag vor mir auf dem Boden.

Ohne Zögern machte ich mich an die Arbeit. Der Smoking, den Favereau für die Dreharbeiten angezogen hatte und dessen Hose er noch trug, enthielt nichts Sensationelles. Nur ein Taschentuch. Mehr Glück hatte ich mit seinem Straßenanzug. Das Hutzelweib hatte ihn sorgfältig auf dem Sofa ausgebreitet. In der Brieftasche entdeckte ich unter den üblichen Papieren und dem »Reklamezettel«, wie der Verblichene meinen Werbeprospekt genannt hatte, einen Drohbrief.

Es war ein einfaches Blatt Papier aus einem gewöhnlichen Schulheft. Das Geschreibsel enthielt nicht mehr Orthographiefehler, als es die ungelenke Handschrift vermuten ließ. Neben einer Flut von Beleidigungen wurde das Versprechen gegeben, den Adressaten um die Ecke zu bringen. Allerdings wurde nicht verraten, wie, wann und wo dieses Ereignis stattfinden sollte. Der Absender blieb völlig anonym. Nicht mal eine Höflichkeitsfloskel wie »Die rächende Hand« oder einen ähnlich romanhaften Briefschluss hatte er gewählt. Zwar war der Adressat nicht namentlich genannt, und einen

Briefumschlag fand ich nicht; doch es konnte sich sehr gut um Favereau handeln. Erstens befand sich der Zettel in seinem Besitz, und zweitens passten die Beleidigungen haargenau zu der bescheidenen Meinung, die ich mir von dem Schauspieler gebildet hatte.

Ich legte den tödlichen Liebesbrief an seinen Platz zurück und setzte die Taschendurchsuchung fort. Dabei förderte ich den üblichen Krimskrams ohne die geringste Bedeutung zutage. In der Westentasche stießen meine durchwühlenden Finger auf ein seltsames Papierkügelchen. Bei genauerem Hinsehen entpuppte es sich als ein Stück Seidenpapier mit ein paar schwachen Fettflecken, von dem ein mörderischer Knoblauchgestank ausging.

Ich hätte gerne gewusst, was das Seidenpapier wohl umwickelt hatte. Und wie war der Knoblauchgeruch zu erklären? Beide Fragen waren gute Gründe dafür, den Fund einzustecken.

Bevor ich die Brieftasche wieder in die Innentasche des Jacketts schob, warf ich noch einen letzten Blick hinein. Außer dem Drohbrief und den schon erwähnten Papieren enthielt sie ein hübsches Bündel Banknoten. Ich nahm ein paar Scheine an mich – das vereinbarte Honorar und ein anständiges Trinkgeld – und schwor feierlich, als Gegenleistung den Mörder zu entlarven. Auch wenn es mir schwer fiel, das Opfer zu beweinen, so vergaß ich doch nicht, dass dieses Opfer einmal mein Klient gewesen war. Und vor allem vergaß ich nicht den Staub, den der Mord aufwirbeln würde. Sollte ich den Täter finden, dann würde meinem Namen an der Seite des Verblichenen Glanz verliehen werden. Eine äußerst günstige Werbung!

Mein Gewissen war beruhigt. Ich setzte mich in eine Ecke des Sofas und fing an, über das Geschehene nachzudenken.

Vielleicht lag es daran, dass ich mich in einem Filmstudio befand. Alles, was ich seit meiner Ankunft am Morgen hier erlebt hatte, zog klar und deutlich an mir vorüber, wie auf einer Leinwand.

2

Rückblende

Der Mann in dem ehemals weißen Kittel übte einen Beruf aus, der dem eines Frisörs sehr verwandt ist. Wahrscheinlich war das der Grund für seinen unaufhörlichen Redefluss.

Er redete, dass man davon besoffen werden konnte. Ich schloss die Augen und ließ mich durch seinen Akzent in meine Jugendzeit zurückversetzen. Vor meinem geistigen Auge entstanden wieder die Abenteuergeschichten, in denen es von jenen verdammten blonden Spioninnen, den Zielen meiner uneingestandenen Sehnsüchte, nur so wimmelte. Ich stellte mir vor, dass sie mit genau demselben Akzent sprachen, der mir jetzt in den Ohren klang. Und dann schlug ich die Augen wieder auf ... und war bedient, jedenfalls was präparierte Spioninnen anging!

Der Spiegel warf das Bild eines Obersten der zaristischen Armee zurück, mit Aprikosenwangen und gelblich weißem Schnurrbart. Er sah aus wie ein Gerichtsvollzieher bei der Pfändung. Kurz gesagt, der slawische Sexappeal ließ den kleinen Nestor sibirisch frösteln.

Der Maskenbildner von Sowjets Gnaden redete und redete. Ohne Pause. Ich glaube, er wäre besser beraten gewesen, seine Zunge etwas im Zaum zu halten. Als er mir zum Beispiel die Papierserviette, die er mir umgebunden hatte, wieder abnahm, sagte er zufrieden:

»So! Jetzt sehen Sie aus wie ein richtiger Mörder.«

Sicher, ich war dazu ausersehen, in dem Film *Sumpfblüte* zum Schein mitzuspielen; aber solche Bemerkungen macht man einfach nicht. Film- und Theaterleute sind abergläubischer, als man annimmt. Nein, er hätte das Wort »Mörder« nicht in den Mund nehmen dürfen.

Nach dieser verunglückten Bemerkung sprachen wir noch über dies und das, bis ein weiterer Wladimir hereinkam, allerdings in einem wirklich weißen und frisch gebügelten Kittel. Die beiden Kollegen gaben sich die Hand und begrüßten sich in ihrer Muttersprache. Der Neue schien sehr aufgeregt. Im ersten Satz – leider auf Russisch! – kam der Name Favereau vor. Im Schwall der nun folgenden Worte tauchte der Name meines Klienten immer wieder auf. Und immer wurde er auf eine Art ausgesprochen, die keinen Zweifel an den Gefühlen des Maskenbildners zuließ. Dieser sonst so ruhige Mann hätte dem Filmstar lieber ein Glas mit Arsen angeboten als ihn verdursten zu sehen.

Apropos Durst. Ich ließ den Russen seine Galle verspritzen, was seinen Landsmann offensichtlich verlegen machte, und ging in die Kantine. Hier saßen nur zwei Schauspielerinnen, die sich über ihre Gläser hinweg um die Wette anlächelten. Wohl als Entschuldigung für ihr banales Gesprächsthema. Das Mädchen hinter der Theke ahmte die Pose eines staatlich geprüften Vamps nach. Sehr fotogen, dieser Schlafzimmerblick. Ich bestellte gleich zwei Glas Wein, um den Engel nicht zu häufig auf die Erde zurückholen zu müssen. Zur Feier des Tages teilte ich ihr meine Gedanken mit.

»Sagen Sie mal, Romeo«, fiel sie mir ins Wort, wobei ihre hübschen grünen Augen auf mein hässliches Make-up starrten, »in welchem Film spielen Sie mit, mit so 'ner Fratze?«

»In *Sumpfblüte*.«

»Und wofür hat man Sie engagiert? Um den Geistreichen zu spielen oder um den Regisseur zu erschrecken?«

Ich lächelte, so gut es ging. Sehr gut ging es nicht.

»Vielleicht könnten wir uns verstehen, Julia. Hin und wieder bewegen Sie sich doch von der Theke fort, oder? Ich hab Sie für eine Marmorstatue gehalten. Und jetzt muss ich feststellen, dass ich mich geirrt habe. Wissen Sie, bei mir ist das ähnlich. Wenn ich mich abschminke, bin ich gar nicht so hässlich.«

»Das hoffe ich für Sie, Märchenprinz ... Aber spannen Sie mich nicht auf die Folter. Was hat man mit Ihrer Fratze vor?«

Das fand sie nun gar nicht lustig. Ihre sanften Augen blickten mit einmal ganz hart. Sie beugte sich über die Theke, und ich bedauerte, dass ihr Kleid einen hoch geschlossenen Kragen hatte.

»Verdammt schade, dass wir nur dummes Zeug daherreden«, zischte sie. »Ich wollte, Sie könnten ihm wirklich Angst einjagen und er würde verrecken!«

Ich leerte das zweite Glas in einem Zug.

»Noch einmal das gleiche«, bestellte ich, »und schön voll machen ... Also wirklich, ich hab das Gefühl, dass unser jugendlicher Held nicht sonderlich beliebt ist, hm? Was hat er Ihnen denn getan?«

»Ein Scheißkerl ist er!«

»Den Eindruck hab ich so langsam auch. Man sollte den Zeitungen kein Wort glauben. Ständig ist dort von Julien Favereaus Verehrerinnen die Rede. Von wegen! Die Bewunderung für ihn scheint sich ja sehr in Grenzen zu halten, wenn ich das richtig sehe.«

»Das sehen Sie genau richtig«, erwiderte der Racheengel. »Bewunderung! Pah! Wenn ich den Kerl seh, krieg ich Bauchschmerzen. Aber ... Verehrerinnen, doch, da gibt's 'ne ganze Menge ...«

Sie verstummte. Ein Bühnenarbeiter mit weißem Schnurrbart hatte soeben die Kantine betreten.

»Guten Tag, Monsieur Marchand«, grüßte das Mädchen hinter der Theke. »Was darf's sein?«

»Ein Rotwein und ein Sandwich«, antwortete der Mann in schleppendem Tonfall.

Sie goss den Wein ein und wickelte ein riesiges Sandwich in Zellophanpapier. Der Mann trank, zahlte und steckte das Päckchen wortlos in die Tasche seines blauen Overalls. Eine knappe Handbewegung in die Runde, und er ging wieder hinaus.

Das Mädchen strich sich die Haare nach hinten und zeigte mit dem Kopf in Richtung Tür.

»Der sieht alt aus, nicht wahr?«, fragte sie mich.

»Find ich auch. Doch, der Junge ist näher an seiner Pensionierung als an seiner Erstkommunion.«

»Tja, so alt ist er aber noch gar nicht.«

Und sie erzählte mir die traurige Geschichte von Raymonde Marchand.

Kurz darauf saß ich in einem abgewetzten Sessel zwischen der Stechuhr für die festen Angestellten des Filmstudios und der breiten Eingangstür. Die Treppe vor mir führte zu den Garderoben und dem Regieraum.

Es hatte mich viel Mühe gekostet, dieses Schreckgespenst von Sessel aufzutreiben. Jetzt konnte ich endlich in aller Ruhe meine Pfeife rauchen ... bis draußen Bremsen quietschten.

Der Pförtner stürzte aus seinem Glaskasten und verneigte sich akrobatisch tief vor dem Mann im hellen Anzug, der hereinkam. Julien Favereau – er war's! – schien der Hochachtung, die ihm entgegengebracht wurde, nicht die geringste Aufmerksamkeit zu schenken. Locker sprang er die Treppe hinauf zu seiner Garderobe.

Ich folgte ihm. Als ich eintrat, wurde er bereits von der alten Garderobenfrau umsorgt.

»Ach, guten Tag«, sagte er.

Eine reine Höflichkeitsfloskel, einfach nur so dahergesagt, aus purer Gewohnheit. Herzlichkeit war nicht mit im Spiel. Die Hand reichte er mir natürlich nicht, worauf ich auch keinen Wert legte. Ich bin sehr wohl in der Lage, ein Gespräch ohne den Austausch von Bazillen zu beginnen.

Als Erstes beschwerte ich mich über mein Make-up, das ich für übertrieben hielt. Doch viel Zeit zum Diskutieren blieb uns nicht. Favereau zog sich in Windeseile um und schminkte sich. Die altersschwache Garderobiere reichte ihm, stumm wie ein Fisch, die Kleidungsstücke und stellte die Schminktöpfchen zurecht.

Es wurde an die Tür geklopft. Ein Rothaariger – wohl so was Ähnliches wie ein Regieassistent – steckte seinen Kopf herein und sagte betont höflich:

»Entschuldigen Sie, Sie werden gleich bei der Aufnahme gebraucht, Monsieur.«

Favereau brummte etwas Unverständliches, beendete die Schminkprozedur und zog sich die bereitgestellten Schuhe an.

»Sie kommen mit mir«, befahl er. »Bei der Aufnahme heute werden keine Statisten benötigt, aber ich habe dem Regisseur von Ihnen erzählt. Für die anderen sind Sie ein Freund von mir, der knapp bei Kasse ist und dem ich eine Statistenrolle verschafft habe.«

Ich konnte mir nicht verkneifen zu sagen:

»Ein Freund von Julien Favereau? So was gibt es tatsächlich?« Er überhörte meine sarkastische Bemerkung.

Unter den Scheinwerfern auf der Szene war es heiß.

Marcel Naudot war ein charmanter Regisseur. Einer von der sanften Sorte, exzentrisch weder in seiner Kleidung noch in seiner Ausdrucksweise. Doch die Tatsache, dass er mit Julien Favereau arbeitete, rief eine gewisse Nervosität bei ihm hervor.

Man drehte gerade eine Szene mit dem anderen Star des Films, der Schauspielerin Janine Baga. Unvorhergesehene Schwierigkeiten hatten die Aufnahmen ein wenig verzögert, und dem Regisseur war es gar nicht recht, dass er Favereau warten lassen musste.

Ohne ein sichtbares Zeichen von Verärgerung nahm mein Klient auf einem Stuhl Platz, dessen Rückenlehne mit seinem Namen versehen war. Ich stellte mich neben ihn.

Regisseur, Regieassistent und Kameramann nebst Assistenten scharten sich um die Kamera. Die Bühnenarbeiter bewegten sich auf leisen Sohlen, und der Tonassistent stützte sich auf einen Galgen wie auf eine Hellebarde. Dachte er an den Tod von Ludwig XVI., oder grübelte er über die richtige Haltung nach, für den Fall, dass ihm ein Schweizer Käse auf den Kopf fallen sollte?

Die Kulisse stellte eine Art Salon im Rokokostil dar. Ich verstand nicht so recht, was das mit einer Blüte im Sumpf zu tun hatte, hielt aber den Mund. Schließlich war ich nicht als Filmkritiker hier.

Janine Baga stand rauchend mit ihrer Garderobiere zusammen. Als sie ihren Partner bemerkte, ging sie auf ihn zu.

Bisher hatte ich die Schauspielerin nur auf der Leinwand gesehen. Ich war enttäuscht. Bald würde für sie die letzte Runde eingeläutet werden, und dann winkte die Pension. Ihre wunderschönen großen Augen, von einem sanften Blau und voller Güte, würden sie nicht ewig herausreißen.

Ich tauschte mit Favereau einen bedeutungsvollen Blick und zog mich diskret zurück.

Da mich die Arbeit der Techniker interessierte, sah ich mich ein wenig hinter den Kulissen um. Überall stolperte man über Kabel. Ich beobachtete den Ersten Kameramann, der in diesem Augenblick seine Anweisungen für die Beleuchtung gab. Dabei hatte er so etwas wie ein schwarzes Monokel in einem Auge.

Hinter einem Gerüst wurde geflüstert. Ich brachte es nicht fertig, zweimal hintereinander diskret zu sein. Das geht gegen meine Natur. Ich spitzte die Ohren.

»Ist denn Favereau immer noch mit ihr zusammen?«, zischelte eine Frauenstimme.

»Sie sehen sich von Zeit zu Zeit ... Und so lange sie Geld hat ...«

»Madame Janine ist viel zu gutmütig ... Aber ich glaube, sie ist es so langsam leid ...«

»Andrée!«, rief Naudot und beendete auf diese Weise das Getratsche.

»Ja.«

Das Skriptgirl eilte zum Regisseur. Ich tat ein paar Schritte, so dass ich hinter das Gerüst blicken konnte. Andrées Klatschpartnerin war niemand anders als die Garderobiere von Janine Baga gewesen.

»Bitte beeilen, Kinder!«, flehte Naudot.

»Alles bereit«, antwortete jemand, der allzeit bereit war.

»Die 16 einschalten«, ordnete der Kameramann an, dem das wahrscheinlich zu schnell ging.

Eine Bogenlampe knisterte und tauchte die Szene in ein malvenfarbenes Licht.

»Madame Baga, bitte«, bat der Regisseur.

Die Garderobiere ging zu ihrem Schützling. Beide zusammen betraten die Szene, doch dann blieb Janine Baga in ihrem schwarzen Kleid alleine im gleißenden Scheinwerferlicht zurück. Der Regisseur gab seine Anweisungen.

Ich war wieder zu Favereau gegangen und beobachtete das Ganze als interessierter Laie.

Die Schauspielerin musste sich an einen bestimmten Fleck stellen, dorthin, wo sie, aus dem Hintergrund kommend, ihren Text würde sprechen müssen. Ein schmächtiger Bursche in einer Reißverschlussjacke markierte die Stelle mit einem Kreidestrich. Der Zweite Kameramann befestigte ein Bandmaß an der Kamera, rollte es ab und maß den genauen Abstand zum Gesicht der Schauspielerin. Daraufhin stellte sein Chef das Objektiv ein.

Endlich schien tatsächlich alles bereit für den Drehbeginn. Eine Säuferstimme brüllte:

»Ruhe!«

»Ruhe!«, echote der Regieassistent.

»Rot!«, schrie jemand.

In demselben Ton muss wohl ein Stier »*Caramba!*« brüllen, wenn er in die Arena stürmt, die *capa* vor sich sieht und an seine Mutter, die alte Kuh, denkt.

Jemand bat zum dritten Mal um Ruhe. Der Anlass dafür war ein kleiner, glatzköpfiger Kerl, der noch etwas zu meckern hatte.

»Können wir jetzt endlich anfangen?«, rief Marcel Naudot ungeduldig. »Der Requisiteur hat hier im Augenblick nichts zu suchen. Ruhe bitte!«, fügte er der Vollständigkeit halber hinzu.

Das glatzköpfige Männchen schlich sich auf Zehenspitzen davon.

»Kamera ab!«

Surren.

»Fertig?«

Jemand hielt eine schwarze Tafel am ausgestreckten Arm vor die Kamera. Darauf stand in weißer Schrift: Filmtitel, Name des Regisseurs und des Kameramanns, die Nummer der Szene entsprechend dem Drehbuch sowie die Zahl 2. Das hieß also, dass diese Szene zum zweiten Mal gedreht wurde. An der unteren Seite war die Tafel mit einer beweglichen Leiste versehen. Die berühmte Klappe.

»Sumpfblüte ... 67 ... die Zweite!«

Klack!

»Los!«, sagte Naudot und wippte in den Knien, so als wollte er davonfliegen.

Janine Baga kam in den Rokokosalon und warf einen bestürzten Blick auf die Ausstattung. (Mit gutem Grund!) An der Stelle, wo sie stehen zu bleiben hatte, blieb sie stehen. Der Tonassistent senkte mit unendlicher Behutsamkeit das Mikro über den Kopf des Stars.

»Allein!«, seufzte sie.

Um sie herum standen, grob geschätzt, zwanzig Leute.

Endlich war Favereau an der Reihe. Es wurde auch Zeit!

Der Liebling aller Frauen trommelte viel sagend mit den Fingern auf seinen Knien. Jemand fragte, welche Szene dran sei. Naudot nannte eine Zahl (114, glaube ich) und wandte sich an den Schauspieler:

»Wir befinden uns in der Szene vor dem Ball. Dieser Raum ist leer. Sie kommen herein, sehen die Blumen auf der Komm ... Ja, verdammt noch mal!«, brüllte er wütend in die Runde. »Wie viel Zeit wollen wir denn noch verlieren?! Wo sind die Blumen? Requisiteur?«

»Der Strauß kam in der letzten Szene doch nicht vor«, versuchte das Skriptgirl vorsichtig zu erklären.

Marcel Naudot wischte sich den Schweiß von der Stirn.

»Natürlich nicht«, murmelte er wie erschlagen. »Zwischen den beiden Szenen liegen zehn Tage ... Requisiteur!«

»Ja doch, bin schon hier«, brummte der Glatzkopf, der eben noch verscheucht worden war.

»Die Blumen, Mann! Wo sind die Blumen?«

»Oh, die Blumen ...«

Das Mädchen warf die Arme in die Luft und wirkte gleich rund zwanzig Zentimeter größer.

»Tja, die Blumen! Eben hatte ich sie noch, und dann hatte ich sie nicht mehr. Jemand muss sie mir geklaut haben. Saftladen! Deswegen hab ich ja gemeckert, eben, als Sie mich fortgeschickt haben . . .«

»Dann besorgen Sie sich andere. Ist doch kein Kunststück! Wozu gibt es denn schließlich Blumenläden? Ich hoffe . . .«

Er schwieg. Wahrscheinlich wollte er den Teufel nicht an die Wand malen. Einmal waren ihm ungedeckte Schecks ausgehändigt worden . . . Mutig fuhr er fort:

»Ich hoffe, Sie haben noch genug Geld zur Verfügung?«

»Ja, ja, geht so . . . Was für Blumen?«

»Irgendwelche. Sie kommen hier zum ersten Mal vor.«

Der Requisiteur entfernte sich brummend. Marcel Naudot wandte sich wieder seinem Star zu:

»Entschuldigen Sie, es ist immer dasselbe.«

»Einerlei!«, sagte Favereau mit verächtlicher Miene.

»Also, Sie bemerken die Blumen, nehmen sie aus der Vase und riechen daran. Sie stellen sie wieder in die Vase. Dann gehen Sie zu dieser Tür. Sie warten einen Augenblick, bevor Sie sie öffnen und hinausgehen. Wenn Sie es wünschen, können wir es einmal durchspielen, bis dieser Unglücksmensch mit den Blumen zurück ist.«

Sie spielten es durch. Favereau ging durchs Zimmer, roch an den nicht vorhandenen Blumen, ging zur Tür, wartete den vorgeschriebenen Augenblick.

»Prima. Bleiben Sie bitte so stehen.«

Der schmächtige Bursche mit der Kreide zeichnete zwei Kreuze direkt vor die Füße des Schauspielers.

»Ich glaube, wir haben's!«, tönte der Regisseur zufrieden und rieb sich die Hände. »Ohne diesen Blödmann wär's schon längst im Kasten. Schlamperei!«

Er warf einen Blick auf seine Armbanduhr. Die Stellung der Zeiger hielt er wohl für eine Katastrophe.

»Noch keine zwei! Die Geschäfte haben bestimmt noch geschlossen. So ein Versager . . .«

Um seine Worte Lügen zu strafen, erschien der Requisiteur auf der Bildfläche. Hinter dem riesigen Rosenstrauch war er kaum zu sehen.

»Hier sind die Blumen, M'sieur!«, rief er triumphierend. »Blanche hat mit ihnen die Garderobe von M'ame Baga geschmückt. Ganz schön frech für eine Garderobiere!«

»Wenn Sie Ihr Zimmer abschließen würden, würd so was nicht passieren. Geben Sie her.«

Endlich standen die Blumen in einer Vase auf der Kommode.

»Können wir?«

»Moment!«, rief der Kameramann dazwischen.

So langsam gewöhnte ich mich ans Drehen. Immer gibt es im letzten Augenblick eine Kleinigkeit, die noch nicht hinhaut: Man hat vergessen, einen neuen Film einzulegen, die Kulisse korrekt aufzubauen oder den Tisch für die Bankettszene zu decken.

In diesem Fall war das Bandmaß noch nicht in Aktion getreten. Der Kameramann holte sein eigenes, nagelneues aus der Tasche und maß die genaue Entfernung, die Favereau in einem ganz bestimmten Moment von der Kamera trennen würde. Er streifte das Gesicht des Filmstars.

»Entschuldigung . . . Drei Meter«, verkündete er.

»Können wir?«

Wer glaubte denn hier an den Weihnachtsmann?

Jetzt hatte Marcel Naudot noch etwas entdeckt. Das Make-up des Stars stimmte nicht mehr hundertprozentig. Der Maskenbildner musste es auffrischen. Mit seinem ganzen tragbaren Pinselkram trat er aus dem Schatten.

Es war der Russe, dem Favereau anscheinend verhagelte Petersilie verkauft hatte. Mit sichtbarem Widerwillen näherte er sich dem Schauspieler. Aber schließlich war er im Dienst, und Dienst ist Dienst, wird er wohl als ehemaliger braver Soldat gedacht haben. Er tat, wie ihm geheißen, wischte lange mit einem Schwämmchen über die Gesichtszüge, die von so vielen weiblichen Wesen verehrt wurden. Bestimmt hätte er liebend gerne das Schwämmchen in seiner Hand mit einem Hammer, einem Marmorblock oder irgendeinem stumpfen Gegenstand vertauscht. Julien Favereau ließ sich ungerührt die Gesichtshaut kitzeln.

Doch alles hat einmal ein Ende. Es konnte gedreht werden!

Mein (nicht von mir!) geliebter Klient trat in den Rokokosalon, sah die Rosen und steckte seinen Riecher in den Strauß, als hätte er sein Leben lang nichts anderes getan.

Die Szene musste weniger als zweimal gedreht werden. Nur selten benötigte Favereau mehr als einen Versuch. Das musste ihm der Neid lassen. Ein Anlauf, und die Szene war im Kasten. Vielleicht wurde ihm das eingesparte Filmmaterial vergütet.

Und dann waren wir in seine Garderobe zurückgegangen, wo er sich drehbuchreif auf die Knie fallen ließ, um sich davon zu überzeugen, ob die teuflischen Mädels ebenso empfänglich für seinen Charme waren wie die sterblichen Frauen.

3

Nachtrag zum Vorspann

Ich sah auf meine Uhr.

Die Erinnerung an die jüngste Vergangenheit hatte nicht

mehr als ein paar Minuten in Anspruch genommen. Inzwischen war meine Pfeife ausgegangen.

Ich zündete sie wieder an, warf noch einen letzten Blick auf die Leiche und verließ die Garderobe des toten Stars.

Auf der Treppe lief mir Marie in die Arme.

»Ich mache wohl einen üblen Eindruck auf Sie, hm?«, sagte ich. »Nein, widersprechen Sie mir nicht! So was merke ich. Aber kommen Sie, ich möchte Ihnen noch etwas viel Übleres zeigen.«

Mit diesem Versprechen schob ich sie in das Totenzimmer.

»Versuchen Sie nicht, ihn wieder vor den Schminktisch zu setzen«, empfahl ich ihr. »Das ist Aufgabe der Flics. Ihr Liebling ist genauso tot wie Raymonde Marchand.«

Eine nützliche Erfindung, so ein Türrahmen! Ohne ihn hätte sich meine Mona Lisa nicht auf ihren alten Beinen halten können. Sie stieß einen Schrei aus, dann noch einen, und zwischen beiden rief sie den Namen des Herrn an. Ihr welkes Gesicht wurde aschfahl und schrumpfte noch mehr zusammen.

»Alarmieren Sie jemanden, der dafür zuständig ist«, bat ich sie. »In einem Filmstudio laufen so viele Leute rum, dass man nie weiß, an wen man sich wenden muss. Sie kennen sich hier besser aus. Sagen Sie dem großen Manitu Bescheid, während ich bei der Polizei anrufe.«

Ich hoffte, dass die Alte meine Worte verstanden hatte und wieder zu sich kommen würde. Auf der Suche nach einer Telefonkabine verirrte ich mich in dem Labyrinth von dunklen Korridoren, wodurch ich viel Zeit verlor. Als ich das Gewünschte dann endlich am Ende eines spärlich ausgeleuchteten Flures fand, musste ich über den vier Fernsprechern lesen, dass man sich die erforderlichen Jetons in der Kantine besorgen könne. Ich begab mich also wieder zu meiner Freundin, der Kantinenschönheit. Ob ich wohl heute noch den zuständigen Kommissar des Viertels an die Strippe kriegte? Doch, es gelang mir. Ich hielt mich nicht mit weitschweifigen Erklärungen auf, sagte dem Flic nur, dass Julien Favereau tot und ich der Meinung sei, dass sein Fall die Kriminalpolizei interessieren könne.

Kaum hatte ich wieder aufgelegt, als sich jemand wie wild auf den Apparat stürzte. Er machte den Eindruck eines Eisenfressers, der lange nichts mehr zwischen die Zähne gekriegt hatte. Während er eine Nummer wählte, sprang er aufgeregt von einem Bein aufs andere. Seine Kleidung und sein ockerfarbenes Gesicht mit den falschen Koteletten verrieten seinen Beruf. Bestimmt trat er in der Ballszene der *Sumpfblüte* auf.

Ich wollte mich schon entfernen, als seine Verbindung zustande kam und seine ersten Worte mich zurückhielten.

»Hallo, Albert?«, brüllte er in die Muschel. »Ja, ich hab was ... Wenn ich sage, ich hab was, dann hab ich was! ... Sag ich doch, eine Sensation! ... Der Dreckskerl ist tot! ... Nein, ich mache keine Witze, auch wenn es sich fröhlich anhört ... Ist das etwa kein Grund zur Freude? ... Natürlich halt ich dich auf dem Laufenden!«

Er knallte den Hörer auf die Gabel. Ein wenig ruhiger jetzt, steckte er sich eine Zigarette ins Gesicht und zündete sie an. Im Schein des Feuerzeuges sah ich zwei etwas wässrige Augen, die darauf schließen ließen, dass der Kerl eben nicht nur Wasser trank. Intelligent sah er aus, gewitzt und furchtbar sympathisch. Ich ging auf ihn zu.

»Mit dem ›Dreckskerl‹ haben Sie doch bestimmt Favereau gemeint, oder?«, fragte ich. »Scheint sich ja schnell rumgesprochen zu haben ...«

Er musterte mich neugierig und hob die Hand.

»Erzählen Sie mir bloß nicht, dass er Ihnen Leid tut!«, rief er. »Es sei denn, hinter Ihrer Maske versteckt sich 'ne Frau ... Das könnte ich glatt in meinem Artikel verwenden.«

»Artikel? Sind Sie Journalist?«

»Beim *Crépuscule*. Das Blatt wird seine Auflage enorm steigern, wenn der Chefredakteur mich zeigen lässt, was ich kann!«

»Ich könnte Ihnen 'n paar Zusatzinformationen für Ihren Artikel liefern«, erwiderte ich lachend. »Anscheinend gibt es hier in dem ganzen Haufen außer den Stars kaum einen echten Schauspieler! Ich bin nämlich auch nur ein echter Falscher. Außerhalb des Studios bin ich Privatdetektiv.«

»Na prima!«, rief er. »Dann sind wir ja so was Ähnliches wie Kollegen.«

»Kollegen? Von Berufs wegen müsste ich eigentlich misstrauisch sein, aber Ihr Gesicht gefällt mir ... trotz der Koteletten.«

»Beruht auf Gegenseitigkeit, nur mit dem Unterschied, dass ich Ihre Fratze prima finde. Hoffentlich haben Sie *in natura* keine Ähnlichkeit mit Tino Rossi ...«

»Keine Angst. Außerdem singe ich nicht, und eine Gitarre hatte ich noch nie im Arm.«

»Gott sei Dank!«

»Aber sagen Sie mir jetzt endlich, was Sie sind. Journalist, Privatflic oder was?«

»Na ja ... äh ...« Er hüstelte. »Sollten wir uns vielleicht mal vorstellen?«

»Nestor Burma.«

»Marc Covet.«

Wir drückten uns die Hand.

»Mein Name scheint Sie nicht in Begeisterung zu versetzen, was?«, lachte mein neuer Freund etwas enttäuscht.

»Wenn Sie's tröstet: Meiner hat Sie auch nicht grade vom Hocker gerissen!«

»Tja ... Burma – Covet, Covet – Burma ... Das sind Namen wie Dupont oder Durand, aber die hat wenigstens jeder schon mal gehört. Glauben Sie, wir beide werden eines Tages die großen Stars, jeder in seiner Branche?«

»Wir werden's versuchen, jeder in seiner Branche.«

(Und wir schafften es. Doch benötigten wir – wie die großen Feldherrn – eine hübsche Sammlung weniger hübscher Leichen, um zu einiger Berühmtheit zu gelangen.)

»Übrigens ...« Er lächelte. »Sie wollten wissen, warum ich mich als Ihr Kollege bezeichnet habe ...«

Wieder hüstelte er. Ich hatte das Gefühl, dass dieser Journalist etwas wusste, was ich nicht wusste. Sein Vertrauen könnte mir noch nützlich sein. Also bemühte ich mich, es so schnell wie möglich zu gewinnen.

»Wissen Sie, woran Favereau gestorben ist?«, fragte ich ihn.

»Seine Garderobenfrau hat Alarm geschlagen. War völlig aufgelöst, die Ärmste. Hat nur gestammelt, er sei ganz plötzlich gestorben. Mehr konnte ich nicht aus ihr rauskriegen. Vielleicht an Herzversagen? Herzensdinge waren ja seine Spezialität«, fügte er ironisch hinzu.

»Raten Sie mal, mit wem ich gerade telefoniert habe ... Richtig, mit der Polizei!«

»Normal, oder?«, konterte er.

»Mehr oder weniger, ja ... Welche Nummer hat der *Crépu?*«

»G-U-T 80 – 60. Warum?«

Ohne zu antworten, wählte ich die Nummer.

»He! Machen Sie keinen Mist! Was ...«

Ich drückte ihm den Telefonhörer in die Hand.

»Los, verdienen Sie sich Ihre ersten Sporen als rasender Reporter!«, ermunterte ich ihn. »Lassen Sie sich Ihren Albert von vorhin geben und sagen Sie ihm, er soll schon mal den Titel Ihres Artikels notieren: *Julien Favereau ermordet, wahrscheinlich vergiftet.*«

Ich hatte ihm die Meldung so überzeugend serviert, dass er sie keine Sekunde lang anzweifelte. Um zu zeigen, wie sehr er den Tipp zu schätzen wusste, spuckte er einen saftigen Fluch in die Muschel, den Albert am anderen Ende der Leitung auf sich bezog. Marc Covet beruhigte ihn sofort wieder und gab die Information durch.

»Und jetzt«, schlug ich vor, nachdem er wieder aufgelegt hatte, »wollen wir das Ganze in aller Ruhe durchsprechen. Am besten in der Kantine, bei einem Gläschen. Hab das Gefühl, an dem Ort werden wir uns noch häufiger begegnen.«

In der Kantine ging es lebhafter zu als vorhin. Das tragische Ereignis hatte im Studio bereits die Runde gemacht und wurde in Gruppen diskutiert. Bald würden die Flics auftauchen. Sollten sie meinen Anruf nicht ernst genommen haben, so waren sie inzwischen sicherlich von nicht anonymer Seite benachrichtigt worden. Das Thekenmädchen empfing mich mit einem der Situation angemessenen Gesicht. Die Rose an ihrem Kleid hatte eine trauernde Note bekommen.

»So ist das«, flüsterte sie mir mit zitterndem Stimmchen ins Ohr, »wenn man vom Teufel spricht . . .«

. . . dann stirbt er! Aber das sagte sie nicht. Ihr war weniger denn je zum Lachen zumute.

»Im Gegensatz zu ihren Geschlechtsgenossinnen hat diese da den Toten verabscheut«, vertraute ich dem Journalisten an, als wir uns mit einer Flasche und zwei Gläsern an einem Tisch niedergelassen hatten. »Hat ihm von ganzem Herzen alles Böse gegönnt. Jetzt ist es ihm zugestoßen, das Böse, und siehe da! Sie kann es kaum fassen. Wie kompliziert sind doch die Frauen!«

»Mit mir ist es anders«, erwiderte Covet. »Sein Tod kommt mir sehr gelegen, persönlich und beruflich. Vor allem, weil er ermordet wurde ... Vorausgesetzt, es war tatsächlich Mord ...«

Er trank einen Schluck. Seine wässrigen Augen blitzten nervös auf. Eben hatte er meine These kritiklos geschluckt. Aber nun, nach einer Denkpause, fragte er sich, ob ich ihm nicht vielleicht einen Bären aufgebunden hatte. Ich beruhigte ihn:

»Keine Sorge, Sie haben Albert die richtige Information durchgegeben. Man wird Sie zu Ihrer schnellen Sensationsmeldung beglückwünschen. Und wem verdanken Sie das? Mir, jawohl! Warum, meinen Sie, laufe ich in dieser Aufmachung hier rum, als eine Mischung aus Rothaut und Schrecken der Meere? Favereau hatte einen Drohbrief erhalten und befürchtete einen Anschlag auf sein Leben, hier in diesem Studio. Ich war sein Leibwächter.«

Marc Covet pfiff durch die Zähne.

»So langsam hab ich das Gefühl, dass wir wirklich gut zusammenpassen.«

»Ja, ja, Sie wissen gar nicht, was für ein Glück Sie gehabt haben! Eine Bekanntschaft mit mir ist mehr wert als ein Lotteriegewinn oder eine Nacht mit dem hübschen Kind hinter der Theke. Ich sag's Ihnen so, wie ich's denke.«

»Das eine schließt das andere nicht unbedingt aus«, gab der Journalist lächelnd zurück und schielte zur Theke hinüber.

»Nein? Na schön, aber bevor Sie Ihr Süßholz raspeln, erklären Sie mir bitte, warum Sie uns beide als Kollegen bezeichnet haben.«

»Gern. Stellen Sie sich vor, ich hatte mit Favereau noch eine alte Rechnung offen stehen. Seit drei Jahren bin ich Journalist, und in der ganzen Zeit durfte ich dreimal meinen Namen unter einen Artikel setzen. Einmal pro Jahr, als Weihnachtsgeschenk sozusagen. Der letzte Artikel ist mir nicht gut bekommen. Er erschien im *Réveil*. Eine Reportage über Favereau. Wie Sie wissen, hasste Favereau die Journalisten. Mein Artikel missfiel ihm, und er hat dafür gesorgt, dass ich gefeuert wurde. Ein halbes Jahr war ich arbeitslos wegen diesem Kerl! Doch ich habe meine Zwangspause genutzt und beschlossen, den eitlen Gockel bei der nächstbesten Gelegenheit dafür büßen zu lassen ...«

Nach einer Schweigeminute fuhr er fort:

»Aber eins möchte ich gleich klarstellen: Ich hab ihn nicht um die Ecke gebracht.«

»Das hoffe ich für Sie«, sagte ich aufrichtig. »Er hat es wirklich nicht verdient, dass irgendjemand wegen ihm das Schafott riskiert.«

»Ein Dreckskerl war er! Klar, dass sogar noch sein Tod anderen Leuten Scherereien macht ... Um wieder auf meine Wenigkeit zurückzukommen: Ich wollte eine ganz besondere Reportage liefern. Hab mich als Statist engagieren lassen, um dem Mann einen ganzen Tag lang auf Schritt und Tritt folgen zu können und dann einen hübschen Artikel zu schreiben. Dazu ein paar weniger hübsche Fotos ...«

Er kramte in seinen Taschen und zauberte einen winzigen Apparat hervor.

»Das wär wie 'ne Bombe eingeschlagen! Es war bekannt, dass Favereau keine Interviews gab und keinen Journalisten in seine Nähe ließ. Zwei Fliegen mit einer Klappe, verstehen Sie? Ich hätte mich selbst und unsere ganze Zunft gerächt. Sie können mir glauben, ich hätte schon den richtigen Aufnahmewinkel gewählt!«

»Und Sie hatten keine Angst, dass Ihnen beim *Crépu* dasselbe passieren würde wie beim *Réveil?*«

»Die Aktion war mit meinen Vorgesetzten abgesprochen. Wissen Sie, die Leute beim *Crépu* arbeiten mit ... äh ... amerikanischen Methoden. Ich hab meine Idee vorgetragen, und sie waren sofort einverstanden. Meine Rachegelüste hielten sie für eine ausgezeichnete Motivation. Heiliger Strohsack!« Er lachte laut auf. »Verstehen Sie nicht? Vielleicht glauben sie, dass ich der Täter bin! Können Sie sich den Untertitel unter der Sensationsmeldung ausmalen?«

»Ein übler Scherz«, bemerkte ich.

»Übel? Ach was, das wäre die beste Reklame für mich. Schließlich bin ich unschuldig und kann es auch leicht beweisen. Ich hätte große Lust, meinem Chef den Tipp zu geben.«

Jetzt musste auch ich lachen.

»Ich glaube, Sie werden Ihren Weg in der Sensationspresse machen!«, sagte ich. »Aber mir ist immer noch nicht klar, warum Sie sich als einen Privatflic bezeichnen . . .«

»Das war vorher, während meiner erzwungenen Arbeitslosigkeit. Ich hatte viel Zeit und vertrieb sie mir damit, Favereau zu beschatten. Hab überall rumgeschnüffelt. Doch was Aufregendes konnte ich nicht entdecken, außer seiner Liaison mit Janine Baga. Deswegen bin ich auch auf die Idee gekommen, mich hier einzuschleichen, in die Höhle des Löwen und der Löwin.«

»Die beiden hatten ein Verhältnis, nicht wahr?«

»Ein Verhältnis, das keins war. Bei dem Kerl lief alles anders als bei normalen Leuten. Die Beziehung der beiden war mir ziemlich egal. Aber ich hatte bei meinen Schnüffeleien den Eindruck gewonnen, dass Favereau sie geheim halten wollte. Sehen Sie, deswegen hab ich uns als Kollegen bezeichnet.«

»Etwas übertrieben, mein Lieber. Gestatten Sie, dass ich das sage. Sie taugen besser zum Reporter. Wenn das alles ist, was Sie rausgekriegt haben! Die Geschichte Favereau-Baga pfeifen die Spatzen von den Dächern. Um nur zwei dieser Spatzen zu nennen: Die Garderobiere von Madame Janine und das Skriptgirl haben sich heute mehr oder weniger offen darüber unterhalten. Sie wussten, dass die beiden Stars zusammen schliefen und dass Favereau hauptsächlich in das Geld seiner Geliebten verliebt war.«

Marc Covet öffnete schon den Mund, um etwas zu entgegnen. Doch in diesem Augenblick wurde unsere Aufmerksamkeit auf ein Gedränge vor der Tür gelenkt. Ein uniformierter Flic betrat die Kantine. Nachdem er einen misstrauischen Blick in die Runde geworfen hatte, fragte er wenig liebenswürdig:

»Heißt jemand von Ihnen Nestor Burma?«

Die Ermittlungen konnten beginnen.

4

Das Requisit

Wir bahnten uns einen Weg durch die Menge, die sich vor der Totengarderobe drängte. Ein kräftiger Kollege des Uniformierten verwehrte den Neugierigen den Zutritt.

Man hatte Julien Favereau auf das Sofa gelegt. Die Leichenstarre begann ihr Werk. Die bläulichen Flecken auf dem Gesicht gaben meiner These hinsichtlich der Todesursache Recht.

Vier Leute standen um die sterblichen Überreste des kaltgestellten Don Juan herum. Das Gesamtbild erinnerte irgendwie an die Garderobe der Marx Brothers in der Oper. Nur ruhiger und weniger lustig war es ...

Marie saß wie erschlagen auf einem Stuhl. Fragte sich wohl mehr und mehr, ob das noch der richtige Film sei.

Ein dickbäuchiger Kerl fragte sich das erst gar nicht. Es war der Produzent, Kommanditist oder Studiodirektor. Die unvorhergesehene Szene schien ihn nicht sonderlich zu bewegen. Sein Blick ruhte mitleidlos, beinahe ärgerlich auf dem Toten. Ich wusste nicht, ob Favereau ihm zu Lebzeiten übel mitgespielt hatte; aber das plötzliche Hinscheiden des Stars passte ihm ganz und gar nicht in den Kram.

Die beiden anderen Personen sahen nicht unbedingt wie Flics aus. Doch wenn sie mich in einem entsprechenden Ton aufgefordert hätten, meine Papiere vorzuzeigen, wäre ich der Aufforderung sofort nachgekommen. Irgendetwas in ihrer Gesamthaltung deutete darauf hin, dass sie dazu das Recht besaßen. Und tatsächlich: Es waren der Kommissar der Kripo und ein Inspektor.

Marc Covet war mit mir zusammen dem Uniformierten gefolgt, und dieser hatte keinen Grund gefunden, ihm das zu verwehren. Als der Journalist den hohen Beamten sah, rief er hocherfreut:

»Sieh an, Monsieur Petit-Martin!«

Der Angesprochene warf ihm einen erstaunten Blick zu. Covet stellte sich vor und beschwor gemeinsame Erinnerungen herauf. Sie hätten beruflich zusammengearbeitet, hervorragend zusammengearbeitet ... Petit-Martin erinnerte sich und stimmte zu. Ich erwartete, dass er den Journalisten nach dieser Katzbuckelei rausschmeißen würde. Doch er sagte, ganz im Gegenteil, in freundschaftlichem Ton:

»Sie treiben sich wohl überall rum, was? Freut mich, Sie zu sehen. Aber eigentlich will ich mit einem gewissen Nestor Burma sprechen. Ist das etwa einer Ihrer Decknamen?«

»Ich bin Nestor Burma«, meldete ich mich zu Wort. »Auch wenn mein Gesicht eher zu einem Exsträfling passt, was an dem Make-up liegt. Und das wiederum liegt an Monsieur Favereau. Wenn ich die Farbe abkratze, gleiche ich zwar immer noch nicht einem Unschuldsengel, aber mein Äußeres wirkt dann bestimmt weniger furchteinflößend. Im Moment müssen Sie mich nehmen, so wie ich bin. Ich bitte Sie nur, mich Ihren ungünstigen Eindruck nicht zu sehr spüren zu lassen.«

»Jedenfalls sind Sie ein lustiger Vogel«, entgegnete der Kommissar lächelnd. »Sind Sie Privatdetektiv oder fliegender Händler?«

»Privatdetektiv«, gab ich Auskunft, »aber trotz meines Aussehens respektiere ich das Gesetz, dass es einem schon Leid tun kann. Vielleicht liegt das daran, dass ich erst seit kurzem im Geschäft bin.«

»Bestimmt«, knurrte der Inspektor.

»Das ändert sich mit der Zeit«, prophezeite sein Vorgesetzter.

»Hoffentlich. Bis zu jenem glücklichen Tag spiel ich jedoch den gewissenhaften Staatsbürger. Der Beweis: Ich war's, der Sie benachrichtigt hat.«

»Ach ja? Danke, vielen Dank ...«

Er gab dem Uniformierten ein Zeichen, woraufhin dieser die Garderobiere und den wortkargen Dicken hinausbrachte. Marc Covet machte sich ganz klein, aber der Kommissar hatte anscheinend nichts gegen seine Anwesenheit einzuwenden. Petit-Martin wusste, was er der Presse schuldig war. So blieben wir also zu dritt bei der Leiche.

»Sie waren dabei, als Monsieur Favereau starb?«, fragte mich der Kommissar.

»Ja. Und ich habe sofort gewusst, dass ein Mord geschehen war. Falls Sie wissen möchten, warum ... Aber Sie kennen ja die Anzeichen einer Vergiftung. Ich habe Marie gebeten, den Verantwortlichen des Studios zu benachrichtigen, und dann habe ich Sie angerufen. Danach bin ich in die Kantine gegangen, wo mich Ihr Untergebener gefunden hat. Ich hätte natürlich auch bei der Leiche auf Sie warten können – Favereau ist besser tot als lebendig zu ertragen –, aber erstens gibt es in der Kantine was zu trinken, und zweitens ist die Kellnerin ... Also, eine Kellnerin ist das ... Mehr brauche ich nicht zu sagen, Sie verstehen schon ...«

»Vollkommen. Vor allem verstehe ich eins: Sie haben eine große Zukunft vor sich, Monsieur Burma! So neu im Geschäft, und schon kennen Sie den wichtigsten Trick Ihrer Zunft. Besser reden auch Ihre in Ehren ergrauten Kollegen nicht um den heißen Brei herum. Viel reden und wenig sagen, das ist die Losung. Eine Wissenschaft für sich. Würden Sie bitte damit aufhören? Mir wären nämlich ernsthafte Informationen lieber.«

»Ich stehe zu Ihrer Verfügung.«

»Favereau war also unerträglich, sagen Sie?«

»Zu Lebzeiten, ja. Ich brauchte keine zwei Stunden, um mir ein Bild von seiner Unbeliebtheit zu machen. In diesem Studio laufen rund hundert Leute rum, unter denen Sie leicht hundertfünfzig finden werden, die ihn nicht leiden konnten. Sollten Sie im Laufe Ihrer Ermittlungen jemanden auftreiben, den das vorzeitige Ende unseres Stars betrübt – alles ist schließlich möglich! –, dann sagen Sie Monsieur Covet und dem Organisator des Pariser Jahrmarkts Bescheid. Der erste ist immer auf der Jagd nach Sensationen, und der zweite stellt Monster aus ...«

»Hören Sie auf!«, rief der Kommissar halb im Ernst, halb im Scherz. »Sie reden einen ja besoffen!«

Er teilte mir mit, dass er in der Brieftasche des Toten meinen Werbeprospekt und einen Drohbrief gefunden habe. Marie habe ihm erzählt, dass Favereau mich als Leibwächter oder so etwas Ähnliches engagiert hatte.

»Stimmt«, stimmte ich zu.

Ich klärte ihn über meine Beziehungen zu dem Verstorbenen auf. Er nickte verstehend und näherte sich der Leiche.

»Vergiftet, nicht wahr?«, murmelte er. »Könnte auch ein Unfall sein ... wenn da nicht der Drohbrief wäre. Haben

Sie eine Idee, wie das Gift in den Körper gelangt sein könnte?«

»Ich bin ihm nicht von der Seite gewichen, seit er das Studio betreten hat ... bis er unsere Welt für immer gegen eine bessere eintauschte. So hatten wir's vereinbart. Vielleicht hat er ja geraucht, wer weiß ... Beschwören könnte ich das jedoch nicht.«

»Getrunken hat er offensichtlich nichts«, lachte Petit-Martin. »Denn wenn's hier was zu trinken gäbe, wären Sie nicht in die Kantine gegangen.«

»Sie kennen mich schon ganz gut, Kommissar«, gab ich zurück. »Nein, getrunken hat er nichts.«

»Vielleicht ein Sandwich gegessen, ein Stück Kuchen oder so was?«

»Nicht, dass ich wüsste. Die Garderobiere ...«

»... hat dasselbe ausgesagt«, beendete Petit-Martin den Satz.

Wir schwiegen eine Weile, dann fuhr er nachdenklich fort:

»Vielleicht ein langsam wirkendes Gift, das ihm in irgendeiner Form zu Hause oder auf der Fahrt hierher verabreicht wurde ...«

»Dagegen spricht, dass er die Gefahr hier im Studio vermutete«, wandte ich ein »Ich hatte den Auftrag, ihn nur in diesem Gebäude zu beschützen. Draußen fühlte er sich sicher. Seltsam, was? Ja, Julien Favereau war ein seltsamer Klient.«

»Tja ... Ich hab gehört, dass Harry Tooper, der berühmte amerikanische Schauspieler, dumm wie Bohnenstroh sein soll, 'n richtiger Esel.«

»Das ist 'ne Beleidigung für jeden Esel. Und wenn man bedenkt, dass Julien Favereau genauso gut aussah wie Harry Tooper ... oder noch viel besser ...«

»... dann kann man sich vorstellen, wie's in seinem Kopf aussah!«

Dieser Petit-Martin klaute mir die besten Pointen!

Doch dann wurde er wieder ernst und sah sich die Leiche an. Schweigend und geduldig, so als wolle er ihr durch Hypnose das Geheimnis entreißen. Schließlich hob er ratlos seine Schultern.

»Das medizinische Gutachten wird uns bald verraten, welchen Weg das Gift genommen hat«, bemerkte er seufzend.

Als hätten die Götter auf diesen Satz gewartet, ließen sie es an die Tür klopfen und den Gerichtsmediziner das Sterbezimmer betreten.

»Wer von Ihnen soll autopsiert werden?«, fragte er mit gelangweiltem Gesichtsausdruck.

Wahrscheinlich fand er seinen Scherz, der schon seit zwanzig Jahren herhalten musste, selbst nicht besonders lustig. Deshalb schickte er gleich den nächsten hinterher:

»Sind das die Mörder?«

Er zeigte auf Marc Covet und mich.

»Die Herren sind Journalist bzw. Privatdetektiv«, erklärte Monsieur Petit-Martin ruhig.

Der Kommissar hatte wohl schon länger mit dem Arzt zu tun.

»Sag ich doch«, erwiderte der Witzbold.

Er stürzte sich auf den Toten, so als wolle er ihm eine Tracht Prügel verabreichen.

»Ist das die Leiche?«, fragte er, um jeden Irrtum auszuschließen. »Das Gesicht kommt mir bekannt vor. Hab's schon irgendwo mal gesehen, wahrscheinlich im Kino.« Er lachte schallend. Dieser Scherz musste neu sein. »Das sollte lieber eine Kollegin übernehmen! Favereau, der Liebling aller Damen, der Traum aller Stenotypistinnen!«

Während er noch so launig daherredete, machte er sich an die Arbeit. Wir sahen ihm schweigend zu, bis er sich wieder aufrichtete.

»Wie im Kino«, stellte er fest. »Spätestens jetzt hätte ich bemerkt, dass ich mich in einem Filmstudio befinde. Haben Sie schon mal was von den Borgias gehört, den berühmten Spaßvögeln? Ihr gesamtes Mobiliar bestand aus einem einzigen Giftschrank. Später dann haben sie giftdurchtränkte Hemden erfunden. Man musste sie nur ein paar Stunden tragen, und schon war man die Sorge um ihre Reinigung los! Sie besaßen Ringe mit Giftstacheln, die bei einem herzlichen Händedruck den Gast ins Jenseits beförderten . . .«

»Aber, aber, Doktor!«, unterbrach ich seine Fallbeispiele. »Sie wollen uns doch nicht weismachen, dass Favereau auf diese Weise umgebracht wurde! Erstens war er nicht so beliebt, dass ihm jemand freiwillig die Hand gegeben hätte, und zweitens war er seinerseits so misstrauisch, dass er eine ausgestreckte Hand nicht ergriffen hätte.«

Fremde Scherze liebte der Doktor nicht. Er verzog keine Miene.

»Ich wollte Ihnen lediglich darlegen«, sagte er spitz, »wie raffiniert diese Italiener waren. Sie hatten auch ganz spezielle Parfüms, und es scheint, als hätte man so etwas im Fall Favereau verwendet. An seinen Nasenwänden sind leichte Hautverletzungen festzustellen, Spuren einer Inhalation. Er muss ein ungemein feines Gift eingeatmet haben, über dessen Zusammensetzung die Autopsie Auskunft geben wird. Ein langsam, aber sicher wirkendes Gift. Ein richtiger Coup à la Borgia eben! Auf so etwas können nur Leute vom Film oder vom Theater kommen . . .«

Petit-Martin beugte sich wieder über die Leiche und musterte das blau gefleckte Gesicht.

»Man könnte das Gift unter die Schminke gemischt haben, nicht wahr? Von der Oberlippe wäre es dann in die Nase gelangt.«

»Oder unter die Vaseline, die er zum Abschminken benutzte.«

»Wenn es sich um ein langsam wirkendes Gift handelt«, gab ich zu bedenken, »dann wurde es wohl eher unter das Make-up gemischt. Als er starb, hatte er sich gerade abgeschminkt.«

»Von dem Make-up ist nichts mehr übrig. Nur in den Döschen und in dem Schwämmchen, mit dem er sich abgeschminkt hat. Sie sollten den ganzen Kram ins Labor mitnehmen, Doktor.«

»Natürlich. Doch es gibt sechsunddreißigtausend andere Methoden, um jemanden Gift inhalieren zu lassen. Zum Beispiel kann man es zerstäuben.«

»So wie man Fliegen tötet?«, ereiferte sich Marc Covet.

»Genau. Oder man hat sein Taschentuch besprüht. Was weiß ich? In einem Blumenstrauß . . .«

»Das scheidet aus, genauso wie eine ausgestreckte Hand«, entschied Kommissar Petit-Martin. »Monsieur Burma hat eben den Grund dafür genannt. Favereau hätte solch ein Geschenk nicht angenommen. Und außerdem sehe ich hier keine Blumen.«

»Vergessen Sie nicht, es handelt sich um ein langsam wirkendes Gift.«

»Wir werden es rauskriegen.«

»Apropos Vaseline«, meldete ich mich zu Wort, »Monsieur Covet und ich würden ganz gerne wieder unsere natürliche Gesichtsfarbe annehmen. Auch wenn Edwige Feuillère das Zeug immer zentimeterdick aufträgt, uns beiden steht das nicht besonders. Wenn Sie uns vielleicht für einen Moment entbehren könnten, Kommissar, würden wir uns lieber wieder zurückverwandeln.«

»Nur zu«, ermunterte uns Petit-Martin, »aber seien Sie vorsichtig bei der Wahl der Abschminkcreme! Eine Leiche pro Tag genügt mir vollkommen.«

Der Gerichtsmediziner bekam einen gierigen Blick.

»Wenn das so ist«, sagte er grinsend, »dann bleibe ich noch ein wenig hier. Einen Journalisten und einen Privatdetektiv hatte ich noch nicht in meiner Praxis! Man sagt, an denen sei was dran ...«

»Bis gleich«, verabschiedete ich mich und flüchtete aus der Künstlergarderobe.

Marc Covet folgte mir. Vor der Tür war es jetzt ruhiger geworden. Der Wachtposten hatte die Neugierigen verjagt. Ich ging nach rechts.

»Die Räume zum Abschminken ...«, begann der Journalist überrascht.

Ich musterte ihn mitleidig.

»Ich hätte Sie für schlauer gehalten«, sagte ich. »Mein beschmiertes Gesicht ist mir doch völlig egal. Im Moment jedenfalls. Vielleicht können wir gleich noch das Rotkäppchen erschrecken ... Jetzt will ich erst mal zum Drehort, auf die Szene. Wenn wir Glück haben, stehen die Rosen noch auf der Kommode.«

»Die Ro ...«

Marc Covet blieb der Mund offen stehen. Ich hatte fünf Meter Vorsprung. Mein neuer Freund benötigte zwei Sekunden, um ihn aufzuholen.

5

Akustischer Effekt und Wundertüte

Auf der Szene befanden sich noch ebenso viele Leute wie vorher, doch die Stimmung war gedrückt, um nicht zu sagen, auf den Nullpunkt gesunken. Die Innenaufnahmen waren unterbrochen worden. Der Rokokosalon strahlte eine unendliche Tristesse aus. Der Dicke, den ich schon in

Favereaus Garderobe gesehen hatte, sprach mit Marcel Naudot, umringt von dem gesamten Aufnahmestab. Die Szene hätte heißen können: Nach dem Tod des Solisten packt das Orchester die Instrumente ein.

Der Rosenstrauß stand weder auf der Kommode noch sonstwo. Ohne den sicheren Blick eines Skriptgirls zu besitzen, konnte ich feststellen, dass auch noch andere Requisiten verschwunden waren.

Ich ging auf den Regisseur zu und fragte ihn unvermittelt:

»Wo ist der Strauß?«

»Der Strauß?«, stieß er theatralisch hervor.

Er hatte seine liebenswürdig zurückhaltende Art aufgegeben und spielte jetzt den traditionellen Regisseur.

»Der Strauß?«, wiederholte er. »Das ist doch die Höhe! Seit wann kümmern sich Statisten um die Requisiten?«

Ich reichte ihm meine Visitenkarte.

»Statisten wie ich werden übertariflich bezahlt«, sagte ich. »Ich bin Privatdetektiv, bis vor kurzem noch in Favereaus Diensten.«

»Ach, Sie sind der Schnüffler? Favereau war ja ganz schön dreist. Einen Flic ins Studio einzuschleusen . . .«

»Darüber reden wir später. Wo sind die verdammten Rosen?«

Naudot beachtete meine Frage immer noch nicht, sondern fuhr fort, mich anzuschnauzen. Auch der Dicke gab seinen Senf dazu, bis jemand, der meinen autoritären Ton ernst nahm, mich informierte:

»Der Requisiteur hat die Blumen weggebracht.«

»Los, Covet, kommen Sie!«

Wir ließen die Gruppe stehen und eilten zur Requisitenkammer. Gerade, als wir sie betreten wollten, hörten wir ein dumpfes Geräusch.

Wir sahen uns an.
Kein Zweifel!
Soeben war ein Schuss gefallen.

Die Tür öffnete sich. Der kleine kahlköpfige Requisiteur kam auf wackligen Beinen heraus, beide Hände auf den Bauch gepresst. Sein Gesicht war blass und sein Blick benommen. Weniger allerdings als der eines anderen, der hinter ihm auftauchte. Er hatte den Mund sperrangelweit aufgerissen und seine tellergroßen Kulleraugen sahen nicht, wie der Verwundete vor ihm das Gleichgewicht verlor und stöhnend zu Boden stürzte. Seine Augen starrten nämlich auf etwas anderes ... auf den Revolver in seiner Hand! Völlig fassungslos, so als hätte er so ein Ding noch nie gesehen.

»Gut, dass der Doktor noch nicht fortgegangen ist«, bemerkte ich, nachdem sich unsere Überraschung ein wenig gelegt hatte. »Holen Sie ihn.«

Der Journalist rannte zurück, und ich rannte in die Requisitenkammer. Das Gerümpel hätte einem Flohmarkt Konkurrenz machen können, aber nicht einem Blumenmarkt.

»Wo sind die Rosen?«, schrie ich den Kerl mit dem Revolver an. Er lehnte am Türrahmen und war nahe daran, die Augen zu verdrehen und in Ohnmacht zu fallen. Als er meine Frage endlich begriffen hatte, hielt er sie für überflüssig.

»Die Rosen?«, fragte er verständnislos zurück. »Ogottogott!«

Er hatte nur Augen für seine Kanone.

»Gib mal her«, befahl ich. »Ohne das Schießeisen wird's dir sofort besser gehen.«

Er ließ sich widerstandslos entwaffnen. Ich untersuchte das Magazin der *Browning*. Es war leer. Wenn der Requisiteur den gesamten Inhalt abgekriegt hatte, konnte man ihn getrost zu dem Kram in der Rumpelkammer legen. Aber wir hatten doch nur einen einzigen Knall gehört! Ich wollte gerade den Revolverhelden aus seiner Erstarrung lösen, um ihm ein paar gezielte Fragen zu stellen. In diesem Augenblick kam Marc Covet zurück, gefolgt von dem Kommissar, dem Inspektor und dem Arzt.

»Und?«, rief Petit-Martin mir entgegen.

»Und? Also, ich glaube, mein Einstieg ins Berufsleben kann als gelungen bezeichnet werden. Wenn das bis zur Pensionsgrenze so weitergeht, kann man für die Menschheit nur noch beten.«

»Hören Sie endlich auf mit Ihrem Gequatsche«, knurrte der Kommissar, jetzt wirklich im Ernst. »Sagen Sie mir lieber, was passiert ist.«

»Das fragen Sie am besten den Herrn dort . . . wenn er sich wieder erholt hat. Hier ist die Tatwaffe. Wie geht's Ihrem neuen Klienten, Doktor?«

»Er wird's überleben«, urteilte der Gerichtsmediziner. »Bauchschüsse sind immer gefährlich, aber ich glaube, er kommt durch. Ich werd ihn ins Hospital bringen lassen . . .«

Ein dumpfes Geräusch.

»Noch einer!«, rief der Arzt fröhlich.

Der Mann am Türrahmen war aus den Latschen gekippt.

»Während Sie ihn wieder zum Leben erwecken«, sagte ich, »gehen wir jetzt endlich zum Abschminken.«

»Apropos«, schaltete sich der Kommissar ein, »was tun Sie eigentlich hier? Ich sehe weit und breit keinen Raum, der fürs Abschminken vorgesehen ist.«

Ich lächelte.

»Seien Sie mir bitte nicht böse, Monsieur. Ich hatte da so eine Idee. Heute Morgen wurde eine Szene gedreht, bei der Favereau an einem Rosenstrauß geschnuppert hat.«

»Rosen?«, riefen Flic und Doktor wie aus einem Mund.

»Ja, Rosen. Und die sind verschwunden ... Jetzt kommen Sie endlich, Covet! Nutzen wir die Ruhepause, die sich der sensible Mörder gönnt, und stecken wir unsere Köpfe in einen Eimer mit Vaseline.«

Mit diesen Worten ließen wir die Beamten stehen.

»Gehen wir wirklich zum Abschminken?«, fragte mich Covet nach ein paar Metern.

»Natürlich nicht. Wir gehen ... Hier ist es schon. Das dürfte Sie zumindest beruflich interessieren.«

Ich zeigte auf die Tür einer Garderobe, an der eine Visitenkarte mit dem Namen »Janine Baga« hing. In diesem Moment wurde die Tür geöffnet und die Schauspielerin kam heraus. Sie trug einen Hosenanzug und hatte ihre Augen hinter einer dunklen Brille verborgen.

Die Garderobiere folgte ihr, in der Hand ein kleines Köfferchen.

Die beiden Frauen sahen uns überrascht an.

»Einen Moment, bitte«, bat ich den Filmstar. »Weggehen können Sie immer noch. Vorher werden Sie mir ein Interview geben.«

»Aber ...«

Ohne auf ihren Protest zu achten, schob ich sie in die Garderobe zurück. Zum ersten Mal hatte ich eine Königin der Leinwand so hautnah vor mir. Ich versuchte mich so ritterlich wie möglich zu verhalten, doch die Wahl meiner Mittel war begrenzt.

Wir gingen alle zusammen in den Raum. Ich drehte den Schlüssel im Schloss herum und steckte ihn ein.

»Und jetzt«, sagte ich in einem Ton, der dem Inhalt angemessen war, »werden Sie mir erzählen, ob Sie Ihren Geliebten umgebracht haben oder nicht.«

»Wer ... Was gibt Ihnen das Recht...«, stammelte Janine Baga.

»Ja, ja, schon gut«, unterbrach ich sie. »Hinsetzen! Alle!« befahl ich. »Sie auch, Monsieur Covet. Ich habe Sie aus Gründen mitgenommen, die ich Ihnen später auseinander legen werde. Aber jetzt nehmen Sie bitte Platz.«

Ich spielte meine Rolle ausgezeichnet. Alle drei gehorchten mir.

»Julien Favereau wurde ermordet«, begann ich. »Die Waffe ...«

Es wurde heftig gegen die Tür gehämmert.

»Wer ist da?«

»Öffnen Sie!«, brüllte Kommissar Petit-Martin.

Seine Stimme klang jetzt überhaupt nicht mehr liebenswürdig. Hätte nur noch gefehlt, dass er hinzugefügt hätte: »Im Namen des Gesetzes!«

Ich öffnete.

»Nun?«, lachte der Beamte. »Familienrat?« Er musterte mich spöttisch. »Haben Sie die Vaseline immer noch nicht gefunden, Monsieur Burma? Freut es Sie nicht, mich zu sehen?«

Ich zuckte die Achseln.

»Ich glaub, ich hab was Besseres gefunden als Vaseline«, antwortete ich. »Allerdings ist es genauso glatt, wenn nicht noch viel glatter. Deshalb wollte ich mich zuerst vergewissern ...«

»Natürlich«, höhnte Petit-Martin. »Im Prinzip arbeiten Sie mit mir zusammen, nicht wahr?«

Ich holte meine Pfeife hervor und stopfte sie.

»Hiermit erkläre ich meinen Alleingang für beendet«, verkündete ich. »Vielleicht ist es sogar besser, dass Sie hier sind. Das vereinfacht die Sache. Haben Sie Madame Baga bereits verhört?«

»Ich frage mich, warum ich Ihnen antworte ... Na ja, egal ... Ja, wir hatten eine kurze Unterhaltung. Eine etwas längere wird folgen .. wie mit allen, die sich hier im Studio aufhalten.«

»Madame schickte sich gerade an, das Gebäude zu verlassen«, eröffnete ich ihm.

Der Kommissar warf der Schauspielerin einen misstrauischen Blick zu.

»Ich möchte Sie bitten, Herr Kommissar«, sagte sie, »mich zurückziehen zu dürfen.«

Petit-Martin zögerte. Ich nahm ihm die Entscheidung ab:

»Zuerst hören Sie sich Folgendes an: Die Tatwaffe ist der Blumenstrauß, an dem Favereau schnuppern sollte ... und auch geschnuppert hat. Die tödlichen Rosen waren einen Moment lang unauffindbar, wurden dann aber gefunden ... hier in dieser Garderobe. In Ihrer Garderobe, Madame Baga! Sie hatten Zeit genug, ihn zu ... äh ... behandeln. Favereau war Ihr Geliebter, hörte aber nicht auf, dem einen oder anderen Rock hinterherzulaufen. Besser gesagt, die Röcke liefen hinter ihm her ... Hatte er vielleicht die Absicht, Sie zu verlassen? Skrupellos, wie er war, hielten ihn seine Treubrüche nicht davon ab, von Ihnen Geld zu nehmen, wenn er's brauchte. Zwei gute Gründe für Sie, sich ein für allemal von ihm zu befreien. Und wir wissen ja, Madame: Gift ist die Waffe der Frau.«

Ich hatte meine Tirade losgelassen, ohne Luft zu holen. Jetzt holte ich das Versäumte nach. Niemand nutzte die Gelegenheit, um meinen Worten zu widersprechen. Mit einer abrupten Bewegung nahm ich der Schauspielerin die dunkle Brille von der Nase.

»Oh«, sagte ich enttäuscht. »Ihre Augen strafen meine Theorie Lügen. Aber es ist ja Ihr Beruf, Gefühle vorzutäuschen. Sie können sogar auf Kommando weinen, je nach Bedarf. Echte Krokodilstränen . . .«

Sie saß steif auf ihrem Stuhl und hüllte sich in Schweigen.

»Weiß Gott«, mischte sich der Kommissar ein, »ich zolle dem Geschwätz eines Detektivs nur grade so viel Aufmerksamkeit, um nicht unhöflich zu erscheinen; aber dieser Mensch dort beschuldigt Sie eines Verbrechens, Madame Baga! Was haben Sie dazu zu sagen?«

Ihre geröteten, verschleierten Augen sahen uns an, ohne uns wahrzunehmen. Plötzlich jedoch trat das nackte Entsetzen in ihren Blick.

»Ich habe Julien nicht getötet«, flüsterte sie, von Schluchzen geschüttelt. »Warum sollte ich so etwas Schreckliches tun? Wir haben doch gerade erst geheiratet.«

6

Rollenwechsel

Marc Covet sprang auf und schlug sich mit der rechten Faust in die linke Hand.

»Wusste ich's doch!«, rief er aufgeregt.

Ich drückte ihn wieder auf seinen Stuhl.

»Sie wissen so einiges«, sagte ich. »Schließlich haben Sie Sensationelles zutage gefördert, während Sie Favereau beschatteten. Deswegen hab ich Ihnen ja auch erlaubt, mir nicht von der Seite zu weichen.«

Covets Augen blitzten belustigt auf.

»Stimmt genau. Ich habe einiges rausgekriegt. Hier im Studio wollte ich meinem Verdacht nachgehen. Wenn dieses geheim gehaltene Verhältnis bekannt geworden wäre, hätte Favereau einen Schlaganfall bekommen!«

»Mit anderen Worten«, lachte ich, »er konnte seinem Schicksal nicht entgehen.«

»Auf jeden Fall gibt das einen prima Artikel«, frohlockte der Journalist.

»Vor allem, wenn seine eigene Frau ihn um die Ecke gebracht hat.«

»Apropos«, meldete sich Petit-Martin in unangenehm dienstlichem Tonfall zu Wort, »was soll das mit dieser heimlichen Hochzeit, Madame? Man kann wirklich sagen, dass ihr Leute vom Film kompliziert seid ... Die Tatsache, dass Sie verheiratet waren, ist kein Argument gegen die Verdächtigungen von Monsieur Burma. Ich würde sogar sagen: ganz im Gegenteil!«

»Langsam, langsam!«, fuhr Marc Covet dazwischen.

Er stürzte sich auf die Gelegenheit, die Schauspielerin zu verteidigen. Bestimmt wollte er sich bei ihr einschmeicheln.

»Solange Sie den Strauß nicht präsentieren und kein Gift daran finden ...«

Er konnte seinen Satz nicht beenden. Janine Baga war dem Verhör nicht gewachsen. Sie bäumte sich auf, am ganzen Körper zitternd, um dann vom Stuhl auf den Boden zu fallen. Ein Nervenzusammenbruch.

»Ich hoffe, der Arzt hält sich immer noch im Studio auf«, sagte ich gelassen. »Mal sehen, was er kann ... außer Todesursachen festzustellen.«

Der Gerichtsmediziner konnte noch eine ganze Menge. Er schien seine Arbeit zu lieben. Je mehr zu tun war, desto zufriedener schaute er drein. Und hier hatte er alle Hände voll zu tun. Der angeschossene Requisiteur befand sich bereits auf dem Weg ins Hospital, und der Schießwütige hatte sich wieder erholt. Während der Arzt seine Künste jetzt an Janine Baga ausprobierte, widmete sich Petit-Martin dem

Mann mit dem Revolver. Ich leistete ihm Gesellschaft. Marc Covet hatte sich unter irgendeinem Vorwand entfernt. Ich war jedoch sicher, er würde bald wieder zurückkommen, um der Schauspielerin eine Art Interview abzutrotzen, sobald es ihr wieder besser ging. Diese Journalisten kennen einfach kein Schamgefühl!

Der Kerl, der den Film mit einem Revolver durch unvorhergesehene akustische Effekte belebt hatte, hieß Albert und war der Assistent des glatzköpfigen Requisiteurs. Eher ein Jugendlicher als ein junger Mann, weiß wie ein Bettlaken, so saß er mit leerem Blick auf dem Boden und schimpfte wie ein Rohrspatz. Noch hatte er nicht so ganz begriffen, was passiert war; aber eine unvorstellbare Menge an »verdammter Scheiße« stand ihm bis zum Hals, und er musste sich häppchenweise davon befreien. Sein Fluchen nahm kein Ende. Der Kommissar hatte alle Mühe, ihm etwas anderes zu entlocken.

Endlich gelang es Petit-Martin doch, und der Junge gab uns einen ebenso kurzen wie glaubwürdigen Bericht:

Die Anwesenheit der Ordnungshüter im Studio hatte den Requisiteur und seinen Gehilfen dazu animiert, in der engen Requisitenkammer Räuber und Gendarm zu spielen. Albert bereute diesen Einfall jetzt bitter, und wir nahmen es ihm ab. Er hatte den Revolver in die Hand genommen, das klassische *Hands up!* gerufen, die Waffe auf seinen väterlichen Freund gerichtet und abgedrückt. Zu seiner großen Überraschung war tatsächlich eine Kugel ausgespuckt worden.

Man konnte nur schwer an seiner Aufrichtigkeit zweifeln. Sein Benehmen, seine Ausdrucksweise, alles an ihm legte nur einen Verdacht nahe: dass der Junge nicht log.

»Ich hoffe«, schloss er, »dass Monsieur Lhéron durchkommt.«

»Das hoffe ich auch, sowohl für ihn als auch für Sie«, sagte der Kommissar. »Nach unseren heutigen Gesetzen bekommt man wegen fahrlässiger Tötung weder eine Belohnung noch einen Orden oder Blumen. Dabei fällt mir ein ... Wissen Sie, was mit dem Rosenstrauß passiert ist, der in der eben gedrehten Szene auf der Kommode stand?«

»Der Ro ... Rosenstrauß?«, stammelte Albert, der mit seinen Gedanken noch bei Monsieur Lhéron war.

Wahrscheinlich stellte er ihn sich in einem Krankenhausbett vor. Wirklich eine »verdammte Scheiße«, wie er schon so oft versichert hatte. Wenn sein Chef abkratzte, würde er bis zum Hals drinstecken. Und da fragte ihn der Kommissar nach einem Blumenstrauß! Bestimmt dachte der Junge sofort an Beerdigungsblumen ...

»Los, kommen Sie zu sich«, drängte der Inspektor ungeduldig, packte den Verstörten am Arm und schüttelte ihn.

Auf diese Behandlung reagierte Albert. Er fuhr sich mit der Hand durchs Gesicht und kam wieder zu sich, ganz so, wie es der Flic von ihm verlangt hatte. Der Strauß ... äh ... also, der Strauß, ja? ... Ja, er verstehe wohl, was gemeint sei ... Ja, ja, der Rosenstrauß auf der Kommode ... Nun ja, er habe ihn weggeräumt, zusammen mit einigen anderen Requisiten ... Er sei nicht hier? Der Strauß? Komisch ... Er müsse aber eigentlich in der Requisitenkammer sein ... Es sei denn ... Also, dann sei er bestimmt noch auf der Szene ... Nein? ... Tja, dann ... Er erinnere sich nicht genau, wer ihn weggeräumt habe, er selbst oder Lhéron ... Der arme Monsieur Lhéron! Er werde doch überleben, ja? Also, wenn er nicht durchkäme, das wär vielleicht 'ne Scheiße ...

»Jetzt reicht's aber!«, brüllte der Kommissar, dem es anscheinend wirklich reichte. Das sah man an seinem Fuß, mit dem er ungeduldig auf den Boden klopfte. »Sie sind aber auch zu blöd zum Sterben, sonst wären Sie schon längst tot! Halten Sie die Klappe! Dominique ...« (Ein hübscher Name für einen Inspektor!), »... versuchen Sie, diese verdammten Blumen zu finden. Irgendwie!«

»Was waren das für Blumen?«, fragte der Inspektor.

Kommissar Petit-Martin verdrehte die Augen. Ich antwortete an seiner Stelle:

»Rosen, Monsieur Dominique, ein Arm voller Rosen.«

Der Inspektor entfernte sich.

»Und passen Sie auf«, rief ich ihm hinterher, »für den Fall, dass der Strauß tatsächlich mit Gift besprüht wurde! Wenn Sie dran riechen, kriegen die Leichenbestatter Scherereien mit der Gewerkschaft ... wegen der Überstunden ... Ach, Quatsch!« fuhr ich in Zimmerlautstärke fort, »wenn sich auf den Blumen tatsächlich Gift befindet, werden sie nicht einfach so rumliegen.«

»Glauben Sie, dass wir sie dann nicht finden werden?«, fragte mich der Kommissar mit einem eigenartigen Unterton.

Anscheinend hatte er eine abenteuerliche Vorstellung von dem, was in meinem Hinterkopf vor sich ging.

»Nein, dann werden wir die Rosen nicht finden«, antwortete ich. »Dass sie nicht hier sind, sagt alles. Man hat sie wegräumen lassen, ganz vorschriftsmäßig. Und wenn Sie nur ein wenig daran geschnuppert haben, um sich an ihrem Duft zu erfreuen«, sagte ich zu Albert, »dann kann ich Sie trösten ... In dem Fall spielt es wirklich keine Rolle, ob Monsieur Lhéron durch Ihren Schuss tödlich verletzt wurde oder nicht.«

»Himmel, Arsch und Zwirn!« Jetzt war Petit-Martin mit Fluchen an der Reihe. »Was für eine Geschichte! Ich bin zwanzig Jahre bei der Kripo, aber so was ist mir noch nicht untergekommen. Das ist ja reinstes Kino, was? Und die Kugel, wie ist die Kugel in den Revolver gekommen?«

»Bestimmt nicht von alleine. Ich hab das Gefühl, dass die Sterne für Favereau heute nicht günstig standen. Ungünstige Sterne für den Star! So oder so, heute war er dran.«

»Sie meinen . . .«

». . . daß die Kanone eine wichtige Rolle spielte. Albert wird uns sagen können, ob sie im Film verwendet werden sollte.«

Ich wandte mich an den Jungen, der wie abwesend vor sich hin starrte.

»Hör mal, Kleiner, vielleicht renkt sich ja alles wieder ein. Wenn wir herausfinden, wer den Revolver geladen hat, kommst du nicht wegen fahrlässiger Tötung dran, das verspreche ich dir. Also, was hatte die Waffe hier zu suchen?«

Als Albert sich entschloss, mir zu antworten, bestätigte er meine Vermutung: Mit dem Revolver sollte Favereau einen Selbstmord vortäuschen. Ich wechselte einen bedeutungsvollen Blick mit Kommissar Petit-Martin.

»Die Person, die Favereau ans Leder wollte, hat sich große Mühe gegeben«, stellte ich fest. »Würde mich nicht wundern, wenn das ganze Studio vermint wäre.«

»Wer hatte Zugang zur Requisitenkammer?«, erkundigte sich der Kommissar.

»So gut wie jeder«, sagte Albert. »Hier laufen immer alle vorbei.«

»Schließen Sie die Tür nicht ab?«

»Wir haben den Schlüssel . . . äh . . . verlegt. Monsieur Lhéron war . . . äh . . . ist sehr unordentlich. Und da wir keine wertvollen Dinge aufbewahren . . .«

»Weil er die Tür nicht abgesperrt hat, läuft er Gefahr, in eine Kiste gesperrt zu werden! Geschichten, die das Leben schreibt . . . Sag mal, habt ihr die Rumpelkammer für längere Zeit unbeaufsichtigt gelassen?«

»Na klar!«

»Und wen hast du heute hier vorbeigehen sehen?«

»Ach, wissen Sie, es waren so viele . . .«

»Und dann noch die, die du nicht gesehen hast! Sie müssen wissen, Kommissar, niemand hat nämlich Janine Bagas Garderobiere gesehen, wie sie die Blumen in die Garderobe gebracht hat, angeblich um sie zu schmücken.«

»Haben Sie Janine Baga hier in der Nähe gesehen?«, fragte Petit-Martin.

»Nein«, antwortete Albert.

Plötzlich überkam mich das Gefühl, auf der falschen Spur zu sein. Die Möglichkeit, den Revolver unbemerkt zu laden, ging mit der Möglichkeit einher, bei derselben Gelegenheit die Blumen mitzunehmen. Wenn Janine Baga die erste Möglichkeit genutzt hatte, dann auch die zweite. Es wäre nicht sehr schlau von ihr gewesen, die Garderobiere loszuschicken, um den Rosenstrauß zu holen. Ich teilte dem Kommissar meine Überlegungen mit.

»Aber Sie waren es doch, der mich auf diese Spur gebracht hat«, bemerkte er stirnrunzelnd. »Befürchten Sie jetzt, dass ich die Spur verfolge? Erzählen Sie mir bloß nicht, dass Sie sich geirrt haben! Es wäre das erste Mal, dass ein Privatdetektiv einen Fehler zugibt.«

»Ich bin eben Anfänger«, erwiderte ich. »Jeder kann sich mal irren. Diese Geschichte mit dem Revolver verändert alles.«

»Favereau ist nicht erschossen worden. Ich halte mich an die Fakten. Er hat ein tödliches Parfüm eingeatmet. Und die Blumen, an denen er gerochen hat, sind verschwunden. Wir sollten die Schauspielerin befragen«, beschloss er plötzlich. »Das ist besser, als unverdautes Zeug von sich zu geben.«

Da hatte er Recht. Vor allem, wenn man den letzten Satz auf ihn selbst bezog!

Wir machten uns auf den Weg zu Janine Bagas Garderobe. Die Betreuung des unglücklichen Albert übernahm ein Uniformierter.

Die Schauspielerin hatte Marc Covet ein Interview gewährt. Wie ich schon vermutet hatte, war der Journalist inzwischen ins Studio zurückgekommen und hatte auf die Erlaubnis des Arztes gewartet, mit Janine Baga sprechen zu dürfen. Von ihren Gefühlen hin- und hergerissen, machte die Künstlerin kaum noch einen Unterschied zwischen dem, was sie sagen sollte und was sie besser nicht sagen sollte und vor allem wem. Natürlich konnte sie dem Mann, der vorhin für sie Partei ergriffen hatte, schlecht ein Interview verweigern.

»Hier steht alles, was Sie interessieren könnte, Kommissar!«, rief Marc Covet und schwenkte einen Notizblock. »Sie ersparen der Dame ein anstrengendes Verhör, wenn Sie sich von mir vorlesen lassen, was heute Abend im *Crépu* steht!«

»Kümmern Sie sich nicht um Dinge, die Sie nichts angehen«, herrschte Petit-Martin den Journalisten an. »Ich erledige meine Arbeit lieber persönlich. Aber das da«, fügte er hinzu und schnappte sich den Block, »kann ich gut gebrauchen. Ich werde sie mit ihren eigenen Worten konfrontieren. Und jetzt gehen Sie was trinken . . . oder bleiben Sie hier. Das ist mir egal. Doktor, Sie bleiben! Sie waren bei dem Interview dabei, und außerdem könnte die Dame wieder in Ohnmacht fallen.«

Der Gerichtsmediziner zündete sich eine Zigarette an und setzte sich brav auf einen Stuhl neben der Tür. Marc Covet unternahm keinen Versuch, sein Eigentum wiederzubekommen. Er nahm's mit Humor und setzte sich in eine Ecke, neben die Garderobiere. Die beiden gaben ein hübsches Paar ab. Mir gelang es, vor dem Schminktisch Platz zu nehmen, mit dem Rücken zum Spiegel. Auf dem

Stuhl hatte das Drehbuch gelegen, in dem ich jetzt blätterte. Sofort stieß ich auf eine interessante Passage. Ich konnte grade mal eine Seite lesen, da begann der Kommissar mit dem Verhör.

»Und nun, Madame, erzählen Sie mir bitte alles«, sagte er verdächtig sanft.

Janine Baga war noch sehr blass, schien sich aber wieder unter Kontrolle zu haben. Ihre Mundwinkel mit den verbitterten Falten zuckten, dann begann sie müde:

»Ich . . .«

Es wurde an die Tür geklopft, und herein kam einer dieser jungen Männer, denen man in allen Studios begegnet, ohne zu wissen, welche Funktion sie eigentlich ausfüllen.

»Ist der Gerichtsmediziner hier?«, fragte er. »Sie werden am Telefon verlangt, Monsieur. Das Hospital. Sie können das Gespräch im Verwaltungsbüro annehmen.«

Der Arzt folgte dem jungen Mann, und Kommissar Petit-Martin blickte Janine Baga fragend an. Endlich gab uns die Schauspielerin folgenden Bericht, den sie mehrmals unterbrach, um ihre Unschuld zu beteuern:

Favereau und sie hatten vor einigen Monaten geheiratet. Sie liebte ihn sehr und hoffte, ihn durch diese Heirat an sich binden und seinen Eskapaden ein Ende bereiten zu können. Favereau hatte nur unter der Bedingung eingewilligt, dass die Hochzeit eine gewisse Zeit lang geheim gehalten würde. Auch wollte er nicht sofort einen gemeinsamen Hausstand gründen. Sie hatte alles akzeptiert, denn sie liebte ihn, wie gesagt, heiß und innig. Favereau musste sie wohl für ziemlich blöd gehalten und nach Kräften ausgenutzt haben.

Dem Kommissar war anscheinend ein ähnlicher Gedanke gekommen. Er fragte die Schauspielerin:

»Hat er Ihnen Geld abgeknöpft?«

»Ein Ehemann knöpft seiner Ehefrau kein Geld ab«, antwortete sie und lächelte traurig.

»Aber Sie haben ihm welches gegeben, nicht wahr?«

»Ich . . . Ich habe ihm nur selten meine Hilfe verweigert.«

»Hat er ein aufwändiges Leben geführt?«

»Ich glaube, er hat gespielt.«

»Sie haben ihm nur selten Ihre Hilfe verweigert, sagten Sie. Heißt das, dass Sie manchmal . . .«

»Ja, in letzter Zeit habe ich mich geweigert. Aber . . .« Sie blickte nervös in die Runde. »Warum hätte ich ihn . . . Großer Gott, wie können Sie etwas so Abscheuliches annehmen?«

»Da ist dieser Blumenstrauß . . .«

»Da ist auch dieser Drohbrief«, warf ich ein. »Der passt nicht zu . . .«

»Der passt hervorragend zu jemandem, der beim Film oder beim Theater arbeitet, Monsieur Burma«, fiel mir Petit-Martin ins Wort. »Und was den Blumenstrauß angeht . . .«

»Das war meine Schuld«, jammerte die Garderobiere. »Ich hätte die Rosen nicht hierher bringen dürfen.«

»Ja, und warum haben Sie sie hierher gebracht?«

»Madame war ein wenig traurig, und da habe ich gedacht . . .«

Die Tür öffnete sich, und der Arzt trat ein.

»Ich werde im Hospital gebraucht«, sagte er. »Ich hoffe, Sie kommen hier ohne meine Hilfe aus.«

»Was ist denn passiert?«, wollte der Kommissar wissen.

»Keine Ahnung. Ihr Untergebener, der mich angerufen hat, konnte es mir nicht erklären. Anscheinend haben die Assistenzärzte etwas Merkwürdiges festgestellt.«

»Na schön. Halten Sie mich auf dem Laufenden. Vielleicht hilft uns das Merkwürdige ja weiter . . .«

»Bis gleich.«

Der Gerichtsmediziner ging hinaus. Petit-Martin wandte sich wieder der Garderobiere zu.

»Madame war traurig, sagten Sie?«

»Ja, und da habe ich gedacht, die Rosen würden sie ein wenig aufheitern. Ich hatte keine Zeit, um selbst welche zu besorgen, und es war niemand da, den ich hätte schicken können. Der Strauß konnte genauso gut hier stehen, bis er für die Szene gebraucht würde.«

»Warum waren Sie traurig, Madame?«

»Ich weiß es nicht. Das kommt manchmal, einfach so ... Ich ... Ich glaube, das Leben, das wir führten, wurde mir unerträglich. Verheiratet und trotzdem ...«

Kommissar Petit-Martin stürzte sich gierig auf das Adjektiv.

»Unerträglich, sagten Sie?«, rief er lauernd.

Ich bremste seine Begeisterung:

»Warten Sie, bis sich der Blumenstrauß gefunden hat!«

»Den werden wir nicht finden«, erwiderte er. »Sie selbst haben das behauptet. Auch wenn ich auf die Worte eines Privatdetektivs nicht viel gebe, so glaube ich doch, dass in diesem Fall etwas dran ist. Warum machen Sie jetzt einen Rückzieher und widersprechen sich selbst? Die Rosen wurden mit Gift besprüht und werden nicht wieder auftauchen.«

»Das ändert nichts an der Geschichte«, beharrte ich auf meinem Standpunkt. »Ganz im Gegensatz zu dem in verbrecherischer Absicht geladenen *Browning*! Welches Gesicht würden Sie machen, wenn ich Ihnen eröffnen würde, dass man nicht nur Favereau ermorden wollte, sondern das Ehepaar Favereau?«

Das Gesicht des Kommissars war sehenswert.

»Das müssen Sie mir erklären«, sagte er.

Ich stand auf und reichte ihm das Drehbuch.

»Dieses Büchlein hier hat sich ganz von alleine geöffnet, weil hinten ein maschinengeschriebenes Blatt Papier hineingelegt worden war. Darauf ist eine Änderung des Drehbuchs vermerkt. Beim Film wird manchmal in letzter Minute noch was geändert ... Aber lesen Sie selbst ... Ja, die Seite, die mit einem blauen Stift kreuzweise durchgestrichen ist.«

Er las laut. Marc Covet sah ihm über die Schulter.

»398. – *Großaufnahme: Juliens Hand mit dem Revolver.*

399. – *Fortsetzung. Halbtotale: Julien führt den Revolver an seine Schläfe.*

Julien: Ach, das Ende!

Schuss.

400. – *Julien auf dem Boden, den Revolver in der Hand.*

Nun, das ist die Selbstmordszene«, kommentierte der Kommissar. »Sie hätte fatale Folgen für Favereau gehabt, wenn er nicht schon vorher einen anderen Tod gestorben wäre.«

»Stimmt, aber die Szene ist durchgestrichen. Hier ist das lose Blatt mit der Änderung:

398. – *Großaufnahme: Jacquelines Hand mit dem Revolver ...*
Favereau hatte seinen Vornamen im Drehbuch beibehalten. Das ist beim Film manchmal üblich. Manchmal. Denn Madame Baga hat ihn geändert. Sie sind doch Jacqueline, Madame, nicht wahr?«

»Ja«, flüsterte sie.

»Verdammt und zugenäht!«, fluchte der Kommissar und riss mir das Blatt aus der Hand.

Und Marc Covet ließ bei der Gelegenheit auch noch gleich ein paar Flüche los.

7

Schwenk

»Jawohl!«, rief ich triumphierend. »Wir dürfen uns nicht mehr nur auf die Feinde von Julien Favereau konzentrieren, sondern müssen nach den Personen Ausschau halten, die auch seine Frau mit ihrem Hass verfolgt haben. Der Mörder muss über die Heirat und die Änderung im Drehbuch Bescheid gewusst sowie Zugang zu der Requisitenkammer gehabt haben. Außerdem muss er über chemische Grundkenntnisse verfügen. Diese Anhaltspunkte dürften den Kreis der Verdächtigen erheblich einschränken.«

Kommissar Petit-Martin sah die Schauspielerin nachdenklich an.

»Wer hatte die Idee zu dieser Änderung?«, fragte er. »Haben Sie vielleicht darauf bestanden?«

»Ja«, flüsterte Madame Baga-Favereau.

»Sie wussten nicht, dass Sie mit Ihrem Leben spielten . . .«

Er klärte sie über den Unfall auf, dem der Requisiteur durch die Leichtfertigkeit seines Assistenten zum Opfer gefallen war. Janine Baga wurde blass, wollte etwas sagen – jedenfalls öffnete sich ihr Mund, vielleicht um einen Entsetzensschrei auszustoßen –, warf die Arme in die Luft und fiel zum zweiten Mal vor unseren Augen in Ohnmacht.

»Gut gemacht«, zischte Marc Covet und half, die unglückliche Frau auf das Sofa zu legen.

»Die Künstlerin wiederholt sich«, bemerkte Petit-Martin lachend.

»Diesmal handelt es sich nicht um einen Nervenzusammenbruch«, sagte ich, »sondern um eine einfache Ohnmacht. Es sah so aus, als hätte sie Angst bekommen. Damit meine ich nicht nur den nachträglichen Schrecken, einer tödlichen Gefahr entronnen zu sein. Nein, da ist noch etwas anderes.«

»Ich glaube, ich weiß, was Sie meinen.«

Der herablassende Ton des Kommissars missfiel mir.

»Im Ernst? Sagen Sie's, damit wir was zu lachen haben.«

»Hören Sie, Monsieur Burma«, entgegnete er aggressiv, »ich hab Sie zunächst für einen sympathischen Zeitgenossen gehalten. Doch ich muss feststellen, dass Sie bereits alle Charakterzüge Ihrer älteren Kollegen besitzen. Sie werden bestimmt Karriere machen! Ich werd Ihnen mal was verraten: Nicht nur Privatdetektive haben gute Ideen. Auch schlecht bezahlte Beamte wie ich werden hin und wieder erleuchtet.«

»Dann beweisen Sie's uns doch!«

Kommissar Petit-Martin ließ sich nicht lange bitten. Siegesgewiss setzte er uns seine Theorie auseinander:

Janine Baga war demnach die Mörderin ihres Mannes. Das Motiv war noch unklar; aber zur Not konnte man die Enttäuschung einer Ehefrau heranziehen. Sie war verheiratet, wurde aber kaum besser behandelt als vor der Hochzeit. Sogar für den aufwändigen Lebensstil ihres geliebten Gatten musste sie aufkommen. Eifer- und rachsüchtig, gekränkt, hintergangen: gute Gründe, um den Blumenstrauß zu vergiften, an dem Favereau laut Drehbuch riechen sollte. Um sich eine Art Alibi zu verschaffen und den Verdacht von sich abzulenken, hatte sie eine Änderung des Drehbuchs veranlasst. Die Kugel im Revolver sollte die Polizei auf den Gedanken bringen, dass auch auf sie ein Attentat geplant war.

»Dann hätte diese Frau also die Kugel, die Monsieur Lhéron gerade im Hospital verdaut, in den Revolver gesteckt?«

»Aus Ihnen wird noch mal was!«, lobte mich der Kommissar. »Ja, mein lieber Monsieur Burma, und sie ist tatsächlich aus Angst in Ohnmacht gefallen . . . Aus Angst, dass ihr Plan nun ans Tageslicht kommen wird.«

Erinnerte sich der Kommissar daran, dass ich Janine Baga als Erster verdächtigt hatte? Doch zu dem Zeitpunkt war es nur um den Mord an Julien Favereau und um die Rosen gegangen. Inzwischen hatte sich der Unfall mit dem Revolver ereignet. Und das – davon ließ ich mich nicht abbringen – änderte alles. Petit-Martins These befriedigte vielleicht einen Kriminalkommissar und seinen Inspektor, hielt jedoch einer genaueren Überprüfung nicht stand. Unklar blieb nach wie vor, warum Janine Baga – angenommen, sie war die Täterin – heimlich die Waffe geladen und nicht an Ort und Stelle die Rosen mit Gift besprüht hatte. Warum musste ihre Garderobiere den verhängnisvollen Strauß in die Garderobe der enttäuschten Ehefrau bringen?

»Entschuldigen Sie, Kommissar«, sagte eine Stimme.

Wir drehten uns um. Im Türrahmen stand Inspektor Dominique. Er sah aus wie ein Brautführer in einem Film von René Clair, mit dem, was er in der Hand hielt: einen Rosenstrauß, staubig allerdings und reichlich zerfleddert. Der Kommissar zuckte zusammen.

»Denken Sie daran, was ich Ihnen gesagt habe«, ermahnte ich ihn. »Wenn die Blumen mit Gift besprüht worden sind, finden wir sie nicht wieder.«

»Monsieur hat Recht«, sagte Dominique kleinlaut. »Keine Spuren von Gift.«

Er warf den Strauß in eine Ecke des Zimmers.

»Woher wissen Sie das?«, fragte sein Vorgesetzter ärgerlich.

Der Inspektor betrat die Garderobe. Hinter ihm erschien ein junger Bühnenarbeiter im blauen Overall.

»Ich habe mich ein wenig umgehört. Der Strauß lag hinter einem Gerüstpfeiler. Sah nicht so aus, als hätte ihn jemand sorgfältig verschwinden lassen. Ich hatte am Kleid der Kantinenkellnerin eine Rose bemerkt, die offensichtlich aus dem Strauß da stammte. Das Mädchen hat mir verraten, dass der junge Mann hier . . .«

Er wies auf den Bühnenarbeiter, der jetzt schüchtern hereinkam.

»Er ist ein Verehrer des Mädchens und hat ihr die Rose geschenkt. Hat sie aus dem Strauß geklaut, nachdem die verhängnisvolle Szene gedreht worden war. Das heißt – unserer vorläufigen Theorie zufolge –, nachdem die Blumen vergiftet worden waren. Das heißt weiterhin, dass das Mädchen etwa zur gleichen Zeit wie Favereau an der Rose geschnuppert hat. Und da sie noch nicht gestorben ist, nicht mal irgendein Unwohlsein verspürt . . .«

»Vielleicht hat sich das Gift nicht auf alle Blumen verteilt«, hielt der Kommissar dagegen.

»Wir müssen unsere These fallen lassen, Kommissar«, erwiderte der Inspektor bedauernd. »Hören Sie sich an, was dieser Zeuge zu sagen hat.«

Der Bühnenarbeiter nahm seine Mütze ab.

»Also, das war so, Messieurs«, begann er. »Ich lungerte da so rum, und da kommt Lhéron mit seinen Rosen. Ich steck meinen Kopf in den Strauß und sage noch: ›Hu, riechen die aber gut!‹ Also, die rochen wirklich nicht schlecht. Wenn ich mir überlege, dass . . .«

»Sie haben Ihren Kopf zwischen die Blumen gesteckt, sagen Sie?«

»Ja, M'sieur. Bis zum Hals! Und wenn M'sieur Favereau daran gestorben ist, dann frag ich mich, ob ich dagegen immun bin oder was . . . Unser Chef sagt immer, Unkraut vergeht nicht . . .«

»Sie können gehen«, sagte Petit-Martin seufzend.

Ihn interessierte nicht, was der Chef der Bühnenarbeiter immer sagte.

Janine Baga schlug die Augen auf.

»Ich glaube, es ist nicht nötig, sie noch weiter zu belästigen«, sagte ich. »Der Blumenstrauß erlaubt es uns nicht, hinter die Kulissen des Mordes zu schauen. Seine Harmlosigkeit . . .«

»Seine Harmlosigkeit . . .«, brummte der Kommissar. »Schön und gut, aber woran ist Favereau dann gestorben? Der Doktor ist doch kein Esel, verdammt noch mal! Und wenn er behauptet . . .«

»Seine Diagnose will ich auch nicht in Zweifel ziehen«, unterbrach ich ihn. »Favereau hat etwas Ungesundes eingeatmet, das steht fest. Aber der Rosenstrauß hat uns auf die falsche Fährte geführt. Madame Baga hatte ihn eine Weile hier in der Garderobe. Doch hätten wir uns die Frage stellen müssen, ob das ihr unterstellte Tatmotiv für einen Mord ausreichte! Eine enttäuschte Ehefrau muss nicht gleich ihren Mann umbringen. Wie ein Stier aufs rote Tuch haben wir uns auf das Offensichtliche gestürzt . . . und dabei übersehen, dass es noch andere Verdächtige mit weniger vagen Motiven gibt.«

»Zum Beispiel?«

Ich nannte den Namen Marchand.

»Davon habe ich auch gehört«, meldete sich Inspektor Dominique zu Wort. »Wollte es Ihnen grade erzählen, Kommissar. Marchand ist einer der Bühnenarbeiter. Hat seine Tochter durch Favereaus rücksichtsloses Verhalten verloren.«

Und er erzählte die traurige Geschichte von Raymonde Marchand. Ich beeilte mich hinzuzufügen, dass ich ihren Vater nicht für den Mörder hielt. Sicher, der Tod seiner Tochter hatte ihn sehr mitgenommen, und sein Kummer konnte ihn zu einer unüberlegten Tat hinreißen. Doch ich sah das anders. Der kurze Augenblick, in dem ich den frühzeitig gealterten Mann gesehen hatte, hatte genügt, mir ein Bild von ihm zu machen. Wäre er Favereau in den ersten beiden Tagen nach Raymondes Tod begegnet, dann wäre er mit einem Hammer auf ihn losgegangen. Jetzt war es zu spät für solch eine Reaktion. Und selbst wenn es noch nicht zu spät dafür war, stimmte die Waffe nicht. Gift! Nein, Marchand hätte einen Hammer genommen, einen Scheinwerfer oder eine Stange. Gift war eine zu raffinierte Waffe – vor allem, wenn man an die Art der Verabreichung dachte! – und außerdem zu hinterhältig. Im Übrigen wussten wir noch nicht, welches Gift verwendet worden war. Vielleicht handelte es sich um eine völlig unbekannte, eigens für diesen Zweck hergestellte Mischung. Und dazu waren chemische Kenntnisse notwendig, die der Bühnenarbeiter nicht besaß.

»Ja, die Psychologie . . .«, spottete der Inspektor.

Ich werde niemals erfahren, was Monsieur Dominique damit sagen wollte, denn ich hörte nicht mehr zu. Mir war eine Idee gekommen. Ob der Gedanke an einen Hammer oder an die Psychologie mich darauf brachte, weiß ich nicht. Ich nehme an, der Hammer war der Auslöser. Ich erinnerte mich an die Szene, als der Maskenbildner das Gesicht des Stars bearbeitet hatte. Ich hatte damals gedacht, dass der Russe so aussehe, als bedauere er, die Puderquaste nicht mit einem Hammer vertauschen zu können. Hinterhältigkeit, Geduld, Raffinesse, Chemiekenntnisse, das alles passte viel besser zu dem Maskenbildner als zu dem Bühnenarbeiter. Ich teilte dem Kommissar meine Gedanken mit und fuhr fort:

»Sein neuer, weißer Kittel lässt darauf schließen, dass er heute erst engagiert worden ist. Wutentbrannt betrat er die Garderobe, und seine ersten Worte betrafen Favereau. Mit ihm arbeiten zu müssen, schien ihm ebenso wenig in den Kram zu passen wie die Oktoberrevolution. Die ganze Zeit hat er geschimpft.«

»Was genau hat er denn gesagt?«

»Er hat russisch gesprochen. Ich habe nur ein Wort verstanden: Favereau!«

»Und?«

»Der Tonfall war eindeutig. Und Wladimirs Verhalten – Wladimir ist der Künstler, der mir die hübsche Fratze verpasst hat. Möchte wissen, ob ich die jemals wieder loswerde ... Also, Wladimirs Verhalten war ebenfalls eindeutig. Er schien verlegen, vielleicht weil er befürchtete, ich könnte etwas verstehen und es Favereau weitererzählen. Doch ist die Tatsache, Favereau nicht anzuhimmeln, nicht verdächtig. Vor allem, wenn man männlichen Geschlechts ist. Außerdem schien Wladimirs Kollege erst kurz vorher erfahren zu haben, dass er mit Favereau arbeiten sollte. Seine ärgerliche Überraschung kann natürlich auch nur gespielt gewesen sein. Vielleicht wusste er sehr wohl, wen er mit seinem Puder zu verhübschen hatte ... Er hat dem Don Juan eine Spezialmischung gemixt und sie ihm mit dem Puder aufs Gesicht gestäubt. Ich erinnere mich, dass er sich dabei sehr viel Zeit gelassen hat. Übrigens hat der Verstorbene mir gegenüber nicht bestritten, dass er sich von dem Russen ›eine Frau ausgeliehen‹ hatte, wie er sich ausdrückte. Mein Klient war jedoch der Meinung, dass er – genauso wie Marchand – schon längst etwas unternommen hätte, wenn er eine derartige Absicht gehabt hätte. Das sollte uns aber nicht davon abhalten, den Maskenbildner um ein Interview zu bitten.«

»Ich weiß nicht, was ich von Ihren Gedankengängen halten soll«, gestand Petit-Martin. »Mit Janine Baga hatten Sie ja nicht viel Erfolg, obwohl Ihre Vermutungen schlüssig waren. Im Allgemeinen sind Privatdetektive nicht so schnell zu überzeugen ... Na ja, diesen Russen müssen wir uns aber vorknöpfen. Man darf nichts außer Acht lassen.«

Er wandte sich an seinen Untergebenen:

»Inzwischen kümmern Sie sich um Marchand.«

Dominique ging hinaus. Der Kommissar entschuldigte sich bei Janine Baga für die Unannehmlichkeiten, die ihr durch meine falschen Verdächtigungen, wie er betonte, erwachsen seien. Die Schauspielerin blühte zusehends auf. Marc Covet ging in die Kantine, um ihr ein Stärkungsmittel zu holen. Auf diesem Gebiet war er Spezialist. Er ließ keine Gelegenheit aus, um sich bei der erleichterten Witwe beliebt zu machen. Eine ernsthafte Konkurrenz für die Garderobiere!

Als wir das Zimmer verließen, folgte er uns.

»O nein!«, protestierte Kommissar Petit-Martin. »Ich werde meine Ermittlungen nicht ständig in Anwesenheit der Presse durchführen. Monsieur Burma genügt mir vollkommen als Begleitung. Außerdem brauche ich seine Aussage. Bei Ihnen ist das nicht der Fall. Hier«, fügte er hinzu und reichte dem Journalisten den Notizblock, »mit Ihrem Interview kann ich nichts mehr anfangen. Geben Sie es an Ihre Redaktion durch. Während Sie telefonieren, laufen Sie mir wenigstens nicht zwischen den Beinen herum. Gehen Sie, und kommen Sie nicht auf krumme Gedanken!«

»Komm ich doch nie«, gab der Journalist zurück und lief mit seiner Trophäe zum Telefon.

8

Überblendung in Scarface

Wir fanden unseren Tatverdächtigen in der Kantine. Er lehnte an der Theke, reichlich angeheitert und von Zuhörern umringt. Wir sollten schnell kapieren, warum er der Mittelpunkt des Interesses war. Im Moment hörten wir nur, dass er mit etwas lallender Stimme schwadronierte und häufig in schallendes Gelächter ausbrach. Die Kellnerin stand in der

Nähe, eine Flasche zum ständigen Nachschenken griffbereit. Auf ihrem Busen prangte noch immer die Blumengabe des jungen Bühnenarbeiters.

»Na, Süße, noch nicht tot?«, rief ich ihr zu.

»Na, Sie Stimmungskanone!«, erwiderte sie schlagfertig.

»Stimmungskanone? Das Wort mag ich ... Aber Spaß beiseite, fühlen Sie sich o. k.? Falls Sie irgendein Unwohlsein verspüren, lassen Sie mich bitte sofort rufen. Es wäre eine gute Gelegenheit für mich, Sie in die Arme zu schließen.«

»Sie können Mademoiselle später noch die Ohren voll säuseln«, wies Petit-Martin mich zurecht und zog mich in die Gruppe, die sich um den Maskenbildner gebildet hatte.

»Noch 'ne Runde!«, tönte der Russe gerade. »Zahlt alles Sascha! Heute ist der schönste Tag in meinem Leben. Noch schöner als der, an dem der Zar mir einen Orden verliehen hat!«

Er grüßte militärisch, und seine Bewunderer lachten.

Sein Französisch war ausgezeichnet, hatte allerdings einen leichten Akzent.

»Entschuldigen Sie«, sagte der Kommissar und tippte ihm auf die Schulter. »Ich möchte gerne ein paar Worte mit Ihnen wechseln.«

Sascha Dingsbumskoff drehte sich um und kniff die Augen zusammen. Sein Atem verströmte eine intensive Alkoholfahne. Der Mann musste eine Menge getrunken haben, genug, um halb Polen besoffen zu machen. Andere an seiner Stelle wären schon sturzbetrunken gewesen. Sascha Dingsdadoff hielt sich jedoch prächtig.

»Vier, zehn, zwanzig Worte!«, rief er. »So viele Sie wollen! Was soll der Geiz? Einen ganzen Roman, wenn's Ihnen Spaß macht! Alles, außer einer Trauerrede auf das tote Schwein. Trinken wir auf seine Fahrt zur Hölle!«

Er untermalte seinen Vorschlag mit schallendem Gelächter.

»Sie haben Favereau nicht gemocht, was?«

»Beim heiligen Alexander, nein! Dass er abgekratzt ist, so was muss man begießen ... Wodka!«, brüllte er und warf sein leeres Glas gegen das Foto von Viviane Romance, so dass es zersplitterte.

»Das ist das vierte«, bemerkte die Kellnerin gelassen. Betrunkene konnten sie offensichtlich nicht aus der Ruhe bringen. »Und außerdem hab ich keinen Wodka, ich hab's Ihnen doch schon gesagt. Rum, Calvados, Pastis und Whisky, so viel Sie wollen.«

»Bringen Sie das Teuerste, Sascha bezahlt. Und wenn drei Monatsgehälter dabei draufgehen, heute wird gefeiert!«

Petit-Martin packte seinen Arm und wirbelte ihn herum, wobei der Russe beinahe zu Boden gestürzt wäre.

»Ich bin der Kriminalkommissar.«

Alles um uns herum verstummte. Sascha zuckte nicht mit der Wimper.

»Ach, wirklich?«, fragte er. »Da haben Sie aber 'n Scheißberuf, jedenfalls heute ... Favereaus Mörder zu suchen, das ist 'ne Sünde. Der Kerl hat's verdient, und ich hoffe nicht, dass Sie den Schuldigen jemals finden werden. Aber was soll's? Trinken wir was, von mir aus auch auf Ihren verdammten Beruf!«

»Spielen Sie hier kein Theater, Mann! Woher wissen Sie, dass Favereau ermordet wurde?«

»Hab's gehört.«

»Ich hab aber ganz was anderes gehört. Haben Sie Ihren Schminkkoffer bei sich?«

»Meinen ... was? Soll ich Sie etwa schminken? Hahaha! Totalmaske, wie bei Monsieur?«

Er zeigte auf mich.

»Lassen Sie die Scherze, mir ist es ernst! Zeigen Sie mir erst mal Ihre Papiere. Den Koffer seh ich mir dann später an.«

»Hören Sie, bei mir ist alles in Ordnung!«, rief der Russe empört. »Man kann sich doch wohl noch freuen, wenn ein Dreckskerl wie der umgebracht worden ist! Unser Großfürst . . .«

»Lassen Sie Ihren Zaren aus dem Spiel. Papiere!«

Sascha wühlte in seiner Anzugjacke, die er unter dem Kittel trug, und zog eine schmierige Brieftasche mit verschiedenen Dokumenten hervor. Der Kommissar warf einen kurzen Blick auf die Papiere und nahm sie an sich.

»Gut. Und jetzt zeigen Sie mir den Kram, den Sie für Ihre Arbeit brauchen.«

»Meine Utensilien befinden sich im Schminkschrank.«

»Gehen wir.«

»Aber . . .«

»Gehen wir!«

Im Schminkraum war niemand. Das Köfferchen des Russen stand auf einem Tisch. Es enthielt das Übliche: Bürsten, Kämme, Stifte, Pinsel, Puderquasten usw. Nichts fehlte. Der Kommissar sah mich erstaunt an. Doch dass der Koffer samt Inhalt hier stand, sprach nicht unbedingt gegen unsere Theorie. Der Beamte stellte die Utensilien zur Seite. Dann musterte er den Maskenbildner, dessen jetzt völlig ausdrucksloses Gesicht ihm offensichtlich missfiel. Das Verhör, das er lustlos begann, schien er als überflüssig einzustufen. Trotzdem, man muss jeder Spur nachgehen, und manchmal ergibt sich aus der Routine eine Überraschung.

»Was hat Favereau Ihnen getan?«, begann er.

Die Augen des Russen schimmerten dunkel. Sein Verhalten veränderte sich schlagartig. Die herausfordernde Heiterkeit aus der Kantine war wie weggeblasen. Er hatte nun die Gelegenheit, seine Gefühle offen zu zeigen, und er ergriff sie. Seine Antwort kam wie aus der Pistole geschossen:

»Er hat mir meine Frau weggenommen.«

Seine Stimme zitterte, der leichte Akzent wurde stärker.

»Ich weiß«, fuhr er fort, »vielen macht so 'ne Lappalie nichts aus. Mir schon. Eine Frau, die mit mir durch dick und dünn gegangen ist... Revolution, Exil... Eine Frau, die mich niemals betrogen hat... Und da kommt dieser Schönling daher, dieser verdammte Hund, und sie vergisst alles...«

Er spuckte einen Fluch aus.

»Sie ist zu mir zurückgekehrt, aber trotzdem...«

Während Petit-Martin zuhörte, sah er sich mit wachsendem Interesse die Papiere des Ausländers an.

»Sie haben eine ausgezeichnete Ausbildung genossen, nicht wahr?«, fragte er.

»Militärakademie«, antwortete der Russe stolz.

»Sie waren nicht immer Maskenbildner beim Film«, stellte der Kommissar fest. »Ich sehe hier das Arbeitszeugnis einer Chemiefabrik in Saint-Denis. Sie haben in einem Labor gearbeitet?«

»Ja. Man hat mich entlassen, weil ich Ausländer bin. Deswegen bin ich Maskenbildner geworden.«

»Dann verfügen Sie über Kenntnisse?«

»Ich bin Russe. In dem Beruf genügt das.«

»Ich rede nicht von Kenntnissen als Maskenbildner. Ich meine die Chemiefabrik in Saint-Denis. Sie besitzen doch sicher Grundkenntnisse in Chemie?«

»Nicht nur Grundkenntnisse. Ich habe Spezialkurse besucht, schon bei uns in Russland. Ich gehörte der Okhrana an. Wurde in terroristische Kreise eingeschleust. Wir sind beinahe Kollegen.«

»Na ja ... Wie lange ist das jetzt her? Ich meine die Geschichte mit Favereau und Ihrer Frau.«

»Ein Jahr.«

»Ist Ihnen nie in den Sinn gekommen, Ihre Ehre wiederherzustellen?«

»Ich habe daran gedacht, ja. Aber dann bin ich zu der Überzeugung gelangt, dass dieser Schweinehund es nicht wert ist, sich wegen ihm in Schwierigkeiten zu bringen und seinen Kopf oder seine Freiheit zu riskieren. Eines Tages würde das Schicksal Gerechtigkeit üben, sagte ich mir. Nun, dieser Tag ist gekommen! Und niemand kann mir verbieten, mich darüber zu freuen, verstehen Sie?«

Von seiner einstigen Gelassenheit war nichts mehr zu spüren. Ebenso wenig wie von der Wirkung des Alkohols.

»Favereau war ein Dreckskerl!«, ereiferte er sich. »Er hat's nicht besser verdient. Hoffentlich musste er leiden! Ich bin erst heute hier eingestellt worden und hab so erfahren, dass er in diesem Film spielen sollte. Das passte mir überhaupt nicht. Ich war mir nicht sicher, ob ich mich beherrschen könnte, wenn ich ihm gegenüberstehen würde. Sehen Sie, ich bin Ausländer. Wenn ich mir etwas zuschulden kommen lasse, werde ich des Landes verwiesen. Meine Frau und ich haben schon genug durchgemacht. Nein, Favereaus Anwesenheit passte mir ganz und gar nicht! Jetzt allerdings freue ich mich, dass ich dabei war. Sozusagen in der ersten Reihe, um von seinem Tod zu erfahren. Ein Geschenk des Himmels!«

»Die Rache der Götter, was?«, lachte der Kommissar, wurde jedoch sofort wieder ernst: »Schluss mit den Ammenmärchen! Ich werde dir erzählen, was passiert ist. Und wenn dir klar wird, dass ich dir auf die Schliche gekommen bin, dann redest du von ganz alleine. Du bist nicht der Mann, der nicht zu seinen Taten steht. Im Gegenteil! Du würdest dich rühmen, deine Ehre reingewaschen zu haben ... Also, gib's zu: Du hast Favereau kaltgemacht!«

Der Russe sprang auf.

»Heilige Ikone!«, stieß er in einem beeindruckenden Tonfall wilder Aufrichtigkeit hervor. »Ich schwöre, dass das nicht stimmt! Dazu hatte ich nicht den Mut, auch wenn ich ihn gehasst habe. Das hat jemand anders für mich erledigt. Gott segne den Täter und bewahre ihn vor Ihrem Zugriff! Sie haben Recht, Kommissar: Ich würde von ganz alleine reden, mich meiner Tat rühmen und ...«

»Schluss mit den Ammenmärchen, hab ich gesagt!«, donnerte Petit-Martin, der endgültig die Geduld verlor. Wahrscheinlich ahnte er wie ich, dass wir uns zum zweiten Mal geirrt hatten. Zuerst die betrogene Witwe, und jetzt der gehörnte Ehemann!

In diesem Augenblick trat der Gerichtsmediziner ein. Man sah sofort, dass er miserabler Laune war. Keine Spur mehr von seiner Fröhlichkeit! Wie ein bissiger Hund fletschte er die Zähne.

»Man hat mir gesagt, dass Sie hier sind, Kommissar ...«

»Sie kommen gerade richtig!«, unterbrach ihn Petit-Martin. »Bringen Sie den Kram ins Labor zur Analyse. Das sind die Schminkutensilien des Herrn hier. Suchen Sie nach Giftspuren!«

»Ist er der Täter?«

Der Kommissar hob unentschlossen die Schulter.

»Er hasste Favereau und kennt sich in der Chemie aus. Wenn Sie Gift in seinen Utensilien entdecken, besteht die Wahrscheinlichkeit, dass er auch den Revolver geladen hat. Er wollte ganz sicher gehen. Schließlich konnte er nicht wissen, dass das Drehbuch in letzter Minute geändert worden war.«

Der Arzt ging auf den Verdächtigen zu und bellte ihn an:

»Wenn du tatsächlich die Waffe geladen hast, bist du ein ganz gemeiner Hund, den man unschädlich machen muss!«

»Apropos«, schaltete sich der Kommissar ein, »was war denn im Hospital los? Sie sind ja mächtig wütend. Ist Lhéron tot?«

»Nein, er wird durchkommen, auch wenn er noch sehr zu knacken hat. Aber mein Assistent hat etwas Merkwürdiges an der Wunde entdeckt. Deswegen hat er mich rufen lassen. Der Kerl, der die Waffe geladen hat, ist ein hinterhältiges Schwein! In der Kriminalgeschichte gibt es nur einen vergleichbaren Fall: Vittorio Genna.«

»Genna, der Rivale von Al Capone?«, fragte ich.

»Genau der.«

Heute Morgen noch hätte er einen Scherz über mein fundiertes Halbwissen gemacht. Inzwischen war ihm das Lachen jedoch vergangen.

»Ein Schuft war das«, erklärte er. »Hatte den genialen Einfall, seine Kugeln mit Knoblauch einzureiben. Für den Fall, dass ein Schuss nicht tödlich traf, infizierte sich die Wunde. Die Kugel, die Lhéron im Bauch hatte, ist genauso präpariert worden.«

»Großer Gott!«, rief ich aus.

»Und deswegen«, wandte sich der Arzt wieder an Sascha, »wenn du das gemacht hast, dann schminke ich eigenhändig dein Gesicht um!«

Kommissar Petit-Martin atmete tief durch. Im Lichte der Enthüllungen des Gerichtsmediziners sah er einen Hoffnungsschimmer. Für ihn schien diese empörende Grausamkeit ausgezeichnet zur slawischen Seele zu passen.

»Also, weiter im Text«, seufzte er, die harten Augen starr auf den Maskenbildner gerichtet.

»Großer Gott!«, wiederholte ich und ging hinaus.

Ich brauchte dringend frische Luft.

9

Bildeinstellung

Ich lief in die Kantine, um mir die Kehle anzufeuchten. Marc Covet saß schon dort.

»Na?«, rief der Journalist mir entgegen. »Ist der Maskenbildner jetzt der Richtige? Hab gehört, dass Petit-Martin ihn so gut wie eingelocht hat. Doch ich wollte mich noch ein wenig im Hintergrund halten ...«

»Da haben Sie gut daran getan«, erwiderte ich. »Obwohl der Kommissar etwas weniger gereizt ist, jetzt, da er glaubt, den Schuldigen zu haben.«

»Da er glaubt?«

»Ja, er meint, dass Sascha das Gift in seine Schminke und seinen Puder gemischt hat, und auch, dass er den Revolver geladen hat.«

»Und Sie? Sie glauben das nicht? Immerhin haben Sie ihn auf die Idee gebracht!«

»Was das Gift angeht, so habe ich meine Meinung nicht geändert. Sascha kommt durchaus als Täter in Betracht. Ich hoffe sogar, dass er's war. Sonst kapiere ich nämlich überhaupt nichts mehr. Außerdem wäre es schlecht für meine Karriere. Zwei falsche Spuren hintereinander, ein fabelhafter Einstand für einen Privatflic! Aber ich hab noch einen Trumpf im Ärmel: Der Maskenbildner hat die Waffe nicht geladen! Und da er sie nicht geladen hat, ist meine Berufsehre wiederhergestellt.«

»Sie sind sich ja sehr sicher«, bemerkte Covet, durch meinen bestimmten Tonfall beeindruckt. »Wissen Sie denn auch, wer das getan hat?«

»Ich glaube schon. Hören Sie, mein Lieber. Ich möchte Ihnen ein Geschäft vorschlagen. Ich kann Ihnen zu einem sensationellen Artikel über diesen Fall verhelfen ... Na ja, ich hoffe es ... Muss nur noch zwei oder drei Fakten überprüfen, dann bin ich im Bilde ... Doch eine Hand wäscht die andere, das wissen Sie ja. Ich liefere Ihnen das sensationelle Material für Ihren Artikel, und Sie sorgen dafür, dass mein Name erwähnt wird. So 'ne Art Werbekampagne für einen Berufsanfänger ...«

»Hätte ihn sowieso im *Crépu* erwähnt. So was macht sich immer gut, und außerdem – ich hab's Ihnen schon gesagt – sind Sie mir sympathisch. Obwohl ... Eben in der Garderobe von Janine Baga haben Sie mich ganz schön herumkommandiert!«

»Dafür entschuldige ich mich ja auch. Wissen Sie, ich bin ein dynamischer Typ. Jeder hat seine kleinen Schwächen ... Man muss nur darüber reden.«

»Wozu wir bisher kaum Zeit hatten.«

»Jetzt haben wir Zeit. Nutzen wir sie! Welches waren die letzten Filme, die Favereau gedreht hat? Sie wissen das doch bestimmt.«

»Sie können Fragen stellen! Ein Privatdetektiv wie aus dem Bilderbuch! Möchte wetten, dass das nicht reine Neugier ist. Irgendetwas haben Sie im Hinterkopf.«

»Die Wette könnten Sie gewinnen. Also?«

»Zuletzt hat er *Das Lächeln Frankreichs* gedreht, eine furchtbare Schnulze. Und davor *Das doppelte Alibi.* Auch nicht umwerfend, aber man kann sich den Film ansehen. Wenigstens passiert da was. Action, wenn Sie verstehen ...«

»Ein Kriminalfilm?«

»Mehr 'ne Räuberpistole. Der Drehbuchautor hat sich kein Bein ausgerissen. Die fünfzig Francs Eintritt, die er für *Scarface* ausgegeben hat, waren eine gute Geldanlage. Aus der Erinnerung daran wurde dann *Das doppelte Alibi.*«

»Favereau hat den Gangster gespielt?«

»Ja. Er war sehr gut, wie immer. Der alte Schürzenjäger hatte wirklich Talent. Und gewissenhaft war er auch, jedenfalls bei der Arbeit.«

»Sie meinen, er hat seine Rolle bis ins Kleinste durchgearbeitet?«

»Er machte sich mit der Person, die er darstellen musste, in allen Einzelheiten vertraut, wenn Sie das meinen.«

»Genau das meine ich. Zum Beispiel für *Das doppelte Alibi* . . .«

». . . hat er bestimmt alles gelesen, was je über Al Capone geschrieben wurde.«

»Hervorragend! Und jetzt werde ich Ihnen demonstrieren, was für ein helles Köpfchen ich bin . . . wenn ich mir Mühe gebe. Ich muss nur lange genug schwimmen, um festen Boden unter die Füße zu kriegen . . . Aber Sie haben mir immer noch nicht verraten, wie Sie daraufgekommen sind, dass Favereaus Verhältnis zu der Baga ernsthafter war als seine üblichen Bettgeschichten. Nein, sagen Sie nichts«, fügte ich hinzu, »ich will Ihnen eine Kostprobe meiner Fähigkeiten geben.«

»Ich höre«, sagte Covet halb amüsiert, halb erwartungsvoll.

»Nicht hier. Ich möchte Sie in der Garderobe von Madame Baga von meinen Talenten überzeugen. Trinken wir aus.«

Es war mir vorherbestimmt, im Nebenberuf so etwas Ähnliches wie Fluchtverhinderer zu sein! Als wir die Garderobe von Janine Baga, verwitwete Favereau, erreichten, war die Schauspielerin gerade dabei, wieder einmal das Studio zu verlassen. Ich teilte ihr meinen Wunsch mit, mich mit ihr zu unterhalten.

»Ich werde Sie nicht lange aufhalten«, versprach ich ihr. »Die Anwesenheit von Monsieur Covet, den Sie als verständnisvollen und mitfühlenden Mann kennen gelernt haben, garantiert Ihnen, dass ich keine unlauteren Absichten habe ... Ich möchte Ihnen nur ein paar Fragen stellen. Es wird nicht lange dauern.«

»Hoffentlich«, sagte Madame Baga. »Fassen Sie sich kurz, ich bin sehr erschöpft.« Sie wandte sich an ihre Garderobiere: »Blanche, rufen Sie ein Taxi, während ich mich mit den Herren unterhalte.«

Mademoiselle Blanche ging hinaus, um der Bitte nachzukommen.

»Also, Madame«, begann ich, »Ihr Gatte ist bedroht worden. Wussten Sie das?«

»Ich habe es erst erfahren, als er tot war. Offensichtlich waren seine Befürchtungen gerechtfertigt«, murmelte sie.

Als Witwe, die etwas auf sich hält, hätte sie wenigstens »Leider!« hinzufügen können. Sie tat es nicht.

»Gerechtfertigt?«, wiederholte ich. »Nun, wer Wind sät, wird Sturm ernten. Nein, regen Sie sich nicht auf, ich habe nur laut gedacht. Laut und geheimnisvoll. Nicht umsonst verkehrte ich früher mit Dichtern ... Aber reden wir noch einmal über die Änderung des Drehbuchs. Sie haben dem Kommissar versichert, dass die Änderung auf Ihren Wunsch hin vorgenommen wurde. Gestatten Sie, dass ich an Ihren Worten zweifle.«

Jetzt regte sich der Filmstar doch noch auf. Man merkte es ihr kaum an, aber sie regte sich auf.

»Mir leuchtet die Bedeutung der Frage nicht ganz ein, ob ich oder jemand anders die Änderung verlangt hat. Aber wenn Sie mir nicht glauben, dann können Sie sich gerne beim Regisseur, beim Produzenten oder beim Drehbuchautor erkundigen.«

Ich lächelte.

»Sie werden mir antworten, dass es Ihr Wunsch war, Madame«, sagte ich. »Und das wird nicht gelogen sein. Doch eine Bitte vorzutragen, ist eine Sache. Eine andere ist es, die Bitte anzuregen. Nun, Monsieur Favereau ist tot, die Wahrheit schadet ihm nicht mehr. Als Sie gehört haben, dass der Revolver, den man für die Selbstmordszene benutzen wollte, geladen war, sind Sie in Ohnmacht gefallen. Warum, Madame? Sie können mir ruhig alles sagen, ich bin kein Kommissar von der Kripo . . .«

Und ich fügte meinen Lieblingssatz hinzu, obwohl ich nicht sehr von religiösem Geist beseelt bin:

»Ein Privatdetektiv ist so etwas wie ein Beichtvater.«

Janine Baga zögerte. Vielleicht flößten ihr echte Beichtväter schon kein übermäßiges Vertrauen ein. Endlich gab sie sich einen Ruck.

»Julien wollte die Änderung«, gestand sie.

»Und mit welcher Begründung hat er Sie vorgeschickt, um die Änderung zu verlangen?«

»Er hatte schon verschiedene Forderungen gestellt und befürchtete, dass eine weitere nicht akzeptiert werden würde. Außerdem missfalle es ihm, einen Selbstmörder zu spielen, es könne seinem Image schaden, behauptete er. Ich nahm an, es war reiner Aberglaube, den er mir natürlich nicht eingestehen wollte . . .«

»Aber jetzt nehmen Sie das nicht mehr an?«

Zum ersten Mal sah sie mir direkt ins Gesicht. Ihre wunderschönen Augen drückten unendlichen Schmerz aus. Der Grund dafür war nicht nur ihre plötzliche Verwitwung. Nein, trotz ihrer Lebenserfahrung hätte sie nie gedacht, dass es so durch und durch schlechte Menschen gäbe.

»Nein, das nehme ich jetzt nicht mehr an«, antwortete sie auf meine Frage.

»Wer wusste von der Drehbuchänderung?«

»Das Produktionsteam.«

»Also 'ne ganze Reihe von Leuten?«

»So viele nun auch wieder nicht.«

»Sie wissen, warum Favereau die Änderung veranlasst hat, nicht wahr?«

»Heute weiß ich es«, murmelte sie.

»Sie haben ihm weder Zärtlichkeit noch finanzielle Unterstützung verweigert. Um ihn nicht zu verlieren, wären Sie zu allem bereit gewesen, nicht wahr? Zum Beispiel zu einer gewissen Formalität, die zwischen Ehegatten ansonsten üblich und völlig ungefährlich ist. Monsieur Covet hatte irgendwie herausgefunden, dass Ihr Verhältnis zu Favereau ernsthafterer Natur war als seine gewöhnlichen Bettgeschichten. Ich glaube, ich weiß, auf welchem Wege er das herausgefunden hat. Die Herren von der Presse haben nämlich überall ihre Beziehungen, von den Schwarzmarkthändlern bis hin zu ...«

Ich grinste den Journalisten an.

»... bis hin zu den Angestellten der Versicherungsgesellschaften.«

Marc Covet pfiff durch die Zähne.

»Sie sind wirklich 'ne Wucht«, sagte er anerkennend.

Meine Vermutung war richtig gewesen!

»Stimmt es, dass Sie eine Lebensversicherung zu Favereaus Gunsten abgeschlossen haben?«, fragte ich die Schauspielerin.

»Sie wissen wohl alles, was?«, schrie sie. »Warum müssen Sie mich so quälen?«

»Beantworten Sie bitte meine Frage«, beharrte ich.

»Ja, es stimmt! Ich habe eine Lebensversicherung zu Juliens Gunsten abgeschlossen.«

»Und auch diese Idee kam von ihm, nicht wahr?«

Sie antwortete nicht. Ich wiederholte meine Frage.

»Ja«, flüsterte sie.

»Danke. Seinerseits hat er natürlich auch eine Lebensversicherung zu Ihren Gunsten abgeschlossen?«

»Ja.«

»Fanden Sie es eigentlich nicht merkwürdig, dass Favereau Ihre Heirat geheim halten wollte?«

»Nein. Er hasste Journalisten und befürchtete, dass sie das Ereignis ausschlachten würden. Sie müssen wissen, ich bin nicht mehr ganz jung ... Er übrigens auch nicht, aber ich war um vieles älter als er und ... Sehen Sie, tausende von jungen Mädchen verschlingen jede Woche die belanglosesten Nachrichten über ihn in den einschlägigen Zeitschriften ... Julien fürchtete, sich lächerlich zu machen.«

»So wird's gewesen sein«, stimmte ich ihr zu.

10

Doppelbelichtung

»Nun?«, fragte ich Marc Covet, als wir die Schauspielerin verlassen hatten. »Fangen Sie langsam an zu verstehen?«

Der Journalist lüftete seinen Hut und kratzte sich so heftig am Hinterkopf, dass sich eine seiner falschen Koteletten löste.

»So mehr oder weniger«, brummte er. »Oder besser gesagt: überhaupt nicht! Aber Janine und Sie schienen sich einig zu sein. Bestimmt verfügen Sie über Informationen, die ich nicht habe. Los, klären Sie mich auf, Sie haben's versprochen!«

»Erst einmal werden wir dem Kommissar Bericht erstatten. Ich muss mich unbedingt in seinen Augen rehabilitieren. Und außerdem möchte ich nicht den Eindruck erwecken, ich überginge die Flics. Doch versprochen ist versprochen: Sie werden Ihren Artikel bekommen.«

Marc Covet sah auf seine Armbanduhr und verzog das Gesicht.

»Wir können uns ruhig Zeit lassen«, stellte er fest. »Vor morgen ist sowieso nichts zu machen.«

»Morgen? Wo denken Sie hin? Sensationsmeldungen stehen doch gewöhnlich in Extraausgaben . . .«

Kommissar Petit-Martin empfing uns eher kühl.

»Ich hoffe, Sie präsentieren mir nicht die dritte falsche Spur!«, brüllte er, sobald er uns sah.

Dominiques Anwesenheit und das Gesicht, das er machte, ließen darauf schließen, dass der Verdacht gegen Marchand inzwischen überprüft . . . und fallen gelassen worden war. Der Doktor machte einen ratlosen Eindruck. Der Maskenbildner dagegen sah uns gelassen entgegen. Und noch jemand anders, den ich nicht kannte, stand dabei und blickte betreten auf seine Schuhspitzen. Entweder hatte er keine oder zu viel Erfahrung mit der Polizei. Eins jedoch stand fest: Sascha kam als Täter nicht in Frage. Sonst hätte der Kommissar nicht von der »dritten falschen Spur« gesprochen.

»Warum?«, fragte ich ihn. »Ist die Spur, die uns zu dem Maskenbildner geführt hat, im Sande verlaufen?«

»Der Verdacht ist in sich zusammengefallen wie ein Kartenhaus! Es stimmt, dass er erst heute Morgen eingestellt wurde. Monsieur . . .« Er wies auf den Mann mit dem betretenen Gesichtsausdruck. »Monsieur hat uns den Beweis dafür geliefert. Sascha konnte vorher nicht wissen, wer in dem Film mitspielen sollte. Und selbst wenn er mehr gewusst hat, als er zugibt, so hat er kein Gift in seine Puderquasten gemischt. Der Doktor konnte nichts Verdächtiges entdecken. Außerdem war Monsieur Sascha nur als Vertretung engagiert worden, um die Statisten zu schminken. Dass er bei den Dreharbeiten das Make-up des Hauptdarstellers auffrischen musste, konnte er nicht ahnen. Und schließlich hätte er seine Großtat überall herausposaunt. Das ist meine persönliche Überzeugung!«

Kommissar Petit-Martin hatte das Bedürfnis, seine Fähigkeiten herauszustreichen, selbst in der Niederlage ...

»Kurz und schlecht: Er hat Favereau nicht vergiftet. Und was die Kugel im Revolver angeht, so gibt es auch da keine positiven Erkenntnisse.«

»In dem Punkt«, unterbrach ich ihn, »bringe ich sie Ihnen, die positiven Erkenntnisse. Darüber brauchen Sie sich den Kopf nicht mehr zu zerbrechen. Ich weiß, wer die Waffe geladen hat. Ein ganz gemeiner Hund, wie der Doktor schon so richtig gesagt hat: Julien Favereau.«

»Was?« Petit-Martin sprang auf. »Wollen Sie mich verscheißern? Das ist jetzt wirklich nicht der richtige Moment.«

»Ich habe nicht die Absicht«, versicherte ich und holte meine Pfeife hervor. Im Eifer des Gefechts hatte ich sie bisher ganz vernachlässigt. »Lassen Sie mich in aller Ruhe meine Sicht der Dinge erklären ... natürlich durch handfeste Beweise gestützt.«

Ich reichte dem Kommissar das Seidenpapier mit den Knoblauchflecken.

»Das habe ich in seiner Weste gefunden. Favereau hatte die Kugel darin eingewickelt. Entschuldigen Sie, Kommissar, dass ich den Toten durchsucht habe, ohne Sie ...«

»Ja, ja, schon gut«, knurrte Petit-Martin. »Schließlich sind Sie Privatdetektiv, oder? Hoffentlich haben Sie nicht noch andere Beweisstücke verschwinden lassen!«

»Nein, nur dieses hier. Ich schwör's beim Leben des ersten Abonnenten des *Petit-Parisien.* Einerseits habe ich dem Seidenpapier keine so große Bedeutung beigemessen; aber andererseits fand ich es zu merkwürdig, als dass es überhaupt keine gehabt hätte.«

»Ersparen Sie mir Ihre Wort- und Gedankenspiele, Monsieur Burma! Verdammt noch mal, Sie hätten uns wirklich früher von Ihrem Fund erzählen können!«

»Und wozu, außer um Sie völlig zu verwirren? Die übel riechenden Flecken haben ihre Bedeutung erst bekommen, als von dem Knoblauch die Rede war, mit dem die Kugel eingerieben worden war.«

»Die Kugel war mit Knoblauch eingerieben?«, fragte Covet verständnislos.

»Seien Sie still!«, herrschte ihn der Kommissar an. »Wir werden Sie informieren, wenn wir's für richtig halten! Los, Monsieur Burma, spucken Sie's endlich aus! Wir verlieren nur Zeit. Versuchen Sie, kurz und präzise zu erklären, was Sie wissen. Brillante Wortgefechte können Sie später veranstalten.«

»Was sein muss, muss sein«, widersprach ich. »Also, ich hatte eine kleine Unterhaltung mit Madame Baga. Monsieur Covet war dabei und wird meine Worte gerne bezeugen. Zweierlei habe ich erfahren. Erstens: Favereau hätte beim Ableben seiner Gattin die Summe der Lebensversicherung kassiert, die sie zu seinen Gunsten abgeschlossen hatte. Zweitens: Das Drehbuch wurde auf Veranlassung des Verstorbenen hin geändert. Man muss wirklich nicht Schüler der Militärakademie Saint-Cyr gewesen sein, um den Zusammenhang zu begreifen.«

»Himmeldonnerwetter!«, entfuhr es dem Kommissar. »Aber der Drohbrief?«

»Eine Inszenierung von Julien Favereau.«

»Und sein Tod?«, warf Inspektor Dominique sarkastisch ein. »Auch seine eigene Inszenierung?«

»Lassen Sie mich erst einmal den Mechanismus der Geschichte erklären«, bat ich. »Zu dem Tod des Filmstars kommen wir später.«

»Wir sind ganz Ohr.«

»Janine Baga wollte ihr Verhältnis mit Favereau legalisieren. Ihr Geliebter ist Spieler, pflegt einen aufwändigen Lebensstil und leidet demzufolge an chronischer Geldknappheit. Er verdient viel, gibt aber noch viel mehr aus. Sie können sich seine finanzielle Situation ausmalen. Janine dagegen besitzt ein hübsches Vermögen. Favereau wird sie in Zukunft noch besser anzapfen können, sozusagen ganz legal. Er willigt in die Heirat ein, allerdings unter der Bedingung strikter Geheimhaltung.«

Ich erläuterte seine Beweggründe.

»Janine erklärt sich einverstanden«, fuhr ich fort. »Sie liebt Favereau. Das hört sich vielleicht absurd an, ist aber so. Zu den sexuellen gesellen sich mütterliche Gefühle. So was kommt vor. Für Janine ist Favereau so etwas wie ein missratenes Kind, das auf den rechten Weg zurückgeführt werden muss.«

»Keine Psychologie!«, lachte der Inspektor, der dieser Wissenschaft offensichtlich nicht sehr traute.

»Keine Psychologie? Gut, also keine Psychologie. Favereau war ziemlich blöd, noch blöder als die dummen Gänschen, die kleinen Mädchen ohne Geld ...«

»Zur Sache«, ermahnte mich der Kommissar ungeduldig.

»Sofort. Julien Favereau pumpt Janine Baga schamlos an. Bis zu dem Tag, an dem sie das Spiel des Spielers nicht mehr mitspielt. Es bleibt nur noch die Lebensversicherung. Gerade dreht das Paar einen gemeinsamen Film, der sich wie kein zweiter für eine kinogerechte Inszenierung anbietet. Favereau schickt sich selbst einen Drohbrief, der seine Befürchtungen und die daraus folgenden Vorsichtsmaßnahmen rechtfertigen soll. Lassen Sie den Brief untersuchen, und ich will mich vom Teufel persönlich k. o. schlagen lassen, wenn ich mich irre. Die Handschrift ist ziemlich ungelenk, aber die Orthographiefehler finde ich misslungen. Ein Ungebildeter hätte andere gemacht. Verstehen Sie, was ich meine?«

»Vollkommen.«

»Vielleicht«, fügte ich nachdenklich hinzu, was die Bedeutung meiner Vermutung unterstreichen sollte, »hat Favereau den Brief einem Betrunkenen diktiert, den er irgendwo auf der Straße aufgegabelt hat. Ein Umschlag existiert nicht, und ich wüsste nicht, warum er ihn weggeworfen haben sollte. Der Drohbrief kam nicht mit der Post. Lag einfach so in der Brieftasche des Toten. Für das Nichtvorhandensein des Briefumschlags hatte Favereau bestimmt eine Erklärung parat.«

»Auch Sie sind um Erklärungen nicht verlegen«, bemerkte Petit-Martin. »Für jedes unbedeutende Detail haben Sie eine!«

»Nein, nur für dieses hier. Ansonsten genügt eine einzige Erklärung, und zwar die einzig richtige! Favereau engagiert mich, einen – entschuldigen Sie das Wort – blutigen Anfänger. Er verpflichtet mich zu absoluter Diskretion. Er selbst hält sich allerdings nicht an diese Vereinbarung. Wladimir, mein persönlicher Maskenbildner, weiß, dass ich zu Favereau gehöre. Auch dem Regisseur hat Favereau erzählt, dass ich ein Freund – ein Freund! – von ihm sei, und so konnte ich auch dann bei den Dreharbeiten dabei sein, wenn Statisten auf der Szene nichts zu suchen hatten. Das alles gehört zu den merkwürdigen Dingen, die mir so aufgefallen sind. Wie zum Beispiel die Tatsache, dass Favereau die Gefahr für Leib und Leben nur innerhalb des Studios witterte. Warum legte mein

Klient so großen Wert darauf, dass mich einige Leute für seinen geheimnisvollen Freund hielten? Um das später bezeugen zu können! Favereau hat sich nicht nur auf meine Zeugenaussage verlassen wollen. Doppelt genäht hält besser, das war seine Devise! Ein gewissenhafter Mensch, allerdings nur bei der Arbeit. Also, die Rollen sind besetzt: der Mann, der bedroht wird, der Leibwächter, der ihn beschützt, und die Zeugen. Vorher hat Favereau den Requisitenrevolver geladen. Das muss gestern passiert sein, als der Schlüssel für die Requisitenkammer verloren ging und jedermann Zugang zu ihr hatte. Vielleicht ... Ja, wenn ich's mir recht überlege ... Vielleicht ist der Schlüssel aber gar nicht verloren gegangen, sondern geklaut worden ...«

Tatsächlich wurde er später unter dem persönlichen Kram des vergifteten Filmstars gefunden. Im Augenblick jedoch konnte ich Petit-Martin noch nicht so richtig von meiner Theorie überzeugen. Barsch forderte er mich auf, nicht vom Thema abzuschweifen.

»Ich schweife nicht vom Thema ab«, gab ich ebenso barsch zurück. »Ich bemühe mich lediglich, nichts außer Acht zu lassen und so präzise wie möglich zu sein. Darf ich jetzt fortfahren? Danke. Zurück zu den Dreharbeiten. Die Selbstmordszene stand unmittelbar bevor ...«

Der Zeuge mit dem betretenen Gesichtsausdruck brachte sich wieder in Erinnerung. Wir hatten ihn vollkommen vergessen.

»Morgen, spätestens morgen«, warf er eifrig ein.

»Verschwinden Sie!«, schnauzte der Kommissar.

Doch, er hatte wirklich eine zauberhafte Art, Zeugen zu entlassen. Anstatt ihm für seine Aussage zu danken ... Der arme Kerl ließ sich eine so freundliche Aufforderung nicht zweimal sagen und suchte das Weite. Ich spann meinen Faden weiter:

»Favereau lädt also die Waffe. Um seiner Frau keine Überlebenschance zu lassen, reibt er die Kugel mit Knoblauch ein. Sollte Janine nicht sofort durch die Kugel getötet werden, wird ihr die Infektion der Wunde den Rest geben. Diesen Trick hat er bei Vittorio Genna abgeguckt. Für seine Rolle in *Das doppelte Alibi* hat er sich nämlich gründlichst über Al Capone und seine Welt informiert. Das Seidenpapier, in dem die tödliche Knoblauchkugel eingewickelt war, steckt er achtlos in seine Westentasche und vergisst es dort. Dann regt er eine Änderung des Drehbuchs an, schickt jedoch Janine mit dem Änderungswunsch zu den Verantwortlichen. Er selbst will nicht in Erscheinung treten. Man könnte sich später daran erinnern! Nach der rollenvertauschten Selbstmordszene hätte er dann glaubwürdig behaupten können: Ich war das eigentliche Opfer! Und als untröstlicher Witwer hätte er die Versicherungsgesellschaft zur Kasse bitten können.«

»Großer Gott!«, stöhnte Petit-Martin nach einer kleinen Pause, die auf meine handgestrickte Beweiskette gefolgt war. »Erst Borgia, dann Scarface! Das ist ja zum Verrücktwerden! Aber eins können Sie nicht wegdiskutieren: Favereau ist tot. Ermordet, besser gesagt: vergiftet.«

»Oh, das steht außer Frage«, gab ich mit einer vagen Handbewegung zu.

»Wer Wind sät, wird Sturm ernten«, bemerkte Marc Covet. Er war sich nicht zu schade dafür, bei anderen zu klauen, auch wenn's nur ein Allgemeinplatz war.

»Ich hab Sie doch gebeten, still zu sein«, erinnerte ihn der Kommissar.

Der Journalist gab's auf.

»Na schön«, seufzte er, »dann werd ich die neuesten Informationen dem *Crépu* durchgeben.«

Er ging zur Tür. Inspektor Dominique hielt ihn am Arm zurück.

»Später, wenn's Ihnen nichts ausmacht. Zuerst wollen wir die Angaben überprüfen. Das wird uns allen gut tun.«

»Zitate und Sprichwörter haben's in sich«, sagte ich lächelnd. »Zum Beispiel: Wer Wind sät, wird Sturm ernten. Oder: Wer andern eine Grube gräbt, fällt selbst hinein. Favereau wollte die Versicherungssumme kassieren, und jetzt kann Janine sich das Geld abholen. Umgekehrt bestand nämlich ebenfalls eine Lebensversicherung.«

»Versuchen Sie nicht wieder, diese Frau ins Spiel zu bringen«, knurrte Petit-Martin gereizt.

»Ich versuche gar nichts, ich erfreue mich nur an der Moral von der Geschicht.«

»Moral, Moral! Die ist mir schnurzegal, Ihre Moral! Ich will nur den Mörder fassen. Auch wenn das Opfer ein Scheusal war, wie alle behaupten . . . Hören Sie, Monsieur Burma, Sie sind doch Favereau nicht von der Seite gewichen, haben Sie gesagt. Können Sie sich wirklich nicht vorstellen, wie das Gift in seinen Körper gelangt sein könnte? Sie haben nicht immer eine glückliche Hand bei Ihren Verdächtigungen, aber wenn Sie mir ein paar Möglichkeiten nennen würden, könnte ich auswählen. Vielleicht ist ja 'ne brauchbare Idee dabei . . .«

»Wir wissen, dass es sich um ein langsam wirkendes Gift handelt. Also kann er's auch außerhalb des Studios inhaliert, gegessen oder getrunken haben.«

»Das glaube ich nicht«, widersprach der Arzt.

Er untermauerte seine Meinung mit unverständlichen lateinischen Ausdrücken. Ich zuckte die Achseln. Ich war mit meinem Latein am Ende. Und das gefiel mir ebenso wenig wie den Flics.

»Ich bin kein Hellseher«, sagte ich achselzuckend, »und auch kein Halbgott in Weiß. Ich habe nur drei Dinge gesehen, die in die Nähe von Favereaus Nase gekommen sind: die Rosen, das Schwämmchen und die Puderquaste des Maskenbildners.«

»Fangen Sie nicht wieder davon an!«, schrie der Kommissar.

»Gut, dann hör ich eben damit auf, aber was anderes kommt nicht in Frage.«

Da erblickte ich mich im Spiegel. Meine Schminke war an einigen Stellen abgeblättert. Ich sah noch schlimmer aus als in dem Moment, als Wladimir mich für die Dreharbeiten freigegeben hatte.

»Wo wir schon mal beim Abschminken sind: Ich werde mich jetzt endlich abschminken«, entschied ich.

»Vielleicht kommt Ihnen dabei eine Idee.«

»Das sollte mich wundern. Machen Sie mit, Covet? Dann lernen wir unser wahres Gesicht kennen ...«

Wir saßen nebeneinander vor dem Toilettentisch und schmierten unsere Gesichter mit Vaseline voll. Der Journalist stieß mich aus Versehen mit dem Ellbogen an.

»Entschuldigung«, sagte er höflich.

Ich starrte ihn entgeistert an.

»Ja, manchmal kann ich auch höflich sein«, lachte er.

»Nein, das ist es nicht«, erwiderte ich nachdenklich. »Das Wort ›Entschuldigung‹ hat mich verwirrt.«

Kommissar Petit-Martin stand mitten im Raum, die Hände in den Taschen vergraben. Er ließ uns nicht aus den Augen, so als hinge von unserer Säuberungsaktion die Lösung des Problems ab.

»Da Sie kein Hellseher sind«, sagte er ironisch, »versuchen Sie sich wohl als Medium, das in Trance fällt, hm? Dieser Quatsch mit Intuition und Inspiration, auf dem Privatdetektive immer herumreiten . . . Wollen Sie meine Meinung dazu hören?«

Eine besonders gute Meinung hatte er von diesem »Quatsch« nicht.

Ich dachte darüber nach, dass es Wörter gibt, die man zwanzigmal am Tag hört, ohne ihnen Aufmerksamkeit zu schenken. Und dann, plötzlich, wirkt eine alltägliche Vokabel mit noch alltäglicherer Bedeutung wie elektrisierend, nur weil man sozusagen auf der Lauer liegt. Sie bekommt einen ungewöhnlichen Klang und ruft seltsame, subtile Echos hervor. Und wenn man das Wort dann mehrmals wiederholt, um sich mit ihm vertraut zu machen, wird es einem immer fremder, ja, bedrohlich.

In diesem Fall war es das Wort »Entschuldigung«. Im Mund des Journalisten hatte es noch wie eine automatische Höflichkeitsfloskel geklungen. In meinen Ohren hallte es jedoch merkwürdig wider. Vielleicht lieferte es sich in den tieferen Schichten meines Unbewussten einen harten Kampf mit etwas, das damit in dumpfem Zusammenhang stand. Das musste der Grund dafür sein, dass es in mir eine ruhende Saite angeschlagen hatte. Ich nahm das Wort jetzt wie durch einen Nebel wahr, so als hätte ich es schon einmal in einer ganz bestimmten Situation gehört. Dessen war ich mir ganz sicher.

Ich ließ die Vaselinecreme einwirken, dann rieb ich das Geschmiere mit einem Handtuch ab und schüttete mir an dem kleinen Waschbecken kaltes Wasser ins Gesicht. Jetzt fühlte ich mich schon viel besser. Ich besah mich im Spiegel und wäre vollkommen mit mir zufrieden gewesen, wenn sich in den Falten meiner Augenlider nicht Reste der Schminke festgesetzt hätten. Meinen Gesichtsausdruck konnte man als grüblerisch bezeichnen. Ja, ich grübelte intensiv. Die Energie, die dabei in meinem Hirn freigesetzt wurde, hätte für einen Episodenfilm mit zweiundfünfzig Folgen ausgereicht.

»*In natura* sehen Sie ja richtig nett aus«, stellte Petit-Martin fest. »Nur ein wenig mürrisch . . .«

Ich fragte ihn, ob er mich für einen Moment entbehren könne. Zwar fühlte ich mich frisch, aber ich würde mich noch viel besser fühlen . . . mit Hilfe der opalartigen Medizin von *Ricard* oder *Pernod*, den wohl bekannten Apothekern. Der Kommissar hatte Mitleid mit mir. Meine düstere Miene schrieb er wohl seinen Äußerungen über Intuition und Inspiration zu. Er gab mir die Erlaubnis, mich nach Belieben voll laufen zu lassen. Auch wollte er seine Ermittlungen gerne alleine fortführen. Marc Covet zeigte sich wieder einmal von seiner höflichen Seite und verzichtete darauf, den Kommissar weiterhin mit seiner Anwesenheit zu belästigen. Wahrscheinlich aber hatte er einen ebenso großen Durst wie ich. Auch wollte er dringend mit seinem Käseblatt telefonieren. Doch Petit-Martin hielt ihn zurück. Ohne Scheu, sich innerhalb kurzer Zeit zu widersprechen, befahl er ihm:

»Sie bleiben! Wer weiß, was Sie anstellen, wenn Sie auf sich selbst gestellt sind. Sie sind imstande und setzen Ihre Karriere am Telefon aufs Spiel. Bei uns dagegen können Sie noch viel lernen. Ich verbiete Ihnen, sich mehr als drei Meter von mir zu entfernen!«

Der Journalist hob seine schlecht gesäuberten, vaselineglänzenden Augenbrauen und ergab sich in sein Schicksal.

Ich war entlassen. Eben hatte ich noch die Absicht gehabt, mich direkt in die Kantine zu begeben. Der letzte Satz des Kommissars änderte jedoch meinen Plan. Er löste eine ganze Serie von Gedanken aus, und als ich auf dem Korridor stand, wusste ich, dass ich auf der richtigen Spur war. Nur dass ich nicht schon viel früher darauf gekommen war, das verzieh ich mir nicht! Was meine Netzhaut wahrnahm, brauchte eine verdammt lange Zeit, um in meine Gehirnzellen zu gelangen. Ich musste dieses Übermittlungssystem unbedingt verbessern! Das würde für alle nur Vorteile bringen.

11

Happy End

Ich machte mich unverzüglich auf die Suche nach dem Regisseur. Von ihm erhoffte ich mir Auskunft über eine bestimmte Person, von der ich mir ebenfalls viel erhoffte.

Am Schauplatz der Studioaufnahmen traf ich nur noch einen einzigen Mann, der an einem Pfeiler stand und rauchte. Über ihm hing ein riesengroßes Schild mit der Aufschrift »Rauchen verboten«. Der Mann teilte mir mit, dass Marcel Naudot in seinem Büro sei, und beschrieb mir den Weg dorthin.

Der Regisseur war von seinem engsten Stab umgeben. Ein schneller Rundblick überzeugte mich davon, dass derjenige, den ich suchte, sich nicht unter den Anwesenden befand.

Die Gruppe diskutierte die Situation, die sich aus dem tödlichen Zwischenfall ergeben hatte. Der Film sollte unbedingt zu Ende gedreht werden, koste es, was es wolle. Obwohl gut die Hälfte der Arbeit bereits abgeschlossen war, schaffte das Ausscheiden des männlichen Hauptdarstellers brennende Probleme. Und so war die Stimmung denn auch alles andere als kühl.

Marcel Naudot erkannte mich natürlich nicht, denn mein wahres Gesicht hatte er noch nie gesehen. Als ich mich vorstellte, wurde seine Miene noch um einen Ton düsterer. Ich versuchte, so liebenswürdig wie möglich meine Anwesenheit zu erklären.

»Ich nutze die Drehpause«, sagte ich lächelnd, »um mich ein wenig um private Dinge zu kümmern. Ich glaube, in Ihrem Kameramann einen alten Freund von mir erkannt zu haben. Das ist doch der mit dem seltsamen schwarzen Monokel, nicht wahr?«

»Er braucht es für seine Arbeit«, antwortete der Regisseur. »Sie müssen nicht glauben, Aulagnier habe ein Auge verloren.«

»Nein, das habe ich auch nicht gedacht. Aber ... Also, wenn er Aulagnier heißt, dann ist er nicht der, für den ich ihn gehalten habe. Mein Freund heißt Daumas. Erstaunlich, wie ähnlich Ihr Kameramann ihm sieht! Sie wissen nicht zufällig, wo ich ihn finden kann? Es wäre doch sicher interessant für ihn zu wissen, dass er einen Doppelgänger hat.«

Heute waren bereits eine ganze Reihe von Sprichwörtern losgelassen worden. Nichts sprach dagegen, die Reihe fortzusetzen. Also: Alle Wege führen nach Rom. Und: Die Säufer beschützt der liebe Gott. Wenn Leute meines Schlages erst einmal beschlossen haben, sich an die Theke zu stellen, ist ihnen kein Umweg zu weit.

»Er wird im Labor sein«, vermutete der Regisseur, »um das Material zu entwickeln, das wir heute abgedreht haben. Oder er ist in der Kantine. Übrigens, wenn Sie ihn sehen, bestellen Sie ihm doch bitte, er soll so schnell wie möglich zu uns kommen. Wir würden gerne was mit ihm besprechen.«

Er benutzte mich doch tatsächlich als Laufburschen! Brav ging ich hinaus. Zunächst schlug ich den Weg zur Kantine ein, den ich ja bereits kannte. Dort war der Kameramann jedoch nicht zu sehen. Ich gab mich dem Mädchen hinter der Theke zu erkennen. Offensichtlich gefiel ich ihr nicht besser als mit Gesichtsmaske. Immerhin erklärte sie mir, wie ich zum Labor kam.

»Wenn Sie Bergsteiger sind, geht's von ganz allein«, sagte

sie. »Es liegt im obersten Stockwerk, unterm Dach. Am besten, Sie nehmen den Lift bis zur sechsten Etage und folgen dann den Pfeilen. Die hat man extra für Däumlinge wie Sie angebracht . . . Sie gelangen zu einer Eisentür, auf der ein G steht. Das ist der große Aufnahmeraum. Könnte aber auch ›Gefahr‹ bedeuten. Passen Sie auf, wenn Sie die Tür öffnen. Wär wirklich zu schade um Sie! Man tritt nämlich sozusagen ins Leere hinaus. Sie werden's schon merken . . . Also, Sie stehen dann auf einer Plattform. Der große Aufnahmeraum erstreckt sich über gut zwei Etagen. Dort werden die riesigen Kulissen aufgebaut, die Publikum und Produzenten immer wieder staunen lassen. Das Publikum vor Bewunderung, und die Produzenten wegen der Kosten . . . Also, von der Plattform . . .«

Das Thekenmädchen hatte Recht. Es war wirklich halsbrecherisch. Die erwähnte Plattform hinter der Eisentür war winzig klein, ohne Brüstung, hatte dafür aber einen leicht schwingenden Boden. Darunter gähnte die Leere. Über eine kurze Eisentreppe – glücklicherweise mit Geländer – gelangte man zu einem Gang, der zum Labor führte. Jedenfalls entnahm ich das dem Schild an der Wand.

Gut zwei Etagen tiefer waren Bühnenarbeiter damit beschäftigt, eine richtige kleine Stadt zu errichten. Nicht das kleinste Lädchen durfte fehlen. Man erkannte bereits die Umrisse des öffentlichen Parks mit einem Denkmal in Originalgröße und schmiedeeisernen Gittern. Auf den »Straßen« wurden gerade hier und da schwere Eisenroste in den frischen Zement gedrückt, um ein holpriges Pflaster vorzutäuschen.

Saubere Arbeit! Doch ich war nicht hier, um die Männer in den blauen Overalls zu bewundern. Ich wollte eine ebenso saubere Arbeit leisten, dort, wo nicht Schwindel, sondern Erfolg winkte.

Ich ging den Gang entlang. Ein Teppichboden dämpfte meine Schritte. Auch die Hammerschläge der Bühnenarbeiter drangen nun gedämpft an mein Ohr. Durch ein Fenster erblickte ich eine Landschaft von Dächern – wirklichen Dächern! –, und von ganz unten hörte ich das Rauschen des Straßenverkehrs. Diese entfernten Geräusche störten nicht die Ruhe hier oben, im Gegenteil, sie machten sie nur umso spürbarer. Ich hatte das Gefühl, das Dornröschenschloss im schlafenden Wald zu besuchen. Allerdings war ich ein seltsamer Märchenprinz!

Ich ging an mehreren Türen vorbei. Die mit der Aufschrift »Labor« stieß ich auf ... und stand in einem dunklen und völlig menschenleeren Raum.

Ein paar Türen weiter hatte ich mehr Glück. Ich hörte drinnen Schritte. Jemand ging nervös auf dem knarrenden Holzfußboden hin und her.

Ich legte mein Ohr an die Tür, ja, ich versuchte sogar, durchs Schlüsselloch zu sehen, um einen Beweis meiner guten Kinderstube zu erbringen. Solche Praktiken sind kleinen Mädchen strengstens untersagt; doch es gibt Situationen, in denen Indiskretion eine Tugend ist. Der Zweck heiligt die Mittel. Auf jeden Fall würde die schon erwähnte Moral das letzte Wort in der Geschichte haben ... Durchs Schlüsselloch konnte ich nichts sehen, da es keines gab. Alle Ritzen und Löcher waren abgedichtet. Ich richtete mich wieder auf. Mein Blick fiel auf die Nachbartür, an der ein Zettel hing. Darauf stand der Titel der Produktion, *Sumpfblüte*, und der Name des Kameramanns: Lucien Aulagnier. Geräuschlos öffnete ich die abgedichtete Tür.

Der fensterlose Raum wäre völlig dunkel gewesen ohne das schwache Licht, das durch eine halb offene und zur Hälfte verglaste Verbindungstür aus dem Nebenzimmer drang.

Durch die schmutzigen Scheiben der Tür konnte ich das Training des Kameramanns für irgendeine Goldmedaille im Langstreckengehen beobachten. Ich erkannte den Kerl sofort wieder. In Hemdsärmeln ging er aufgeregt im Nebenzimmer auf und ab, wobei er offensichtlich einen einmal gewählten Parcours einhielt. Jedes Mal nämlich, wenn er auf eine bestimmte Stelle trat, stöhnte die Bohle unter seinem Gewicht auf. Das Geräusch schien den Mann nicht zu stören. Er hatte andere Sorgen.

Ich habe schon viele sorgenvolle Menschen gesehen. Zum Beispiel mich selbst, im Spiegel, mit meinem letzten Steuerbescheid in der Hand. Doch so viele Sorgenfalten wie in dem Gesicht dieses Mannes im Nebenzimmer sind mir noch nicht begegnet.

Lucien Aulagnier war völlig verzweifelt. Das wenige, was ich von seinem Gesicht sah, drückte tiefe Niedergeschlagenheit und auch ein wenig Angst aus. Sein Mund zuckte nervös. Gierig sog er den Rauch einer Zigarette ein, die er halb aufgeraucht hatte. Die ausgetretenen Kippen auf dem Boden zeugten von einem beachtlichen Zigarettenkonsum.

Unruhig sah ich mich nach seiner Weste um. Schließlich entdeckte ich sie. Sie lag über einer Stuhllehne in dem Raum, in dem ich Posten bezogen hatte. Ich schob meine Hand in die äußere rechte Tasche und zog sie wieder heraus, zusammen mit einem runden Gegenstand in einer Lederhülle mit Reißverschluss. Zufrieden stellte ich fest, dass der Fund das Gesuchte war, und verbarg ihn in meiner rechten Hand hinter dem Rücken.

Ich fand, dass jetzt die Zeit gekommen war, mich zu zeigen. Ich öffnete die Verbindungstür und lehnte mich gegen den Rahmen. Alles verlief ganz geräuschlos. Ich musste nur den Knauf drehen, und die Türangeln waren gut geölt. Der

Moment, den ich gewählt hatte, war gut gewählt. Der Kameramann drehte mir den Rücken zu. Erst als er die Richtung wechselte, erblickte er mich. Da sein Kopf sorgenvoll auf die Brust gesunken war, sahen seine Augen zunächst meine Schuhe, wanderten dann an meinem Körper hoch und kreuzten schließlich meinen Blick. Erst jetzt erschreckte sich Lucien Aulagnier.

»Wer ... Wer sind Sie?«, schrie er. »Und ... was tun Sie hier?«

»Der heilige Antonius von Padua«, antwortete ich lächelnd auf seine erste Frage. »Nervös?«, fügte ich voller Anteilnahme hinzu. »Wissen Sie, warum Sie so nervös sind? Weil Sie etwas verlegt haben. Ein Bandmaß zum Beispiel ...«

Ich zeigte ihm den runden Gegenstand in der Lederhülle.

Der Kameramann zog eine Grimasse. Sein blasses Gesicht wurde aschfahl. Mehr vom Instinkt als vom Verstand geleitet, stürzte er sich auf mich. Seine Absicht war eindeutig: Er wollte mir das Bandmaß entreißen.

Ich nahm meine Trophäe schnell in die linke Hand und schlug dem Angreifer mit der frei gewordenen Rechten ins Gesicht, was seinen aufschlussreichen Eroberungsversuch bremste. Mein Schlag traf Nase, Lippen und die dazwischen hängende Zigarette.

Ein gelungener Gag!

Funken sprühten, Papier knisterte. Lucien Aulagnier wich unter meinen mäßigen, aber regelmäßigen Schlägen zurück. Sein Gesicht wurde nach und nach von einer interessanten Schminkmischung bedeckt: Tabakkrümel am Kinn, Zigarettenasche an der Wange und Blut an der Nase.

Im Zurückweichen stieß er mit den Kniekehlen gegen ein Hindernis. Seufzend ließ er sich auf den Stuhl fallen. Er hatte sich ohne die geringste Gegenwehr verdreschen lassen. Sein unvermittelter Reflex war ebenso unbewusst wie – er ahnte es, hatte es sofort geahnt – unnütz gewesen. Er fuhr sich mit der Hand übers Gesicht. Tabak, Asche und Blut verteilten sich gleichmäßig. Hinzu kam noch der Schweiß, der ihm über Stirn und Schläfen rann. Seine Hundeaugen sahen mich verzweifelt an.

»Und nun?«, stieß er hervor. »War das unbedingt nötig? Los, lochen Sie mich ein! Worauf warten Sie noch?«

»Ich will ganz sichergehen«, erwiderte ich freundlich. »Mein Stolz würde einen weiteren Tiefschlag nicht überleben. Doch ich glaube, viel hat er nicht zu befürchten, mein Stolz. Diesmal hab ich den Richtigen erwischt. Also, dann haben wir einfach so den guten Favereau um die Ecke gebracht, stimmt's?«

Er hob resigniert die Schultern, so als wollte er sagen: ›Was soll ich darauf antworten? Du weißt doch sowieso Bescheid.‹

»Das ist aber gar nicht schön für die kleinen Mädchen«, fuhr ich fort. »Werden sich wohl ein neues Idol suchen müssen! Hoffentlich treffen sie eine etwas glücklichere Wahl als ...«

Die ausdruckslosen Augen des Mörders leuchteten kurz und erstaunt auf.

»Aber eins muss ich ja sagen, Aulagnier: Der Trick mit dem Bandmaß, einfach fabelhaft! So fabelhaft, dass ich lange gebraucht habe, um dahinter zu kommen. Favereau hat am Bandmaß geschnuppert, als Sie Maß nahmen, sozusagen für seinen Sarg. Der Mord lauert drei Meter weiter. Ein schöner Filmtitel. Werd ihn einem Produzenten anbieten. Egal, welcher Film dann gedreht wird, mit dem Titel wird er ein Kassenschlager. Ein guter Titel ist das Wichtigste im Filmgeschäft, das weiß jeder ... Um aber wieder auf Ihr Opfer zurückzukommen: Sie haben ihm das vergiftete Ende Ihres Bandmaßes direkt unter die Nase gehalten. In Riechweite, um die Erfolgschancen zu erhöhen. Für diese scheinbar ungewollte Berührung haben Sie sich sogar entschuldigt. Dann haben Sie das Bandmaß – ein ganz neues, das nichts mit dem schmierigen Ding Ihres Assistenten gemein hatte – wieder in Ihre Westentasche gesteckt, aus der Sie es hervorgeholt hatten. Dass Sie es dort vergessen würden und ich es ohne viel Sucherei wiederfinden konnte, hätte ich mir nicht träumen lassen. Die Bedeutung dieses Beweisstückes ist Ihnen erst wieder schlagartig bewusst geworden, als ich es Ihnen eben gezeigt habe. Favereaus Tod muss Ihnen einen Schock versetzt haben. Dabei hatten Sie den Coup so sorgfältig und klug vorbereitet! Und jetzt bringt Sie der Erfolg so sehr aus der Fassung. Man könnte meinen, Sie seien niedergeschlagen . . . Hand aufs Herz, tut es Ihnen wirklich Leid, das Schwein umgebracht zu haben?«

»Das Schwein?«, wiederholte er wie benommen.

»Also wirklich, jetzt reicht's mir so langsam!«, rief ich ungeduldig. »Schockt Sie der Ausdruck, oder was? Ich gebe nur die allgemein vorherrschende Meinung wieder. Ich nehme nicht an, dass Sie Favereau den Übergang in eine bessere Welt ermöglicht haben, weil Sie ihn für einen Heiligen hielten. Um den Kerl beurteilen zu können, genügten mir ein paar Stunden. Und dass er mein Klient war, ändert nichts an seinem Charakter. Schließlich schulde ich ihm nichts. Er dagegen . . .«

»Ihr Klient?«, flüsterte Aulagnier.

Ich musste laut lachen.

»Stimmt! Das Schönste wissen Sie ja noch gar nicht. Sie halten mich wahrscheinlich für einen Flic. Nicht genug, dass Sie einfach irgendwelche Leute abmurksen, nein! Zu allem Überfluss werden Sie auch noch beleidigend. Prima! Ich bin Privatdetektiv, Mann! Das ist was ganz anderes als 'n Flic. Favereau hatte mich als Leibwächter engagiert. Finden Sie das nicht zum Totlachen?«

»Als Leibwächter?«

Sein Interesse war geweckt, doch er wusste nicht so recht, woran er mit mir war. Verständlich. Er befand sich in einem regelrechten Schockzustand.

»Hören Sie«, sagte ich, »jetzt, da ich Sie entlarvt habe, soll es mir auf ein paar Minuten mehr oder weniger nicht ankommen. Mein Triumph vor dem Kommissar wird umso größer. Außerdem unterhalte ich mich gerne mit Ihnen, und Sie erwecken nicht den Eindruck, als hätten Sie die Absicht, sich aus dem Staub zu machen. Sie sind ein krimineller Laie, den die Bürde eines Mordes schwer belastet. Doch davon wollte ich eigentlich gar nicht reden. Was ich Ihnen sagen wollte, ist Folgendes: Da Sie so überrascht oder sogar empört reagiert haben, als ich Favereau ein Schwein nannte, werden Sie sich kaum vorstellen können, was für ein Dreckskerl er in Wirklichkeit war! Sie haben Madame Baga einen lebenswichtigen Dienst erwiesen, und nicht nur ihr ...«

Ich erzählte ihm, welch teuflischen Plan der Filmstar gegen seine Frau ausgeheckt hatte.

»Und deswegen«, fügte ich hinzu, »sollten Sie nicht weiter Trübsal blasen und etwas mehr Kaltschnäuzigkeit an den Tag legen. Zum Teufel! Mit einem guten Anwalt kommen Sie mit ein paar Jährchen davon, umso mehr, da Sie wahrscheinlich ein ausgezeichnetes Motiv für Ihre Tat hatten. Was genau hat Ihnen denn unser Don Juan getan? Ging's um eine Frau?«

Er zögerte einen Augenblick.

»Ja, es ging um eine Frau«, sagte er dann verträumt.

»Wie immer.«

»Ja, wie immer ...«

Wieder fuhr er sich mit der Hand über das geschwollene und erschöpfte Gesicht.

»Ich werde es dem Untersuchungsrichter mitteilen. Aber jetzt . . .«

Er sah mich vertrauensvoll an, und plötzlich wurde er gesprächig:

»Sie scheinen kein schlechter Kerl zu sein. Ihre Intuition hat Sie nicht getäuscht. Ja, ich habe Favereau getötet, und zwar genau so, wie Sie es geschildert haben: mit dem Bandmaß, das ich mit einem Gift präpariert hatte. Ein italienisches Gift . . .«

»Borgia«, murmelte ich und dachte an den Gerichtsmediziner. Er würde sehr mit sich zufrieden sein.

»Ich habe das Gift auf einer Reise durch Italien kennen gelernt. Zu Hause habe ich es analysiert und dann selbst hergestellt. Chemie ist mein Steckenpferd, müssen Sie wissen . . . Tja, so war das. Und das Motiv . . . Es kostet mich sehr viel Überwindung, darüber zu sprechen . . . Nicht dass Sie meinen, ich würde es bereuen!«, rief er plötzlich lebhaft. »Nein, ich bereue es nicht! Seit mehr als einem Jahr denke ich jetzt schon daran, mich zu rächen. So lange habe ich nämlich das Gift. Ach, es waren wunderbare Monate . . . Sich vorzustellen, wie Favereau stirbt, von meiner Hand! Und dann, als es tatsächlich geschehen war . . . Verstehen Sie mich recht, es ist nicht die Angst vor der Strafe. Ihnen kann ich's ja sagen, Sie sind kein richtiger Flic. Nein, es ist etwas anderes. Der Gedanke, ein menschliches Leben ausgelöscht zu haben, ist mir unerträglich. Dass ich mich zum Richter aufgeworfen habe . . . Viele Leute werden die Beweggründe meiner Tat nicht verstehen. Das ist eine Sache der Moral.«

»Ich verstehe Sie«, versicherte ich ihm. »Aber unsere Gesellschaft . . .«

»Unsere Gesellschaft ist zum Kotzen«, fauchte er.

»Einverstanden, aber was können wir tun? Haben Sie noch nie von diesen Revolutionären gehört, die die Gesellschaft verändern wollen? Nachher ist es dann schlimmer als vorher. Also, vergessen Sie's und lassen Sie die Karre einfach laufen!«

»Der Mensch ist eine Fehlkonstruktion«, sagte der Kameramann kopfschüttelnd. »Jemanden wie Favereau umzubringen, sollte einem keine Gewissensbisse verursachen.«

»Ja, verdammt noch mal, dann haben Sie doch keine!«

Ich klopfte ihm aufmunternd auf die Schulter.

»Wenn ich Sie wegen Ihrer Tat beglückwünsche, würde Sie das wieder aufrichten?«, fragte ich. »Ja? Also dann: Herzlichen Glückwunsch! Und ich bin nicht der Einzige, der so denkt, das können Sie mir glauben ... So, jetzt atmen Sie mal kräftig durch, und dann gehen wir zum Kommissar. Vor allem: Lassen Sie den Kopf nicht hängen! Abgerissen wird er Ihnen wohl kaum. Mildernde Umstände und Erkundigungen über den Lebenswandel des Opfers sind allgemein üblich.«

»Ach, das ist mir egal«, erwiderte er schwach. »Dieser Dreckskerl hat mein Leben sowieso ruiniert.«

Er nahm meine Hand und drückte sie herzlich.

»Lachen Sie nicht! Ich bin Ihnen wirklich dankbar dafür, dass Sie mich überführt haben. Ich hätte nicht gewusst, was ich tun sollte. Ich ...«

Resigniert hob er die Schultern.

»Gehen wir«, sagte ich.

Lucien Aulagnier erhob sich wie ein Automat. Er wühlte in seiner Tasche und zog ein paar zerknitterte Hundertfrancscheine hervor, um sie gleich wieder einzustecken. Seine Augen glänzten eigenartig.

»Ich habe zwanzigtausend Francs in meiner Brieftasche«, sagte er mit einer Geste zum Nebenzimmer hin. »Mein gesamtes Vermögen. Ich möchte ...«

Ich pfiff anerkennend durch die Zähne.

»Aber, aber, Monsieur Aulagnier!«, lachte ich. »Sie sind ein hervorragender Schauspieler. Wollen Sie die Nachfolge Ihres Opfers antreten? Haben Sie geglaubt, Sie könnten mich kaufen? Bedaure. Sie kommen nicht zu spät, sondern zu früh! Nach meinem x-ten Fall werde ich so ein Angebot sicher gerne annehmen, aber ich bin neu in der Branche. Den Mörder des berühmten Filmstars zu entlarven, seinen Namen *urbi et orbi* zu verkünden und dafür in den Zeitungen als Held gefeiert zu werden, das hat für mich einen unendlich größeren Wert als Geld. Sie sehen, auch ich schlage mich mit moralischen Problemen herum.«

»Sie haben mich missverstanden«, entgegnete der Kameramann ernsthaft betrübt. »Ich wollte Sie nicht bestechen. Aber seitdem *er* tot ist, fühle ich mich, als wäre ein Rudel Wölfe hinter mir her. Ihr Verhalten mir gegenüber hat mir sehr geholfen.«

Mit einem traurigen Lächeln strich er sich über die Nase.

»Ich meine nicht Ihre Faustschläge ... Ich spreche von Ihrem ... Verständnis. Und deswegen wollte ich mich erkenntlich zeigen. Ich brauche nichts mehr, am wenigsten Geld. Das finanzielle Opfer ist also keines ...«

»Hören Sie auf mit dem Quatsch«, beendete ich schroff seine Dankesrede.

Wir gingen ins Nebenzimmer hinüber. Aulagnier nahm seine Weste von der Stuhllehne und zog sie an. Plötzlich hielt er mir ein Bündel Geldscheine entgegen.

»Hier, nehmen Sie«, sagte er gleichgültig.

Ich blickte ihm wortlos ins Gesicht, ein wenig verlegen. Um etwas zu tun, steckte ich mir meine Pfeife in den Mund, ohne sie anzuzünden.

»Nehmen Sie«, wiederholte er.

Verdammt, das war wirklich verlockend! Ich beschwor den Geist eines alten Schulmeisters, der gleichzeitig den

Rang eines Teufelsaustreibers bekleidet hatte; sagte mir, dass man der Moral, die mich dieser Lehrer gelehrt hatte, eine Chance geben müsse, sagte mir aber auch, dass man nicht übertreiben solle (einer der Lieblingssätze des verstorbenen Pädagogen), dass der Mörder vielleicht untröstlich sei, wenn ich sein Angebot ausschlüge, und falls er darauf bestehen werde …

Er bestand darauf. Lucien Aulagnier war der geborene Menschenfreund, was er bereits mit dem Mord an Favereau bewiesen hatte.

»Nehmen Sie«, sagte er zum dritten Mal.

Ich nahm. Meine Hand zitterte leicht.

»Das ist nur geliehen«, glaubte ich erklären zu müssen. »Aber ich warne Sie: Ich neige dazu, ständig pleite zu sein! Es ist wirklich nicht klug, mir eine solche Summe anzuvertrauen. Werd mich bemühen, hübsch darauf aufzupassen. Wenn Sie in Untersuchungshaft sitzen, werde ich Ihnen mit dem Geld einen fähigen Anwalt besorgen.«

Seine Antwort war eine unbestimmte Geste, und jetzt war er es, der sagte:

»Gehen wir.«

Er öffnete die Tür. Ich folgte ihm, die Banknoten in meiner Tasche und meine Hand darauf.

Als wir auf der kleinen Plattform standen, sah ich Kommissar Petit-Martin, begleitet von Marc Covet, quer durch den großen Aufnahmeraum G stapfen. Immer noch auf der Suche nach dem unauffindbaren Täter! Und wahrscheinlich wieder auf einer Spur, die im Sand verlief …

Trotz des Höllenspektakels, das die Bühnenarbeiter veranstalteten, versuchte ich, die Aufmerksamkeit der beiden auf mich zu lenken. Instinktiv hob der Kommissar den Blick in Richtung Plattform. Ich sah, wie er zusammenzuckte und mit den Armen wedelte. Der Journalist tat das Gleiche und stieß noch zusätzlich einen Schrei aus.

In diesem Augenblick krachte es. Gips spritzte, Glas splitterte, ein Teil der Kulisse fiel unter einem Gewicht in sich zusammen.

Mich durchlief ein unangenehmer Schauer. Ich sprang zurück, griff nach dem Geländer und fiel, mehr als dass ich mich setzte, auf die Eisentreppe.

Auf der Plattform stand niemand mehr. Entweder hatte Lucien Aulagnier in seinem Kummer nicht daran gedacht, dass es keine Brüstung gab, oder . . .

Ich stand auf und sah nach unten. Man hätte meinen können, der Eisenträger, der den Fall des Kameramanns aufgehalten hatte, warte nur auf dieses Signal, um unter dem Gewicht nachzugeben. Der Körper prallte auf dem harten Zement auf. Die Bühnenarbeiter stürzten herbei.

»Und nun?«, brüllte der Kommissar in die beklemmende Stille hinein.

Er hatte von der siebten freien Kunst gehörig die Nase voll.

»Er ist tot, oder?«, fragte ich. »Dann hat die Gerechtigkeit also ihren Lauf genommen, wie man so sagt. Werd's Ihnen erklären, Kommissar . . .«

Und so wurde die Agentur Fiat Lux gegründet, Direktor: Nestor Burma. Mit dem Geld eines wenig sympathischen Zeitgenossen und dem seines Mörders. So verlangte es zweifellos die Moral, deren Absichten und Pläne unergründlich sind.

Mein Freund Laviolette

Pierre Magnan

Mein Freund Laviolette hatte mich eingeladen, zu sich nach Hause, nach Piégut, einem Dorf über der Durance. »Die Drosseln ziehen durch«, hatte er mir geschrieben, »Zeit, in sich zu gehen . . .«

An einem Wintermorgen kam ich an.

»Ich esse sie mit schlechtem Gewissen«, gestand er mir. »Aber wie soll man der Erinnerung widerstehen, die sie wachrufen? Bei jedem Bissen steigt mir der Duft des Wacholders in die Nase, und mit ihm stehen die Toten auf in einem Geruch nach feuchtem Samt. Dann begegne ich den Jägern in meiner Familie: Onkel Marius . . . meinem Urgroßvater . . . Übrigens mochten auch sie Drosseln lieber lebend, aber wie sollten sie sich dem Reiz jener kuriosen Steinkonstruktionen entziehen, die sie *Lèques* nannten?«

»Ich habe einige gesehen, in der Gegend um Piégut. Das sind doch diese großen, flachen Steine, die von ein paar Stöckchen gestützt und im Gleichgewicht gehalten werden?«

»Richtig. Über einem zweiten flachen Stein, auf dem man ein paar Beeren vom roten Wacholder ausgestreut hat. Die gierige Drossel stürzt sich drauf, flatternd bringt sie das wacklige Gebilde zum Einsturz und kriegt den oberen Stein auf den Kopf . . .«

Die Empörung meiner Seele kam reichlich spät; immerhin schob ich meinen – leider schon zu drei Vierteln geleerten – Teller weit von mir und wandte mich zum Fenster hin, durch das man auf das Tal hinuntersah.

Mein Blick wanderte über die braunen Hügel von Venterol und Curbans. Dort wachsen fast nur Eichen, und das Einzige, was im stumpfen Winter ein wenig leuchtet, sind die blauen Beeren der Schlehen vor dem helleren Dickicht.

Laviolette füllte mein Glas mit jenem Wein aus Remollon, der dunkel ist wie die vulkanische Erde, der er seine Eigenschaften verdankt.

»Vielleicht«, sagte Laviolette, »fragen Sie sich, womit ich meine Zeit verbringe?«

»Wie käme ich dazu? Ich weiß, was ein Mensch von Format in sich selbst findet ...«

»Gewiss! Aber ich brauche dennoch ein kleines Zusatzelixier ... Ich habe meine Bücher ... die Musik ... ich habe Freunde ... alle jünger als ich und auch ein ganz klein wenig anstrengend ... Zuweilen verleiten sie mich zu Dingen, die ich lieber nicht mehr ...« Er neigte sich zu mir, augenzwinkernd legte er mir die Hand auf den Schenkel. »Und im Übrigen«, sagte er, »habe ich meine Schöne aus Parma.«

»Ach, siehe da!«

»Verstehen Sie mich nicht falsch. Es handelt sich nicht um eine leibhaftige Italienerin, sondern um ein Gemälde. Es hängt im Museum in Gap.«

»Sie gehen ins Museum? Ich dachte, Sie seien für bildende Kunst unempfänglich.«

»Das dachte ich auch. Aber es gibt zwei Ausnahmen ...«

»Ja doch, ich erinnere mich: Breughel der Ältere und Brancusi!«

»Was Sie für ein Gedächtnis haben!«

Unsere trägen Blicke verweilten einen Moment bei den Blaumeisen, die sich in den Eichen verfolgten. Das war alles, was uns die im Alpenwinter brachliegenden Felder an Lebendigem bieten konnten.

»Wissen Sie«, sagte Laviolette, »das Bedürfnis, sie zu sehen, überkommt mich immer dann, wenn diese Landschaft ihre Farbe verloren hat. Es ist das Bildnis einer ganz jungen Frau, der vermutlich gerade ein Liebesgeständnis gemacht wurde und die ihre Verwirrung hinter einem Sträußchen Parmaveilchen verbirgt ...«

»Aber hören Sie mal!«, rief ich. »Was Sie mir da beschreiben, ist die *Poverella* von Reno! Steht sie nicht im Garten eines verfallenen Kreuzgangs? Das Bild hängt im Museum von Parma.«

»Sie steht in der Tat vor einem verfallenen Kreuzgang; um sie herum sind Blumen, Steine und wild wucherndes Gras. Und sie sollte tatsächlich im Museum von Parma hängen. Aber was ich von ihr kenne, ist lediglich eine Kopie, die im Museum von Gap hängt ... das übrigens fast nur Kopien von zweitrangigen Werken besitzt.«

»Mir scheint tatsächlich, dass ich da vor langem einmal eine ziemlich düstere *Meereslandschaft mit Okeaniden* gesehen habe ...«

»Genau das ist es ja: Die *Poverella* hängt ganz bescheiden unten rechts von diesem grandiosen Schinken. Und genau an dieser Stelle wurde vor zwei Jahren die Leiche des Museumsdirektors gefunden ... Es war an einem Wintertag wie heute ... Ich tat damals Dienst in Gap, bei der Kriminalpolizei, und stand kurz vor der Pensionierung. Ich wurde herbeigerufen. Das Opfer war mit einem stumpfen Gegenstand erschlagen worden, der bei der Obduktion als Reifenheber identifiziert worden war, aber nie gefunden wurde. Der Mann lag auf dem Bauch und war ganz offensichtlich nicht auf der Stelle tot gewesen. Er hatte sich noch ein Stück in Richtung Mauer geschleppt.

Und merkwürdigerweise lag sein Arm über den Kopf hinausgestreckt, so als hätte er sich zu allerletzt noch um etwas bemüht. Der Zeigefinger wies auf einen leider unpräzisen Punkt auf der Bilderwand, irgendwo zwischen besagter öder Meereslandschaft und der *Poverella* . . .«

»Vielleicht hatte sich der Arm im Todeskampf noch verschoben.«

»Wahrscheinlich. Aber darauf achtete ich kaum. Um ganz ehrlich zu sein: Das einzige heftige Gefühl, an das ich mich noch erinnere, ist meine Begegnung mit der *Poverella* . . . Leidenschaft auf den ersten Blick . . .«

»Mal abgesehen von Ihren Gefühlsregungen . . . haben Sie den Täter gefunden?«

»Es war ein sonderbares Verbrechen. Ohne Motiv. Eine Tür war aufgebrochen worden, vermutlich mit der Tatwaffe. Der Museumsdirektor lebte alleine. Er führte ein sehr ruhiges Leben. Man vermutete – er trug einen Morgenmantel –, dass er ein Geräusch gehört und seine Angreifer dabei ertappt hatte . . . Ja, wobei eigentlich? Es war nichts, absolut nichts gestohlen worden. Alle Bilder waren da. In den Sammlungen des Museums fehlte keine einzige Gewandspange, kein Fossil, kein Votivlämpchen.«

»Der Museumsdirektor hätte die Täter also vor dem Diebstahl erwischt und – «

»Kaum anzunehmen. Bei diesem Einbruch waren echte Profis am Werk. Eine Leiche hätte sie nicht zur Flucht veranlasst. Nein, sie waren mit einer ganz bestimmten Absicht gekommen, aber mit welcher?«

»Sie haben das nie herausgefunden?«

»Seien Sie nicht so ungeduldig. Es gab zwei kümmerliche Indizien: Die Leiche deutete mit dem Finger auf die Bilderwand und am Revers ihres Morgenrocks hing ein gerollter Span . . .«

»Sie meinen, so ein Hobelspan, wie man sie zum Verpacken von zerbrechlichen Gegenständen benutzt?«

»Ganz richtig. Im Übrigen gab es doch noch ein weiteres Indiz: Hundertfünfzig Meter vom Museum entfernt waren im Schlamm eines unbebauten Geländestückes die Spuren eines schweren Lkw's zu erkennen ... Aber wer hätte schon an einen Lkw gedacht ...«

»... da sie ja nichts mitgenommen hatten ...«

»Scheinbar nicht. Aber ... Bevor ich Ihnen das Ende der Geschichte erzähle – lassen Sie uns doch zum Museum nach Gap fahren. Als Kenner können Sie mir ja vielleicht sagen ...«

Er fuhr langsam. Er sprach wie zu sich selbst:

»Wie soll man zwischen Gewissensbissen und Bedauern unterscheiden? Ich bin seitdem sicher dreißigmal hingegangen, zu dieser *Poverella* ...«

»Warum reden Sie von Gewissensbissen?«

»Das Gefühl ist ganz neu. Vor ein paar Monaten hätten Sie mich ganz munter und fidel angetroffen. Aber im vergangenen Frühling hat sich in unseren Tälern Schlimmes ereignet ... Nun ja! Eigentlich sind wir daran gewöhnt! Aber in dem Fall war es doch ziemlich ungewöhnlich ... Ein sehr harter Winter ... Außergewöhnlich starke Schneefälle. Die Straßenmeisterei war überfordert. Und um den 15. März herum ging es ganz plötzlich los mit der Schmelze! Und es regnete sintflutartig. Auf zweitausend Metern Höhe herrschten Temperaturen von über vierzehn Grad. Können Sie sich das vorstellen? Nein, das können Sie nicht. Da ist ein ohrenbetäubender, erschreckender Radau. In den Dörfern versteht man sein eigenes Wort nicht mehr. Brücken werden von der Flut fortgerissen. Es ist kein Wasser mehr, das da fließt, es ist wie flüssiger Beton, was die

Wasserfälle herunterkommt und am Grunde der Sturzbäche dahinrollt. Und wenn sich diese entfesselte Masse über unsere ohnehin nicht sehr wetterfesten Straßen hermacht, dann bleibt vom Asphalt nur noch ein Flickenteppich übrig. In einer jener Nächte fuhr ein italienischer Lastwagen von Larche in Richtung Barcelonnette herunter. Im Regen, im Nebel, beim Geräusch des Wildbachs verschwand die Straße plötzlich vor seinen Rädern, trotz seiner sechs Paar Scheinwerfer. Er stürzte rettungslos in die Ubayette, die in diesem Moment sicher acht Meter Wasser führte ... Erst drei Tage später konnte man ihn bergen.

Die Leichen der beiden Fahrer lagen unter sechs Kubikmetern Geröllschlamm begraben, der durch die zerschlagenen Scheiben der Fahrerkabine hereingebrochen war. Dieses Drama war eines von vielen in jener Nacht, aber es war das tragischste. Ich beklagte es in alle Ruhe bei mir zu Hause unter einem sicheren Dach, am Kamin, die Zeitung vor mir ausgebreitet ... Drei Tage später allerdings kam der Schock. Die Schlagzeile über drei Spalten lautete: ›Wiedergefunden im Flussbett der Ubayette: die im vergangenen Jahr in Parma gestohlene *Poverella*‹ ...«

»Moment mal!«, rief ich. »Ich erinnere mich tatsächlich an diesen Diebstahl. Davon war mindestens vierzehn Tage lang die Rede ...«

»Nun, ich hatte ihn vergessen! Oder ich hatte nie davon gehört. Die Geschichte hatte sich in Italien ereignet, außerhalb meiner kleinen Welt, und es ging um ein Gemälde, das mir damals noch gleichgültig war. Meine Begegnung mit der *Poverella* ereignete sich erst einige Monate nach diesem Diebstahl, als der Museumsdirektor ermordet wurde. Dann aber, im Augenblick, als ich diese Schlagzeile las, eilte ich nach Barcelonnette, wo ich gute Beziehungen zum Chef der Gendarmerie hatte. Ich war vorweg schon hingerissen beim Gedanken, das Original meiner so jäh entfachten Leidenschaft zu sehen. Ich stieß auf einen regelrechten Aufruhr in der Gendarmerie-Kaserne. Nicht weniger als sechs Experten, drei französische und drei italienische, begutachteten jammernd einen immer noch prächtigen, wenngleich sehr stark beschädigten, vor allem aber unwiderruflich leeren Bilderrahmen ... Der Chef erklärte mir, man habe ihn mitten im breiten Wildbach entdeckt, von einem kantigen Felsen festgehalten, hundert Meter unterhalb des italienischen Lkw's. In den ersten Tagen hatte man zwar noch ein paar Fetzen Leinwand erkannt, aber die Strömung war derartig rabiat, dass man eine Woche lang nicht herangekommen war. Was man endlich ans Ufer holte, war der nackte Rahmen. Gischt, Wind, Kälte, hin und wieder hochgeschleuderte Steine hatten alles mitgenommen. Für die Echtheit des Bildes bürgten allein dieser Rahmen und das darauf befestigte kleine Kupferschildchen mit der Inschrift: ›1526 – RENO – *La Poverella.*‹«

»Wie schreklich für ein Meisterwerk, so im Wasser zu enden!«

»Es war furchtbar für mich, der ich es liebte, sogar als Kopie. Ich betrachtete stumm diesen leeren Bilderrahmen, als handle es sich um die Leiche eines Freundes. Mein Kummer war genauso groß wie der der versammelten Gutachter.«

»Also war es der italienische Lastwagen, der das Bild transportierte?«

»Ja. Der Chef der Gendarmerie erklärte mir, dass die Fahrer zwei Vorbestrafte waren, die anhand ihrer Fingerabdrücke identifiziert werden konnten. Ihre Spur hatte man in einer Scheune oben am Berg über Larche wiedergefunden, wo sie das Bild vermutlich gleich nach dem Diebstahl versteckt und aller Wahrscheinlichkeit nach gerade wieder abgeholt hatten, unmittelbar vor ihrem Tod ... und dem der *Poverella*.«

»Trösten Sie sich. So bleibt immer noch die Kopie.«

Er nickte zweifelnd.

»Ja, die bleibt mir ...«, sagte er. »Die bleibt mir ...«

Er hatte soeben seinen Wagen vor dem Museum angehalten.

Bevor wir eintraten, fasste er mich am Arm und flüsterte:

»Was immer Sie empfinden werden, beherrschen Sie sich ...«

Er führte mich durch dieses Provinzmuseum, das in seiner Bescheidenheit durchaus Würde ausstrahlte, hin zu der Bilderwand, die seine Leidenschaft war. Auf der Stelle sah ich, wie sich mitten im Grau der gewiss achtbaren Bilder das Licht eines Meisterwerks auftat, wie ein Fenster zum blauen Himmel.

Beinahe hätte ich einen lauten Ausruf getan oder wäre wie vor einer Erscheinung auf die Knie gefallen. Ich erinnerte mich gerade noch an Laviolettes Mahnung. Die paar harmlos schlendernden oder über die Schaukästen gebeugten Besucher bekamen von meiner jähen seelischen Verwirrung nichts mit. Ich nahm Laviolette beim Arm und zog ihn in eine stille Ecke.

»Was soll das?«, fragte ich ihn leise. »Was ist das für eine Täuschung? Das hier ist das Original des Bildes! Dieses heitere Licht, das Reno geschaffen hat, das kann keiner nachahmen! Auch den verstohlenen Blick könnte niemand noch einmal so treffen. Und genauso wenig die Art, wie er diese Grashalme und diese Wiesenblumen vor dem zerfallenen Kreuzgang durch einen Sonnenstrahl trennt! Das, eine Kopie? Erzählen Sie das einem anderen! Das ist die echte *Poverella*, so wie ich sie als junger Mensch zehnmal und mehr im Museum in Parma gesehen habe!«

Ich betrachtete ihn eingehend und argwöhnisch. Er sah mir geradewegs in die Augen.

»Nicht wahr?«, sagte er. »Mir kam auch schon der Gedanke, dass ich mich in eine schlichte Kopie nicht hätte verlieben können ...«

Er zog mich zum Ausgang, und erst im Auto, auf dem Weg zurück nach Piégut, sprach er:

»Wenn Sie Recht haben – und die Umstände sind so, dass ich es glaube –, liegt der Schlüssel des Geheimnisses am Grund der Ubayette, aber wir können versuchen, ohne diesen Schlüssel auszukommen. Meines Erachtens sind die beiden vorbestraften italienischen Fahrer die Mörder des vor zwei Jahren umgekommenen Museumsdirektors. Er muss sie vor der *Poverella* ertappt haben, als sie im Bilderrahmen gerade die Kopie durch das Original ersetzt hatten. Und das ist der Grund, weshalb er verzweifelt mit dem ausgestreckten Zeigefinger auf das Gemälde deutete. War das nicht ein idealer Ort, um ein gestohlenes Bild zu verbergen, die Wand eines Museums, an der eine höchst achtbare Kopie hing? Man ersetzt das eine durch das andere, und wenn sich die Wellen geglättet haben, kehrt man zurück mit der Kopie, schleicht sich erneut ins Museum ein und macht den gleichen Tausch noch mal, nur in die andere Richtung. Dann geht es nur noch darum, ein Treffen mit dem venezolanischen Reeder oder dem arabischen Scheich zu vereinbaren, der das Bild haben wollte.

»Diese Erklärung haben Sie sich aber nicht eben jetzt zurechtgelegt ...«, sagte ich.

»Ich habe Sie hergebeten, um die Bestätigung zu hören.«

»Dann ... Dann wissen Sie das seit acht Monaten? Und haben geschwiegen?«

Vorsichtig nahm Laviolette eine schwierige Kurve und antwortete erst danach:

»Gerechtigkeit ist widerfahren«, sagte er. »Die Leichen der Mörder wurden den Familien übergeben. Nie hätten sich Geschworene für eine so radikale Strafe entschieden. Der Museumsdirektor ist gerächt.«

»Aber das Gemälde ... das Museum in Parma ...«

»Parma ist weit weg ... Können Sie sich vorstellen, dass ich jedesmal sechshundert Kilometer fahre, um das Meisterwerk zu bewundern, in das ich mich verliebt habe? Ach, ich weiß ja, dass es nur ein Traum ist. Eines Tages wird irgendein Fachmann während seines Urlaubs an einem Regentag dieses Museum betreten, um sich die Zeit zu vertreiben, und dann wird es ans Licht kommen ...«

»Aber der neue Museumsdirektor? Der muss doch selbst ...«

»Wir treffen uns manchmal, vor der *Poverella*. Eines Tages hat er mich sogar angesprochen: ›Das ist doch eine bemerkenswerte Kopie, finden Sie nicht?‹, hat er zu mir gesagt. ›Zum Glück bleibt die uns.‹ Und wir haben es vermieden, einen Blick zu tauschen.«

Yvette

Guy de Maupassant

1

Beim Verlassen des Café Riche sagte Jean de Servigny zu Léon Saval: »Wenn es dir recht ist, gehen wir zu Fuß. Das Wetter ist viel zu schön, als dass wir eine Droschke nehmen sollten.«

Und sein Freund antwortete: »Mit tausend Freuden.«

Jean fuhr fort: »Es ist kaum elf, wir kämen lange vor Mitternacht hin; also lass uns langsam gehen.«

Auf dem Boulevard wimmelte eine bewegte Menge, jene Masse, wie sie in Sommernächten sich hinschiebt, wie ein Fluss murmelt und strömt und voller Wohlsein und Freude ist. Hier und dort warf ein Café einen hellen Lichtschein über die Trinkenden; sie saßen auf dem Bürgersteig an kleinen Tischen voller Flaschen und Gläser und versperrten durch ihr enges Nebeneinander den Durchgang. Und auf dem Fahrdamm durchglitten die Droschken mit den roten, blauen oder grünen Laternenaugen die blendende Helle der erleuchteten Caféfenster; es erschien für eine Sekunde die magere, trabende Silhouette des Pferdes, das Profil des hoch sitzenden Kutschers und der dunkle Wagenkasten. Die der Droschkengesellschaft »Urbaine« bildeten mit ihren gelben, vom Licht getroffenen Seitenflächen helle, schnell vorübereilende Flecken.

Die beiden Freunde gingen langsamen Schrittes, im Frack, die Zigarre im Mund, den Mantel über dem Arm, eine Blume im Knopfloch und den Zylinder ein wenig aufs Ohr gerückt, wie man ihn aus Lässigkeit bisweilen trägt, wenn man gut zu Abend gegessen hat und der Wind einen lau umweht.

Seit ihrer Schulzeit verband sie eine enge, aufrichtige, verlässliche Zuneigung.

Jean de Servigny war klein, schlank, schon ein bisschen kahl, ein bisschen hinfällig, sehr elegant, mit gewelltem Schnurrbart, hellen Augen, fein geschnittenen Lippen; er war einer der Nachtmenschen, die auf dem Boulevard zur Welt gekommen und groß geworden zu sein scheinen, unermüdlich, obwohl er stets erschöpft wirkte, kräftig trotz seines blassen Gesichts, einer der schmächtigen Pariser, denen Gymnastik, Fechten, kalte Duschen und Dampfbäder eine nervöse, eingebildete Kraft haben zuteil werden lassen. Er war durch seine Liebesnächte ebenso bekannt wie durch seinen hellen Kopf, sein Vermögen, seine Beziehungen, seinen Hang zur Geselligkeit, seine Liebenswürdigkeit, seine weltmännische Galanterie – Züge, wie sie gewissen Männern eigentümlich sind.

Überdies war er ein echter Pariser, leichtlebig, skeptisch, wandelbar, leicht hinzureißen, energisch und unentschlossen, zu allem und zu nichts fähig, egoistisch aus Grundsatz und freigebig und großherzig aus jähen Anwandlungen heraus; er verzehrte maßvoll seine Zinsen und amüsierte sich, ohne seine Gesundheit zu schädigen. Er war zugleich gleichgültig und leidenschaftlich; er ließ sich unaufhörlich gehen und fing sich wieder; einander widersprechende Instinkte suchten ihn heim, und allen gab er nach, um letztlich seiner Vernunft zu gehorchen, der eines verschlagenen Lebemanns, dessen Wetterfahnenlogik darin bestand, dass er sich mit dem Wind drehte und Nutzen aus den Umständen zog, ohne sich erst die Mühe zu machen, sie zu schaffen.

Sein ebenfalls vermögender Kamerad Léon Saval war einer der prächtigen Kolosse, nach denen die Frauen auf der Straße sich umdrehen. Er machte den Eindruck eines Mensch gewordenen Denkmals, eines typischen Beispiels für die gesamte Menschenrasse, wie eins der Musterbeispiele, die auf Ausstellungen geschickt werden. Er war viel zu schön, viel zu groß, viel zu breit, viel zu stark, und so sündigte er denn ein wenig aus dem Übermaß von alledem heraus, dem Übermaß an hervorragenden Eigenschaften. Er hatte zahllose Liebesabenteuer hinter sich.

Als sie am Vaudeville anlangten, fragte er: »Hast du die Dame benachrichtigt, dass du mich bei ihr einführen willst?«

Servigny fing an zu lachen: »Die Marquise Obardi benachrichtigen! Benachrichtigst du etwa den Omnibuskutscher im Voraus, dass du an der Boulevardecke in seinen Wagen steigen möchtest?«

Da fragte der ein wenig betroffene Saval: »Was hat es eigentlich mit der Dame auf sich?«

Und sein Freund antwortete:

»Sie ist ein Parvenü, eine Hochstaplerin, eine charmante Nutte, von der keiner weiß, woher sie stammt, und die eines Tages, ohne dass man wüsste, wie, in der Welt der Glücksritter erschienen ist und sich darauf verstanden hat, dort Figur zu machen. Außerdem: Was geht uns das an? Es heißt, ihr wahrer Name, ihr Mädchenname, weil sie nämlich unter allen Titeln und Ansprüchen, bis auf die Unschuld, Mädchen, also unverheiratet geblieben ist, sei Octavie Bardin; daher Obardi – sie hat einfach den ersten Buchstaben ihres Vornamens beibehalten und den letzten ihres Vatersnamens unter den Tisch fallen lassen.

Übrigens ist sie eine liebenswürdige und liebenswerte Frau, und du wirst, deines Äußeren wegen, unbedingt ihr Liebhaber werden. Herkules wird nicht bei Messalina eingeführt, ohne dass es zu etwas kommt. Ich bemerke indessen, dass der Eintritt in ihr Haus mit keinerlei Kosten verbunden ist, wie in Bazaren: Man ist nicht unbedingt gezwungen zu kaufen, was dort feilgeboten wird. Es gibt dort die Liebe und die Karten, aber es steht jedem frei, sich zu bedienen oder nicht. Auch das Weggehen ist nicht mit Unkosten verbunden.

Sie hat sich in der Gegend um den Étoile niedergelassen, einer verdächtigen Gegend, und zwar vor jetzt drei Jahren; und sie hält ihre Räume dem Abschaum der Kontinente offen, der zwecks Ausübung seiner mannigfachen, zu fürchtenden und verbrecherischen Talente nach Paris kommt.

Ich bin zu ihr gegangen. Wie und wieso? Das weiß ich nicht mehr. Ich bin hingegangen, wie wir alle in so etwas gehen, weil dort gespielt wird und weil die Frauen leicht zu haben sind und die Männer in schlechtem Ruf stehen. Ich habe nun mal eine Schwäche für diese Welt der Freibeuter mit einer Menge Orden; alle sind Ausländer, alle adlig, alle tragen Titel, alle sind bei ihren Gesandtschaften unbekannt, ausgenommen die Spione. Alle reden von Ehre um nichts und wieder nichts, ziehen ohne jeden Grund ihre Vorfahren an den Haaren herbei, erzählen bei jeder Gelegenheit ihre Lebensgeschichte, sind Aufschneider, Lügner, Gauner, gefährlich wie ihre Spielkarten, falsch wie ihre Namen, tapfer, weil es nicht anders geht, so wie Straßenräuber, die ihre Leute nur ausplündern können, indem sie ihr Leben aufs Spiel setzen. Mit einem Wort, es handelt sich um die Aristokratie der Zuchthäuser.

Ich bin versessen auf sie. Es ist hoch interessant, sie zu durchschauen, sie zu kennen; es ist amüsant, ihnen zuzuhören, weil sie häufig geistvoll sind und nie so banal wie französische Beamte. Ihre Frauen sind durchweg hübsch, mit einer Prise fremdländischer Durchtriebenheit, mit dem Geheimnis ihrer Vergangenheit, und die haben sie vielleicht zur Hälfte in Besserungsanstalten verbracht. Im Allgemeinen haben sie herrliche Augen und unvergleichliches Haar, das richtige Äußere für Gebrauchsgegenstände, eine Anmut, die berauscht, eine Verführungskraft, die zu Tollheiten treibt, einen kränklichen, unwiderstehlichen Zauber! Sie sind aufs Beutemachen erpicht wie die Konquistadoren alter Zeiten, sind Raubzeug, richtige, weibliche Raubvögel. Auch auf sie bin ich versessen.

Die Marquise Obardi ist der Inbegriff aller dieser eleganten Huren. Sie ist reif und noch immer schön, schmeichlerisch und raubkatzenhaft, man wittert, dass sie verworfen bis ins Mark ist. Man amüsiert sich köstlich bei ihr; es wird dort gespielt, getanzt, soupiert ... Kurzum, es wird bei ihr alles getrieben, was es an Freuden mondänen Lebens gibt.«

Léon Saval fragte: »Warst du oder bist du ihr Liebhaber?«

Servigny antwortete: »Ich war es weder noch bin ich es, noch werde ich es sein. Ich verkehre in ihrem Haus vor allem um ihrer Tochter willen.«

»Sieh da! Sie hat eine Tochter?«

»Und ob sie eine Tochter hat! Ein wahres Wunder, mein Lieber. Sie ist heute der eigentliche Anziehungspunkt dieser Lasterhöhle. Groß, herrlich, gerade reif, achtzehn Jahre, genauso blond wie ihre Mutter braun ist, immer fröhlich, immer zu Festen aufgelegt, immer mit üppigen Lippen lachend und mit hingegebenem Körper tanzend. Wer wird sie bekommen? Oder wer hat sie schon gehabt? Das weiß kein Mensch. Wir sind zehn, die da warten, die da hoffen.

Ein Mädchen wie sie, in den Händen einer Frau wie der Marquise, stellt ein Vermögen dar. Sie spielen vorsichtig, die beiden Frauenzimmer. Man kommt nicht dahinter. Vielleicht warten sie auf eine Gelegenheit ... eine bessere, als ich es bin. Aber auf eins kannst du dich verlassen: Wenn sich mir die Gelegenheit bietet, dann packe ich sie beim Schopf.

Dieses Mädchen, Yvette heißt sie, bringt mich übrigens völlig aus der Fassung. Man wird aus ihr nicht klug. Wenn sie nicht ein Ungeheuer an Verschlagenheit und Verderbtheit ist, das vollkommenste, dem ich je begegnet bin, dann ist sie sicherlich das wundervollste Phänomen an Unschuld, das sich denken lässt. Sie lebt in diesem infamen Milieu mit einer ruhigen, triumphierenden Ungezwungenheit, die entweder auf eine großartige Weise verrucht oder aber naiv ist.

Entweder ist sie der wundervolle, dem Misthaufen jener Welt entkeimte Sproß einer Abenteurerin, also wie etwa eine herrliche Pflanze, die sich von Unrat nährt, oder aber die Tochter irgendeines Mannes von hoher Rasse und Klasse, eines großen Künstlers oder großen Herrn, eines Fürsten oder eines Königs, der eines Nachts in das Bett der Mutter geraten ist; man kann weder begreifen, was sie ist, noch was sie denkt. Aber du wirst sie ja sehen.«

Saval musste lachen und sagte: »Du bist in sie verliebt.«

»Nein. Ich bin hinter ihr her; das ist etwas anderes. Übrigens werde ich dich mit den ernst zu nehmenden unter meinen Mitbewerbern bekannt machen. Aber ich habe merkliche Aussichten. Ich liege vorn; man bezeigt mir einige Gunst.«

Saval sagte nochmals: »Du bist verliebt.«

»Nein. Sie verwirrt mich, verführt mich, beunruhigt mich, zieht mich an und erschreckt mich. Ich misstraue ihr wie einer Falle, und ich habe Lust auf sie, wie man auf einen Sorbet Lust hat, wenn man durstig ist. Ich unterliege ihrem Zauber, und ich nähere mich ihr nur mit Besorgnis, die man einem Mann gegenüber empfindet, von dem es heißt, er sei ein geschickter Taschendieb. Bin ich mit ihr zusammen, so fühle ich mich geradezu unvernünftig von ihrer möglichen Reinheit angezogen und empfinde gleichzeitig ein sehr vernünftiges Misstrauen gegen ihre nicht minder wahrscheinliche Abgefeimtheit. Ich spüre, wie ich mich in Verbindung mit einem Ausnahmewesen befinde, einem Wesen, das außerhalb der naturgegebenen Regeln steht, das entweder köstlich oder verabscheuenswert ist. Ich weiß es wirklich nicht.«

Zum dritten Mal sagte Saval: »Ich sage dir: Du bist verliebt. Du redest von ihr mit der Emphase eines Dichters und den Lyrismen eines Troubadours. Also geh in dich, taste dein Herz ab und gesteh.«

Servigny tat ein paar Schritte, ohne zu antworten; dann fuhr er fort:

»Es könnte schließlich sein. Auf jeden Fall beschäftigt sie mich sehr. Ja, vielleicht bin ich verliebt. Ich denke zu viel an sie. Ich denke an sie beim Einschlafen und auch beim Aufwachen ... Das ist recht bedenklich. Ihr Bild folgt mir, verfolgt mich, begleitet mich ohne Unterlass; es ist immerfort vor mir, um mich, in mir. Ist sie Liebe, diese Besessenheit durch Körperliches? Ihr Gesicht hat sich mir so tief eingeprägt, dass ich sie vor mir sehe, sobald ich die Augen schließe. Jedes Mal, wenn ich sie sehe, bekomme ich Herzklopfen; das streite ich nicht ab. Ich liebe sie also, wenngleich auf eine absonderliche Weise. Ich begehre sie glühend, aber der Gedanke, sie zu meiner Frau zu machen, kommt mir wahnsinnig, dumm, ungeheuerlich vor. Außerdem habe ich ein bisschen Angst vor ihr, die Angst des Vogels, über dem ein Sperber kreist. Und ferner bin ich in Bezug auf sie eifersüchtig, eifersüchtig auf alles, was in diesem unbegreiflichen Herzen mir unbekannt ist. Und immerfort frage ich mich: ›Ist sie ein reizendes halbwüchsiges Mädchen oder eine erbärmliche, abgefeimte Nutte?‹ Sie sagt Dinge, die ganze Armeen zum Erbeben bringen könnten; aber das tun Papageien ebenfalls. Manchmal ist sie so schamlos oder unzüchtig, dass ich an ihre unbefleckte Reinheit glauben möchte, und manchmal völlig naiv, so unwahrscheinlich naiv, dass ich bezweifle, ob sie jemals keusch gewesen ist. Sie fordert mich heraus, sie stachelt mich an wie eine Kurtisane, und gleichzeitig ist sie auf der Hut wie eine Jungfrau. Sie scheint mich gern zu haben und macht sich über mich lustig; sie gehabt sich vor aller Öffentlichkeit, als sei sie meine Geliebte, und behandelt mich, wenn wir allein beieinander sind, als sei ich ihr Bruder oder ihr Diener.

Manchmal bilde ich mir ein, sie habe genauso viele Liebhaber wie ihre Mutter. Manchmal meine ich, sie habe nicht die leiseste Ahnung vom wirklichen Leben; verstehst du?

Übrigens ist sie eine begeisterte Romanleserin. Ich bin vorerst, im Warten auf mehr und Besseres, ihr Bücherlieferant. Sie nennt mich ›ihren Bibliothekar‹.

Jede Woche schickt ihr die ›Librairie Nouvelle‹ in meinem Namen sämtliche Neuerscheinungen, und ich glaube, sie liest sie alle in wildem Durcheinander.

Das muss in ihrem Kopf einen merkwürdigen Salat ergeben.

Dies Ragout von Lektüre hat vielleicht etwas mit dem sonderbaren Gehaben dieses Mädchens zu tun. Wenn man das Dasein durch fünfzehntausend Romane hindurch betrachtet, muss es einem in einem komischen Licht erscheinen, und man muss sich über die Dinge ziemlich abstruse Gedanken machen.

Was nun mich betrifft, so warte ich ab. Einerseits ist gewiss, dass ich nie zuvor in ein weibliches Wesen so verschossen gewesen bin wie in sie.

Auf der andern Seite steht fest, dass ich sie nicht heiraten werde.

Wenn sie also schon Liebhaber gehabt hat, dann bin ich einer mehr in der Reihe. Wenn sie keinen gehabt hat, dann erwische ich die Nummer eins, wie bei der Straßenbahn.

Der Fall ist einfach. Schwerlich wird sie heiraten. Wer sollte wohl die Tochter der Marquise Obardi, der Octavie Bardin, heiraten? Das täte niemand, und zwar aus tausend Gründen.

Wo sollte ein Mann für sie ausfindig gemacht werden? In der guten Gesellschaft? Das schaltet aus. Das Haus ihrer Mutter ist ein öffentliches Haus, in dem die Tochter als Lockvogel für die Kundschaft dient. Unter solcherlei Gegebenheiten heiratet man nicht.

In Bürgerkreisen? Kommt noch weniger in Frage. Und außerdem ist die Marquise keine Frau, die sich auf unsichere Spekulationen einlässt; sie würde Yvette endgültig nur einem Mann in glänzender Stellung und Lebenslage überlassen, und den dürfte sie nicht auftreiben.

In den niederen Schichten? Kommt überhaupt nicht in Frage. Die Lage ist also ausweglos. Die junge Dame gehört weder der großen Welt noch der Bourgeoisie noch dem Volk an; sie kann sich mit keiner dieser Gesellschaftsklassen durch den Ehering verbinden.

Durch ihre Mutter, ihre Herkunft, ihre Erziehung, ihre Erbmasse, ihre Gepflogenheiten, ihre Lebensgewohnheiten gehört sie zur gehobenen Prostitution.

Der könnte sie nur entrinnen, wenn sie Nonne würde, und das ist in Anbetracht ihres Charakters und ihrer Neigungen recht unwahrscheinlich. Also besteht für sie als Möglichkeit nur ein einziger Beruf: die Liebe. Dazu wird sie gelangen, sofern sie ihn nicht schon jetzt ausübt. Sie kann ihrem Schicksal nicht entrinnen. Aus einem jungen Mädchen wird sie ganz einfach zum mehr oder weniger öffentlichen

Mädchen. Und bei dieser Verwandlung möchte ich nur zu gern der Angelpunkt sein.

Ich warte ab. In sie verliebt sind viele. Du wirst dort einem Franzosen begegnen, Monsieur de Belvigne, einem Russen, der Fürst Krawaloff genannt wird, und einem Italiener, dem Cavaliere Valreali; sie haben sich unumwunden als Kandidaten aufstellen lassen und manövrieren dementsprechend. Außerdem scharen sich zahlreiche Strauchdiebe von minderer Bedeutung um sie. Die Marquise liegt auf der Lauer. Aber ich glaube, sie hat *mich* ins Auge gefasst. Sie weiß, dass ich sehr vermögend bin, und in den andern ist sie weniger bewandert.

Übrigens ist ihr Salon in Bezug auf das, was da zur Schau gestellt wird, unter allen mir bekannten in seiner Art der erstaunlichste. Man trifft dort sogar tadellose Leute, da wir ja hingehen, und wir sind nicht die Einzigen. Und die Frauen: Da hat sie zusammengeholt oder vielmehr ausgesondert, was es im Gemüsekorb der Brieftaschenplünderinnen an Vortrefflichem gibt. Wo sie sie aufgetrieben hat, ist unbekannt. Sie bilden eine Welt neben derjenigen der echten Huren, derjenigen der Boheme, neben allem, was sonst noch existiert. Zudem hat sie eine geradezu geniale Eingebung gehabt, indem sie sich nämlich vorzugsweise Abenteurerinnen mit Kindern aussucht, vor allem mit Töchtern, so dass ein Dummkopf meinen könnte, er befinde sich bei ihr in der Gesellschaft anständiger Frauen!«

Sie waren mittlerweile auf die Champs-Élysées gelangt. Eine leichte Brise glitt sanft durchs Laubwerk, strich dann und wann über die Gesichter, wie der weiche Luftzug eines riesigen Fächers, der irgendwo im Himmel bewegt wurde. Stumme Gestalten schlichen unter den Bäumen einher; andere saßen auf den Bänken und bildeten dunkle Flecken.

Und diese Schatten sprachen ganz leise, als vertrauten sie einander wichtige oder schändliche Geheimnisse an.

Servigny fuhr fort: »Du kannst dir die Sammlung von Phantasietiteln nicht vorstellen, denen man in jener Spelunke begegnet. Da fällt mir ein: Du musst wissen, dass ich dich als Graf Saval vorstellen werde; Saval allein würde mit schiefen, mit sehr schiefen Blicken aufgenommen werden.«

Der Freund rief: »Nein, zum Donnerwetter! Ich möchte nicht, dass man mich auch nur für einen einzigen Abend, und sei es bei diesen Leuten da, in dem lächerlichen Verdacht hat, ich wolle mir einen Titel anmaßen. Das schaltet aus.«

Servigny fing an zu lachen. »Wie albern von dir! Mich hat man da den ›Herzog von Servigny‹ getauft. Wieso und warum, ahne ich nicht. Immer und ewig bin und bleibe ich der Herr Herzog von Servigny, ohne dass ich mich deswegen beschwere oder protestiere. Es stört mich nicht. Denn sonst würde ich abscheulich verachtet.«

Doch Saval ließ sich nicht überzeugen. »Du bist ohnehin adlig, also kannst du es in Kauf nehmen. Ich aber will der einzige Bürgerliche in jenem Salon bleiben. Gleichgültig, wie ich dabei abschneide, ob gut oder schlecht. Es soll ein Merkmal meiner Vornehmheit sein ... und ... meiner Überlegenheit.«

Servigny ließ nicht locker. »Sei sicher, dass das unmöglich, absolut unmöglich ist, verstehst du? Es würde beinah ungeheuerlich wirken. Du würdest dich ausnehmen wie ein Lumpensammler bei einer Zusammenkunft von Kaisern. Lass mich nur machen, ich stelle dich als den Vizekönig des Oberen Mississippi vor, und keiner wird daran Anstoß nehmen. Wenn man schon großspurig auftritt, dann kann man gar nicht großspurig genug auftreten.«

»Nein, ich sage es noch einmal: Ich will das nicht.«

»Also gut. Im Grunde ist es dumm von mir, dass ich dich überreden will. Ich wette, du kommst dort nicht hinein, ohne dass dir ein Titel angehängt wird, wie am Eingang gewisser Läden den Damen Veilchensträuße überreicht werden.«

Sie bogen rechts in die Rue de Berri ein, stiegen zum ersten Stock eines schönen, modernen Stadthauses hinauf und überließen vier Dienern in Kniehosen ihre Mäntel und ihre Spazierstöcke. Ein warmer Festduft, ein Duft nach Blumen, Parfüms und Frauen, machte die Luft schwer; und aus den anstoßenden Räumen, von denen man spürte, dass sie voller Menschen waren, scholl ein wirres, beständiges Stimmenrauschen her.

Eine Art Zeremonienmeister, hoch gewachsen, kerzengerade, spitzbäuchig, gravitätisch, das Gesicht von weißen Bartkoteletten gerahmt, trat auf den neuen Ankömmling zu und fragte nach einer kurzen, stolzen Verneigung: »Wen darf ich melden?«

Servigny antwortete: »Monsieur Saval.«

Daraufhin öffnete der Mann die Tür und verkündete mit sonorer Stimme den Gästen: »Der Herr Herzog von Servigny. Herr Baron Saval.«

Im ersten Salon überwogen die Damen. Gleich als Erstes fiel einem eine Schaustellung nackter Busen über einer Flut von schimmernden Stoffen auf.

Die Herrin des Hauses, die mit drei Freundinnen plaudernd dastand, wandte sich um und kam majestätischen Schrittes auf sie zu; ihr Gang war voller Anmut, ihre Lippen lächelten.

Ihre schmale, sehr niedrige Stirn bedeckte eine Masse leuchtend dunklen Haars; es war dicht wie ein Vlies und verhüllte sogar ein wenig die Schläfen.

Sie war groß, etwas zu stark, etwas zu üppig, ein bisschen reif, aber sehr schön, von einer schweren, warmen, mächtigen Schönheit. Unter ihrem Haarhelm, der zum Träumen, zum Lächeln reizte, der sie auf eine geheimnisvolle Weise begehrenswert machte, taten sich zwei übergroße, ebenfalls sehr dunkle Augen auf. Die Nase war etwas zu klein, der Mund groß, unendlich verführerisch, geschaffen zum Sprechen und zum Erobern.

Ihr ganz besonderer Zauber lag übrigens in ihrer Stimme. Sie entströmte dem Mund wie Wasser einer Quelle, ebenso natürlich, ebenso leicht, so wohllautend, mit einem leicht metallischen Beiklang, so klar, dass man, wenn man sie vernahm, einen physischen Genuss empfand. Es war eine Freude fürs Ohr, den geschmeidigen Worten zu lauschen, die sie mit der Anmut eines dahinsprudelnden Bergbachs sich entfließen ließ, und es war eine Freude fürs Auge zu beobachten, wie sie, um dem, was sie laut werden ließ, freie Bahn zu schaffen, die schönen, ein wenig zu roten Lippen auftat.

Indem sie ihren an einer handgeschmiedeten Goldkette hängenden Fächer fallen ließ, reichte sie ihre Hand Servigny, der sie küsste, und die andere Saval, wobei sie zu ihm sagte: »Seien Sie willkommen, Baron; alle Freunde des Herzogs dürfen sich hier daheim fühlen.« Dann richtete sie den strahlenden Blick auf den Koloss, der ihr vorgestellt worden war. Auf der Oberlippe hatte sie einen kleinen, dunklen Flaum, einen Anhauch von Schnurrbart, der noch dunkler wirkte, wenn sie sprach. Sie roch gut; es war ein starker, berauschender Duft, der eines aus Amerika oder Indien stammenden Parfüms.

Andere Leute kamen, Marquis, Grafen oder Prinzen.

Mit der herablassenden Höflichkeit einer Mutter sagte sie zu Servigny: »Meine Tochter ist im nächsten Salon. Amüsieren Sie sich gut, Messieurs, mein Haus ist das Ihre.« Und sie trat von ihnen weg und ging den zuletzt Eingetretenen entgegen, wobei sie Saval einen lächelnden, flüchtigen Blick zuwarf, wie er den Frauen eigentümlich ist, wenn sie andeuten wollen, man habe ihnen gefallen.

Servigny nahm den Arm des Freundes. »Lass mich den Lotsen spielen«, sagte er. »Der Salon, in dem wir hier sind, der mit den vielen Frauen, ist der Tempel des Fleisches, möge es nun frisch sein oder nicht. Gelegenheitskäufe, fast neuwertig, oder sogar noch besser, hoch bewertet, in Pacht zu nehmen. Links das Spielzimmer. Der Tempel des Geldes. Da kennst du dich aus. Hinten wird getanzt: Dort ist der Tempel der Unschuld, das Sanktuarium, der Markt für junge Mädchen. Dort werden zu jedem Preis die Produkte jener Damen zur Schau gestellt. Sogar in legitime Verbindungen würde eingewilligt werden! Dort findet sich die Zukunft, die Hoffnung ... unserer Nächte. Und zugleich findet sich dort das Merkwürdigste in diesem Museum moralischer Krankheiten, nämlich diese kleinen Mädchen, deren Seelen ausgerenkt sind wie die Glieder der kleinen Clowns, der Sprösslinge von Akrobaten. Komm, wir wollen sie uns mal ansehen.« Er grüßte nach rechts, nach links, wohlerzogen, ein Kompliment auf den Lippen; er hüllte mit einem behenden Liebhaberblick jede dekolletierte Frau ein, die er kannte.

Im Hintergrund des zweiten Saals spielte ein Orchester einen Walzer; die beiden blieben an der Tür stehen und schauten zu. Etwa fünfzehn Paare drehten sich, die Männer ernst, die Tänzerinnen mit einem erstarrten Lächeln auf den Lippen. Wie ihre Mütter stellten sie sehr viel Haut zur Schau, und die Oberteile der Kleider wurden bei einigen nur durch ein ganz schmales Band über dem Armansatz gehalten; dann und wann glaubte man einen dunklen Fleck unter den Achselhöhlen wahrzunehmen.

Plötzlich eilte von hinten her ein hoch gewachsenes Mädchen herzu, schob sich durch alle hindurch, schubste die Tanzenden beiseite und hielt dabei mit der linken Hand ihre übermäßig lange Schleppe hoch. Sie lief mit kleinen, eilfertigen Schritten, wie Frauen in einer Menschenmenge laufen, und rief: »Oh, da ist ja Muskat! Tag, Muskat!«

Sie wirkte wie das blühende Leben, sie strahlte vor Glück.

Ihr helles, übergoldetes Fleisch, das einer Rotblonden, schien zu leuchten. Und die Fülle ihres auf dem Kopf zusammengerafften Haars, geröstegen, flammenden Haars wog schwer auf ihrer Stirn und belastete den biegsamen, noch ein wenig dünnen Hals.

Sie schien dazu geschaffen, sich zu regen und zu bewegen, wie ihre Mutter zum Sprechen geschaffen schien, so ungezwungen, nobel und schlicht waren ihre Gesten. Es war, als empfinde man eine innere Freude und ein körperliches Behagen, wenn man sie gehen, sich rühren, den Kopf neigen, die Arme heben sah.

Noch einmal sagte sie: »Oh, Muskat! Tag, Muskat.«

Servigny drückte ihr kräftig die Hand, wie einem Mann, und stellte vor: »Mam'zelle Yvette; mein Freund, der Baron Saval.«

Sie nickte dem Unbekannten zu, dann musterte sie ihn: »Guten Tag. Sind Sie immer so groß wie heute?«

Servigny antwortete in dem spöttelnden Ton, den er ihr gegenüber anzuschlagen pflegte, um sein Misstrauen und seine Ratlosigkeit zu tarnen: »Nein. Heute hat er seine größtmöglichen Dimensionen angenommen, um Ihrer Mama zu gefallen; sie liebt doch das Massige.«

Und das junge Mädchen antwortete mit komisch wirkendem Ernst: »Tadellos! Aber wenn Sie mal meinetwegen herkommen, dann machen Sie sich bitte ein bisschen kleiner; ich habe das Wedernoch am liebsten. Sehen Sie, Muskat, der entspricht etwa meinen Maßvorstellungen.« Und dann reichte sie einem neu Hinzutretenden ihre kleine, weit offene Hand. Darauf fragte sie: »Wollen wir tanzen, Muskat? Kommen Sie, ein Walzer.«

Servigny wurde, ehe er antworten konnte, mit einer raschen Geste weggezogen; er legte ihr den Arm um die Taille, und sogleich verschwanden sie mit dem Ungestüm eines Wirbelwinds.

Sie tanzten schneller als alle andern; sie drehten sich, drehten sich, schwangen herum, eng aneinander geschmiegt, als seien sie ein einziges Wesen, den Körper steif, die Beine fast reglos, als lasse ein unter ihren Füßen verborgener, unsichtbarer Mechanismus sie so umherflattern.

Sie schienen unermüdlich. Die andern Paare hielten nach und nach inne. Sie tanzten allein weiter, sie walzten eine kleine Unendlichkeit lang. Sie wirkten, als wüssten sie nicht mehr, wo sie seien, was sie täten, als seien sie dem Ball weit entrückt, in ekstatischer Verzückung. Und die Musiker spielten immer weiter und starrten auf dies rasende Paar; und alle sahen zu ihm hin, und als es endlich innehielt, wurde Beifall geklatscht.

Sie war jetzt ein wenig rot; ihre Augen schauten seltsam drein; es waren glühende und zugleich furchtsame Augen; sie schauten weniger keck drein als vorhin; verwirrte Augen, so blau und mit einer so schwarzen Pupille, dass sie alles andere als natürlich wirkten.

Servigny mutete an wie berauscht. Er lehnte sich an eine Tür, um seine Haltung wiederzugewinnen.

Sie sagte zu ihm: »Nichts zu machen, mein guter Muskat, ich vertrage mehr als Sie.«

Er lächelte nervös und verschlang sie mit dem Blick, im Auge und in den Lippenfalten tierisches Begehren.

Sie blieb vor ihm stehen und gab ihre entblößten Brüste, die sich atmend hoben, den Blicken des jungen Mannes preis. Sie fuhr fort: »Manchmal sehen Sie aus wie ein Kater, der gleich auf die Leute losspringt. Kommen Sie, geben Sie mir Ihren Arm, wir wollen wieder zu Ihrem Freund gehen.«

Stumm bot er ihr den Arm, und sie durchquerten den großen Raum.

Saval war nicht mehr allein. Die Marquise Obardi war zu ihm getreten. Sie sprach zu ihm mit ihrer bestrickenden, berauschenden Stimme mondäne Dinge, banale Dinge. Und indem sie ihn erdenklich tief ansah, schien sie ihm andere Worte zu sagen, als ihr Mund sie aussprach. Als sie Servigny gewahrte, nahm ihr Gesicht sogleich den Ausdruck des Lächelns an, und sie wandte sich ihm zu: »Sie müssen wissen, lieber Herzog, dass ich unlängst in Bougival eine Villa gemietet habe; ich will dort zwei Monate lang bleiben. Ich verlasse mich fest darauf, dass Sie mich besuchen. Bringen Sie Ihren Freund mit. Warten Sie, am Montag siedle ich dorthin über; wollen Sie beide am nächsten Samstag zum Abendessen kommen? Ich behalte Sie dann auch noch den ganzen folgenden Tag da.«

Servigny wandte jäh den Kopf zu Yvette hin.

Sie lächelte ruhig und heiter und sagte mit einer Selbstsicherheit, die kein Schwanken mehr zuließ: »Selbstverständlich kommt Muskat am Samstag zum Abendessen. Er braucht gar nicht mehr danach gefragt zu werden. Wir stellen draußen auf dem Land nichts als Dummheiten an.«

Er glaubte in ihrem Lächeln eine Verheißung entstehen zu sehen und in ihrer Stimme eine Absicht wahrzunehmen.

Die Marquise richtete die großen, dunklen Augen auf Saval: »Und kommen Sie auch, Baron?« Ihr Lächeln ließ keinerlei Zweifel offen.

Er verbeugte sich: »Nur zu gern, Madame.«

Yvette flüsterte mit naiver oder durchtriebener Bosheit: »Wir wollen da draußen überall Anstoß erregen, nicht wahr, Muskat? Und meine ganze Truppe in Wut versetzen.« Und sie bezeichnete mit dem Blick ein paar Herren, die sie aus der Ferne beobachteten.

Servigny antwortete: »So viel Sie wollen, Mam'zelle.«

Wenn er mit ihr redete, sprach er das Wort nie »Mademoiselle« aus, das geschah aus einer gewissen vertrauten Kameradschaft heraus.

Und Saval fragte: »Warum nennt Mademoiselle Yvette meinen Freund Servigny eigentlich immer ›Muskat‹?«

Das junge Mädchen setzte eine Unschuldsmiene auf: »Das tue ich, weil er einem immer aus der Hand schlüpft. Man glaubt, man halte ihn; aber man hat ihn nie.«

Lässigen Tons äußerte die Marquise, die sichtlich andern Gedanken nachhing und Saval nicht aus den Augen ließ: »Was sind diese Kinder komisch!«

Yvette wurde böse: »Ich bin nicht komisch; offen und ehrlich bin ich! Ich mag nun mal Muskat, und immer entzieht er sich mir; zu blöd ist das!«

Servigny verneigte sich tief. »Ich weiche nie wieder von Ihrer Seite, Mam'zelle, weder bei Tag noch bei Nacht.«

Sie machte eine Geste des Entsetzens: »Nein, nein, das ist denn doch! Bei Tag lasse ich Sie mir gefallen; aber bei Nacht würden Sie mich stören.«

Er fragte impertinent: »Wieso denn?«

Sie antwortete mit ruhiger Kühnheit: »Weil Sie wahrscheinlich ausgezogen nicht so gut aussehen.«

Die Marquise, der das nicht weiter nahe zu gehen schien, rief: »Aber das sind ja Unanständigkeiten! *So* unschuldig sind wir nun *doch* nicht!«

Und Servigny ergänzte spöttischen Tons: »Ganz meine Meinung, Marquise.«

Yvette starrte ihn an und sagte hochmütig und verletzt: »Jetzt haben Sie etwas sehr Unhöfliches gesagt; das passiert Ihnen seit einiger Zeit ziemlich häufig.«

Sie wandte sich ab und rief: »Cavaliere, stehen Sie mir bei, ich werde beleidigt.«

Ein magerer brauner Herr von trägem Gehaben kam heran. »Wer hat sich das unterstanden?«, fragte er mit gezwungenem Lächeln.

Sie deutete mit dem Kopf auf Servigny: »Der da; aber trotzdem ist er mir lieber als ihr alle, weil er weniger langweilig ist.«

»Man tut, was man kann. Vielleicht haben wir weniger Qualitäten, weniger Ergebenheit aber sicherlich nicht.«

Ein hoch gewachsener Mann mit einem Bauch und grauem Backenbart kam heran: » Ergebenster Diener, Mademoiselle.«

Sie rief: » Sieh da, Monsieur de Belvigne.« Dann wandte sie sich Saval zu und stellte vor: » Mein Bewerber en titre, groß, dick, reich und dumm. So sind sie mir die liebsten. Der reinste Tambourmajor ... am Hoteltisch. Ja, aber Sie sind ja noch ein ganzes Stück größer als er! Wie soll ich Sie nur nennen? Gut. Sie sind für mich Rhodos der Jüngere, des Kolosses wegen, denn der war doch sicher Ihr Vater. Ich glaube, Sie beide haben einander interessante Dinge zu erzählen, über die Köpfe der andern hinweg. Guten Abend!« Und sie ging lebhaften Schrittes zum Orchester hinüber und bat die Musiker, sie möchten eine Quadrille spielen.

Madame Obardi wirkte nachdenklich. Langsam, nur um etwas zu äußern, sagte sie zu Servigny: »Sie necken sie immer, davon bekommt sie einen schlechten Charakter und einen Haufen garstiger Fehler.«

Er entgegnete: »Dann sind Sie also mit Ihrer Erziehung noch nicht fertig?«

Sie schien ihn nicht verstanden zu haben und fuhr fort, ihn wohlwollend anzulächeln. Doch da sah sie einen feierlichen, mit zahlreichen Ordenskreuzen besternten Herrn auf sich zukommen und eilte ihm entgegen: »Ach, Fürst, Fürst, wie reizend von Ihnen!«

Servigny nahm Savals Arm und zog ihn beiseite: »Das ist der letzte ernsthafte Bewerber, der Fürst Krawaloff. – Ist sie nicht großartig?«

Und Saval antwortete: »Ich finde sie alle beide großartig. Die Mutter würde mir vollkommen genügen.«

Servigny verbeugte sich leicht: »Sie steht dir zur Verfügung, mein Lieber.«

Die Tänzer drängten sich durcheinander und nahmen Aufstellung für die Quadrille, je zwei und zwei in einer Doppelreihe einander gegenüber.

»Jetzt wollen wir uns mal die Bauernfänger ein bisschen näher betrachten«, sagte Servigny.

Und sie gingen in den Spielsaal.

Um jeden Tisch herum stand ein Kreis von Herren und schaute zu. Es wurde nur sehr wenig gesprochen, und nur dann und wann mischte der leise Klang des auf den Spieltisch geworfenen oder jäh zusammengescharrten Geldes ein leichtes metallisches Klingen in das Geflüster der Spieler, als wolle die Stimme des Geldes inmitten der Menschenstimmen sich vernehmlich machen.

Alle jene Herren trugen mannigfache Ordensauszeichnungen, absonderliche Bänder, und alle hatten dieselbe gemessene Haltung bei unterschiedlichen Gesichtern. Zumal mittels der Bärte konnte man sie auseinander halten.

Der steife Amerikaner mit seinem Hufeisen, der anmaßende Engländer mit seinem über der Brust aufgeklappten Haarfächer, der Spanier mit seiner schwarzen Mähne, die ihm bis an die Augen reichte, der Römer mit dem enormen Schnurrbart, mit dem ihn Viktor Emanuel beschenkt hatte, der Österreicher mit seinem Backenbart à la Franz Joseph, ein russischer General, dessen Oberlippe mit zwei Lanzen aus zusammengezwirbelten Haaren bewehrt zu sein schien, und Franzosen mit eleganten Schnurrbärten enthüllten die Phantasiebegabung aller Friseure dieser Erde.

»Spielst du nicht?«, fragte Servigny.

»Nein. Und du?«

»Hier niemals. Wenn du gehen möchtest, können wir an einem ruhigeren Tag wieder kommen. Heute sind zu viel Leute da; es lässt sich nichts machen.«

»Dann lass uns gehen!«

Sie verschwanden durch eine Portiere und gelangten in die Vorhalle.

Als sie auf der Straße waren, fragte Servigny: »Na? Was sagst du nun?«

»Tatsächlich sehr interessant. Aber die Frauen dort gefallen mir besser als die Männer.«

»Das kann man schon sagen. Die Frauen dort sind das Beste, was es für uns in der gesamten Weiblichkeit gibt. Findest du nicht, dass sie nach Liebe duften, wie es beim Friseur nach Parfüms duftet? Im Grunde sind dergleichen Häuser die einzigen, wo man sich für sein Geld wahrhaft amüsieren kann. Und über welch eine praktische Erfahrung verfügen sie, mein Lieber! Was für Virtuosinnen sind sie! Hast du gelegentlich mal Bäckerkuchen gegessen? Sieht gut aus, taugt aber nichts. Der Mann, der den Teig geknetet hat, versteht nichts, als Brot zu backen. Na, die Liebe einer gewöhnlichen Weltdame erinnert mich immer an solch ein Bäckergesellenzeug; die Liebe dagegen, die bei der Marquise Obardi zu finden ist – danach leckt man sich alle zehn Finger. Oh, die verstehen sich auf die Herstellung von feinem Gebäck, diese Konditorinnen! Man bezahlt bei ihnen fünf Sous für das, was anderswo zwei Sous kostet, und weiter gar nichts.«

Saval fragte: »Wer ist augenblicklich sozusagen der Hausherr?«

Servigny zuckte mit der Geste eines Nichteingeweihten die Achseln. »Keine Ahnung. Der letzte, von dem man weiß, war ein englischer Peer; er ist vor einem Vierteljahr abgedampft. Heute lebt sie wohl auf allgemeine Unkosten, vielleicht vom Spiel und von den Spielern; sie hat nämlich dann und wann kleine Nebenliebschaften. Aber sag mal, es ist doch sicher, dass wir am nächsten Samstag zu ihr hinaus nach Bougival zum Abendessen fahren, nicht wahr? Draußen auf dem Land geht es zwangloser her, und ich möchte endlich herausbekommen, was Yvette vorhat!«

Saval antwortete: »Ich wünsche mir nichts Besseres; ich habe am Samstag sowieso nichts vor.«

Als sie unter dem blinkenden Gefilde der Sterne die Champs-Élysées hinabgingen, störten sie ein auf einer Bank liegendes Paar auf, und Servigny sagte leise: »Was für eine Blödheit und zugleich was für eine erhebliche Angelegenheit! Wie banal ist doch die Ausübung der Liebe, wie amüsant, immer dasselbe und stets ein bisschen anders! Und der arme Teufel, der da das Mädchen unter sich hat und ihr zwanzig Sous in die Hand drückt, verlangt von ihr nichts anderes als ich, wenn ich irgendeiner Obardi, die vielleicht nicht viel jünger und genauso dumm ist wie die Schneppe da, zehntausend Francs zahle. Solch eine Albernheit!« Ein paar Minuten lang sagte er nichts; dann fing er abermals an: »Gleichgültig, es wäre ein verdammt tolles Glück, Yvettes erster Liebhaber zu sein. Dafür gäbe ich ... dafür gäbe ich ...« Es fiel ihm nicht ein, was er dafür geben würde.

Und als sie an der Ecke der Rue Royale anlangten, verabschiedete Saval sich von ihm.

2

Es war auf der Veranda gedeckt worden, von der aus man den Fluss überblicken konnte. Die von der Marquise gemietete »Villa Printemps« lag auf halber Hanghöhe, gerade an der Biegung der Seine, die vor der Gartenmauer die Richtung gewechselt hatte und Marly entgegenströmte.

Gegenüber dem Haus begrenzte die Insel Croissy den Blick mit ihren hohen Bäumen, einer Masse von Grün, und man konnte den breiten Fluss ein langes Stück hinabsehen, bis zu dem unter dem Laubwerk versteckten schwimmenden Café »La Grenouillère«.

Der Abend sank nieder, einer der stillen, farbigen und milden Abende am Wasser, einer der ruhegesättigten Abende, die uns ein Glücksgefühl einflößen. Kein Lufthauch bewegte die Zweige, kein Windschauer huschte über die glatte, helle Oberfläche der Seine. Dabei war es nicht allzu warm, es war eher lau; es herrschte eine lebensfreundliche Temperatur. Die wohltuende Kühle der Seineufer stieg zum heiteren Himmel empor.

Die Sonne zog hinter den Bäumen davon, andern Ländern zu, und man atmete, so schien es, das Wohligsein der schon eingeschlummerten Erde; man atmete im Frieden des Raums das lässige Leben der großen Welt.

Als sie den Wohnraum verließen, um zu Tisch zu gehen, geriet jeder in Begeisterung. Eine ergriffene Fröhlichkeit zog in die Herzen ein; alle spürten, wie angenehm es sei, hier zu Abend zu essen, angesichts des freien Landes, mit dem großen Fluss und dem endenden Tag als schmückendes Nebenher, und dabei die staubfreie, würzige Luft zu atmen.

Die Marquise hatte Savals Arm genommen, Yvette de Servignys. Sie waren nur zu viert.

Die beiden Damen wirkten ganz anders als in Paris, zumal Yvette. Sie sprach nur wenig; sie sah ein wenig entkräftet und ernst aus.

Saval, der sie kaum wiedererkannte, fragte sie: »Was ist eigentlich mit Ihnen los? Sie kommen mir seit der letzten

Woche völlig verändert vor. Sie sind eine durch und durch vernünftige junge Dame geworden.«

Sie antwortete: »Das ist eine Wirkung des Landaufenthalts. Ich bin nicht mehr, die ich war. Ganz sonderbar fühle ich mich. Übrigens bin ich nie an zwei aufeinander folgenden Tagen dieselbe. Heute mache ich den Eindruck einer Ausgelassenen und morgen den einer Elegischen; ich ändere mich wie das Wetter, und ich weiß nicht, warum. Sehen Sie, je nach dem Augenblick bin ich zu allem fähig. Es gibt Tage, da könnte ich diesen und jenen Menschen umbringen, keine Tiere, niemals würde ich Tieren etwas antun, sondern Menschen, ja, und an andern Tagen wieder breche ich um der geringsten Kleinigkeit willen in Tränen aus. Es gehen mir so viele verschiedenartige Einfälle im Kopf herum, je nachdem, in welcher Stimmung ich aufstehe. Jeden Morgen beim Erwachen könnte ich sagen, wie ich bis zum Abend sein werde. Vielleicht bestimmen unsere Träume über uns. Es hängt auch von dem Buch ab, das ich gerade gelesen habe.«

Sie trug ein reinweißes Flanellkleid, und die wogende Weichheit des Stoffes umhüllte sie zärtlich. Die lockere Bluse warf große Falten und deutete, ohne sie zu zeigen oder einzuengen, ihre freien, festen und schon reifen Brüste an. Und ihr schlanker Hals entstieg einem schaumigen Spitzengekräusel; er neigte sich in weichen, geschmeidigen Bewegungen; er war heller als das Kleid, eine fleischliche Köstlichkeit, die die schwere Fülle ihres goldenen Haars trug.

Servigny blickte sie lange an. Er äußerte: »Sie sind heute Abend anbetungswürdig, Mam'zelle. So möchte ich Sie immer sehen.«

Mit einem Anflug von Bosheit sagte sie: »Machen Sie mir keine Liebeserklärung, Muskat. Heute würde ich sie nämlich ernst nehmen, und das könnte Sie teuer zu stehen kommen!«

Die Marquise schien glücklich, sehr glücklich. Sie war ganz in Schwarz, auf eine noble Weise in die künstlich gelegten Falten eines streng geschnittenen Kleides gehüllt, das ihre fülligen, kräftigen Formen klar abzeichnete; am Oberteil fand sich ein wenig Rot, ein Geschlinge von roten Nelken fiel vom Gürtel nieder wie eine Kette, stieg an und war an der Hüfte befestigt; ins dunkle Haar hatte sie eine rote Rose gesteckt; in ihrer ganzen Persönlichkeit, in dieser schlichten Gewandung, auf der die Blumen zu bluten schienen, in ihrem Blick, der an diesem Abend schwer an den andern hing, in ihrer langsamen Stimme, ihren seltenen Bewegungen war etwas Glühendes.

Auch Saval wirkte ernst und in sich gekehrt. Dann und wann nahm er mit der ihm eigentümlichen Geste seinen braunen Bart in die Hand, den er, wie Heinrich III., spitz zugeschnitten trug, und schien über tiefe Dinge nachzusinnen.

Ein paar Minuten lang sagte keiner etwas.

Als dann Forellen aufgetragen wurden, erklärte Servigny: »Das Schweigen hat manchmal sein Gutes. Häufig ist man den andern näher, wenn man schweigt, als wenn man spricht; nicht wahr, Marquise?«

Sie wandte ihm leicht den Kopf zu und erwiderte: »Da haben Sie Recht. Es ist so schön, gemeinsam an angenehme Dinge zu denken.« Und sie hob den warmen Blick Saval entgegen; sekundenlang schauten sie einander an, Auge in Auge.

Unter dem Tisch vollzog sich eine kleine, fast unmerkliche Bewegung.

Servigny fuhr fort: »Mam'zelle Yvette, Sie bringen mich noch dahin, dass ich glaube, Sie seien verliebt, wenn Sie weiterhin so still und artig sind. Aber in wen könnten Sie wohl verliebt sein? Lassen Sie uns mal zusammen auf die Suche gehen, ja? Die Heerschar der vulgären schmachtenden

Liebhaber lasse ich beiseite; ich nehme nur die wichtigen; also in den Fürsten Krawaloff?«

Bei diesem Namen wurde Yvette munter: »Aber Muskat, was denken Sie! Der Fürst sieht doch aus wie ein Russe aus einem Wachsfigurenkabinett, der bei einem Friseurwettbewerb mit Medaillen ausgezeichnet worden ist.«

»Gut. Lassen wir den Fürsten fallen; dann also haben Sie den Vicomte Pierre de Belvigne erwählt.«

»Sie stellen sich also vor, ich hinge ›Weinbeermus‹« – sie nannte ihn, je nach Laune; »Weinbeermus«, »Malvasier« oder »Argenteuil«, weil sie alle und jeden mit Spitznamen bedachte – »am Hals und flüsterte ihm zu: ›Mein lieber kleiner Pierre oder mein göttlicher Pedro oder mein angebeteter Pietro, mein niedlicher Pierrot, gib doch deinen guten dicken Wauwaukopf deinem lieben Frauchen; es möchte ihn küssen‹?«

Servigny verkündete: »Also schaltet auch der Zweite aus. Bleibt der Cavaliere Valreali; ihn scheint die Marquise zu begünstigen.«

Yvette war jetzt wieder eitel Freude: »›Tränenauge‹? Aber der ist doch weinerlich wie die heilige Magdalena. Der sieht doch immer aus, als gehe er bei einem Begräbnis erster Klasse mit. Jedes Mal, wenn er mich ansieht, komme ich mir tot und gestorben vor.«

»Auch Nummer drei ist also erledigt. Dann hat es Ihnen der hier anwesende Baron Saval angetan wie ein Blitz aus heiterem Himmel.«

»Rhodos der Jüngere? Nein, der ist mir zu groß und stark. Es würde mir vorkommen, als liebte ich den Triumphbogen.«

»Dann, Mam'zelle, steht unbezweifelbar fest, dass Sie in mich verliebt sind, weil ich der einzige Ihrer Anbeter bin, den wir bis jetzt unerwähnt gelassen haben. Ich hatte mich als Letzten aufgespart, aus Bescheidenheit und aus Klugheit. Mir bleibt nichts übrig, als Ihnen zu danken.«

Mit heiterer Anmut entgegnete sie: »In Sie, Muskat? Ach, Unsinn! Ich habe Sie sehr gern ... Aber lieben tue ich Sie nicht ... Warten Sie, ich will Ihnen nicht den Mut nehmen. Ich liebe Sie ... *noch* nicht. Sie haben Aussichten ... vielleicht ... Lassen Sie nicht locker, Muskat, seien Sie ergeben, beflissen, unterwürfig, fürsorglich, zuvorkommend, fügen Sie sich meinen kleinsten Launen, tun Sie, was Sie können, um mir zu gefallen ... Dann werden wir sehen ... später.«

»Aber mit allem, was Sie da verlangen, möchte ich Ihnen weit lieber nachher als vorher aufwarten, wenn es Ihnen nichts ausmacht.«

Mit der Unschuldsmiene eines Kammerkätzchens fragte sie: »Nachher? Wonach denn, Muskat?«

»Nachdem Sie mir gezeigt haben, dass Sie mich lieben, Herrgott noch mal!«

»Ja, dann tun Sie doch, als ob ich Sie liebte, und glauben Sie es, wenn Sie wollen ...«

»Aber ...«

»Still, Muskat; genug davon.«

Er grüßte militärisch und verstummte.

Die Sonne war hinter der Insel untergetaucht, doch der ganze Himmel loderte noch wie ein Scheiterhaufen, und das ruhig hinströmende Wasser des Flusses schien in Blut verwandelt. Der Widerschein vom Horizont her lag rot auf den Häusern, den Dingen, den Menschen. Und die scharlachfarbene Rose im Haar der Marquise sah aus wie ein aus den Wolken auf ihr Haupt gefallener Purpurtropfen.

Yvettes Blick war in die Ferne gerichtet; ihre Mutter legte wie aus Versehen die unbekleidete Hand auf Savals Hand; doch als das junge Mädchen daraufhin eine Bewegung machte, zog die Marquise rasch die Hand zurück und zupfte etwas an den Falten ihres Kleides zurecht.

Servigny, der die beiden nicht aus den Augen ließ, warf hin: »Wäre es Ihnen recht, Mam'zelle, wenn wir nach dem Essen einen Spaziergang auf der Insel machten?«

Der Einfall freute sie: »O ja! Das wäre reizend. Wir beide gehen doch ganz allein, nicht wahr, Muskat?«

»Ja, ganz allein.«

Dann verstummten sie alle abermals.

Das gedehnte Schweigen der Weite, die einschläfernde Ruhe des Abends machten die Herzen, die Körper, die Stimmen benommen. Es gibt Stunden der Stille, Stunden der inneren Einkehr, in denen das Sprechen zu etwas Unmöglichem wird.

Die Diener servierten geräuschlos. Die Feuersbrunst des Firmaments erlosch, und das langsam einsetzende Dunkel breitete seine Schatten über die Erde.

Saval fragte: »Beabsichtigen Sie, lange hier draußen zu bleiben?«

Und die Marquise antwortete und betonte mit leisem Nachdruck jedes Wort: »Ja. Solange ich hier glücklich bin.«

Da man nichts mehr sehen konnte, wurden Lampen gebracht. In der tiefen Dunkelheit warfen sie ein seltsam blasses Licht auf die Tafel, und sogleich fiel ein Regen von Mücken auf das Tischtuch nieder. Es waren ganz kleine Mücken; sie verbrannten, als sie über die Glaszylinder hinwegflogen, und dann sprenkelten sie mit versengten Flügeln und Beinen das Leinen, die Schüsseln, die Gläser mit einer Art grauen, hüpfenden Staubes.

Man trank sie mit dem Wein, man aß sie mit den Saucen, man sah sie auf dem Brot umherkrabbeln. Und immerfort empfand man auf Gesicht und Händen ein Kitzelgefühl durch die Unzahl der winzigen, fliegenden Insekten.

Unaufhörlich mussten die Getränke ausgeschüttet, mussten die Teller zugedeckt, musste jeder Bissen mit unendlicher Vorsicht und darüber gehaltener Hand verzehrt werden.

Dies Spiel machte Yvette Spaß, da Servigny es sich angelegen sein ließ, zu schützen, was sie zum Mund führte, auf ihr Glas Acht zu haben, ihr wie ein Schutzdach seine entfaltete Serviette über den Kopf zu breiten. Aber die Marquise ekelte sich und wurde nervös, und so wurde der Schluss des Essens beschleunigt.

Yvette hatte Servignys Vorschlag keineswegs vergessen; sie sagte zu ihm: »Jetzt wollen wir zur Insel hinüber.«

Die Mutter legte schmelzenden Tones nahe: »Bleibt aber nicht zu lange fort. Übrigens gehen wir bis zur Fähre mit euch.«

Und sie brachen auf, immer zwei und zwei; das junge Mädchen ging mit seinem Freund auf dem Treidelweg voraus. Hinter sich hörten sie die Marquise und Saval leise, sehr leise und sehr schnell miteinander sprechen. Alles war dunkel; es war eine dichte, pechschwarze Finsternis. Aber der Himmel wimmelte von feurigen Körnern; er schien sie in den Fluss zu säen, da das Wasser aussah, als sei es mit Sternen überstreut.

Jetzt quakten die Frösche; längs der Ufer stießen sie ihre rollenden, monotonen Laute aus. Und unzählige Nachtigallen ließen in der stillen Luft ihren schwerelosen Gesang erschallen.

Plötzlich fragte Yvette: »Nanu? Es sind ja hinter uns keine Schritte mehr zu hören? Wo mögen sie geblieben sein?« Und sie rief: »Mama!«

Es erfolgte keine Antwort.

Das junge Mädchen sagte: »Aber sie können nicht weit weg sein; eben habe ich sie noch gehört.«

Servigny murmelte: »Sicher sind sie umgekehrt. Vielleicht ist es Ihrer Mutter zu kühl geworden.« Und er zog sie weiter.

Vor ihnen schimmerte Lichtschein. Es war die Kneipe Martinets, des Gastwirts und Fischers. Auf den Ruf der

Spazierengehenden hin kam ein Mann aus dem Haus, und sie stiegen in einen schweren Kahn, der inmitten der Uferpflanzen vertäut lag.

Der Fährmann ergriff seine Riemen, und das plumpe Boot kam in Fahrt, erweckte die auf dem Wasser eingeschlafenen Sterne und ließ sie einen ausgelassenen Tanz tanzen, der sich nach und nach hinter ihnen beruhigte.

Sie stießen am andern Ufer an und stiegen unter den großen Bäumen aus.

Die Kühle feuchten Erdbodens wogte unter den hohen, buschigen Zweigen; sie schienen ebenso viele Nachtigallen wie Blätter zu tragen. In der Ferne wurde auf einem Klavier ein Modewalzer gespielt.

Servigny hatte Yvettes Arm genommen; ganz behutsam schob er die Hand hinter ihre Taille und zog sie mit leisem Druck an sich. »Woran denken Sie?«, fragte er.

»An gar nichts! Ich fühle mich sehr glücklich!«

»Sie mögen mich also kein bisschen?«

»Doch, Muskat, ich habe Sie gern, ich habe Sie sogar sehr gern; aber verschonen Sie mich bitte damit. Es ist hier alles viel zu schön, als dass ich Ihr Süßholzgeraspel anhören möchte.«

Er zog sie noch enger an sich, obgleich sie versuchte, sich mit kleinen Schüttelbewegungen freizumachen, und durch den locker und weich sich anfühlenden Flanell hindurch spürte er die Wärme ihres Körpers. Er stammelte: »Yvette!«

»Ja, was denn?«

»Aber *ich* liebe Sie.«

»Machen Sie keine Witze, Muskat!«

»Doch. Ich liebe Sie schon sehr lange.«

Sie versuchte nach wie vor, sich von ihm zu lösen, sie bemühte sich, ihren Arm freizubekommen, der zwischen ihrer und seiner Brust eingeklemmt war. Und sie gingen mühsam, die Umschlingung und die Bewegungen hinderten sie; sie gingen im Zickzack wie Betrunkene.

Er wusste nichts mehr, was er ihr hätte sagen können; er wusste nur zu gut, dass man zu einem jungen Mädchen anders sprechen muss als zu einer Frau; er war verwirrt, er überlegte, was er tun solle, er war sich nicht klar darüber, ob sie einverstanden sei oder ob sie nicht verstehe; er versteifte sich darauf, die zärtlichen, richtigen, entscheidenden Worte zu finden, deren es jetzt bedurfte.

Alle paar Augenblicke sagte er: »Yvette! Sagen Sie doch! Yvette!« Plötzlich küsste er sie auf alle Gefahr hin auf die Wange.

Sie tat eine kleine, ausweichende Bewegung und sagte aufgebracht: »Machen Sie sich doch nicht lächerlich! Wollen Sie mich jetzt wohl in Ruhe lassen?«

Aus dem Klang ihrer Stimme war nicht zu entnehmen, was sie dachte, was sie wollte; und da sie ihm nicht allzu erzürnt vorkam, drückte er die Lippen auf ihren Halsansatz, auf den ersten goldenen Haarflaum, auf jene liebreizende Stelle, die er schon so lange begehrte.

Da sträubte sie sich mit kräftigen, ruckhaften Bewegungen, um von ihm loszukommen. Er jedoch hielt sie mit starkem Arm fest, legte ihr die freie Hand auf die Schulter, zwang ihren Kopf zu sich hin und stahl ihr einen betörenden, tiefen Kuss vom Mund weg.

Mit einer raschen Schlängelbewegung ihres ganzen Körpers entschlüpfte sie seinen Armen, glitt an seiner Brust hinab, und als sie seiner Umschlingung entronnen war, verschwand sie ins Dunkel, wobei ihre Röcke rauschten, dass es klang, als flattere ein Vogel auf.

Zunächst blieb er starr stehen, überrascht durch diese Geschmeidigkeit und diese Flucht; als er dann nichts mehr hörte, rief er halblaut: »Yvette!«

Sie antwortete nicht. Er ging weiter, durchstöberte die Dunkelheit mit den Blicken, suchte im Gebüsch nach dem weißen Fleck, den ihr Kleid doch bilden musste. Alles war schwarz und finster. Abermals rief er, lauter: »Mam'zelle Yvette!«

Die Nachtigallen verstummten.

Er schritt hastiger aus, unbestimmt beunruhigt, und rief immer lauter: »Mam'zelle Yvette! Mam'zelle Yvette!«

Nichts; er blieb stehen, horchte. Die ganze Insel war stumm; kaum ein Blatt regte sich über ihm. Nur die Frösche an den Ufern quakten, dass es hallte.

Da irrte er von Gestrüpp zu Gestrüpp, stieg zu den steilen, mit Buschwerk bewachsenen Ufern des schnellen Seinearmes hinab und wandte sich dann wieder den flachen, nackten Ufern des toten Arms zu. Er ging weiter, bis gegenüber, wo Bougival lag, kehrte zum Restaurant »La Grenouillère« zurück, durchforschte alle Gebüsche und rief in einem fort: »Mam'zelle Yvette, wo sind Sie? Antworten Sie doch! Es war ja nur ein Scherz! Antworten Sie doch! Lassen Sie mich doch nicht so suchen!«

Eine ferne Kirchenuhr begann zu schlagen. Er zählte: Mitternacht. Seit zwei Stunden lief er jetzt auf der Insel umher. Da fiel ihm ein, sie könnte vielleicht heimgegangen sein, und sehr beklommen machte er sich auf den Rückweg, und zwar benutzte er diesmal die Brücke.

Ein Diener – er war beim Warten in einem Lehnstuhl eingenickt – saß in der Halle.

Servigny weckte ihn und fragte: »Ist Mademoiselle Yvette schon lange wieder hier? Ich habe mich am Dorfeingang von ihr verabschiedet; ich hatte noch einen Besuch zu machen.«

Und der Diener antwortete: »O ja, Herr Herzog, Mademoiselle ist schon vor zehn heimgekommen.«

Er ging in sein Zimmer und legte sich zu Bett.

Er blieb mit offenen Augen liegen; er fand keinen Schlaf. Dieser gestohlene Kuss hatte ihn innerlich aufgewühlt. Und er grübelte in sich hinein. Was wollte sie? Was dachte sie? Was wusste sie? Wie hübsch sie war; es jagte einem das Blut durch die Adern, als habe man Fieber!

Sein durch das Leben, das er geführt, durch all die Frauen, die er gehabt, durch all die Liebschaften, die er ausgebeutet hatte, erschlafftes Begehren erwachte aufs Neue angesichts dieses seltsamen, frischen, aufreizenden und unerklärlichen Mädchens.

Er hörte es eins schlagen, dann zwei. Sicherlich würde er nicht einschlafen können. Ihm war heiß, er schwitzte, er verspürte die Raschheit seines Herzschlags in den Schläfen; da stand er auf und öffnete das Fenster.

Ein kühler Windhauch drang herein; mit einem langen Atemzug trank er ihn in sich. Die dichte Dunkelheit war stumm, ganz schwarz, unbewegt. Doch plötzlich gewahrte er vor sich im nächtlichen Garten einen leuchtenden Punkt; wie ein Stückchen glühender Kohle war er. Er dachte: Sieh da, eine Zigarre. Es konnte nur Saval sein, und so rief er ihn leise an: »Léon!«

Eine Stimme antwortete: »Bist du es, Jean?«

»Ja. Warte, ich komme hinunter.« Er zog sich an, ging hinaus und trat zu seinem Freund, der rittlings auf einem eisernen Gartenstuhl saß und rauchte. »Was tust du denn hier um diese Zeit?«

Saval erwiderte: »Ja, ich verschnaufe mich!« Und er fing an zu lachen.

Servigny schüttelte ihm die Hand: »Herzlichen Glückwunsch, mein Lieber. Und ich ... ich ärgere mich.«

»Das heißt also, dass ...«

»Das heißt, dass ... Yvette und ihre Mutter einander sehr unähnlich sind.«

»Was ist denn passiert? Heraus mit der Sprache!«

Servigny erzählte von seinen Versuchen und deren Erfolglosigkeit; dann fuhr er fort: »Wirklich, die Kleine macht mich vollkommen wirr. Stell dir vor, dass ich nicht habe einschlafen können. Wie komisch ist solch ein Gör! So was wirkt ganz unkompliziert, und man kennt sich dennoch nicht aus. Eine Frau, die was erlebt, die geliebt, die das Leben kennen gelernt hat, die durchschaut man sehr schnell. Aber wenn es sich um ein unberührtes Mädchen handelt, dann wird man daraus nicht klug. Im Grunde fange ich zu glauben an, dass sie mir auf der Nase herumtanzt.«

Saval schaukelte auf seinem Stuhl. Sehr langsam sagte er: »Nimm dich in Acht, mein Lieber, sie lenkt dich in die Ehe. Denk an erlauchte Beispiele. Durch das gleiche Verhalten ist Mademoiselle de Montijo, die doch immerhin aus guter Familie war, Kaiserin geworden. Spiele nicht den Napoleon.«

Servigny sagte brummig: »Was das betrifft, so brauchst du keine Angst zu haben; ich bin weder ein Naivling noch Kaiser. Um dergleichen unüberlegte Streiche zu begehen, muss man das eine oder das andere sein. Aber sag, bist du müde?«

»Nein, keine Spur.«

»Hast du Lust zu einem Gang am Ufer?«

»Gern.«

Sie machten die Gittertür auf und schlenderten am Fluss entlang, auf Marly zu.

Es war die kühle Stunde vor Tagesanbruch, die Stunde des festen Schlafs, der großen Ruhe, der tiefen Stille. Selbst die leisen Nachtgeräusche waren verstummt. Die Nachtigallen sangen nicht mehr; das Lärmen der Frösche war zu Ende; nur ein Tier, das sie nicht kannten, vielleicht ein Vogel, gab irgendwo ein Sägeknirschen von sich, schwach, einförmig, regelmäßig wie ein in Tätigkeit befindlicher Mechanismus.

Servigny war in manchen Augenblicken poetisch und auch philosophisch; er sagte unvermittelt: »Folgendermaßen ist es. Dies Mädchen bringt mich völlig durcheinander. In der Arithmetik sind eins und eins zwei. In der Liebe müssten eins und eins eins ergeben, und trotzdem kommt immer zwei dabei heraus. Hast auch du das jemals empfunden? Dies Verlangen, sich eine Frau gänzlich einzuverleiben oder in ihr aufzugehen? Ich spreche nicht von dem tierischen Verlangen nach Liebesumschlingung, sondern von der seelischen und geistigen Marter, mit einem anderen Wesen zusammen ein einziges bilden, ihm die ganze Seele, das ganze Herz auftun und es mit all seinen Gedanken bis zum letzten Grunde durchdringen zu wollen. Und dabei weiß man nie auch nur das mindeste von ihm, niemals entdeckt man alle Schwankungen seines Wollens, seiner Wünsche, seiner Meinungen. Niemals enträtselt man auch nur andeutungsweise die Gesamtheit des Unbekannten, des Geheimnisvollen einer Seele, die man sich so nahe fühlt, einer Seele, die sich hinter zwei uns anschauenden Augen verbirgt, obwohl jene Augen klar wie Wasser sind, durchsichtig, als sei nichts Geheimes darunter, einer Seele, die durch einen geliebten Mund zu uns spricht, die einem zu gehören scheint, so sehr begehrt man sie; einer Seele, die einem mittels der Worte ihre Gedanken einem nach dem andern zuwirft und die uns dennoch ferner bleibt, als die Sterne voneinander entfernt sind, und die unerforschlicher ist als jene Sterne! Recht sonderbar ist das alles!«

Saval antwortete: »So viel verlange ich gar nicht. Ich schaue nicht hinter die Augen. Ich befasse mich nur wenig mit dem Inhalt, aber desto mehr mit dem Gefäß.«

Und Servigny sagte leise: »Gleichgültig, Yvette ist nun mal ein seltsames Mädchen. Wie sie mir wohl heute früh entgegentreten wird?«

Als sie beim Pumpwerk von Marly anlangten, merkten sie, dass der Himmel blasser wurde.

In den Geflügelhöfen begannen die Hähne zu krähen; ihre Stimmen klangen der dicken Mauern wegen etwas gedämpft. In einem Park zwitscherte ein Vogel; unaufhörlich wiederholte er zu ihrer Linken ein kleines Ritornell von naiver und erheiternder Schlichtheit.

»Es wird Zeit heimzugehen«, sagte Saval.

Sie kehrten um. Und als Servigny sein Zimmer betrat, sah er durch das offen gebliebene Fenster, dass der ganze Horizont rosig überhaucht war.

Er schloss die Läden, zog die schweren Vorhänge zu und schlug sie übereinander, ging zu Bett und schlief endlich ein.

Solange sein Schlaf andauerte, träumte er von Yvette.

Ein merkwürdiges Geräusch weckte ihn. Er setzte sich im Bett aufrecht hin und lauschte; doch er vernahm nichts mehr. Dann prasslte es wieder gegen seine Laden wie von Hagelschloßen.

Er sprang aus dem Bett, lief ans Fenster, machte es auf und erblickte Yvette; sie stand auf dem Gartenweg und warf ihm eine gehörige Handvoll Sand mitten ins Gesicht.

Sie trug ein rosa Kleid und auf dem Kopf einen breitkrempigen Strohhut mit einer Feder wie die »Drei Musketiere«, und sie lachte hinterhältig und boshaft: »Na, Muskat, Sie schlafen noch? Was mögen Sie letzte Nacht nur angestellt haben, dass Sie so spät aufwachen? Sind Sie auf Abenteuer ausgewesen, Sie Ärmster?«

Er stand geblendet da, das heftige Tageslicht hatte seine noch schlafbefangenen Augen jäh getroffen; die spöttische Ruhe des Mädchens verdutzte ihn. Er antwortete: »Ich komme gleich, ich komme gleich. Ich will nur noch rasch die Nase ins Waschbecken stecken; dann komme ich hinunter.«

Sie rief: »Beeilen Sie sich, es ist schon zehn. Und außerdem muss ich Sie in einen großen Plan einweihen; wir beide wollen nämlich etwas aushecken. Sie wissen doch, dass um elf zu Mittag gegessen wird.«

Er fand sie auf einer Bank sitzen, ein Buch auf den Knien, irgendeinen Roman.

Vertraulich und freundschaftlich hakte sie ihn unter, unbekümmert und heiter, als sei am Abend zuvor nichts geschehen, und zog ihn in den rückwärtigen Teil des Gartens. »Jetzt passen Sie mal auf. Wir wollen Mama ungehorsam sein, und Sie nehmen mich mit zur ›Grenouillère‹. Die will ich auch mal kennen lernen. Mama hat gesagt, anständige Mädchen könnten da nicht hingehen. Mir ist es piepegal, ob man da hingehen kann oder nicht. Sie gehen mit mir hin, nicht wahr, Muskat? Und dann machen wir zusammen mit den Ruderern tollen Krach!«

Sie roch gut, ohne dass er sich darüber klar werden konnte, welcher leise, leichte Duft sie umspielte. Es war keins der schweren Parfüms ihrer Mutter, sondern ein diskreter Hauch, in dem er eine Andeutung von Irispuder wahrzunehmen glaubte, vielleicht auch ein wenig Verbene.

Wovon mochte dieser unfassliche Duft herrühren? Vom Kleid, vom Haar oder von der Haut? Das überlegte er, und da sie beim Sprechen ganz dicht vor ihm stand, traf ihr frischer Atem voll sein Gesicht; und ihn einzusaugen kam ihm genauso köstlich vor. Dann fiel ihm ein, dass der flüchtige Duft, den er zu erkennen versuchte, vielleicht nur existierte, weil seine entzückten Augen ihn hervorriefen, und dass er nichts als eine täuschende Aushauchung dieses jungen, anmutigen und verführerischen Geschöpfs sei.

Sie sagte: »Nicht wahr, Muskat, wir tun es? Nach dem Essen wird es sicher sehr warm, und da wird Mama im

Haus bleiben wollen. Sie wird bei warmem Wetter immer ganz schlaff. Wir lassen sie mit Ihrem Freund hier, und Sie gehen mit mir hin. Wir tun einfach, als gingen wir hinauf in den Wald. Wenn Sie wüssten, welchen Spaß es mir machen würde, mal die ›Grenouillère‹ kennen zu lernen!«

Sie kamen an das Gittertor gegenüber der Seine. Eine Woge von Sonnenlicht fiel auf den schlafenden, leuchtenden Fluss. Ein leichter Hitzedunst stieg daraus empor, ein rauchiger Schleier verdunsteten Wassers, der über der Wasseroberfläche eine dünne, irisierende Wolke bildete.

Dann und wann glitten Boote vorüber, schnelle Jollen oder schwere Kähne, und aus der Ferne waren kurze oder lange Pfiffe zu hören, die der Züge, die jeden Sonntag das Volk von Paris über das Land der Umgebung ausschütten, und die der Dampfer, die ihr Kommen melden, um die Schleuse von Marly passieren zu können.

Doch dann läutete eine kleine Glocke.

Es wurde zum Mittagessen gerufen. Sie gingen hinein.

Die Mahlzeit verlief schweigsam. Ein lastender Julimittag lag schwer auf der Erde und bedrückte die Menschen. Die Hilze wirkte wie eine dichte Masse und lähmte Geist und Körper. Die benommenen Worte kamen kaum über die Lippen, und die Bewegungen nahmen sich so schwerfällig aus, als leiste die Luft Widerstand und sei schwer zu durchdringen.

Nur Yvette, obgleich sie ebenfalls nur wenig sagte, wirkte angeregt und nervös vor Ungeduld. Unmittelbar nach dem Dessert fragte sie: »Wenn wir nun einen Waldspaziergang machten? Unter den Bäumen muss es jetzt herrlich angenehm sein.«

Die Marquise, die sehr erschöpft aussah, sagte leise: »Bist du verrückt? Wie kann man bei solchem Wetter ausgehen?«

Aber das durchtriebene Mädchen entgegnete: »Na schön! Dann lassen wir dir einfach den Baron hier; der kann dir Gesellschaft leisten. Muskat und ich klettern die Anhöhe hinauf und setzen uns ins Gras und lesen.« Und sie fragte Servigny: »Nicht wahr, Sie kommen doch mit?«

Er antwortete: »Ganz wie Sie befehlen.«

Sie lief davon, um ihren Hut zu holen.

Die Marquise zuckte seufzend die Achseln: »Tatsächlich, sie ist ganz verrückt geworden.« Dann hielt sie träge und schlaff mit einer müden, verliebten Geste dem Baron ihre schöne blasse Hand hin, und er küsste sie langsam.

Yvette und Servigny zogen los. Erst gingen sie am Fluss entlang, dann über die Brücke; sie kamen auf die Insel und setzten sich an dem schnell fließenden Seinearm ans Ufer unter die Weidenbäume, weil es zu früh war, zur »Grenouillère« zu gehen.

Sogleich zog das Mädchen ein Buch aus der Handtasche und sagte lachend: »So, Muskat, jetzt lesen Sie mir was vor.« Sie hielt ihm den Band hin.

Er schien nicht Lust dazu zu haben. »Ich? Aber ich kann ja gar nicht lesen!«

Sie sagte ernst und gewichtig: »Los, keine Entschuldigungen, keine Ausflüchte. Wollen Sie mir schon wieder den schmachtenden Liebhaber vorspielen? Alles umsonst kriegen, nicht wahr? Ist das Ihr Wahlspruch?«

Er nahm das Buch, schlug es auf und machte ein verdutztes Gesicht. Es war eine entomologische Abhandlung, das Werk eines englischen Autors über die Ameisen. Und als er keinerlei Anstalten machte, im Glauben, sie mache sich über ihn lustig, wurde sie ungeduldig. »Los, lesen Sie«, sagte sie.

Er fragte: »Handelt es sich um eine Wette oder bloß um einen Rappel?«

»Nein, mein Lieber. Ich habe das Buch in einer Buchhandlung liegen sehen. Es ist mir gesagt worden, es sei das Beste, was es über die Ameisen gebe, und da habe ich gemeint, es sei doch ganz amüsant, mal etwas über das Leben dieser kleinen Tiere zu erfahren und ihnen gleichzeitig zuzuschauen, wie sie durchs Gras laufen. Also lesen Sie.« Sie legte sich längelang auf den Bauch, stützte die Ellbogen auf den Erdboden, nahm den Kopf in die Hände und starrte auf den Rasen.

Er las: »Zweifellos sind die Menschenaffen unter allen Tieren diejenigen, die vermöge ihrer anatomischen Struktur sich am meisten dem Menschen annähern; doch wenn wir die Gepflogenheiten der Ameisen betrachten, ihre Organisation in Gesellschaften, ihre sehr großen Gemeinwesen, die Bauten und die Wanderstraßen, die sie errichten, ihre Gewohnheit, sich Haustiere zuzulegen und sich manchmal sogar Sklaven zu schaffen, so sind wir zu dem Eingeständnis gezwungen, dass sie berechtigt sind, auf der Stufenleiter der Intelligenz einen Platz nahe den Menschen zu beanspruchen ...« Und so las er mit monotoner Stimme weiter; hin und wieder hielt er inne und fragte: »Ist es jetzt genug?«

Sie schüttelte den Kopf; sie hatte mit der Spitze eines gepflückten Grashalms eine umherlaufende Ameise aufgelesen und belustigte sich damit, sie vom einen Ende des Halms zum andern krabbeln zu lassen; sie drehte ihn um, sobald das Tier an der jeweiligen Spitze angelangt war. Mit konzentrierter, stummer Aufmerksamkeit hörte sie sich all die überraschenden Einzelheiten über das Leben dieser gebrechlichen Tierwesen an, über ihre unterirdischen Bauten, über die Art und Weise, wie sie Blattläuse züchten, einschließen und füttern, um die von diesen ausgeschiedene zuckrige Flüssigkeit zu trinken, wie wir in unsern Ställen Kühe halten;

über ihre Eigenart, kleine, blinde Insekten zu zähmen, die die Ameisenhaufen säubern, und in den Krieg zu ziehen, um Sklaven heimzubringen, die mit einer Beflissenheit für ihre Besieger sorgen, dass diese es sich sogar abgewöhnen, selbstständig Nahrung zu sich zu nehmen.

Und allmählich, als sei in ihrem Herzen etwas wie mütterliche Zärtlichkeit für das winzige, so intelligente Tierchen erwacht, ließ Yvette es sich auf den Finger kriechen, schaute es gerührt an und hatte nicht übel Lust, es zu küssen.

Und als Servigny vorzulesen begann, wie die Ameisen in Gemeinwesen leben, wie sie untereinander freundschaftliche Kampfspiele durchführen, um ihre Kraft und ihre Geschicklichkeit zu erproben, wollte das begeisterte Mädchen das Insekt tatsächlich küssen; doch es entschlüpfte ihr und fing an, ihr über die Backe zu laufen. Da schrie sie gellend auf, als drohe ihr eine entsetzliche Gefahr, und außer sich schlug sie sich an die Wange, damit das Tier herunterfalle. Servigny lachte wie irrsinnig, bekam die Ameise dicht an Yvettes Haar zu fassen und drückte auf die Stelle einen langen Kuss, ohne dass Yvette die Stirn zurückzog.

Dann stand sie auf und erklärte: »So was habe ich viel lieber als einen Roman. Und jetzt wollen wir zur ›Grenouillère‹ gehen.«

Sie gelangten auf den zu einem Park umgestalteten, von riesigen Bäumen beschatteten Teil der Insel. Unter den hohen Laubkronen schlenderten Paare einher, längs der Seine, auf der Boote fuhren. Es waren leichte Mädchen mit jungen Leuten, Arbeiterinnen mit ihren Liebhabern; die gingen in Hemdsärmeln, die Jacken überm Arm, die steifen Hüte in den Nacken geschoben, sie wirkten angetrunken und erschöpft; es waren Bürgersleute mit ihren Familien, die Frauen im Sonntagsstaat, und die Kinder liefen um ihre Eltern herum wie eine Kükenschar.

Fernes, anhaltendes Gebrodel von Menschenstimmen, ein dumpf grollender Lärm kündigten das bei den Ruderern in Gunst stehende Restaurant an.

Unvermutet erblickten sie es. Ein riesiges, mit einem Dach versehenes, am Ufer vertäutes Schiff trug eine große Menschenschar; sie saßen an Tischen und tranken oder standen und schrien, grölten, kreischten, tanzten und hüpften zu den Klängen eines ächzenden, verstimmten Klaviers herum, das wie ein Kochkessel wackelte.

Große, rothaarige Freudenmädchen, die vorn und hinten die doppelte Herausforderung ihrer Brüste und ihrer Kruppe zur Schau trugen, gingen umher, mit schmachtenden Augen, rot gefärbten Lippen, dreiviertel betrunken, und lallten unanständige Ausdrücke.

Andere tanzten wie von Sinnen mit halbnackten Kerlen, die nur eine Leinenhose und ein Baumwolltrikot trugen und auf dem Kopf bunte Mützen wie Jockeis.

Und das alles strömte einen Geruch nach Schweiß und Reispuder aus, nach billigem Parfüm und Achselhöhlen.

Die Trinkenden an den Tischen gossen weiße, rote, gelbe und grüne Flüssigkeiten in sich hinein und schrien und schimpften und fluchten ohne jeden Grund, einfach aus dem Verlangen heraus, Krach zu machen, dem Verlangen von geistig Minderbemittelten, Ohren und Gehirn voller Lärm zu haben.

Alle paar Sekunden erschien auf dem Dach ein Schwimmer, sprang ins Wasser und überschüttete die nächstsitzenden Gäste des Lokals mit Spritzern; die heulten dann auf wie die Wilden.

Und auf dem Fluss glitt eine ganze Flotte von Wasserfahrzeugen vorüber. Lange, schmale Jollen flitzten einher, von den Ruderern mit mächtigen Riemenschlägen vorwärts getrieben; die Muskeln ihrer nackten Arme spannten sich unter der sonnenverbrannten Haut. Die Ruderinnen trugen blaue oder rote Flanellkleider, hielten sich ebenfalls rote oder blaue Sonnenschirme, die in der brennenden Sonne leuchteten, über die Köpfe, warfen sich in den Sitz am Bootsheck zurück und schienen sich nicht zu regen, wie eingeschlafen über das Wasser hinzugleiten.

Schwerere, mit Menschen beladene Boote fuhren langsamer vorüber. Ein Spaßvogel von Student, der ein bisschen angeben wollte, ruderte mit Bewegungen wie Windmühlenflügel, fuhr alle Boote an, deren Ruderer ihn mit Schimpfworten überschütteten, und verdrückte sich dann in aller Hast, nachdem er beinah zwei Schwimmer ertränkt hätte, und die Schimpfereien der in dem großen, schwimmenden Café zusammengepferchten Menge folgten ihm nach.

Yvette ging an Servignys Arm strahlend durch diese lärmende, bunt gemischte Menschenansammlung hindurch; sie schien über die zweideutigen Ellbogenstöße glücklich zu sein und musterte die Huren mit ruhigen, wohlwollenden Blicken. »Sehen Sie sich mal die da an, Muskat, was für hübsches Haar sie hat! Sie sehen alle aus, als amüsierten sie sich köstlich.«

Als der Klavierspieler, ein rot gekleideter Ruderer, der eine Art riesigen Sonnenschutz-Strohhut auf dem Kopf trug, einen Walzer zu klimpern begann, legte Yvette ohne weiteres die Hände um ihren Gefährten und zog ihn mit dem Ungestüm fort, das sie stets beim Tanzen bezeigte. Sie tanzten so lange und so zügellos, dass alle zu ihnen hinsahen. Die Gäste waren auf die Tische gestiegen und trampelten mit den Füßen den Takt; andere schlugen an die Gläser; und der Musiker schien tollwütig zu werden, er haute mit aufprellenden Händen auf die Elfenbeintasten ein, unter verrückten Verrenkungen des ganzen Körpers, und schwenkte dabei wie besessen den Kopf mit der übergroßen Bedeckung.

Plötzlich hielt er inne, ließ sich auf die Erde gleiten und streckte sich längelang am Boden aus, unter seinem Hut, als sei er an Überanstrengung gestorben. Im Café brach schallendes Gelächter los; alles klatschte Beifall.

Vier Freunde stürzten herzu, wie man es bei Unglücksfällen tut, hoben ihren Kameraden hoch und trugen ihn an allen vieren davon; zuvor hatten sie ihm das Schutzdach, mit dem er den Kopf bedeckt hatte, auf den Bauch gelegt.

Ein Spaßvogel lief ihnen nach und stimmte das »De Profundis« an; es bildete sich hinter dem tot Spielenden eine Prozession und schleppte sich über die Inselwege hin; die Gäste wurden mitgezogen, die Spaziergänger, alle ihnen Begegnenden.

Entzückt, von Herzen lachend, sprang Yvette auf, redete mit allen und jedem, war hingerissen von dem Getobe und dem Lärm. Junge Leute sahen ihr tief in die Augen, drängten sich an sie, völlig entflammt, schienen an ihr herumzuschnuppern, sie mit den Blicken auszuziehen; und Servigny begann zu fürchten, das Abenteuer möge ein schlimmes Ende nehmen.

Die Prozession zog immer weiter; sie beschleunigte den Schritt, denn die vier Träger hatten zu laufen angefangen, und die grölende Menge wälzte sich ihnen nach. Doch dann bogen sie zum Ufer ein, machten am Wasserrand Halt, schwenkten ihren Kameraden kurz hin und her und ließen ihn dann, alle vier zugleich, los, so dass er in den Fluß plumpste.

Aus allen Kehlen brach ein Freudengeheul los, während der verdutzte Klavierspieler, den Mund voll Schlamm, fluchte, hustete, Wasser spie und, vom Schlamm behindert, an Land zu kommen suchte.

Sein Hut trieb in der Strömung davon; ein Boot brachte ihn wieder.

Yvette hüpfte vor Freude, klatschte in die Hände und sagte immer wieder: »O Muskat, wie ist das lustig, wie ist das lustig!«

Servigny ließ sie nicht aus den Augen; er war wieder ernst geworden; er fühlte sich ein wenig beklommen, ein wenig gekränkt, dass sie sich in diesem proletenhaften Milieu so wohl fühlte. In ihm empörte sich sein Instinkt, das angeborene Verlangen nach überlegener Wohlanständigkeit, das ein Mann von guter Herkunft stets bewahrt, auch wenn er sich einmal gehen lässt, jener Instinkt, der ihn allzu plumpen Vertraulichkeiten und allen allzu sehr beschmutzenden Kontakten fern hält.

Verwundert sagte er sich: »Zum Teufel, du bist mir die Rechte!« Und er empfand Lust, sie tatsächlich zu duzen, wie er sie in Gedanken duzte, wie man schon beim ersten Sehen die Frauen duzt, die allen gehören. Er machte keinen Unterschied mehr zwischen ihr und den rothaarigen Geschöpfen, die sie streiften und die mit ihren verrosteten Stimmen Unanständigkeiten kreischten. Sie schlenderten in dieser Menge umher; die rohen, kurz und hallend hervorragenden Ausdrücke, die darin entstanden, waren wie Fliegen in einem Misthaufen, schwirrten darüber hin. Sie schienen niemanden abzustoßen, niemanden zu überraschen.

Yvette schien sie überhaupt nicht wahrzunehmen. »Muskat«, sagte sie, »jetzt will ich baden; wir müssen unbedingt ins Wasser.«

Er antwortete: »Ganz wie Sie wollen.«

Und sie gingen zur Badeanstalt hinüber und liehen sich Badezeug. Sie war als Erste ausgezogen, stand am Ufer, wartete auf ihn und ließ alle ihr geltenden Blicke lächelnd über sich ergehen. Dann stiegen sie Seite an Seite in das lauwarme Wasser.

Sie schwamm beglückt, wie in einem Rausch, die Wellen liebkosten sie, sie bebte in sinnlicher Lust, jede Armbewegung hob sie hoch, als wolle sie sich aus dem Fluss herausschwingen. Ihm machte es Mühe, ihr zu folgen; er geriet außer Atem, es verstimmte ihn, sich ihr unterlegen zu fühlen. Doch sie verlangsamte ihr Tempo; sie warf sich herum, ließ sich auf dem Rücken treiben, mit gekreuzten Armen, die offenen Augen der Himmelsbläue zugewandt. Er betrachtete, als sie so auf der Wasseroberfläche dalag, die geschwungene Kurvung ihres Körpers, die festen Brüste unter dem leichten, eng anliegenden Stoff, der ihre rundlichen Formen und die hervorspringenden Knöspchen erkennen ließ, den weich gewölbten Bauch, die ein wenig überspülten Schenkel, die nackten, im Wasser schimmernden Waden und den hübschen, herausragenden Fuß.

Er sah sie ganz, von oben bis unten, als zeige sie sich ihm absichtlich, um ihn zu verlocken, um sich darzubieten oder um abermals mit ihm zu spielen. Und er fing an, sie zu begehren, mit leidenschaftlicher Glut und mit einem verzweifelten Versagen seiner Kraft.

Sie drehte sich um, sah ihn an, musste lachen. »Sie machen aber mal ein Gesicht«, sagte sie.

Er schnappte ein, dieser Spott reizte ihn; in ihm entbrannte der gemeine Zorn des verhöhnten Liebhabers: Er gab dem dunklen Drang nach Vergeltung, dem Verlangen, sich zu rächen, sie zu verletzen, nach: »Würde Ihnen dies Leben hier passen?«

Sie fragte mit naivstem Augenaufschlag: »Wieso denn?«

»Hören Sie, führen Sie mich nicht an der Nase herum. Sie wissen ganz genau, was ich meine!«

»Nein, Ehrenwort!«

»Schluss jetzt mit der Komödie! Wollen Sie oder wollen Sie nicht?«

»Ich verstehe kein Wort.«

»So dumm sind Sie bestimmt nicht. Übrigens habe ich es Ihnen schon gestern Abend gesagt.«

»Was denn? Ich hab's vergessen.«

»Dass ich Sie liebe.«

»Sie?«

»Ja, ich.«

»Was für 'n Witz!«

»Ich schwöre es Ihnen.«

»Gut, dann beweisen Sie es mir.«

»Weiter verlange ich ja gar nichts!«

»Was denn?«

»Es zu beweisen.«

»Gut, dann tun Sie es doch.«

»Gestern Abend sollte davon nicht die Rede sein.«

»Sie hatten mir ja nichts vorgeschlagen.«

»Dummheit!«

»Und außerdem müssen Sie sich nicht an mich wenden.«

»Na, hören Sie mal! An wen denn sonst?«

»An Mama selbstverständlich.«

Er lachte schallend auf. »An Ihre Mutter, das geht nun aber wirklich zu weit!«

Sie war plötzlich sehr ernst geworden; sie sah ihm voll in die Augen und sagte: »Hören Sie mal, Muskat, wenn Sie mich tatsächlich so lieb haben, dass Sie mich heiraten wollen, dann sprechen Sie bitte erst mal mit Mama; danach bekommen Sie dann meine Antwort.«

Er glaubte, sie mache sich abermals über ihn lustig, und wurde nun vollends wütend: »Mam'zelle, Sie wissen nicht, mit wem Sie es zu tun haben.«

Sie blickte ihn nach wie vor mit ihren lieblichen, hellen Augen an. Sie zögerte; dann sagte sie: »Ich verstehe Sie noch immer nicht!«

Da sagte er rasch, und in seiner Stimme war etwas Barsches und Übles: »Hören Sie, Yvette, wir wollen Schluss mit dieser lächerlichen Komödie machen; sie dauert schon allzu lange. Sie spielen das ahnungslose kleine Mädchen, und diese Rolle liegt Ihnen nicht, das können Sie mir glauben. Sie wissen ganz genau, dass eine Heirat zwischen Ihnen und mir nicht in Frage kommt . . . sondern nur Liebe. Ich habe Ihnen gesagt, ich liebe Sie – das ist die volle Wahrheit –, ich sage es noch einmal: Ich liebe Sie. Tun Sie jetzt nicht, als verständen Sie mich nicht, und behandeln Sie mich nicht als Idioten.«

Sie verhielten im Wasser Auge in Auge, sie hielten sich nur mit kleinen Handbewegungen schwimmend. Sie wartete noch ein paar Sekunden, als könne sie sich nicht entschließen, sich über den Sinn seiner Worte klar zu werden; dann wurde sie plötzlich rot, rot bis an die Haarwurzeln. Ihr ganzes Gesicht nahm jäh eine purpurne Tönung an, auch der Hals, auch die Ohren; die wurden fast violett, und ohne ein Wort zu antworten, hastete sie dem Land zu; sie schwamm mit aller Kraft, mit überstürzten, weit ausholenden Armschwüngen.

Er konnte sie nicht einholen; er keuchte vor Anstrengung, als er ihr nachschwamm.

Er sah, wie sie aus dem Wasser stieg, ihren Bademantel an sich raffte und in ihrer Kabine verschwand, ohne sich umzudrehen.

Es dauerte lange, bis er angezogen war; er war ratlos, was er jetzt tun müsse; er überlegte, was er ihr sagen könne, ob er sich zu entschuldigen oder standhaft zu bleiben habe.

Als er fertig war, war sie schon weggegangen, ganz allein weggegangen. Langsam machte er sich auf den Heimweg, ängstlich und verwirrt.

Die Marquise erging sich an Savals Arm auf dem um die Rasenfläche führenden Rundweg.

Als sie Servigny erblickte, sagte sie mit der lässigen Miene, die sie seit dem Vortag zur Schau trug: »Was hatte ich gesagt? Bei einer solchen Hitze darf man nicht draußen herumlaufen. Jetzt hat Yvette einen Sonnenstich. Sie hat sich zu Bett gelegt. Wie eine Mohnblüte sah sie aus, das arme Kind, und sie hat eine scheußliche Migräne. Sie müssen in der vollen Sonne herumgelaufen sein, wahrscheinlich sind Sie umhergetollt. Was weiß ich? Sie sind genauso unvernünftig wie Yvette.«

Das Mädchen kam nicht zum Abendessen herunter. Als ihr Essen gebracht werden sollte, rief sie durch die Tür, sie habe keinen Hunger; sie hatte sich eingeschlossen und bat, man möge sie in Ruhe lassen. Die beiden jungen Herren reisten mit dem Zehn-Uhr-Zug ab; sie hatten versprochen, am nächsten Donnerstag wiederzukommen, und die Marquise hatte sich ans offene Fenster gesetzt, um ihren Gedanken nachzuhängen; sie lauschte aus der Ferne der Tanzkapelle der Ruderer, die ihre hüpfenden Weisen in die tiefe, feierliche Nachtstille warf.

Sie war, als Liebende und Geliebte, von der Liebe eingenommen, wie man vom Reiten oder Rudern eingenommen ist; sie unterlag jähen Zärtlichkeitsanfällen, die sie heimsuchten wie eine Krankheit. Solcherlei Leidenschaften packten sie unversehens, durchdrangen sie ganz und gar, machten sie geradezu närrisch, schwächten sie oder übermannten sie, je nachdem sie exaltierter, gewalttätiger, tragischer oder sentimentaler Natur waren.

Sie war eine der Frauen, die dazu geschaffen worden sind, zu lieben und geliebt zu werden. Sie war sehr niedriger Herkunft; sie war durch die Liebe, aus der sie, fast ohne es zu wissen, einen Beruf gemacht hatte, vorangekommen; sie hatte aus Instinkt gehandelt, aus eingeborener Geschicklichkeit, hatte Geld wie Küsse als etwas Natürliches hingenommen, ohne Unterschiede zu machen; hatte ihr bemerkenswertes Witterungsvermögen unüberlegt und schlicht benutzt, wie es die Tiere tun, die durch die Notwendigkeiten des Daseins scharfsinnig und gewandt werden. Viele Männer hatten in ihren Armen gelegen, ohne dass sie für sie irgendwelche Zärtlichkeit empfunden hätte, aber auch ohne dass von den Liebesstunden mit ihnen irgendwelcher Ekel in ihr zurückgeblieben wäre.

Sie ließ die wie auch immer beschaffenen Umarmungen mit ruhigem Gleichmut über sich ergehen, wie man auf Reisen aus allen Küchen isst, da man ja schließlich leben muss. Aber von Zeit zu Zeit entflammten sich ihr Herz oder ihr Körper; dann verfiel sie einer großen Leidenschaft, und die pflegte ein paar Wochen oder ein paar Monate zu dauern, je nach den physischen oder moralischen Qualitäten ihres Liebhabers.

Das waren die kostbaren Augenblicke ihres Daseins. Sie liebte mit ganzer Seele, mit ganzem Leib, hingerissen, außer sich. Sie stürzte sich kopfüber in die Liebe, wie man sich, um sich zu ertränken, in einen Fluss stürzt, und ließ sich wegschwemmen, bereit zum Sterben, wenn es hätte sein müssen, trunken, von Sinnen, unendlich beglückt. Jedesmal bildete sie sich ein, sie habe nie zuvor etwas Ähnliches empfunden, und sie wäre sehr verwundert gewesen, wenn man sie daran erinnert hätte, von wie viel verschiedenen Männern sie ganze Nächte lang hingebungsvoll und glühend geträumt und dabei zu den Sternen aufgeschaut habe.

Saval hatte sie für sich gewonnen, sie mit Leib und Seele unterjocht. Sie gedachte seiner, sie fühlte sich sanft gewiegt durch sein Bild und die Erinnerung an ihn, in der ruhigen Erhobenheit vollkommenen Glückes, gegenwärtigen und sicheren Glückes.

Ein Geräusch hinter ihr ließ sie sich umwenden.

Yvette war hereingekommen; sie trug noch dasselbe Kleid wie den Tag über; doch war sie jetzt blass, und ihre

Augen glänzten, wie es einem nach großen Beschwerlichkeiten geschieht. Sie lehnte sich an die Bank des offenen Fensters, der Mutter gegenüber. »Ich habe mit dir zu sprechen«, sagte sie.

Erstaunt blickte die Marquise sie an. Sie liebte sie aus mütterlicher Selbstsucht heraus, war stolz auf ihre Schönheit, wie man es auf ein Vermögen ist; sie selber war noch zu schön, um eifersüchtig zu werden, zu gleichgültig, um die Pläne durchzuführen, die ihr unterschoben wurden, allein auch zu klug, um sich dieses Wertes nicht bewusst zu sein. Sie antwortete: »Sprich nur, mein Kind; was gibt es denn?«

Yvette durchdrang sie mit dem Blick, als wolle sie in den Tiefen ihrer Seele lesen, als wolle sie Empfindungen erfassen, die ihre Worte etwa erwecken würden. »Hör zu. Es ist etwas Ungewöhnliches geschehen.«

»Was denn?«

»Monsieur de Servigny hat mir gesagt, er liebe mich.«

Beunruhigt wartete die Marquise. Da Yvette nicht weiterredete, fragte sie: »Bei welcher Gelegenheit hat er dir das gesagt? Drück dich deutlicher aus.«

Da hockte sich das junge Mädchen in einer ihr gewohnten schmeichlerischen Pose zu Füßen der Mutter nieder, drückte ihr die Hände und sagte: »Er hat mir einen Heiratsantrag gemacht.«

Madame Obardi machte vor Verblüffung eine unbeherrschte Bewegung und rief: »Servigny? Bist du verrückt?«

Yvette hatte das Gesicht der Mutter nicht aus den Augen gelassen; was sie dachte und ihre Überraschung waren ihr nicht entgangen. Mit ernster Stimme fragte sie: »Warum soll ich denn verrückt sein? Warum sollte Monsieur de Servigny mich nicht heiraten?«

Verlegen stammelte die Marquise: »Du musst dich geirrt haben; es kann nicht sein. Entweder hast du schlecht hingehört oder ihn falsch verstanden. Monsieur de Servigny ist zu reich für dich ... und zu sehr ... zu sehr Pariser, um je zu heiraten.«

Yvette war langsam aufgestanden. Sie sagte: »Aber wenn er mich doch liebt, wie er gesagt hat, Mama?«

Die Mutter entgegnete einigermaßen ungeduldig: »Ich habe gemeint, du seist groß genug und verfügtest über genügend Lebenskenntnis, um dir nicht dergleichen in den Kopf zu setzen. Servigny ist ein Lebemann und ein Egoist. Er würde nur eine Frau aus seinen Kreisen heiraten und eine, die ebenso vermögend ist wie er. Wenn er dir einen Antrag gemacht hat, dann nur, weil er dich ... weil er dich ...« Die Marquise war außerstande, ihrem Argwohn Worte zu leihen; sie verstummte sekundenlang; dann fuhr sie fort: »Lass mich jetzt in Ruhe und geh zu Bett.«

Und als ob das junge Mädchen jetzt wisse, was sie hatte wissen wollen, antwortete sie gefügig: »Ja, Mama.« Sie küsste die Mutter auf die Stirn und ging sehr ruhig weg.

Als sie schon an der Tür war, rief die Marquise sie zurück. »Und dein Sonnenstich?«, fragte sie.

»Ich habe gar keinen gehabt. Gerade deswegen habe ich mir nur das alles im Kopf herumgehen lassen.«

Da sagte die Marquise: »Wir sprechen noch mal darüber. Vor allem bleib eine Zeit lang nicht mit ihm allein; du kannst sicher sein, dass er dich niemals heiratet, hörst du; er will dich nur ... kompromittieren.« Ein besserer Ausdruck für das, was sie dachte, fiel ihr nicht ein. Und Yvette ging wieder hinauf in ihr Zimmer.

Madame Obardi versank in Grübelei.

Da sie seit Jahren geruhsam in Liebe und Überfluss dahinleben konnte, hatte sie aus ihrem Kopf sorglich alle Gedanken verbannt, die imstande gewesen wären, sie ausschließlich zu beschäftigen, sie zu beunruhigen oder traurig zu stimmen. Nie hatte sie sich bereit gefunden zu überlegen, was einmal aus Yvette werden solle; es würde immer noch früh genug sein, sich damit zu befassen, wenn sich Schwierigkeiten ergaben. Mit ihrer Kurtisanenwitterung spürte sie nur zu gut, dass die Tochter einen reichen Mann aus der wahren großen Welt bloß durch einen völlig unwahrscheinlichen Zufall heiraten könne, durch eine der Überraschungen, mit denen die Liebe bisweilen aufwartet und die dann Abenteurerinnen auf Throne erheben. Übrigens rechnete sie nicht damit; sie beschäftigte sich viel zu sehr mit sich selbst, um Pläne zu schmieden, die sie nicht unmittelbar angingen.

Sicherlich würde Yvette tun wie ihre Mutter. Sie würde von der Liebe, für die Liebe leben. Warum auch nicht? Aber die Marquise hatte es nie gewagt, sich zu fragen, wann und auf welche Weise das geschehen würde.

Und jetzt hatte die Tochter ganz aus heiterem Himmel, ohne jede Vorbereitung, ihr eine der Fragen gestellt, auf die sich nicht antworten ließ; ja sie zwang sie zum Einnehmen einer Haltung in einer Angelegenheit, die in jeder Hinsicht schwierig, heikel und verwirrend für ihr Gewissen war, für jenes Gewissen, das bezeigt werden musste, wenn es sich um das eigene Kind und um dergleichen Dinge handelte. Die Marquise besaß zu viel natürlichen Scharfsinn – und dieser Scharfsinn schlummerte zwar bisweilen, schlief aber nie fest ein –, um sich auch nur für eine Minute über Servignys Absichten im Zweifel zu sein; schließlich kannte sie die Männer aus Erfahrung, und zumal Männer wie ihn. Daher hatte sie schon nach Yvettes ersten Worten fast wider Willen ausgerufen: »Servigny und dich heiraten? Du bist ja verrückt!«

Wie hatte er, der Durchtriebene, der frivole Wüstling, der auf Lebensgenuss erpichte Frauenheld, sich dieses abgedroschenen Mittels bedienen können? Was würde er jetzt anstellen? Und wie sollte sie die Kleine unmissverständlicher warnen und sogar verteidigen? Denn Yvette konnte sich in nicht wieder gutzumachenden Dummheiten ergehen.

Hätte man es je für möglich gehalten, dass dies große Mädchen noch so naiv sei, so wenig im Bild, so unklug?

Und die bereits vom Nachdenken immer unschlüssiger gewordene und erschöpfte Marquise grübelte immer weiter darüber nach, was geschehen müsse, ohne dass ihr etwas einfiel; denn die Situation kam ihr wahrhaft äußerst peinlich vor. Müde dieses Wirrwarrs und dieser Plackerei dachte sie: Pah! Ich passe einfach genau auf die beiden auf und greife den Umständen entsprechend ein. Wenn es sein muss, rede ich sogar mit Servigny ein Wörtlein; er ist nicht auf den Kopf gefallen und wird mich schon auf eine Anspielung hin verstehen.

Sie überlegte nicht, was sie ihm sagen noch was er antworten, noch auch, zu welcher Art von Übereinkunft es zwischen ihnen kommen könne; sie war froh, dass sie diese Sorge beschwichtigt hatte, ohne dass sie einen festen Entschluss hätte fassen müssen; und so machte sie sich abermals daran, ihre Gedanken träumerisch dem schönen Saval zuzuwenden; verlorenen Blicks schaute sie in die Nacht, zur Rechten hin, nach der über Paris schwebenden dunstigen Helligkeit; mit beiden Händen warf sie der großen Stadt Kusshände zu, schnelle Küsse ins Dunkel hinein, einen nach dem andern, ohne sie zu zählen, und ganz leise, als sei er noch bei ihr und sie spreche zu ihm, flüsterte sie: »Ich liebe dich, ich liebe dich!«

3

Auch Yvette schlief nicht. Wie ihre Mutter lehnte sie am offenen Fenster, und in ihren Augen standen Tränen, die ersten Tränen wahrer Kümmernis.

Bis jetzt hatte sie in dem unbesonnenen, heiteren Vertrauen, wie es glücklicher Jugend eigen ist, gelebt und war darin herangewachsen. Warum hätte sie sich Gedanken machen, Überlegungen anstellen, den Dingen auf den Grund gehen sollen? Warum nicht einfach ein junges Mädchen sein wie andere junge Mädchen auch? Warum hätte ein Zweifel in ihr aufsteigen sollen, warum eine Befürchtung, warum schmerzender Argwohn?

Sie schien über alles Bescheid zu wissen, weil sie über alles redete, weil sie den Tonfall, die Haltung, die gewagten Ausdrücke der Menschen übernommen hatte, die um sie waren. Dabei wusste sie kaum mehr als ein im Kloster erzogenes Mädchen, und die Kühnheit ihrer Ausdrucksweise entsprang lediglich ihrem Gedächtnis, jener Fähigkeit zur Nachahmung und Angleichung, wie die Frauen sie nun mal besitzen, und nicht einem erfahrenen und dreist gewordenen Denken.

Sie sprach von der Liebe, wie der Sohn eines Malers oder eines Musikers mit zehn oder zwölf Jahren von der Malerei oder der Musik gesprochen hätte. Sie wusste, oder vielmehr: sie ahnte, welche Art von Geheimnis dieses Wort barg – es waren in ihrem Dabeisein allzu viele Scherze getuschelt worden, als dass ihre Unschuld nicht ein wenig aufgeklärt worden wäre –, aber wie hätte sie daraus folgern sollen, nicht alle Familien ähnelten der ihrigen?

Man küsste ihrer Mutter mit augenscheinlichem Respekt die Hand; alle ihre Freunde trugen Titel; alle waren oder schienen reich; alle redeten von Prinzen von Geblüt wie von guten Bekannten. Es waren sogar zwei Königssöhne mehrmals abends zu der Marquise gekommen! Wie hätte Yvette da etwas wissen sollen?

Und außerdem war sie von Natur aus naiv. Sie forschte nicht nach, sie besaß kein Witterungsvermögen für

Menschen wie ihre Mutter. Sie lebte in aller Ruhe dahin, sie empfand viel zu große Freude, am Leben zu sein, als dass sie sich unruhige Gedanken über etwas gemacht hätte, das stilleren, nachdenklicheren, mehr in sich gekehrten, weniger mitteilsamen und weniger glücklichen Wesen vielleicht als verdächtig erschienen wäre.

Jetzt jedoch hatte Servigny unvermittelt durch ein paar Worte, deren Brutalität sie gespürt hatte, ohne sie zu begreifen, in ihr eine jähe Unruhe erweckt, die sie zunächst nicht gedanklich zergliedert hatte, die aber alsbald zu einer quälenden, ahnungsvollen Angst gediehen war.

Sie war nach Hause gelaufen; sie war geflüchtet wie ein verwundetes Tier, und sie war ja auch tatsächlich durch jene Worte tief verwundet worden; sie wiederholte sie sich unablässig, um ihren vollen Sinn zu ergründen, um ihre ganze Tragweite zu erraten: »Sie wissen ganz genau, dass eine Heirat zwischen Ihnen und mir nicht in Frage kommt ... sondern nur Liebe.«

Was hatte er damit sagen wollen? Und warum diese Beleidigung? War ihr also etwas unbekannt, irgendein Geheimnis, irgendetwas Schmähliches? Aber was? Sie war verstört, niedergeschmettert, wie bei der Entdeckung einer verborgenen Schändlichkeit, einem von einem geliebten Wesen begangenen Verrat, einer der Herzensverheerungen, die einen dem Wahnsinn zutreiben.

Sie hatte überlegt, gegrübelt, geforscht, geweint; Ängste und Verdacht hatten in ihr genagt. Dann hatte ihre junge, fröhliche Seele sich wieder aufgeheitert; aus allen Erinnerungen an die gelesenen gefühlvollen Romane hatte sie sich ein Abenteuer zusammengezimmert, eine von der Regel abweichende, tragische Situation. Es waren ihr erschütternde Schicksalsumschwünge eingefallen, düstere und rührende Geschichten; die mischte sie durcheinander, daraus reimte sie sich ihre eigene Geschichte zusammen, und mit dieser verschönte sie das Geheimnis, dem sie auf die Spur gekommen war und das ihr Leben barg.

Schon hatte ihre Trostlosigkeit sich gelindert; sie erging sich in Träumereien, sie hob Hüllen auf, sie erdachte sich unwahrscheinliche Verwicklungen, tausend sonderbare, schreckliche Dinge, die gerade um ihrer Seltsamkeit willen verführerisch wirkten.

War sie nicht vielleicht die natürliche Tochter eines Fürsten? War nicht vielleicht ihre Mutter von einem König verführt, verlassen und zur Marquise erhoben worden, etwa vom König Viktor Emanuel, und hatte sie dann vor dem Zorn ihrer Familie fliehen müssen?

Oder war sie nicht vielmehr ein von seinen Eltern weggegebenes Kind, von sehr hochgestellten, sehr erlauchten Eltern, die Frucht einer schuldhaften Liebe, und von der Marquise aufgenommen, an Kindes statt angenommen und aufgezogen worden?

Noch andere Annahmen gingen ihr durch den Kopf. Sie griff sie auf oder verwarf sie, wie es ihr gerade einfiel. Sie geriet in Rührung über sich selber, war im Grunde glücklich und zugleich traurig und vor allem froh und befriedigt, dass sie auf diese Weise zu einer Art Romanheldin wurde, als welche sie sich jetzt erweisen, bekunden musste, unter Bezeigung einer noblen, ihrer würdigen Haltung. Und sie dachte sich in die Rolle hinein, die, den erratenen Tatsachen entsprechend, zu spielen ihr obliegen werde. Sie sah sie verschwommen vor sich, diese Rolle: Es war etwa die einer Gestalt Scribes oder George Sands. Sie bestand aus Aufopferung, Stolz, Entsagung, Seelengröße, Zärtlichkeit und schönen Worten. Ihr bewegliches Naturell hatte schon fast seine Freude an dieser naiven Haltung.

Bis zum Abend war sie sitzen geblieben und hatte erwogen, was sie tun müsse, hatte überlegt, wie sie es anstellen könne, der Marquise die Wahrheit zu entlocken.

Und als die Dunkelheit gekommen war, die tragischen Situationen günstig ist, war ihr endlich ein ganz einfacher und zugleich spitzfindiger Kniff eingefallen, durch den sie das Gewollte zu erlangen hoffte; er bestand darin, die Mutter mit der Behauptung zu überrumpeln, Servigny habe ihr einen Heiratsantrag gemacht.

Bei dieser Nachricht würde die überraschte Madame Obardi sich sicherlich ein Wort, einen Ausruf entschlüpfen lassen, der für die Tochter eine Erleuchtung mit sich brachte.

Und sogleich hatte Yvette ihren Plan in die Tat umgesetzt.

Sie war auf einen Ausbruch des Erstaunens gefasst gewesen, eine überschwängliche Liebesbezeigung, ein Geständnis unter Händeringen und Tränen.

Nun aber hatte die Mutter sich keineswegs verblüfft oder verzweifelt gebärdet, sondern lediglich ein bisschen verärgert angemutet; und aus dem peinlich berührten, misszufriedenen und unruhigen Ton, den sie bei der Antwort anschlug, hatte das junge Mädchen, in dem plötzlich alle Verschlagenheit, aller Scharfsinn und alle List des weiblichen Geschlechts erwachten, erkannt, dass sie nicht weiter in die Mutter dringen dürfe, dass das Geheimnis anderer Art, dass es weit mühseliger für sie sei, es herauszubekommen, und dass sie es ganz allein enträtseln müsse; also war sie wieder hinauf in ihr Zimmer gegangen, bedrückten Herzens, bekümmerter Seele und jetzt bedrängt von der Ahnung wirklichen Unheils, ohne genau um den Ausgangspunkt und das Warum dieser Erschütterung zu wissen. Und da hatte sie sich ans Fenster gesetzt und geweint.

Sie weinte lange, leeren Kopfes, ohne den Versuch, noch mehr herauszufinden; und da allmählich die Erschöpfung sie überwältigte, schloss sie die Augen. So sank sie für ein paar Minuten in den ermüdenden Schlaf abgehetzter Menschen dahin, die nicht die Kraft aufbringen, sich auszuziehen und zu Bett zu gehen, den schweren Schlaf, den dann und wann ein Aufschrecken unterbricht, wenn der Kopf aus den Händen rutscht.

Erst bei Anbruch der Dämmerung legte sie sich nieder, als die Morgenkühle sie durchkältete und sie zwang, vom Fenster wegzugehen.

Diesen und den folgenden Tag bezeigte sie ein zurückhaltendes, schwermütiges Gehaben. In ihr vollzog sich ein unablässiges, rasches Arbeiten ihrer Denkkraft; sie lernte zu belauern, zu erraten, Schlüsse zu ziehen. Ein vorerst noch vages Licht schien sich für sie auf neuartige Weise über die Menschen und Dinge zu breiten, die um sie waren; es überkam sie Argwohn gegen alle, gegen alles, was sie bislang geglaubt hatte, und gegen ihre Mutter. Innerhalb dieser beiden Tage stellte sie jede erdenkliche Mutmaßung an. Sie fasste sämtliche Möglichkeiten ins Auge; sie fasste mit der Jäheit ihrer schwankenden und maßstablosen Natur die gewagtesten Entschlüsse. Am Mittwoch kam sie mit ihrem Plan ins Reine: Es war eine vollkommene Richtschnur für ihr Verhalten und ein richtiges Spionagesystem. Am Donnerstag stand sie mit dem Entschluss auf, durchtriebener als ein Geheimpolizist zu sein, und in Waffen gegen jedermann.

Sie beschloss sogar, sich die beiden Worte: »Ich allein« als Devise zu erwählen, und länger als eine Stunde überlegte sie, auf welche Weise sie sich am wirkungsvollsten anbringen ließen, etwa als gravierte Umrahmung ihres Namenszeichens auf ihrem Briefpapier.

Saval und Servigny langten um zehn Uhr an.

Das junge Mädchen bot zurückhaltend die Hand, wenngleich ohne Verlegenheit, und sagte freundlich, aber ernst: »Tag, Muskat, wie geht's?«

»Tag, Mam'zelle, ganz leidlich, und Ihnen?« Er beobachtete sie scharf. Welche Komödie sie mir wohl jetzt wieder vorspielen wird?, dachte er.

Die Marquise hatte Savals Arm genommen; Servigny nahm den Yvettes, und sie begannen, um den Rasenplatz zu schlendern, wobei sie alle paar Augenblicke hinter den Gebüschen und Baumgruppen auftauchten und wieder verschwanden.

Yvette schritt mit ruhigem, nachdenklichem Gesichtsausdruck einher, blickte auf den Sand des Gartenwegs nieder, schien kaum auf das zu hören, was ihr Begleiter zu ihr sagte, und antwortete fast nie darauf. Unvermittelt fragte sie: »Sind Sie wirklich mein Freund, Muskat?«

»Aber, aber!«

»Ich meine: wirklich, ganz wirklich, ganz, ganz wirklich!«

»Ganz und gar, mit Leib und Seele!«

»So dass Sie auch nicht ein einziges Mal lügen würden?«

»Sogar zweimal nicht, wenn es sein müsste.«

»So dass Sie mir die volle Wahrheit, die ganze schmutzige Wahrheit sagen würden?«

»Ja, bestimmt.«

»Gut. Was denken Sie innerlich, in Ihrem tiefsten Innern, von dem Fürsten Krawaloff?«

»Ei verflucht!«

»Sehen Sie? Da bereiten Sie sich schon wieder auf eine Lüge vor!«

»Nein, nein, ich suche nur nach Worten, nach den richtigen Worten. Mein Gott, Fürst Krawaloff ist Russe ... ein richtiggehender Russe, der Russisch spricht, in Russland geboren worden ist, der vielleicht sogar einen Pass hat, damit er nach Frankreich reisen konnte, und an dem nichts falsch ist als sein Name und sein Titel.«

Sie sah ihm fest in die Augen. »Wollen Sie damit sagen, er sei ein ...?«

Er zögerte; dann entschloss er sich: »Ein Abenteurer.«

»Und der Cavaliere Valreali ist auch nichts Besseres, nicht wahr?«

»Ganz wie Sie sagen.«

»Und Monsieur de Belvigne?«

»Mit dem ist es was anderes. Er ist ein Mann von Welt ... aus der Provinz, anständig ... bis auf einen gewissen Punkt ... aber nur ganz leicht angesengt ... weil er aus Mangel an Holz seinen Besen hat verfeuern müssen, das heißt: weil er sich allzu kümmerlich durchschlagen musste ...«

»Und Sie?«

»Ich bin sozusagen ein Lebemann, stamme aus guter Familie, besaß Intelligenz und habe sie vergeudet, indem ich Wortspiele machte, war kerngesund und bin es nicht mehr, weil ich allzu leichtsinnig gelebt habe, verfügte vielleicht über Werte und habe sie durch Nichtstun in den Wind gesät. Immerhin verbleiben mir alles in allem und zu jedem Zweck einiges Vermögen, eine gewisse Lebenserfahrung, ein ziemlich vollständiger Mangel an Vorurteilen, eine weitgehende Menschenverachtung, die Frauen eingeschlossen, ein sehr tiefes Gefühl für das Unnütze meines Tuns und eine beachtliche Duldsamkeit für die allgemeine Nichtswürdigkeit. Allein, ich bin dann und wann, wie Sie merken, offen und ehrlich, und ich bin sogar herzlicher Zuneigung fähig, was Sie bemerkt haben könnten. Mit all diesen Fehlern und guten Eigenschaften stelle ich mich Ihnen moralisch und physisch zur Verfügung, damit Sie nach Ihrem Ermessen mit mir verfahren können. Nun wissen Sie es.«

Sie lachte nicht; sie hörte aufmerksam zu, wog seine Worte und erwog seine Absichten.

Sie fragte weiter: »Was halten Sie von der Gräfin de Lammy?«

Er sagte lebhaft: »Sie müssen mir erlauben, meine Ansichten über die Frauen für mich zu behalten.«

»Über alle?«

»Ja, über alle.«

»Dann müssen Sie eine sehr schlechte Meinung von ihnen haben ... von allen. Überlegen Sie mal: Wollen Sie nicht eine Ausnahme machen?«

Er setzte das unverschämte Grinsen auf, das er fast beständig zur Schau trug; und mit der brutalen Kühnheit, die ihm als Kraftäußerung, als Waffe diente, antwortete er: »Die Anwesenden sind immer ausgenommen.«

Sie wurde ein wenig rot; doch sie fragte völlig beherrscht: »Also, was halten Sie von mir?«

»Soll ich es tatsächlich sagen? Gut. Ich halte Sie für eine junge Dame, die sehr vernünftig und sehr praktisch ist oder die, wenn Ihnen das lieber ist, über große praktische Vernunft verfügt, die sich vortrefflich darauf versteht, ihr Spielzeug zu verwirren, sich über die Leute zu amüsieren, ihre Ansichten zu tarnen, Fallstricke zu spannen und, ohne sich zu überhasten, abzuwarten ... bis es geschieht.«

Sie fragte: »Ist das alles?«

»Alles.«

Da sagte sie ernst und gewichtig: »Von dieser Meinung werde ich Sie abbringen, Muskat.« Dann trat sie zu ihrer Mutter hin.

Die Marquise machte ganz kleine Schritte und hielt den Kopf gesenkt; sie bezeigte die ein wenig schlaffe Haltung, die man einnimmt, wenn man beim Spazierenschlendern ganz leise über sehr Intimes und sehr Annehmliches spricht. Im Gehen zeichnete sie mit der Spitze ihres Sonnenschirms Figuren in den Sand, vielleicht Buchstaben, und sie sprach, ohne Saval dabei anzusehen; sie sprach lange, langsam, stützte sich auf seinen Arm und schmiegte sich an ihn.

Yvette sah zu den beiden hin, und ein Argwohn, der so unbestimmt war, dass sie ihn nicht in Worte kleidete, mehr eine dunkle Empfindung als ein Zweifel, glitt ihr durch den Kopf, wie der Schatten einer windgetriebenen Wolke über die Erde gleitet.

Die Glocke rief zum Mittagessen. Es verlief wortkarg und fast trübselig.

Es lag, wie man zu sagen pflegt, ein Gewitter in der Luft. Dicke, bewegungslose Wolken schienen hinten am Horizont im Hinterhalt zu liegen, stumm und schwer, aber sturmgeladen.

Beim schwarzen Kaffee auf der Terrasse fragte die Marquise: »Nun, mein Liebling, machst du heute mit deinem Freund Servigny einen Spaziergang? Das Wetter ist ganz zum Genießen der Kühle unter den Bäumen angetan.«

Yvette warf ihr einen raschen, schnell wieder abgewandten Blick zu: »Nein, Mama, heute gehe ich nicht aus.«

Die Marquise schien unangenehm berührt; sie beharrte: »Mach doch einen kleinen Gang, mein Kind; das bekommt dir so gut.«

Da stieß Yvette brüsk hervor: »Nein, Mama, heute bleibe ich zu Haus, und du weißt ganz genau, warum; ich habe es dir neulich abends gesagt.«

Daran hatte Madame Obardi nicht mehr gedacht; sie hatte nichts im Kopf als den Wunsch, mit Saval allein zu bleiben. Sie wurde rot, wusste nicht aus noch ein, beunruhigte sich um ihrer selbst willen, da sie nicht wusste, ob sie eine oder zwei Stunden ungestört bleiben könne, und stammelte: »Richtig, das hatte ich ganz vergessen, du hast Recht. Wo habe ich nur meinen Kopf gehabt?«

Und Yvette nahm eine Strickarbeit zur Hand, die sie »das Gemeinwohl« nannte und mit der sie sich alljährlich fünf- oder sechsmal an Tagen von ereignisloser Banalität beschäftigte, und setzte sich auf einen Hocker zu ihrer Mutter; die beiden jungen Herren saßen rittlings auf Faltstühlen und rauchten Zigarren.

Die Stunden gingen unter trägem, unaufhörlich versiegendem Geplauder hin.

Die Marquise war nervös und warf Saval glühende Blicke zu; sie suchte nach einem Vorwand, einem Grund, die Tochter wegzuschicken. Schließlich sah sie ein, dass ihr das nicht gelingen werde, und da sie nicht wusste, welchen Kunstgriffs sie sich bedienen solle, sagte sie zu Servigny: »Wissen Sie eigentlich, lieber Herzog, dass ich Sie beide heute Abend hier behalten möchte? Wir wollen morgen in Chatou, im Restaurant Fournaise, zu Mittag essen.«

Er verstand, lächelte und verneigte sich: »Ganz wie Sie wünschen, Marquise.«

Und so schlich der Tag mühselig hin, unter steten Gewitterdrohungen.

Die Stunde des Abendessens rückte allmählich heran. Der lastende Himmel bezog sich mit trägen, schweren Wolken. Kein kühler Windhauch streifte die Haut.

Auch die Abendmahlzeit verlief fast schweigend. Eine Beklommenheit, eine Hemmung, eine Art vager Furcht schien den beiden Herren und den beiden Damen die Sprache zu verschlagen.

Als abgedeckt worden war, blieben sie auf der Terrasse sitzen; gesprochen wurde nur mit langen Pausen. Die Nacht sank nieder, eine dumpfe, schwüle Nacht. Plötzlich wurde der Horizont durch einen riesigen Flammenhaken zerrissen; er erhellte mit einem blendenden, bleichen Aufleuchten die vier schon vom Dunkel umhüllten Gesichter. Dann rollte ein fernes, dumpfes, schwaches Geräusch über die Erde, wie wenn ein Wagen über eine Brücke holpert; und es schien, als steigere sich die Hitze der Atmosphäre, als werde die Luft noch drückender, die Stille des Abends noch tiefer.

Yvette stand auf. »Ich möchte zu Bett gehen«, sagte sie, »das Gewitter macht mich ganz krank.« Sie neigte der Marquise die Stirn entgegen, reichte den beiden jungen Herren die Hand und ging.

Ihr Zimmer lag genau oberhalb der Terrasse, und so schimmerte das Laubwerk eines großen, vor dem Eingang stehenden Maronenbaums bald in grüner Helle auf, und Servigny saß da und starrte auf den blassen Lichtfleck in der Baumkrone, durch den er dann und wann einen Schatten gleiten zu sehen glaubte. Doch dann erlosch mit einem Mal das Licht.

Madame Obardi stieß einen tiefen Seufzer aus. »Jetzt hat meine Tochter sich schlafen gelegt«, sagte sie.

Servigny stand auf: »Ich möchte dasselbe tun, Marquise, wenn Sie gestatten.« Er küsste die ihm gebotene Hand und verschwand ebenfalls.

Und sie blieb mit Saval allein im Dunkel. Sogleich lag sie in seinen Armen, umschlang ihn, presste ihn eng an sich. Und obwohl er sie daran zu hindern suchte, kniete sie vor ihm nieder und flüsterte: »Ich will dich im Schein der Blitze ansehen.«

Yvette jedoch war, nachdem sie die Kerze ausgeblasen hatte, nochmals auf ihren Balkon hinausgetreten, nacktfüßig, ein huschender Schatten, und jetzt lauschte sie; in ihr nagte ein peinigender, wirrer Verdacht.

Sehen konnte sie nichts; sie stand über ihnen auf dem Dach der Terrasse.

Sie hörte nichts als Stimmengeflüster; ihr Herz pochte so heftig, dass sein Schlag ihr in den Ohren dröhnte. Über ihrem Kopf wurde ein Fenster geschlossen. Also war Servigny ebenfalls nach oben gegangen. Die Mutter war mit dem andern allein.

Ein zweiter Blitz zerspaltete den Himmel und ließ für eine Sekunde die ganze ihr wohl bekannte Landschaft in greller, unheilverkündender Helle auftauchen; sie sah den breiten Fluss in der Farbe geschmolzenen Bleis, wie man sich Flüsse in phantastischen Ländern erträumt. Da sagte unter ihr eine Stimme: »Ich liebe dich!«

Und weiter hörte sie nichts. Ein seltsames Erschauern hatte ihren Körper überrieselt; ihre Gedanken wogten in schrecklicher Verwirrung durcheinander.

Lastendes, endloses Schweigen, wie das Schweigen der Ewigkeit, schwebte über der Erde. Yvette konnte nicht mehr atmen; etwas ihr Unbekanntes und Schreckliches bewegte ihr die Brust. Ein weiterer Blitz durchflammte das Erdenrund, erhellte für eine Sekunde den Horizont, ihm folgte unmittelbar noch einer, dann noch andere.

Und die schon von ihr vernommene Stimme erscholl jetzt lauter und sagte immer wieder: »Wie ich dich liebe! Wie ich dich liebe!« Yvette kannte sie gut, diese Stimme – die ihrer Mutter.

Ein dicker, lauwarmer Wassertropfen fiel ihr auf die Stirn, und eine leichte, kaum wahrnehmbare Bewegung durchlief die Blätter, das Beben des einsetzenden Regens.

Dann eilte aus der Ferne ein Rumoren heran, ein verworrenes Rumoren, wie Windrauschen im Gezweig; und wie ein Tuch fiel auf die Erde, auf den Fluss, auf die Bäume heftiger Platzregen nieder. Innerhalb weniger Augenblicke rieselte rings um sie Wasser, umhüllte, bespritzte sie, durchdrang sie wie ein Bad. Sie rührte sich nicht von der Stelle, sie dachte nur an das, was jetzt auf der Terrasse geschah.

Sie hörte, wie die beiden aufstanden und hinauf in ihre Schlafzimmer gingen. Im Hausinnern klappten Türen zu; und das junge Mädchen gab dem unwiderstehlichen Wunsch zu wissen nach, der sie kopflos machte und sie marterte; sie hastete ins Treppenhaus, machte behutsam die nach draußen führende Tür auf, schritt im wütend niederprasselnden

Regen über den Rasen, versteckte sich im Gebüsch und sah zu den Fenstern hinauf.

Nur eins war erleuchtet, das der Mutter. Und plötzlich erschienen in dem hellen Rechteck zwei Gestalten, zwei Gestalten nebeneinander. Sie rückten so nahe zusammen, dass sie nur eine einzige bildeten, und als ein neuer Blitz einen raschen, blendenden Lichtschein über die Fassade warf, sah Yvette, dass sie einander mit verschlungenen Armen küssten.

Außer sich, ohne zu überlegen, ohne zu wissen, was sie tat, schrie sie, so laut sie konnte, mit überschriller Stimme: »Mama!«, wie man schreit, um Menschen in Todesgefahr zu warnen.

Ihr verzweifelter Ruf verhallte im Klatschen des Regens; aber das sich umschlungen haltende Paar wich erschrocken auseinander. Und eine der Gestalten verschwand, während die andere versuchte, in dem finsteren Garten etwas zu erkennen.

Vor Angst, ertappt zu werden, gerade in diesem Augenblick der Mutter zu begegnen, eilte Yvette dem Haus zu, stürzte die Treppe hinauf, wobei sie ein von Stufe zu Stufe fließendes Rinnsal hinter sich ließ, und riegelte sich in ihrem Zimmer ein, fest entschlossen, niemandem zu öffnen.

Und ohne ihr triefnasses, ihr am Körper klebendes Kleid auszuziehen, fiel sie auf die Knie, faltete die Hände und flehte in ihrer Not um Schutz durch Überirdisches, um die geheimnisvolle Hilfe des Himmels, den Beistand unbekannter Mächte, nach dem uns in Stunden der Tränen und der Verzweiflung verlangt.

Alle paar Augenblicke warfen die mächtigen Blitze ihren fahlen Widerschein ins Zimmer; dabei erblickte sie sich mit ihrem zerzausten, nassen Haar im Schrankspiegel und kam sich so fremd vor, dass sie sich nicht erkannte.

Lange blieb sie auf den Knien liegen, so lange, dass das Gewitter davonzog, ohne dass sie es merkte. Der Regen hörte auf, ein Lichtschein überzog den noch von Wolken verdunkelten Himmel, und durch das offene Fenster drang laue, würzige, köstliche Kühle herein, der frische Duft von nassem Gras und nassen Blättern.

Yvette stand auf, zog das zerknitterte, kalte Kleid aus, ohne sich bewusst zu sein, dass sie es tue, und ging zu Bett. Dort blieb sie liegen und starrte in die anhebende Tageshelle. Dann weinte sie abermals, dann machte sie sich alles klar.

Ihre Mutter! Ein Liebhaber! Diese Schande! Aber sie hatte so viele Bücher gelesen, in denen Frauen, sogar Mütter, sich auf solcherlei Weise hinreißen ließen, um alsdann, wenn es an die Lösung des Knotens ging, wieder zu Ehren zu kommen, dass es sie nicht übermäßig wunderte, nun ebenfalls in ein Drama verstrickt zu sein, das genauso war wie die Dramen, von denen sie gelesen hatte. Die Heftigkeit ihres ersten Schmerzes, die grausame Bestürzung beschwichtigten sich schon ein wenig, als sie sich verworren ähnlicher Situationen erinnerte. Ihre Gedanken hatten sich in so tragischen, von den Romanschriftstellern auf poetische Weise herbeigeführten Abenteuern ergangen, dass die entsetzliche Entdeckung sie halbwegs wie die natürliche Fortsetzung eines tags zuvor begonnenen Feuilletonromans anmutete.

Sie sagte sich: »Ich will meine Mutter retten.«

Und da dieser heroische Entschluss sie beinahe fröhlich stimmte, fühlte sie sich stark und gewachsen; sie war bereit zu Aufopferung und Kampf. Sie sann über die Mittel nach, die sie würde anwenden müssen. Nur eins schien ihr wirklich gut, und das stand in Beziehung zu ihrem romantischen Naturell. Wie eine Schauspielerin sich auf die Szene vorbereitet, die sie zu spielen hat, bereitete sie sich auf ihre Auseinandersetzung mit der Mutter vor.

Die Sonne war aufgegangen. Im Haus lief die Dienerschaft hin und her. Die Zofe kam mit der Schokolade.

Yvette hieß sie das Tablett auf den Tisch stellen und sagte zu ihr: »Bestellen Sie meiner Mutter, ich fühle mich nicht wohl und wolle im Bett bleiben, bis die beiden Herren abgereist seien; ich hätte die ganze Nacht nicht schlafen können und bäte, nicht gestört zu werden, weil ich jetzt versuchen möchte zu ruhen.«

Die verblüffte Zofe warf einen Blick auf das durchnässte, wie ein Lumpen am Boden liegende Kleid. »Ist Mademoiselle denn draußen gewesen?«, fragte sie.

»Ja, ich bin im Regen spazieren gegangen; ich habe mich erfrischen wollen.«

Und die Zofe raffte die Röcke, die Strümpfe, die schmutzigen Stiefelchen zusammen, warf sich die wie Scheuertücher nassen Kleidungsstücke unter angeekelten Vorsichtsmaßnahmen über den Arm und zog ab.

Und Yvette wartete; sie wusste nur zu gut, dass ihre Mutter kommen werde.

Die Marquise war bei den ersten Worten der Zofe aus dem Bett gesprungen; denn seit dem Schrei: »Mama!«, den sie im Dunkel gehört hatte, verharrte in ihr ein Zweifel. Jetzt kam sie herein. »Was hast du denn?«, fragte sie.

»Ich habe ... ich habe ...« Eine jähe, schreckliche Erregung packte Yvette; sie bekam keine Luft.

Verwundert fragte die Marquise nochmals: »Was ist nun eigentlich mit dir los?«

Da vergaß das junge Mädchen alle seine Pläne und vorbereiteten Sätze; sie barg das Gesicht in beiden Händen und stammelte: »O Mama! O Mama!«

Madame Obardi blieb vor dem Bett stehen; sie war viel zu erschrocken, um voll zu begreifen, um was es hier ging; aber vermöge des subtilen Witterungsvermögens, aus dem sie ihre Kraft schöpfte, erriet sie fast alles.

Yvette konnte vor Schluchzen nicht sprechen; der Mutter gingen im Gefühl einer bevorstehenden abscheulichen Auseinandersetzung die Nerven durch, und sie fragte unwirsch: »Hör mal, willst du mir jetzt gefälligst sagen, was dir eigentlich einfällt?«

Mühsam sagte Yvette: »Oh! Gestern Abend ... Ich habe dich gesehen ... an deinem Fenster.«

Die Marquise wurde sehr bleich; sie stieß hervor: »Na und?« Ihre Furcht und Verlegenheit wandelten sich in Zorn; sie zuckte die Achseln und wandte sich zum Gehen. »Ich glaube tatsächlich, du bist verrückt geworden. Wenn du wieder vernünftig bist, kannst du es mir sagen lassen.«

Doch da riss das junge Mädchen die Hände vom tränenüberströmten Gesicht. »Nein! Hör mich an ... Ich muss mit dir reden ... Hör ... Du musst mir versprechen ... Wir müssen alle beide wegreisen, ganz weit weg, in eine ländliche Gegend, und da wollen wir leben wie Bäuerinnen; und niemand darf erfahren, was aus uns geworden ist! Sag, Mama, tust du das? Ich bitte dich, ich flehe dich an; tust du es?«

Der Marquise verschlug es die Sprache; sie blieb mitten im Zimmer stehen. In ihren Adern floss das Blut des Volkes, rasch aufwallendes Blut. Scham und mütterliches Schicklichkeitsgefühl mischten sich in ihr mit einer unbestimmten Angstempfindung und der Empörung einer leidenschaftlichen Frau, deren Liebe bedroht wird; sie erbebte; sie war nahe daran, um Verzeihung zu bitten oder sich zu irgendeiner Gewalttat hinreißen zu lassen. »Ich verstehe dich nicht«, sagte sie.

Yvette sagte noch einmal: »Ich habe dich gesehen . . . Mama . . . diese Nacht . . . Es darf nicht . . . Wenn du wüsstest . . . Wir beide müssen wegreisen . . . Ich will dich so lieb haben, dass du alles vergisst . . .«

Mit zitternder Stimme sagte Madame Obardi: »Hör mal, mein Kind, es gibt Dinge, die du noch nicht verstehst. Also . . . vergiss nie . . . vergiss nie . . . dass ich dir verbiete . . . mir jemals wieder . . . mit . . . diesen Dingen zu kommen.«

Doch das junge Mädchen schlüpfte jetzt, wie sie es sich vorgenommen hatte, in ihre Retterinnenrolle; sie stieß hervor: » Nein, Mama, ich bin kein Kind mehr, ich habe das Recht, alles zu erfahren. Ja, ich weiß, dass bei uns Leute von schlechtem Ruf, Abenteurer, aus und ein gehen, ich weiß auch, dass man uns deswegen über die Schulter ansieht. Ich weiß auch noch mancherlei anderes. Das darf nicht sein, hörst du? Ich will es nicht! Wir müssen wegreisen; du verkaufst deinen Schmuck; wir arbeiten, wenn es nicht anders geht, und wir leben wie anständige Frauen, irgendwo, weit von hier. Und wenn mich jemand heiratet, dann umso besser.«

Die Mutter sah sie mit ihren schwarzen Augen verstört an. Sie antwortete: »Du bist verrückt. Du stehst jetzt gefälligst auf und isst mit uns allen zu Mittag.«

»Nein, Mama. Es ist jemand im Haus, den ich nicht wieder sehen will; du verstehst schon. Ich will, dass er geht; sonst gehe *ich*. Du hast die Wahl zwischen ihm und mir.«

Sie hatte sich im Bett aufgerichtet; sie gab ihrer Stimme Nachdruck; sie sprach, wie man auf der Bühne spricht; sie spielte endlich mit dem Drama, das sie sich erträumt hatte; sie vergaß fast ihren Kummer; sie wollte nichts im Kopf haben als ihre Mission.

Die verblüffte Marquise sagte nochmals: »Aber du bist ja verrückt . . .« Etwas anderes fiel ihr nicht ein.

Yvette wiederholte mit theatralischer Energie: »Nein,

Mama. Entweder verlässt dieser Mensch das Haus, oder *ich* gehe; denn nachgeben tue ich nicht.«

»Und wohin willst du? Was willst du anfangen?«

»Das weiß ich nicht, und es ist auch gleichgültig ... Ich will, dass du und ich anständige Frauen sind.«

Die Wiederkehr des Ausdrucks »anständige Frauen« fachte in der Marquise eine Dirnenwut an, und sie schrie: »Halt den Mund! Ich verbiete dir, so mit mir zu reden. Ich bin genauso viel wert wie jede andere, hast du verstanden? Ja, ich bin eine Kurtisane, und ich bin stolz darauf; keine ›anständige Frau‹ kann es mit mir aufnehmen.«

Die niedergeschmetterte Yvette sah sie an; sie stammelte: »O Mama!«

Doch die Marquise wurde immer aufgeregter, geriet immer mehr außer sich: »Jawohl, eine Kurtisane bin ich! Na und? Wenn ich nämlich keine Kurtisane wäre, dann wärst du heute ein Küchenmädchen, wie ich es früher gewesen bin, und bekämst dreißig Sous Taglohn und müsstest Geschirr abwaschen, und deine Herrin schickte dich zum Metzger, hörst du, und wenn du bummeltest, würdest du vor die Tür gesetzt, während du hier den ganzen Tag herumbummeln kannst, weil ich eine Kurtisane bin! Da hast du es! Wenn man nichts ist als ein Dienstmädchen und nur fünfzig Francs auf die hohe Kante gelegt hat, muss man verstehen, seine Schäfchen ins Trockene zu bringen, falls man nicht als Hungerleider verrecken will; und es gibt nur *einen* Weg, nur *einen*, verstehst du, wenn man in dienender Stellung ist! Wir können nicht durch Spekulation und Börsenschwindel zu Vermögen kommen. Wir haben nichts als unsern Körper, nichts als unsern Körper.« Sie schlug sich an die Brust wie ein beichtender Bußfertiger; rot im Gesicht, in innerem Aufruhr, trat sie an das Bett heran: »Es hilft eben nichts: Wenn man ein schönes Mädchen ist, muss man davon leben oder Not leiden bis an das Ende seiner Tage ... sein Leben lang ... Anderes bleibt einem nicht übrig.« Plötzlich kam sie auf das, was sie eigentlich hatte sagen wollen: »Und außerdem tun sie es ja auch, die ›anständigen Frauen‹. Die sind nämlich die wahren Luder, weil nichts sie dazu zwingt. Sie haben Geld; sie können in Freuden leben; und da nehmen sie sich Männer aus purer Lasterhaftigkeit. Die sind die wahren Luder!«

Sie stand am Lager der ratlosen Yvette, die am liebsten »Hilfe!« gerufen hätte, davongelaufen wäre und die laut weinte wie ein geprügeltes Kind.

Die Marquise verstummte, blickte auf die Tochter nieder, und als sie sah, dass Yvette vor Verzweiflung von Sinnen war, fühlte sie, wie sie selber von Schmerz, Reue, Rührung und Mitleid durchdrungen wurde; sie warf sich mit ausgebreiteten Armen über das Bett, fing gleichfalls zu schluchzen an und stammelte: »Mein armes Kind, mein armes Kind, wenn du wüsstest, wie weh du mir tust.« Und sie weinten beide lange Zeit.

Dann stand die Marquise, bei der der Kummer nie von Dauer war, bedächtig auf. Ganz leise sagte sie: »Komm, mein Liebling, so ist es nun mal; es hilft nichts. Es lässt sich jetzt nichts mehr dran ändern. Man muss das Leben nehmen, wie es ist.«

Yvette schluchzte weiter. Der Schlag war zu hart und zu unerwartet gewesen, als dass sie hätte nachdenken und sich fassen können.

Die Mutter fuhr fort: »Komm, steh auf, komm zum Mittagessen, damit die andern nichts merken.«

Das junge Mädchen schüttelte den Kopf; sprechen konnte sie nicht; schließlich stieß sie langsam unter Schluchzen hervor: »Nein, Mama, du weißt, was ich gesagt habe; es muss dabei bleiben. Ich verlasse mein Zimmer erst, wenn die beiden abgereist sind. Ich will keinen einzigen von diesen Leuten wieder sehen, nie, nie! Wenn sie wiederkommen, dann . . . dann siehst du mich nie wieder.«

Die Marquise hatte sich die Augen getrocknet, und arg mitgenommen von all der Aufregung sagte sie leise: »Komm, überleg es dir, sei vernünftig.« Und nach einer Weile des Schweigens: »Ja, es ist schon besser, wenn du heute Vormittag liegen bleibst. Im Laufe des Nachmittags komme ich noch mal zu dir.« Sie küsste die Tochter auf die Stirn und ging, um sich anzukleiden; sie war schon wieder völlig beruhigt.

Sowie ihre Mutter verschwunden war, sprang Yvette aus dem Bett, lief zur Tür und schob den Riegel vor, damit sie allein, ganz allein blieb, und begann nachzudenken.

Gegen elf klopfte die Zofe und fragte durch die Tür: »Die Frau Marquise lässt fragen, ob Mademoiselle nichts braucht und was sie zu Mittag essen möchte?«

Yvette antwortete: »Ich habe keinen Hunger. Ich bitte nur, mich nicht zu stören.« Und sie blieb im Bett, als sei sie schwer krank.

Gegen drei wurde abermals geklopft. Sie fragte: »Wer ist da?«, und hörte die Stimme ihrer Mutter: »Ich bin's, Liebling. Ich habe mal sehen wollen, wie es dir geht.«

Yvette zögerte. Was sollte sie tun? Dann machte sie auf und schlüpfte sofort wieder ins Bett.

Die Marquise kam herein und sagte mit gedämpfter Stimme, als spreche sie zu einer Genesenden: »Na, fühlst du dich besser? Möchtest du nicht ein Ei essen?«

»Nein, danke, überhaupt nichts.«

Madame Obardi hatte sich ans Bett gesetzt. Längere Zeit hindurch wurde nichts gesprochen; schließlich, als die Tochter still liegen blieb, die Hände schlaff auf der Bettdecke, fragte die Marquise: »Willst du nicht aufstehen?«

Yvette antwortete: »Doch, gleich.« Dann sagte sie ernst und langsam: »Ich habe viel nachgedacht, Mama, und jetzt . . .

jetzt sollst du meinen Entschluss hören. Was geschehen ist, ist geschehen; darüber wollen wir nicht mehr reden. Aber in Zukunft muss alles ganz anders werden ... oder ... oder ich weiß, was mir zu tun übrig bleibt. Jetzt muss mit alledem Schluss sein.«

Die Marquise glaubte, es solle mit der Auseinandersetzung Schluss sein; sie spürte, wie einige Ungeduld sie überkam. Dies war denn doch zu viel. Diese Gans von großem Mädchen hätte längst schon im Bild sein müssen. Aber sie antwortete nichts; sie fragte nur noch einmal: » Stehst du auf?«

»Ja, jetzt bin ich so weit.«

Da betätigte die Mutter sich als Zofe, brachte ihr die Strümpfe, das Korsett, die Unterröcke; und dann küsste sie sie: »Möchtest du vor dem Abendessen einen kleinen Spaziergang machen?«

»Ja, Mama.«

Und so gingen sie denn am Fluss spazieren und redeten kaum mehr als gänzlich banale Dinge.

4

Am andern Tag ging Yvette frühmorgens ganz allein weg und setzte sich an die Stelle, wo Servigny ihr aus dem Buch über die Ameisen vorgelesen hatte. Sie sagte sich: »Hier bleibe ich so lange, bis ich zu einem Entschluss gekommen bin.«

Vor ihr, zu ihren Füßen, strömte das Wasser einher, das schnell fließende Wasser des »lebendigen« Seinearms mit seinen Rückstauen, mit großen Wirbeln, die in stummer Flucht mit tiefen Strudeln hinglitten.

Sie hatte bereits ihre Lage von allen Seiten betrachtet und alle Mittel, aus ihr herauszukommen, erwogen.

Was sollte sie tun, wenn ihre Mutter sich nicht peinlich genau an die gestellte Bedingung hielt, wenn sie nicht auf ihre Lebensführung, ihre Geselligkeit, auf alles verzichtete und statt dessen mit ihr in ein fernes Land übersiedelte und dort in der Verborgenheit lebte?

Sie konnte allein auf und davon gehen ... fliehen. Aber wohin? Und wie? Wovon sollte sie leben?

Arbeiten? Aber was? An wen sollte sie sich wenden, um Arbeit zu finden? Und überdies kam ihr das stumpfe, armselige Leben der Arbeiterinnen, der Mädchen aus dem Volk, ein bisschen schmählich und ihrer unwürdig vor. Sie überlegte, ob sie nicht Lehrerin werden könne, wie die jungen Frauen in den Romanen, um dann vom Sohn des Hauses erst geliebt und hernach geheiratet zu werden. Aber dazu hätte sie aus vornehmer Familie stammen müssen, damit sie, wenn der entrüstete Vater ihr Vorwürfe machte, dass sie ihm die Liebe seines Sohnes gestohlen habe, mit stolzer Stimme antworten konnte: »Ich heiße Yvette Obardi.«

Das konnte sie nicht. Und zudem wäre es ein banaler, abgenutzter Trick gewesen.

Das Kloster war schwerlich besser. Außerdem verspürte sie nicht die mindeste Berufung für das Leben als Nonne, da ihre Frömmigkeit häufig aussetzte und flüchtig war. Da sie war, was sie war, konnte niemand sie durch eine Heirat aus alledem herausreißen. Von Seiten eines Mannes konnte ihr keine Hilfe werden, kein Ausweg, keine dauernde Unterstützung!

Und ferner wollte sie etwas Schneidiges, etwas wahrhaft Großes, etwas wahrhaft Eindrucksvolles, das als Beispiel dienen konnte; und also beschloss sie, in den Tod zu gehen.

Sie fasste diesen Entschluss ganz plötzlich und in vollkommener Ruhe, als handele es sich um eine Reise, ohne Überlegung, ohne sich den Tod auszumalen, ohne zu begreifen, dass er das Ende ohne Neubeginn ist, das Fortgehen ohne Wiederkehr, der ewige Abschied von der Erde, vom Leben.

Mit der Leichtigkeit überschwänglicher junger Seelen war sie auf der Stelle mit dieser Entschließung zum Äußersten einverstanden.

Und sie überlegte, welchen Mittels sie sich bedienen solle. Doch alle dünkten sie mit Schmerzen verbunden und unsicher, und sie erforderten des Weiteren etwas Gewaltsames, und das stieß sie ab.

Nur zu schnell verzichtete sie auf Dolch und Revolver, die lediglich verwunden, verstümmeln oder entstellen können und eine geübte, sichere Hand erfordern, und auf den Strick, der vulgär ist, lächerlich und hässlich, das Selbstmordmittel kleiner Leute, und auf das Wasser, da sie schwimmen konnte. Es blieb also nur Gift übrig; aber welches? Fast alle verursachten Schmerzen und riefen Erbrechen hervor. Sie wollte aber weder Schmerzen haben noch sich übergeben. Das Chloroform fiel ihr ein; sie hatte in einer Zeitungsnotiz gelesen, wie eine junge Frau es angestellt hatte, sich damit ums Leben zu bringen.

Und sogleich empfand sie etwas wie Freude über ihren Entschluss, einen heimlichen Hochmut, eine Anwandlung von Stolz.

Sie ging nach Bougival hinein, in die Apotheke, und bat um ein bisschen Chloroform gegen Zahnschmerzen. Der Apotheker kannte sie und gab ihr ein winziges Fläschchen mit dem Narkotikum.

Dann wanderte sie nach Croissy und verschaffte sich eine zweite Phiole mit dem Giftstoff. Eine dritte bekam sie in Chatou, eine vierte in Rueil; dann ging sie heim und kam zu spät zum Mittagessen. Da sie nach dieser Wanderung großen Hunger hatte, aß sie viel, mit dem guten Appetit von Leuten, die sich durch körperliche Anstrengung wie ausgehöhlt fühlen.

Ihre Mutter war froh, dass sie tüchtig zulangte; sie fühlte sich endlich beruhigt und sagte zu ihr, als sie vom Tisch aufstanden: »Am nächsten Sonntag kommen alle unsere Freunde. Ich habe auch den Fürsten und Monsieur de Belvigne eingeladen.«

Yvette erbleichte ein wenig, entgegnete indessen nichts.

Wenig später verließ sie das Haus, ging zum Bahnhof und nahm eine Fahrkarte nach Paris. Und während des ganzen Nachmittags ging sie von Apotheke zu Apotheke und kaufte in jeder ein paar Tropfen Chloroform. Als sie abends heimkehrte, hatte sie alle Taschen voll Fläschchen.

Am folgenden Tag begann sie mit diesem Kniff von neuem, und als sie zufällig in eine Drogerie geriet, ergatterte sie auf einmal ein Viertelliter.

Am Samstag blieb sie daheim; es war ein trüber, lauer Tag; sie verbrachte ihn auf der Terrasse, auf einem Liegestuhl aus Weidengeflecht.

Sie dachte an so gut wie nichts; sie war sehr entschlossen und sehr ruhig.

Am andern Tag zog sie ein blaues Kleid an, das ihr besonders gut stand; sie wollte schön sein.

Als sie sich im Spiegel anschaute, fiel ihr unvermittelt ein: Morgen bin ich tot. Und ein seltsames Erschauern überrieselte ihren Körper. Tot! Ich rede nicht mehr, ich denke nicht mehr, niemand sieht mich mehr. Und ich selber sehe von alledem nichts, gar nichts mehr!

Aufmerksam musterte sie ihr Gesicht, als habe sie es nie zuvor gesehen; vor allem ihre Augen betrachtete sie und entdeckte dabei in ihnen tausenderlei geheime Eigentümlichkeiten ihrer Züge und ihres Ausdrucks, die ihr unbekannt geblieben waren, und es erstaunte sie, sich so zu sehen, als stehe sie einer Fremden gegenüber, einer neuen Freundin.

Sie sagte sich: »Das da bin ich, was da im Spiegel ist, das bin ich. Wie sonderbar, wenn man sich so anschaut. Dabei würde man sich ohne Spiegel niemals kennen lernen. Alle andern würden wissen, wie man ist, nur wir selber nicht.«

Sie nahm ihr langes, zu Zöpfen geflochtenes Haar und legte es sich über die Brust; sie verfolgte mit dem Blick alle ihre Gesten, alle Posen, alle Bewegungen. Wie hübsch ich bin!, dachte sie. Morgen liege ich tot da drüben in meinem Bett.

Sie sah zu ihrem Bett hinüber, und ihr war, als sehe sie sich darin liegen, weiß wie die Laken. Tot. In acht Tagen sind dies Gesicht, diese Augen, diese Wangen nur noch dunkle Fäulnis, in einer Holzkiste, tief in der Erde.

Gräuliche Angst schnürte ihr das Herz zusammen.

Heller Sonnenschein überwogte die Landschaft, und durch das Fenster drang milde Morgenluft herein.

Sie setzte sich hin; sie dachte immer nur an das eine: tot sein. Es war, als müsse für sie die Welt auslöschen; doch nein: In dieser Welt würde sich ja nichts ändern, nicht einmal in ihrem Zimmer. Ja, ihr Zimmer würde bleiben, wie es war, mit demselben Bett, denselben Stühlen, derselben Waschtoilette; sie selber jedoch würde für alle Zeit weg sein, und niemand würde um sie trauern, außer der Mutter vielleicht.

Es würde heißen: »Wie niedlich sie war, die kleine Yvette!«, und das war dann alles. Und als ihr Blick auf ihren auf der Sessellehne ruhenden Arm fiel, musste sie abermals an Fäulnis und Verwesung denken, an den schwarzen, stinkenden Brei, zu dem ihr Fleisch werden würde. Und wiederum überrann ein Schauer des Entsetzens ihren ganzen Körper, und es blieb ihr unklar, wie sie verschwinden könne, ohne dass die ganze Erde zunichte werde, so sehr empfand sie sich als einen Teil von allem, von der Landschaft, der Luft, der Sonne, dem Leben.

Im Garten klangen Gelächter, Stimmenlärm, Rufe auf, all die geräuschvolle Heiterkeit bei Beginn einer Landpartie; sie erkannte Monsieur de Belvignes tiefe Stimme; er sang:

»Steh' unter dem Fenster, dem deinen:
Geruhe doch zu erscheinen!«

Gedankenlos stand sie auf und schaute hinaus. Alle klatschten Beifall. Sie waren alle fünf da, außerdem zwei Herren, die sie nicht kannte.

Sie fuhr zurück; der Gedanke; dass diese Männer hergekommen seien, um sich bei ihrer Mutter, bei einer Kurtisane, zu amüsieren, zerriss ihr das Herz.

Die Glocke läutete zum Mittagessen.

»Ich werde ihnen schon zeigen, wie man sterben muss«, sagte sie sich. Und festen Schrittes ging sie hinunter, fast wie mit der Entschlossenheit christlicher Märtyrer beim Betreten der Arena, in der die Löwen warteten.

Mit einem matten, aber hochmütigen Lächeln gab sie allen die Hand.

Servigny fragte: »Sind Sie heute etwas besser aufgelegt?«

Sie antwortete gemessen und mit eigentümlicher Betonung: »Heute will ich lauter Tollheiten treiben. Ich bin in meiner Pariser Stimmung. Hüten Sie sich.« Dann wandte sie sich an Monsieur de Belvigne: »Malvasier, Sie sollen mein Erwählter sein. Nach dem Mittagessen gehe ich mit Ihnen allen zum Dorffest nach Marly.«

Tatsächlich, in Marly war Kirmes. Die beiden neuen Gäste, der Graf de Tamine und der Marquis de Briquetot, wurden ihr vorgestellt.

Während des Essens tat sie kaum den Mund auf; sie spannte ihre Willenskräfte an, damit sie am Nachmittag fröhlich und ausgelassen wirken konnte, damit keiner etwas ahnte, damit alle desto bestürzter waren, damit gesagt wurde: »Wer hätte das gedacht? Sie schien so glücklich, so zufrieden! Was mag in solch einem Mädchenkopf vorgehen?«

Sie bemühte sich, so wenig wie möglich an den Abend zu denken, an die Stunde, die sie sich erwählt hatte: wenn alle auf der Terrasse waren.

Sie trank so viel Wein, wie sie konnte, um sich aufzupeitschen, sowie zwei Gläschen Kognak, und als sie vom Tisch aufstand, war sie rot im Gesicht, fühlte sich ein bisschen schwindlig, körperlich und geistig erhitzt; ihr war jetzt, als sei sie beherzt und zu allem entschlossen.

»Vorwärts marsch!«, rief sie. Sie nahm Monsieur de Belvignes Arm und regelte die Marschordnung der andern: »Los, antreten, Sie sind jetzt mein Bataillon! Servigny, ich befördere Sie zum Sergeanten; Sie marschieren rechts neben der Kolonne her. Die Spitze übernimmt die Fremdenlegion, die beiden Exoten, der Fürst und der Cavaliere, dahinter kommen die beiden Rekruten, die heute zum Waffendienst einberufen worden sind. Vorwärts!«

Sie zogen los. Servigny ahmte Trompetengeschmetter nach; die beiden neu Hinzugekommenen taten, als rührten sie Trommeln.

Monsieur de Belvigne schnitt ein etwas verwirrtes Gesicht und sagte leise: »Aber Mademoiselle Yvette, seien Sie doch vernünftig, Sie kompromittieren sich.«

Sie antwortete: »Sie, Weinbeermus, kompromittiere ich. Was mich selber angeht, so ist es mir piepe. Morgen weiß kein Mensch mehr was davon. Das kommt eben dabei heraus, wenn Leute wie Sie mit einem Mädchen wie mir ausgehen.«

Sie zogen durch Bougival, und sämtliche Spaziergänger sperrten Mund und Nase auf. Alle drehten sich nach ihnen um; die Einwohner kamen vor die Türen; die Fahrgäste der zwischen Rueil und Marly verkehrenden Kleinbahn bedachten sie mit Zurufen; die Männer auf der Plattform schrien: »Hallo ... hallo!« und es klang wie: »A l'eau!« – »Ersäufen!«

Yvette ging im Marschtritt; sie hielt Belvigne am Arme wie einen Gefangenen, der abgeführt wird. Sie lachte nicht; ihr Gesicht bezeigte einen bleichen Ernst, eine Art Unheil verkündender Starrheit. Servigny unterbrach seine Trompeterei und brüllte Befehle. Der Fürst und der Cavaliere amüsierten sich köstlich; sie fanden dies alles sehr komisch und ebenso geschmackvoll wie anrüchig. Die beiden jungen Herren rührten unablässig die nicht vorhandenen Trommeln.

Bei ihrer Ankunft auf dem Festplatz entstand ein kleiner Aufruhr. Mädchen klatschten Beifall, junge Leute grinsten und spotteten, ein dicker Herr, den seine Frau untergehakt hatte, erklärte mit einem Anflug von Neid in der Stimme: »Na, die langweilen sich wenigstens nicht!«

Sie erblickte ein Karussell mit Holzpferden und zwang Belvigne, neben das rechts von ihr zu steigen; ihre militärische Gefolgschaft kletterte rückwärts auf die sich drehenden Tiere. Als der Spaß vorbei war, weigerte sie sich abzusitzen und zwang ihre Eskorte, fünf Runden hintereinander auf diesen Kinderreittieren hocken zu bleiben, zur nicht geringen Freude der Zuschauer, die ihnen Scherze zuriefen. Monsieur de Belvigne war blass und verspürte beim Absitzen Übelkeit.

Dem schloss sich ein Schlendergang zwischen den Buden hindurch an. Sie bestimmte die Herren, sich inmitten eines Kreises von Gaffern wiegen zu lassen. Sie ließ sie lächerliche Spielzeuge kaufen, die sie mitschleppen mussten. Der Fürst und der Cavaliere begannen zu meinen, der Scherz gehe zu weit. Nur Servigny und die beiden Trommler hielten wacker durch.

Endlich kamen sie ans Dorfende. Da musterte sie ihr Gefolge auf eine eigentümliche Weise mit einem hinterhältigen, boshaften Blick; ein befremdlicher Einfall durchzuckte ihren Kopf; sie ließ sie am rechten, etwas erhöhten Flussufer antreten. »Wer mich am meisten liebt, springt ins Wasser«, sagte sie.

Keiner sprang. Hinter ihnen bildete sich eine Menschenansammlung. Frauen mit weißen Schürzen sahen ihnen verblüfft zu. Zwei rotbehoste Soldaten lachten dümmlich.

Sie fuhr fort: »Es bringt also keiner von Ihnen fertig, sich ins Wasser zu stürzen, wenn ich es wünsche?«

Servigny murmelte: »Na, dann hilft eben nichts.« Und er sprang mit geschlossenen Füßen in den Fluss.

Sein Sprung ließ das Wasser bis zu Yvettes Füßen aufspritzen. Ein Gemurmel des Staunens und der Erheiterung stieg aus der Zuschauerschaft auf.

Da hob das junge Mädchen ein kleines Stück Holz vom Boden auf und warf es in die Strömung. »Apport!«, rief sie.

Servigny fing an zu schwimmen, fasste den treibenden Knüppel mit dem Mund, wie ein Hund, trug ihn zurück, stieg an Land, bog ein Knie und bot ihn dar.

Yvette nahm ihn. »Braver Hund!«, sagte sie. Und mit einem freundschaftlichen Klaps tätschelte sie ihm das Haar.

Eine dicke Dame erklärte unwillig: »Sollte man so was für möglich halten?«

Jemand anders sagte: »Komisches Amüsement!«

Ein Mann meinte: »Ich würde ganz bestimmt nicht einer Nutte wegen ins Wasser springen!«

Sie nahm wieder Belvignes Arm und fuhr ihn an: »Sie sind schön dumm, mein Lieber; Sie wissen gar nicht, was Sie sich haben entgehen lassen.«

Sie gingen zurück.

Yvette warf den Vorübergehenden gereizte Blicke zu: »Wie blöd alle diese Leute aussehen«, sagte sie. Dann blickte sie zu dem Gesicht ihres Begleiters auf: »Sie ebenfalls.«

Monsieur de Belvigne verbeugte sich leicht. Sie schaute sich um und merkte, dass der Fürst und der Cavaliere verschwunden waren. Der wassertriefende Servigny sah jämmerlich aus; er spielte nicht länger Trompetenblasen und schritt mit bekümmerter Miene neben den beiden ermüdeten jungen Herren her, die nicht mehr Trommler mimten.

Sie lachte trocken auf: »Sie haben die Nase voll, wie es scheint. Dabei nennen Sie doch so was ›sich amüsieren‹, nicht wahr? Deswegen sind Sie doch mitgekommen; ich bin Ihnen nichts schuldig geblieben.« Dann ging sie weiter und sagte nichts mehr, und plötzlich nahm Belvigne wahr, dass sie weinte.

Bestürzt fragte er: »Was ist Ihnen denn?«

Sie flüsterte: »Lassen Sie mich; das geht Sie nichts an.«

Doch er in seiner Beschränktheit drang weiter in sie: »Aber hören Sie, was ist Ihnen? Hat Ihnen wer was getan?«

Ungeduldig antwortete sie: »Seien Sie doch still!« Dann jedoch konnte sie dem verzweifelten Kummer, der ihr Herz ertränkte, nicht länger Widerstand leisten; sie fing so bitterlich an zu schluchzen, dass sie nicht weitergehen konnte. Sie bedeckte das Gesicht mit beiden Händen und keuchte röchelnd; sie bekam keine Luft mehr, die Verzweiflung schnürte ihr die Kehle zu.

Belvigne blieb ratlos vor ihr stehen und sagte immer wieder: »Aber das ist ja unbegreiflich!«

Da trat Servigny kurz entschlossen herzu: »Wir wollen heim, damit niemand Sie auf offener Straße weinen sieht. Warum stellen Sie dergleichen tolle Streiche an, wenn so etwas Sie traurig macht?« Damit nahm er sie beim Ellbogen und zog sie mit sich.

Aber als sie am Gittertor der Villa anlangten, lief sie davon, quer durch den Garten, hastete die Treppe hinauf und schloss sich in ihrem Zimmer ein.

Erst zur Stunde des Abendessens erschien sie wieder, sehr blass, sehr ernst. Dabei waren alle froh und ausgelassen. Servigny hatte bei einem Dorfhändler einen Arbeiteranzug erstanden, Samthose, geblümtes Hemd, Trikot und Kittel, und redete daher wie die Leute aus dem Volk.

Yvette konnte kaum abwarten, dass zu Ende gegessen wurde; sie fühlte ihren Mut hinschwinden. Sobald der Kaffee gereicht worden war, ging sie wieder hinauf in ihr Zimmer.

Unter ihrem Fenster hörte sie die fröhlichen Stimmen. Der Cavaliere erzählte leichtfertige Witze, Wortspiele, die, da er Ausländer war, plump und ungeschickt ausfielen.

Sie lauschte mit wehem Herzen. Der ein bisschen angetrunkene Servigny spielte einen versoffenen Arbeiter; er redete die Marquise mit »Frau Wirtin« an. Und plötzlich sagte er zu Saval: »Heda! Herr Wirt!«

Alle lachten schallend.

Da entschloss sich Yvette. Als Erstes nahm sie einen Bogen ihres Briefpapiers und schrieb: »Bougival, Sonntag, neun Uhr abends. Ich sterbe, weil ich keine ausgehaltene Dirne werden will.« Dann, als Nachschrift: »Leb wohl, liebe Mama, verzeih mir.« Sie versiegelte den Umschlag und schrieb darauf: »An die Frau Marquise Obardi.«

Dann rollte sie ihre Chaiselongue dicht ans Fenster, schob ein Tischchen heran, dass es in Reichweite stand, stellte die große Flasche mit Chloroform darauf und legte eine Handvoll Watte daneben.

Ein riesiger, über und über mit Blüten bedeckter Rosenstrauch, der von der Terrasse aus bis zu ihrem Fenster emporwuchs, hauchte einen süßen, schwachen Duft in die Nacht; in leichtem Wehen wogte er vorüber; sie blieb ein paar Augenblicke stehen und sog ihn ein. Der zunehmende Mond zog am dunklen Himmel einher; seine linke Seite sah aus, als sei sie ein wenig angenagt; manchmal verschleierten ihn kleine Nebelwolken.

Yvette dachte: Ich muss sterben! Sterben muss ich! Und ihr von Schluchzern geschwelltes, vom Schmerz beinahe berstendes Herz pochte, dass sie kaum zu atmen vermochte. Sie verspürte ein Verlangen, jemanden um Gnade zu bitten, bewahrt zu bleiben, geliebt zu werden.

Servignys Stimme erscholl lauter. Er erzählte eine schlüpfrige Geschichte, die alle Augenblicke durch schallendes Gelächter unterbrochen wurde. Die Marquise erging sich in noch stärkeren Heiterkeitsausbrüchen als die andern. Immerfort sagte sie: »So was kann nur *er* richtig an den Mann bringen, ha, ha, ha!«

Yvette nahm die Flasche, entkorkte sie und goss etwas von der Flüssigkeit auf die Watte. Ein starker, süßlicher, fremdartiger Geruch verbreitete sich; und als sie den Wattebausch an die Lippen führte, atmete sie jenes kräftige Aroma ein; es reizte sie zum Husten.

Da machte sie den Mund zu und atmete durch die Nase. Sie trank den Tod bringenden Dunst in vollen Zügen, sie schloss die Augen und bemühte sich, alles Denken in sich zu unterdrücken, um nicht mehr zu grübeln, um nichts mehr zu wissen.

Anfangs schien ihr, als weite sich ihre Brust, als dehne sie sich aus und als werde ihre eben noch bedrückte, kummerbeladene Seele leicht, so leicht, als sei die schwere Last angehoben, vermindert worden, davongeflogen.

Etwas Belebendes und Angenehmes durchfloss alle ihre Glieder, bis zu den Fußspitzen, den Fingerspitzen, drang in ihr Fleisch ein, eine unbestimmte Trunkenheit, ein gutartiges Fieber.

Sie merkte, dass die Watte trocken war, und es wunderte sie, dass sie noch nicht tot sei. Ihr sinnliches Wahrnehmungsvermögen schien geschärft, verfeinert, behänder geworden zu sein.

Sie vernahm auch die leisesten Worte, die auf der Terrasse gesprochen wurden. Fürst Krawaloff erzählte gerade, wie er im Duell einen österreichischen General getötet habe.

Dann hörte sie sehr weit in den Feldern die in der Nacht laut werdenden Geräusche, das unablässige Bellen eines Hundes, die kurzen Rufe der Kröten, das unmerkliche Erzittern der Blätter.

Sie nahm aufs Neue die Flasche und tränkte abermals den kleinen Wattebausch; dann machte sie sich wieder ans Einatmen. Eine kleine Weile spürte sie nichts mehr; dann überkam sie nochmals das langsame, bezaubernde Wohlgefühl, das sie schon einmal empfunden hatte.

Zuweilen goss sie Chloroform in die Watte; sie war jetzt begierig auf jene physische und geistig-seelische Empfindung, jene Traumbetäubung, in die ihre Seele sich verirrte.

Ihr war, als habe sie keine Knochen mehr, kein Fleisch, keine Beine, keine Arme. Alles das war ihr behutsam weggenommen worden, ohne dass sie es gemerkt hatte. Das Chloroform hatte ihren Körper ausgeleert, hatte nichts bewirkt, als ihr Denken wacher zu machen, lebendiger, weiter ausgreifend, freier als je zuvor. Sie erinnerte sich lauter vergessener Dinge, kleiner Einzelheiten aus ihrer Kindheit, Nichtigkeiten, die ihr Freude gemacht hatten. Ihr Geist war mit einem Schlag mit einer nie gekannten Beweglichkeit begabt worden, er sprang von einem Einfall zum andern, eilte durch tausend Abenteuer, schweifte in der Vergangenheit umher, erging sich in von der Zukunft erhofften Geschehnissen. Und ihre tätigen, ungezwungenen Gedanken besaßen einen sinnlichen Zauber, sie empfand in diesem Dämmersinnen eine göttliche Lust.

Noch immer hörte sie die Stimmen; aber sie unterschied die Worte nicht mehr; die nahmen für sie einen anderen Sinn an. Sie tauchte in eine seltsame, bunte Märchenwelt ein und verirrte sich darin.

Sie war auf einem großen Schiff, das an einem herrlichen, über und über mit Blumen bedeckten Gestade vorüberfuhr. Am Ufer gewahrte sie Menschen, und jene Menschen sprachen sehr laut, denn nun war sie an Land, ohne sich zu fragen, wie das zugegangen sei; und Servigny, fürstlich gekleidet, kam und wollte sie zu einem Stierkampf abholen.

Alle Straßen waren voll Menschen, die gingen auf und ab und plauderten, und sie lauschte diesen Unterhaltungen, die sie nicht verwunderten, als sei sie mit all jenen Leuten bekannt, denn in ihrem träumenden Rausch hörte sie nach wie vor die Freunde ihrer Mutter auf der Terrasse lachen und plaudern.

Dann verschwamm alles. Dann wachte sie auf, in einer süßen Benommenheit, und es kostete sie einige Mühe zurückzudenken.

Sie war also noch immer nicht tot.

Aber sie fühlte sich erholt und ausgeruht; sie empfand ein so wundervolles körperliches Wohlbefinden, eine so milde Ausgeglichenheit ihres Innern, dass ihr nicht im mindesten daran gelegen war, dieser Zustand möge enden, dass sie vielmehr wünschte, diese himmlische Mattigkeit möge ewig dauern.

Sie atmete langsam und schaute zum Mond hin, der über den Bäumen stand. Etwas in ihr war anders geworden. Sie dachte nicht mehr wie vor kurzem noch. Das Chloroform hatte ihren Körper und ihre Seele erschlafft und eben dadurch ihren Schmerz gelindert, ihren Todeswillen eingeschläfert.

Warum sollte sie nicht weiterleben? Warum sollte ihr nicht Liebe zuteil werden? Warum nicht ein glückliches Leben?

Jetzt schien ihr alles möglich und leicht und gewiss. Alles im Dasein war freundlich, alles war gut, alles war reizend. Aber da sie immer weiter träumen wollte, goss sie abermals etwas von der Träume schaffenden Flüssigkeit auf die Watte und atmete tief ein, wobei sie manchmal den Giftstoff von der Nase entfernte, um nicht allzu viel davon in sich aufzunehmen, um nicht zu sterben.

Sie schaute zum Mond hinauf und gewahrte darin eine Gestalt, eine Frauengestalt. Im eingebildeten Rausch des Betäubungsmittels begann sie wiederum die Landschaft zu durchschweifen. Jene Gestalt wiegte sich inmitten des Himmels; sie sang mit wohl bekannter Stimme das »Halleluja der Liebe«.

Es war die Marquise; sie war gerade heimgekommen und wollte sich ans Klavier setzen.

Yvette hatte jetzt Flügel. Sie flog durch eine schöne, helle Nacht über Wälder und Flüsse dahin. Sie flog voller Entzücken, mit ausgebreiteten Flügeln, mit schwingenden Flügeln, und der Wind trug sie, wie wenn man von Liebkosungen dahingetragen wird. Sie wand sich in der Luft, die ihr die Haut küsste, und sie glitt so schnell, so schnell dahin, dass ihr keine Zeit verblieb, sich anzusehen, was unter ihr war, und mit einem Mal saß sie am Ufer eines Teiches, hatte eine Angelrute in der Hand und fischte.

Etwas zerrte an der Schnur, als sie sie aus dem Wasser zog; es hing ein prächtiges Perlenkollier daran, das sie sich vor kurzem inständig gewünscht hatte. Dieser Fund dünkte sie etwas durchaus Selbstverständliches, und sie blickte zu Servigny auf, der neben ihr stand, ohne dass sie gewusst hätte, wie das zugegangen sei; auch er fischte und zog ein Holzpferd aus dem Fluss.

Dann hatte sie aufs Neue das Gefühl, als erwache sie, und sie hörte, dass sie vom Garten her gerufen wurde.

Ihre Mutter hatte gesagt: »Lösch doch die Kerze aus.«

Dann erklang Servignys Stimme klar und mit humoristischem Unterton: »Machen Sie doch Ihr Licht aus, Mam'zelle Yvette.«

Und alle wiederholten im Sprechchor: »Mam'zelle Yvette, machen Sie doch Ihr Licht aus.«

Wiederum goss sie sich Chloroform auf die Watte; aber da sie nicht sterben wollte, hielt sie sie ziemlich weit vom Gesicht weg, um gleichzeitig frische Luft einzuatmen und im ganzen Zimmer den erstickenden Geruch des Narkotikums zu verbreiten; denn sie wusste, dass jemand heraufkommen werde; sie nahm die schlaffe Haltung einer Bewusstlosen, einer Toten ein und wartete.

Die Marquise sagte: »Ich mache mir ein bisschen Sorge! Das Närrchen ist eingeschlafen und hat seine Kerze auf dem Nachttisch brennen lassen. Ich will Clémence hinaufschicken, dass sie sie ausbläst und die Fenstertür zum Balkon zumacht; sie ist weit offen geblieben.«

Und gleich danach klopfte die Zofe an die Tür und rief: »Mademoiselle! Mademoiselle!« Nach einer Pause rief sie nochmals: »Mademoiselle, die Frau Marquise bittet, Sie möchten das Licht ausmachen und die Balkontür schließen.«

Wiederum wartete Clémence ein Weilchen; dann klopfte sie stärker und rief: »Mademoiselle! Mademoiselle!« Da Yvette nicht antwortete, ging die Zofe wieder nach unten und sagte zu der Marquise: »Mademoiselle muss eingeschlafen sein; der Riegel ist vorgeschoben, und ich bekomme sie nicht wach.«

Madame Obardi murmelte: »Sie wird doch nicht so die ganze Nacht liegen bleiben wollen?«

Auf Servignys Rat traten sie alle unter das Fenster des jungen Mädchens und brüllten im Chor: »Hipp-hipp-hurra – Mam'zelle Yvette!«

Ihr Lärmen scholl durch die stille Nacht, schwang sich im Mondenschein durch die stille Luft und flog über das schlafende Dorf davon; sie hörten es sich entfernen wie das Geräusch eines immer weiter wegfahrenden Zuges.

Da Yvette nicht antwortete, stieß die Marquise hervor: »Hoffentlich ist ihr nichts zugestoßen; ich bekomme es mit der Angst.«

Da pflückte Servigny von dem großen Rosenstrauch, der an der Hauswand emporrankte, rote Rosen und noch nicht erschlossene Knospen und warf sie durch die offene Fenstertür ins Zimmer.

Bei der ersten, die niederfiel, zuckte Yvette zusammen; fast hätte sie aufgeschrien. Die nächsten fielen auf ihr Kleid, ihr Haar; andere flogen über ihren Kopf hinweg auf das Bett und bedeckten sie mit einem Blumenregen.

Nochmals rief die Marquise mit versagender Stimme: »Hör doch, Yvette, antworte uns doch!«

Daraufhin erklärte Servigny: »Wirklich, dies geht nicht mit rechten Dingen zu; ich klettere jetzt auf den Balkon hinauf.«

Doch der Cavaliere wandte entrüstet ein: »Hören Sie mal, hören Sie mal, das ist eine große Gunst, die verlange ich für mich; dies ist ein zu gutes Mittel ... eine zu gute Gelegenheit ... für ein Beisammensein unter vier Augen!«

Jetzt glaubten alle andern, das junge Mädchen habe einen Streich geplant, und riefen: »Wir protestieren! Dies ist eine abgekartete Geschichte. Daraus wird nichts! Daraus wird nichts!«

Aber die aufs äußerste beunruhigte Marquise sagte: »Es muss doch nach ihr gesehen werden!«

Mit einer tragischen Geste erklärte der Fürst: »Sie begünstigt den Herzog, wir sind verraten und verkauft!«

»Lasst uns doch Kopf oder Wappen spielen, wer hinaufsteigen darf«, schlug der Cavaliere vor. Und er zog ein goldenes

Hundertfrancstück aus der Tasche. Er begann mit dem Fürsten. »Wappen«, sagte er.

Der Kopf lag oben.

Nun warf der Fürst die Münze und sagte dabei zu Saval: »Sagen Sie, was?«

Saval sagte: »Kopf.«

Das Wappen lag oben.

Der Fürst stellte nacheinander den übrigen dieselbe Frage. Alle verloren.

Servigny, der ihm jetzt noch allein gegenüberstand, erklärte mit seiner unverschämtesten Miene: »Zum Satan, er mogelt!«

Der Russe legte die Hand aufs Herz, bot mit der andern das Goldstück dem Nebenbuhler und sagte: »Spielen Sie selber, lieber Herzog.«

Servigny nahm es, warf es und rief: »Kopf!«

Das Wappen lag oben.

Er verbeugte sich, deutete auf den Balkonpfeiler und sagte: »Steigen Sie hinauf, mein Fürst.«

Doch der Fürst blickte unsicher vom einen zum andern.

»Was suchen Sie?«, fragte der Cavaliere.

»Ja ... Ich hätte gern ... eine Leiter.«

Alle mussten laut lachen.

Und Saval trat vor und rief: »Wir helfen Ihnen.« Mit seinen herkulischen Armen hob er ihn hoch und riet: »Klammern Sie sich am Balkon an.«

Das tat der Fürst, Saval ließ ihn los, und er hing da und strampelte mit den Füßen im Leeren. Da packte Servigny die zappelnden, nach einem Stützpunkt suchenden Beine und zog mit aller Kraft daran; die Hände ließen los, und der Fürst plumpste wie ein Block auf den Bauch des zu Hilfe eilenden Belvigne.

»Wer kommt jetzt dran?«, fragte Servigny.

Es meldete sich niemand.

»Los, Belvigne, Mut gefasst!«

»Danke, mein Lieber, ich lege Wert auf heile Knochen.«

»Dann Sie, Cavaliere, Sie müssen doch einige Übung im Fassadenklettern haben.«

»Ich überlasse es Ihnen, lieber Herzog.«

»Hö ... hö ... Ich wünsche mir nichts Besseres!« Und mit gespanntem Blick schritt Servigny um den Pfeiler herum. Dann sprang er, klammerte sich am Balkon fest, zog sich hoch, ging in den Stütz über wie ein Leichtathlet und schwang sich über die Balustrade.

Sämtliche Zuschauer, die Nase in der Luft, klatschten Beifall.

Aber er erschien gleich wieder und rief: »Kommt schnell! Kommt schnell! Yvette ist bewusstlos!«

Die Marquise stieß einen lauten Schrei aus und stürzte die Treppe hinauf.

Das junge Mädchen lag mit geschlossenen Augen da und stellte sich tot.

Die Mutter kam außer sich herein und warf sich über sie. »Was ist ihr denn? Was ist ihr denn?«

Servigny hob die zu Boden gefallene Chloroformflasche auf. »Selbstmordversuch durch ein Betäubungsmittel«, sagte er. Er legte ihr sein Ohr aufs Herz und fuhr fort: »Aber sie ist nicht tot; wir müssen Wiederbelebungsversuche anstellen. Ist Ammoniak im Haus?«

Die Zofe fragte kopflos: »Was soll es sein ... was soll es sein, Monsieur?«

»Irgendwas stark Riechendes und kaltes Wasser.«

»Ja.«

»Schnell her damit, und lassen Sie die Tür offen, damit frische Luft hereinkommt.«

Die Marquise war auf die Knie gesunken und schluchzte: »Yvette! Yvette! Mein Kind, mein kleines Mädchen, mein

Kind, hör doch, antworte doch, Yvette, mein Kind. O mein Gott, mein Gott, was ist ihr denn?«

Die verstörten Herren liefen untätig hin und her, dann brachten sie Wasser, Handtücher, Gläser, Essig.

Jemand sagte: »Sie muss ausgezogen werden!«

Und die Marquise, die völlig den Kopf verloren hatte, versuchte, ihre Tochter zu entkleiden, wusste indessen nicht mehr, was sie tat. Ihre Hände zitterten, taten immerfort das Falsche, und sie stöhnte: »Ich . . . ich . . . bringe es nicht fertig . . . Ich bringe es nicht fertig . . .«

Die Zofe war mit einer Apothekenflasche wiedergekommen; Servigny entkorkte sie und goss die Hälfte des Inhalts auf ein Taschentuch. Er hielt es Yvette unter die Nase; sie bekam einen Erstickungsanfall. »Gut, sie atmet«, sagte er. »Alles geht glatt.« Und er rieb ihr die Schläfen, die Wangen, den Hals mit der scharf riechenden Flüssigkeit ein.

Dann bedeutete er der Zofe, sie solle dem jungen Mädchen das Korsett aufschnüren, und als sie nur noch Unterrock und Hemd anhatte, hob er sie hoch und trug sie mit bebenden Armen zum Bett hinüber, aufgewühlt durch den Duft ihres fast nackten Körpers, durch die enge Berührung mit ihrem Fleisch, durch die laue Wärme ihrer kaum verhüllten Brüste, die unter seinen Lippen elastisch nachgaben.

Als er sie gebettet hatte und sich aufrichtete, war er sehr bleich. »Sie kommt gleich wieder zu sich«, sagte er. »Es ist nichts passiert.« Denn er hatte gehört, dass sie beständig und regelmäßig atmete. Doch als er alle die Herren wahrnahm, die die auf ihrem Bett liegende Yvette anstarrten, durchschauerte ihn eine eifersüchtige Gereiztheit, und er trat ihnen entgegen: »Messieurs, wir sind in diesem Zimmer viel zu viele Leute; bitte lassen Sie Monsieur Saval und mich mit der Marquise allein.« Das sagte er trocken und gebieterisch.

Die andern zogen sich auf der Stelle zurück.

Madame Obardi hatte ihren Liebhaber mit beiden Armen umschlungen, blickte zu ihm auf und rief ihm zu: »Retten Sie sie . . . Oh, retten Sie sie . . .«

Servigny, der sich abgewandt hatte, sah auf dem Tisch einen Brief liegen. Mit einem behänden Griff nahm er ihn an sich und las die Adresse. Er durchschaute alles und dachte: Vielleicht erübrigt es sich, dass die Marquise davon Kenntnis erhält. Er riss den Umschlag auf und überflog mit einem Blick die Zeilen: »Ich sterbe, weil ich keine ausgehaltene Dirne werden will. Yvette. Leb wohl, liebe Mama, verzeih mir.« Zum Donnerwetter, dachte er, das stimmt bedenklich. Und er steckte den Brief in die Tasche.

Dann trat er an das Bett heran, und sofort durchzuckte ihn der Gedanke, das Mädchen sei wieder bei Bewusstsein, wage jedoch nicht, es zu zeigen, aus Scham, der Demütigung wegen, aus Furcht vor Fragen.

Die Marquise lag jetzt wieder auf den Knien und schluchzte, den Kopf auf dem Fußende des Bettes. Unvermittelt stieß sie hervor: »Ein Arzt! Es muss ein Arzt her!«

Aber Servigny, der sich leise mit Saval beredet hatte, sagte zu ihr: »Nein, sie ist hindurch. Bitte gehen Sie für eine Minute, nur für eine Minute hinaus, und ich verspreche Ihnen, dass sie Sie umarmt und küsst, wenn Sie wieder hereinkommen.«

Und Saval stützte Madame Obardi beim Aufstehen und zog sie aus dem Zimmer.

Dann setzte Servigny sich an das Bett, ergriff Yvettes Hand und sagte: »Mam'zelle, hören Sie mal zu . . .«

Sie antwortete nicht. Sie fühlte sich so wohl, so behaglich, so warm geborgen, dass sie sich am liebsten nie wieder geregt, nie wieder gesprochen und ihr ganzes weiteres Dasein in diesem Zustand hingebracht hätte. Ein unendliches Wohlgefühl war über sie gekommen, ein Wohlgefühl, wie sie es ähnlich nie zuvor empfunden hatte.

Die laue Nachtluft drang in leichten, samtigen Stößen herein und strich ihr von Zeit zu Zeit sanft, kaum spürbar übers Gesicht. Das war eine Liebkosung; es war, als beschenke der Wind sie mit Küssen, als streife sie das langsame, kühlende Wehen eines Fächers, der aus allen Blättern des Waldes und aus allen Dunkelheiten der Nacht bestand, aus den Nebeln über den Flüssen, aus allen Blumen, und die von unten her in ihr Zimmer und auf ihr Bett geworfenen sowie die zum Balkon heraufrankenden Rosen mischten ihren schmachtenden Duft mit der heilsamen Würze des leisen Nachtwindes.

Sie trank diese gute Luft in sich; sie hielt die Augen geschlossen; ihr Herz ruhte in der noch nicht gewichenen Trunkenheit durch das Betäubungsmittel; sie empfand nicht einmal andeutungsweise mehr das Verlangen zu sterben, vielmehr einen heftigen, gebieterischen Wunsch, zu leben, glücklich zu sein, gleichgültig, wie, geliebt zu werden, ja, geliebt zu werden.

Servigny sagte noch einmal: »Mam'zelle Yvette, hören Sie mal zu.«

Und da entschloss sie sich, die Augen aufzuschlagen.

Als er sah, dass sie wieder zu sich kam, fuhr er fort: »Aber, aber, was soll denn das, solche Dummheiten?«

Sie sagte ganz leise: »Lieber Muskat, ich habe so großen Kummer gehabt.«

Väterlich drückte er ihr die Hand: »Da hätten Sie beinah was Schönes angestellt! Nicht wahr, jetzt versprechen Sie mir, dass Sie es nie wieder tun wollen?«

Sie gab keine Antwort; sie vollführte nur eine kleine Kopfbewegung, die noch unterstrichen wurde durch ein mehr fühlbares als sichtbares Lächeln.

Er zog den Brief aus der Tasche, den er auf dem Tisch gefunden hatte: »Soll das hier Ihrer Mutter gezeigt werden?«

Sie schüttelte den Kopf.

Er wusste nicht mehr, was er sagen solle; die Situation erschien ihm ausweglos. Er flüsterte: »Liebes Kleines, wir müssen alle ein gut Teil an Schmerzlichem auf uns nehmen. Ich verstehe vollauf Ihren Kummer, und ich verspreche Ihnen ...«

Sie stammelte: »Wie gut Sie sind ...«

Beide schwiegen. Er sah sie an. In ihren Augen war etwas Rührendes, Hinfälliges; und plötzlich hob sie die Arme, als wolle sie ihn an sich ziehen. Er beugte sich zu ihr nieder; er spürte, dass sie ihn rufe; und ihre Lippen vereinten sich.

So verharrten sie lange, mit geschlossenen Augen. Doch im Bewusstsein, dass er drauf und dran sei, den Kopf zu verlieren, richtete er sich auf. Jetzt lächelte sie ihn mit einem unverhohlenen Lächeln der Zärtlichkeit an; sie hatte ihm beide Hände auf die Schultern gelegt und hielt ihn fest.

»Ich will deine Mutter holen«, sagte er.

Sie flüsterte: »Noch eine Sekunde. Mir ist so wohl.« Dann, nach einem Schweigen, fragte sie ganz leise, so leise, dass er sie kaum verstand: »Sag, hast du mich sehr lieb?«

Er kniete vor dem Bett nieder und küsste das Handgelenk, das sie ihm überlassen hatte: »Ich bete dich an.«

Doch vor der Tür waren Schritte vernehmlich. Er sprang hastig auf und rief mit seiner gewöhnlichen, immer ein wenig ironisch anmutenden Stimme: »Sie können hereinkommen. Jetzt ist alles wieder in Ordnung.«

Die Marquise eilte mit weit offenen Armen auf die Tochter zu, umschlang sie wie von Sinnen und ließ auf ihr Gesicht Tränen tropfen; Servigny indessen trat mit strahlender Seele und einem Aufruhr im Blut auf den Balkon, atmete in vollen Zügen die kühle Nachtluft und trällerte vor sich hin:

»Weiberherzen sind wandelbar –
Wer ihnen traut, der ist ein Narr.«

Quellenverzeichnis

Brigitte Aubert: »Schwarze Nächte« (Nuits noires), aus: Jutta Schwarz (Hg.) JE EHER, DESTO TOT, Copyright © 1984 by Editions Gallimard, Paris, Copyright © 1991 der deutschen Übersetzung Rowohlt Taschenbuch Verlag GmbH, Reinbek. Aus dem Französischen übersetzt von Karin Schulze.

Corinne Bouchard: »Keine Smaragde für Frösche« (Pas d'émeraudes pour les grenouilles), aus: Milena Moser (Hg.) BLOODY MUMMY, Copyright © 1998 by Rowohlt Taschenbuch Verlag GmbH, Reinbek. Aus dem Französischen übersetzt von Stefan Linster.

Pierre Boileau/Thomas Narcejac: »Das Geständnis« (Le train bleu s'arrète treize fois ...), aus: Pierre Boileau/Thomas Narcejac 13 STATIONEN, Copyright © 1968 by Rowohlt Taschenbuch Verlag GmbH, Reinbek. Aus dem Französischen übersetzt von Brigitte Fock.

Maurice Leblanc: »Arsène Lupin« (Arsène Lupin), aus: MEISTERDETEKTIVE, Copyright © by Florence Boespflug-Leblanc, Neuilly sur Seine, Copyright © 1993 der deutschen Übersetzung Diogenes Verlag AG, Zürich. Aus dem Französischen übersetzt von Erika Gebühr.

Pierre Magnan: »Mein Freund Laviolette« (Mon ami Laviolette), Copyright © by Pierre Magnan. Aus dem Französischen übersetzt von Irène Kuhn.

Léo Malet: »Applaus für eine Leiche« (Gros plan du macchabée), Copyright © 1991 by Elster Verlag. Aus dem Französischen übersetzt von Hans-Joachim Hartenstein.

Guy de Maupassant: »Yvette« (Yvette), aus: Guy de Maupassant GESAMTAUSGABE DER NOVELLEN UND ROMANE.

Jean-Bernard Pouy: »Die Flinte im Korn« (L'arme à gouche), aus: Milena Moser (Hg.) BLOODY MUMMY, Copyright © 1998 by Rowohlt Taschenbuch Verlag GmbH, Reinbek. Aus dem Französischen übersetzt von Heidi Brang.

Georges Simenon: »Maigret und Inspektor Griesgram« (Maigret et l'inspecteur malgracieux), aus: Georges Simenon MEISTERERZÄHLUNGEN, Copyright © 1980 by Diogenes Verlag AG, Zürich. Aus dem Französischen übersetzt von Angelika Hildebrandt-Essig.

Wir danken den genannten Rechtsinhabern für die Genehmigung zum Abdruck der Auszüge aus den oben genannten Werken.